KÖRPERTAUSCH

Elisabeth Link

Körpertausch

KÖRPERTAUSCH

*

Ein medizinischer Krimi

Elisabeth Link

Erstmals veröffentlicht in den Vereinigten Staaten von Amerika
von Monasteria Press LLC, San Francisco, USA
© Elisabeth Link 2024

ISBN-Nummern
Taschenbuch 978-1-958277-24-9
Gebundene Ausgabe 978-1-958277-25-6
eBook 978-1-958277-23-2

WIDMUNG

Für meine Kollegen und Freunde
im Stanford Medical Humanities Programm

Rezensionen für Elisabeth Link

„Ich konnte dieses Buch nicht weglegen. Ich musste einfach lesen, wie es weitergeht.“

„Authentische Charaktere und Heldinnen, die Mut machen und zum Nachdenken anregen.“

„Ein Roman, der die Grenzen zwischen Fiktion und Realität verwischt und so ein unvergleichliches Leseabenteuer bietet.“

„Mir gefiel der Ton der Autorin, ihre Kenntnis des Themas und wie sie diese in die Geschichte einfließen ließ.“

„Elisabeth Links Romane sind eine emotionale Achterbahnfahrt.“

„Du liebst jemanden nicht wegen seines Aussehens, seiner Kleidung oder seines schicken Autos, sondern weil er ein Lied singt, das nur du hören kannst."

— Oscar Wilde

Körpertausch

Körpertausch

*

Ein medizinischer Krimi

Elisabeth Link

PROLOG

Die Silicon Valley Universität für Evolutionäre Computer-Technologie (SUEC) wurde 2025 an einem abgelegenen Ort in den Hügeln über Redwood City in Kalifornien gegründet. Die SUEC realisierte ein neues Modell der Zusammenarbeit mit großen Technologieunternehmen wie Apple, Google, Meta, Intel, Walt Disney, HP und Cisco, um Spitzentechnologien zu entwickeln. Die evolutionäre Computer-Technologie (EC) nutzt Prinzipien aus der biologischen Entwicklung zur Lösung von mathematischen Problemen. Die umgekehrte EC verwendet Computeralgorithmen, um biologische Entwicklungen voranzutreiben. Die EC generiert mehrere Lösungen zu einem Problem, die iterativ aktualisiert und verbessert werden, bis eine vorgegebene Zielleistung erreicht ist. Mit einem Stiftungskapital von 60 Milliarden Dollar und großzügiger Unterstützung von der Industrie verfügt SUEC über ein größeres Budget als jede andere Universität der Welt. Viele Innovationen an SUEC sind dem, was anderswo verfügbar ist, um Jahre voraus.

Um medizinische Innovationen voranzutreiben, besitzt SUEC ein Krankenhaus im nahegelegenen Ort Redwood City, das für die Öffentlichkeit zugänglich war. Das Universitätskrankenhaus bietet medizinische Notfallversorgung und eine Vielzahl medizinischer Spezialdienste an. Der Stolz des Krankenhauses ist seine Fähigkeit, die neuesten Innovationen in der Chirurgie, Neurologie, Kardiologie und Onkologie anzubieten. Die Abteilung für Neurochirurgie ist die berühmteste der Welt und hat bahnbrechende Innovationen in den Bereichen der minimalinvasive Chirurgie, robotergestützte Chirurgie und Gehirnchip-Technologie hervorgebracht.

Als Zentrum technologischer Innovation in der Welt ist SUEC ein ständiges Ziel von Spionen, Dieben und anderen Kriminellen. Um seine Innovationen und Patente zu schützen, verfügt SUEC über ausgeklügelte Sicherheits-, Überwachungs- und Schutzsysteme. Darüber hinaus hat die US-Regierung verdeckte FBI- und CIA-Agenten abgestellt, um kriminelle Aktivitäten an der SUEC aufzudecken, die die nationale Sicherheit beeinträchtigen könnten.

- 1 -

ANNYA

Montag, 8. November 2032, 8:30 Uhr

Annya schritt durch die silberne Doppeltür des Operationssaals, die sich mit einem leisen Zischen hinter ihr schloss. Das monotone Summen der Geräte und der beißende Geruch von Chlor begrüßten sie. Vor ihr lagen zwei Patientinnen in sterile Tücher gehüllt auf Edelstahltischen. Der Hals der Frau auf dem ersten Operationstisch glänzte von Jod. Die streng geheime, historische Operation sollte gleich beginnen.

Die beiden Operationstische standen nebeneinander, an jedem saßen zwei Chirurgen, zwei Krankenschwestern und ein Anästhesist, alle in grünen Kitteln, Kopfbedeckungen und Mundschutz. Das Team war klein, ausgewählt aufgrund seiner Diskretion und unerschütterlichen Loyalität gegenüber SUECs geheimer Agenda. Annyas Blick fiel auf die leitende Chirurgin, Dr. Triveda, die rechts vor dem Operationstisch stand. Sie sah Annya kurz an und nickte ihr zu. Sie und Annya hatten in der Notaufnahme schon viele schwierige Fälle gemeinsam bewältigt, aber noch nie etwas wie das hier. Annya nickte zurück und Dr. Triveda richtete ihre Aufmerksamkeit wieder auf den bedeckten Körper vor ihr. Ihre Hände zitterten leicht, als sie die Instrumente über dem Hals der Patientin zurechtrückte.

Annya konnte nicht viel von der Patientin sehen. Der Körper der Frau war in grüne Tücher gehüllt, aus denen nur der Halsbereich und eine blasse Hand herausragten. Die Patientin war in die übliche neurochirurgische Sitzposition gebracht worden, eine Position, in der der Kopf mit Haltevorrichtungen fixiert und der Oberkörper halb aufgerichtet war. Auf dem Kopf der Patientin thronte ein kryogener Helm, aus dessen Lüftungsöffnungen ein Nebel aus flüssigem Stickstoff aufstieg. Die Kälte minimierte Schädigungen des Gehirns. Der EEG-Monitor neben dem Tisch zeigte Perioden elektrischer Hochspannungsaktivität gefolgt von Suppressionsphasen, die bestätigten, dass die Patientin unter tiefer Narkose stand.

Annya rückte instinktiv näher, um einen besseren Blick auf die Patientinnen zu erhaschen. Neben der Chirurgin hob ein OP-Pfleger mit strengem Gesichtsausdruck die Hand und deutete auf das obere Ende der beiden Operationstische. „Sie können dort zuschauen, Dr. Segond", sagte er mit entschlossener Stimme. Annya nickte und ging zu dem ihr zugewiesenen Platz. Von hier aus hatte sie eine ziemlich gute Sicht auf beide Tische. Ihr Herz pochte. Sie würde Zeugin eines Eingriffs werden, der Geschichte schreiben würde. Eine Körpertransplantation, ein medizinisches Meisterwerk, das die Grenzen des Möglichen revolutionieren würde.

Atemlos verfolgte Annya jede Bewegung der Chirurgen, gebannt von der Komplexität des Eingriffs. Auf dem zweiten Tisch wurde das Rückenmark der Spenderin durch gewundene Schläuche gekühlt, die sich in den Wirbelkanal hinein und wieder hinaus schlängelten. Eine Perfusionsmaschine pumpte eine kalte Lösung in den Wirbelkanal um das empfindliche Rückenmark zu kühlen. Wie die Empfängerin war auch die Spenderin in der neurochirurgischen Haltung auf dem Operationsstuhl gelagert worden. Ihr Oberkörper befand sich in einer präzise eingestellten, leicht erhöhten Lage, sorgfältig stabilisiert durch ein ausgeklügeltes System aus Gurten und Fixierungen.

Die beiden Operationsteams um die Patientinnen wirkten wie Spiegelbilder voneinander. Die Augen über den OP-Masken waren von demselben stählernen Fokus geprägt, die Skalpelle blitzten. In geübter Koordination schnitten die leitenden Chirurgen an jedem der beiden Operationstische einen kreisförmigen Schnitt durch das Halsgewebe ihrer Patientin und arbeiteten sich Schicht für Schicht durch die Weichteile. Sie sezierten sorgfältig jeden Muskel und markierten ihn für eine spätere Wiederverbindung. Dann isolierten sie die Arterien und Venen auf beiden Seiten des Halses und sezierten die Luftröhre und Speiseröhre. Als nächstes isolierten sie sorgfältig die Nerven entlang des Halses. Die Assistenten verfolgten jede Bewegung ihrer leitenden Chirurgen, bereit, auf jede Anweisung zu reagieren und die benötigten Instrumente anzureichen.

Nachdem die Weichteile des Halses freigelegt waren, entfernten die Chirurgen den hinteren Bogen des fünften Halswirbelkörpers um Zugang zum Rückenmark zu schaffen. Sie ligierten sorgfältig die Vertebralarterie, ein lebenswichtiges Blutgefäß, das auf beiden Seiten der Wirbelsäule verläuft, um den Blutverlust während der folgenden Schritte so gering wie möglich zu halten. Dann präparierten sie den vorderen Teil des Wirbelkörpers und öffneten die Dura, eine dünne Membran, die das Rückenmark umgibt.

Die Assistenten bewegten Mikroskope auf Roboterarmen über den Operationsbereich und reichten ihren Chirurgen ultrascharfe mikrochirurgische Skalpelle. Dr. Triveda blickte auf und begegnete dem Blick ihres Kollegen am gegenüberliegenden Tisch. Annya hielt den Atem an. Der nächste Schritt erforderte perfekte Koordination.

Unter mikroskopischer Führung trennten die Chirurgen präzise und zügig das Rückenmark der Patientinnen vor ihnen. Dies war etwas anderes als eine Rückenmarksverletzung, bei der das Rückenmark schwer beschädigt war. Hier würde ein sauberer Schnitt es ermöglichen, dass die durchtrennten Nerven der Spenderin mit dem Rückenmark der Empfängerin nahtlos verschmelzen konnten.

Der Assistent am ersten Tisch bewegte den Helm mit dem Kopf der Empfängerin vorsichtig an. Annya hatte ihre Krankenakte gelesen. Ihr Name war Grace. Eine junge Neurowissenschaftlerin, die an weit fortgeschrittenem, metastasiertem Brustkrebs litt. Sie würde heute einen neuen Körper erhalten. Grace war die ideale Kandidatin für den streng geheimen Eingriff. Eine ehrgeizige Wissenschaftlerin, ausgebildet an der SUEC, loyal gegenüber der Universität und ihrer Mission, psychisch stabil, alleinstehend und ohne enge persönliche

Bindungen. Eine kluge und mutige junge Frau, gefangen im Griff eines unheilbaren Krebses. Grace hatte ohne Zögern das Einverständnisformular für eine experimentelle Körpertransplantation unterschrieben und die Chance auf ein zweites Leben mit beiden Händen ergriffen.

Annya starrte auf Graces Kopf, der nun in der Luft schwebte und auf eine neue Vereinigung wartete. Die Stationsschwester ließ eine klare Flüssigkeit durch die Gefäße fließen. Eine rebellische Locke brünetten Haars quoll unter dem Helm hervor und umrahmte zarte Brauen über den wie im Schlaf geschlossenen Augen. Schläuche schlängelten sich aus Graces Mund und abgetrenntem Hals und signalisierten eine surreale Existenz zwischen den Welten.

Die Oberschwester am anderen Operationstisch hob den Kopf der Spenderin. Annya hatte auch ihre Krankenakte gelesen. Eine 28-jährige Krankenschwester, die Selbstmord begangen hatte, indem sie sich in den Kopf geschossen hatte. Ihr Kopf hatte an jeder Schläfe dicke, klaffende, blutverkrustete Wunden. Ihre Augen waren stark geschwollen und von dunkelroten und blauen Blutungen umgeben. Auf einer Seite des Kopfes war die Schädeldecke weggesprengt worden, so dass man direkt auf blutbedecktes, netzartiges Hirngewebe blicken konnte. Dieses Gehirn war unwiderruflich zerstört.

Beide Köpfe hingen jetzt in der Luft. Die Chirurgen traten zurück und die Assistenten entriegelten die Operationstische. Sie schoben den Tisch mit Graces von Metastasen zerfressenem Körper beiseite und rollten den Tisch mit dem gesunden Körper zu Graces Kopf. Dr. Triveda und Team traten wieder näher heran und richteten Graces Kopf vorsichtig auf ihren neuen Körper aus.

Annya folgte jeder Bewegung, während die Chirurgen die beiden Rückenmarksstränge mit akribischer Präzision miteinander verbanden und mit Chitosan-Polyethylen-Kleber fixierten. Die Assistenten halfen, die Wirbelkörper mit orthopädischen Platten und Schrauben zu stabilisieren. Der entscheidende Teil war geschafft. Graces Gehirn war mit dem Rückenmark der Spenderin verbunden.

Die Chirurgen verbanden nun die lebenswichtigen Gefäße — die Halsschlagader, die das Blut vom Herzen zum Kopf transportierte, und die Jugularvene, die das Blut vom Kopf zurück zum Herzen transportierte — ein entscheidender Schritt, um den Blutkreislauf der Spenderin zu aktivieren und den transplantierten Kopf mit Blut zu versorgen. Die Assistenten lösten die Gefäßklammern und das neue Herz pumpte Blut aus dem transplantierten Körper in Graces Kopf und Gehirn.

Mit angehaltenem Atem starrten alle auf den Bildschirm, der die Vitalfunktionen und das EEG der Patientin aufzeichnete. Zunächst zeigten sich nur gleichförmige Linien, die bald von einem zarten, rhythmischen Puls durchbrochen wurden. Allmählich breiteten sich Gehirnströme über sämtliche Hirnregionen aus. Die Wellen waren noch flach, unterdrückt durch Narkose und Unterkühlung, aber die Kurven waren regelmäßig.

Ein kollektives Aufatmen und ein ungläubiges Raunen gingen durch den Raum. Das gesamte Team applaudierte begeistert. Annya stimmte mit ein. Der leitende OP-Pfleger wischte Schweißperlen von Dr. Trivedas Stirn, während sich die Vitalfunktionen der Patientin langsam weiter stabilisierten.

Ein Ausdruck der Zufriedenheit lag auf den Gesichtern des Operationsteams, als sie sich wieder der Patientin zuwandten. Mit höchster Sorgfalt verschlossen die Chirurgen die Luftröhre, die Speiseröhre und das feine Nervengeflecht des Halses. In spiegelverkehrter Reihenfolge zur Eröffnung rekonstruierten sie jeden Muskelstrang millimetergenau, bis die ursprüngliche Anatomie wiederhergestellt war. Die letzte Hautnaht versiegelte die Wunde. Es war geschafft. Der Eingriff war erfolgreich abgeschlossen.

Annya verfolgte gebannt, wie die letzten Fäden die Verbindung zwischen Empfängerin und Spenderin besiegelten. Ein chirurgisches Meisterwerk war vollendet. Annya fragte sich, wie Grace mit ihrer neuen Existenz zurechtkommen würde. Würde sie weiterhin sie selbst sein oder würde der neue Körper eine neue Identität schaffen? Das wusste niemand.

- 2 -

GRACE

Donnerstag, 11. November 2032, 9:30 Uhr

Mit einem Ruck schlug Grace die Augen auf. Ein grelles Neonlicht traf sie mit roher Gewalt und durchdringende Pieptöne dröhnten in ihrem Kopf. Ein stechender antiseptischer Geruch lag in der Luft.

Weiße Decke. Weiße Wände. Gestärkte Laken. Ein Krankenhausbett. Sie erinnerte sich. Es war geschehen. Ein einsamer Schweißtropfen bildete sich an ihrer Stirn und verharrte einen flüchtigen Moment an ihrer Augenbraue, bevor er, einer stillen Träne gleich, ihre Schläfe hinabglitt.

„Sie ist wach!", rief eine Frauenstimme zu ihrer Linken. Vielleicht eine Krankenschwester. Grace nahm aus den Augenwinkeln eine Bewegung wahr, gefolgt von dem dumpfen Geräusch verschwindender Schritte. Sie versuchte, den Kopf zu drehen, doch er blieb stur an Ort und Stelle.

Ich kann sie hören. Sie versuchte, ihre rasenden Gedanken zu beruhigen. *Ich lebe.* Aber sie fühlte *nichts*. Ihr Körper war weg. Zumindest das Gefühl davon. Sie versuchte, ihre Arme zu bewegen. Keine Reaktion. Sie versuchte, ihre Beine zu bewegen. Nichts. Sie nahm all ihre Kraft zusammen und kämpfte darum, sich aufzurichten, aber ihr Körper weigerte sich zu gehorchen. *Ihr* Körper? Oder der Körper, den sie sich geliehen hatte? So oder so, sie konnte ihn nicht fühlen. Da war nur der harte Druck des Stoffes an ihrer Wange. Hoffentlich hatte sie einen Körper. Grace versuchte, den Kopf zu heben. Aber so sehr sie sich auch anstrengte, sie konnte nichts bewegen.

Panik wallte in ihr auf. Hatte die Körpertransplantation nicht funktioniert? War sie noch am Leben? Hatte sie einen neuen Körper, den sie nicht spüren konnte? War sie völlig gelähmt? Ein kalter Schweißfilm legte sich über ihr Gesicht, während die Angst in ihr wuchs. Die Pieptöne der Monitore wurden immer schneller und verwandelten sich in ein wildes Stakkato.

„Hallo, Grace!" Über ihr erschien ein bekanntes Gesicht, in fluoreszierendes Licht getaucht, wie ein Engel vor der Sonne.

Sie erkannte Dr. Triveda, ihre Chirurgin. „Willkommen!" Mit einer sanften Berührung richtete die Chirurgin das Kissen unter ihr und strich ihr beruhigend über die Wange. „Keine Sorge, alles ist gut verlaufen. Sie sind wieder gesund!" Die Chirurgin lächelte zufrieden.

„Gesund? Ich kann mich nicht bewegen!", wollte Grace schreien. Doch obwohl sie den Mund öffnete und schloss, brachte sie keine Worte hervor.

Dr. Trivedas Blick wurde milder. „Grace, sie müssen Geduld haben", murmelte sie beruhigend. „Wie ich schon sagte, alles ist gut gegangen. Jetzt muss ihr Körper heilen. Das wird viel Zeit und harte Arbeit erfordern."

Grace riss die Augen weiter auf. Sie erinnerte sich. Dr. Triveda hatte es erklärt: Monatelange Rehabilitation. Doch die Angst hatte ihre Fragen erstickt. Zu viel Information hätte ihr den Mut genommen, den Eingriff durchzuziehen. Jetzt sehnte sie sich nach mehr Klarheit. Es gab so viele Einzelheiten, die sie nicht besprochen hatten. Zum Beispiel, dass sie völlig gelähmt aufwachen würde.

„Wie gesagt, alles ist in Ordnung", beruhigte Dr. Triveda sie erneut. „Wir haben Sie drei Tage lang in ein künstliches Koma versetzt, damit sich Ihr Gehirn anpassen und erholen kann. Ihr EEG und EKG sehen den Umständen entsprechend gut aus. Ihr Herz und Gehirn funktionieren einwandfrei. Auch die Funktionstests Ihrer Organe sehen gut aus."

„Aber ich kann mich nicht bewegen – und ich kann nicht sprechen!" Grace öffnete den Mund, aber es kamen keine Worte heraus.

Dr. Triveda beobachtete sie aufmerksam. Grace konnte in

ihren Augen sehen, dass sie ihre Angst verstand. „Wir haben Ihnen einen Tracheostomieschlauch eingesetzt, damit Sie besser atmen können", erklärte sie. „Das ist nur vorübergehend. Ich bin zuversichtlich, dass wir den Schlauch sehr bald entfernen können. Wir haben auch Ihre peripheren Nerven mit Nervenleitungsstudien und die Reaktion Ihrer Muskeln mit Elektromyografie untersucht. Alle Tests waren positiv. Es wird Ihnen gut gehen, Grace. Sie haben es geschafft!"

Grace schloss die Augen. Die Pieptöne des Geräts wurden immer gleichmäßiger, doch die Angst nagte weiterhin an ihr. Die Worte der Chirurgin wirkten wie ein Rettungsanker. Sie klang so zuversichtlich – oder versuchte sie nur, sie zu beruhigen? Grace hatte keine andere Wahl, als ihr zu vertrauen. Die Alternative war zu düster, um sie überhaupt zu erwägen.

„Hat sie ihr Beruhigungsmittel bekommen?", fragte Dr. Triveda ruhig. „Sie braucht Zeit, um zu genesen."

„Sie hat die letzte Dosis um 6 Uhr bekommen", antwortete eine andere Frauenstimme, vermutlich wieder die Krankenschwester. „Ich kann ihr eine weitere Dosis geben?"

„Ja, sie soll noch etwas schlafen", antwortete die Chirurgin.

Graces Gedanken wurden allmählich ruhiger. Doch ihre Sorgen geisterten weiterhin durch ihren Kopf und weigerten sich, dem Drang nach Schlaf nachzugeben. Dann durchbrach eine andere vertraute Stimme den Nebel ihrer Verwirrung.

„Ich habe deine SMS erhalten, dass sie aufgewacht ist. Wie geht es ihr?"

„Hallo, Annya", antwortete Dr. Triveda. „Sie ist kurz aufgewacht, aber schnell wieder eingeschlafen. Wir haben umfangreiche Tests durchgeführt, und alles sieht gut aus. Aber Nerven heilen nicht über Nacht. Es wird einige Zeit dauern."

Grace kämpfte, um ihre schweren Augenlider zu öffnen. Doch selbst das kleinste Zucken erforderte eine enorme Anstrengung.

„Wann beginnt sie mit ihrem Reha-Programm?", fragte

Annya.

„Sobald sie bereit dazu ist", antwortete die Stimme der Chirurgin. „Vielleicht morgen, wenn sie dazu in der Lage ist. Natürlich in kleinen Schritten."

„Je früher sie greifbare Fortschritte sieht, desto besser. Sie ist Neurowissenschaftlerin. Ergebnisse zu sehen wird ihr neue Energie geben."

„Einverstanden. Wir beginnen mit der Atmung und den grundlegenden motorischen Fähigkeiten und bauen dann darauf auf."

Physiotherapie? Ich kann mich nicht bewegen!, dachte Grace, während das Piepen ihrer Monitore wieder schneller wurde.

Es folgte eine kurze Pause.

„Ich frage mich, warum sie es getan hat", sagte Annya.

„Nun, das kannst du sie bald selbst fragen. Sie hat sich mir kurz vor der Operation anvertraut. Sie fühlte sich in ihrem sterbenden Körper gefangen und wollte unbedingt weiterleben. Sie hat mir viele Fragen über die Operation gestellt. Die technischen Details schienen eine besondere Anziehungskraft auf sie auszuüben."

Lebenshunger?, spottete Grace innerlich. *„Ich bin eine weltverändernde wissenschaftliche Revolution."*

„Die Kühnheit, dem Tod mit einer revolutionären Operation zu trotzen, überwog wahrscheinlich ihre Angst", sagte Annya.

Genau!, dachte Grace. Die Notärztin schien sie besser zu verstehen als die Chirurgin. Grace erinnerte sich an sie. Dr. Annya Segond hatte kürzlich bei einem Abendessen der Fakultät neben ihr gesessen. Jetzt sah sie auf der Intensivstation nach ihr. Was für ein Zufall.

„Vielleicht war sie vor der Operation von der bahnbrechenden Natur der Operation fasziniert", sagte Dr. Triveda. „Aber als sie heute aufwachte, war sie sehr ängstlich."

„Natürlich war sie das. Wer wäre das nicht in ihrer Situation? Das Wiedererlernen grundlegender Funktionen wie Sprechen, Essen und Gehen wird viel Durchhaltevermögen erfordern. Hat sie enge Verwandte oder Freunde, die sie während dieser Genesungsphase unterstützen könnten?"

„Leider sind ihre Eltern beide an Krebs gestorben. Eine genetische Veranlagung in ihrer Familie. Sie hat keine Geschwister und ihr Ex-Ehemann hat sie verlassen. Ihre mangelnde Bindung hat sie für dieses Projekt besonders qualifiziert. Sie hat niemanden, der zu viele Fragen stellt. Aber ich stimme dir zu – das erschwert die Reha."

„Das arme Ding", sagte die Notärztin. „Wirst Du während der Rehabilitation mit ihr zusammenarbeiten?"

„Ich bin gespannt auf ihre Fortschritte und werde jeden Tag vorbeikommen, aber ich habe einen vollen Operationsplan. Ich kann nicht jeden Tag Händchen halten. Ich habe einfach nicht die Zeit dafür."

Eine schwere Stille legte sich über den Raum und eine warme, unwillkommene Träne rollte Grace über die Wange. Sie war wiedergeboren, und doch immer noch allein. Warum sprachen sie so über sie? Sie wünschte sich, dass sie beide gingen.

„Vielleicht kann ich helfen. Ich kann sie jeden Tag vor oder nach meiner Schicht besuchen und ihr bei ihrer Genesung helfen", sagte die Notärztin. „Ich habe auch einen vollen Terminkalender, aber ich werde mir die Zeit nehmen."

„Das ist sehr großzügig, Annya. Du kennst das Geheimnis ihrer Operation. Es wird einen großen Unterschied machen, wenn sie jemanden hat, dem sie sich wirklich anvertrauen kann."

„Ich habe eine Freundin", wiederholte Grace in Gedanken.

Ein warmer Atemzug kitzelte ihre Wange. „Du schaffst das schon. Ein Schritt nach dem anderen", flüsterte Annyas Stimme ihr ins Ohr.

Die Worte überkamen sie wie ein beruhigender Balsam. *Ein Schritt nach dem anderen.* Sie wiederholte dieses Mantra immer wieder und sank langsam in einen tieferen Schlaf.

- 3 -

GRACE

Freitag, 5. August 2033, 9:30 Uhr

Strahlendes Sonnenlicht strömte durch die großen Fenster und spiegelte sich auf dem polierten Linoleumboden der Rehabilitationsstation. Es war ihr erster Tag ohne Krücken. Grace schloss die Tür zu ihrem Patientenzimmer und atmete tief durch. Die Luft war frisch und duftete leicht nach Rosenwasser. Die Operation hatte ihren Geruchssinn geschärft, und der subtile Duft war nun deutlicher wahrnehmbar. Schließlich befanden sich ihre Nase und der Riechnerv in ihrem Kopf, der sich immer noch ganz wie ihr eigener anfühlte. Verlegen rückte sie den seidenen Schal um ihren Hals zurecht – ein Tuch, das die wütende rote Narbe verbarg. Sie packte das Geländer und ging langsam den breiten Flur entlang zur neurochirurgischen Station im Haupthaus des Krankenhauses. Sie hinkte noch ein bisschen, aber ihre Beine gehorchten ihren Befehlen. Sie verspürte ein Gefühl von Stolz und Erfüllung.

Die neurochirurgische Station lag im zweiten Stock. Aus Gewohnheit hätte sie den Aufzug genommen, aber Annyas Stimme hallte in ihrem Kopf wider: *Fordere deinen Körper jeden Tag heraus. Ein Schritt nach dem anderen.* Grace beschloss, heute die Treppe zu nehmen.

Sie holte tief Luft und ging auf die Treppe zu. Vorsichtig platzierte sie ihren Fuß auf der ersten Stufe, spannte ihre Muskeln an und drückte sich nach oben. Ermutigt durch diesen ersten Erfolg, wagte sie den nächsten Schritt. Und den übernächsten. Schritt für Schritt meisterte sie die Stufen.

Es lief besser, als sie gedacht hatte. Die Leute um sie herum, hauptsächlich Personal, eilten an ihr vorbei, ohne ihr einen zweiten Blick zu schenken. Grace fand Trost in ihrer Gleichgültigkeit; es bedeutete, dass ihre Bewegungen zwar langsam, aber nicht besorgniserregend waren. In den nächsten Wochen würde sie das Treppensteigen häufiger üben.

Mit einem erleichterten Seufzer bewältigte Grace die letzte Stufe und machte sich auf den Weg zur neurochirurgischen Klinik. Die Empfangsdame begrüßte sie am Eingang und führte sie in ein Untersuchungszimmer.

Sie setzte sich auf die Kante des Untersuchungstisches, ein Lächeln auf ihren Lippen. Sie fühlte sich stark, nachdem sie die Treppe erklommen hatte. Als Dr. Triveda hereinstürmte, hob sie den Arm zu einem Winken, eine einfache Geste, die meilenweit von den qualvollen Wochen und Monaten der Rehabilitation entfernt war.

„Guten Morgen, Grace", rief Dr. Triveda. „Keine Krücken, heute? Ich habe Sie vom Ende des Flurs aus gesehen. Sie sind ein Wunder in Bewegung!"

Grace lächelte. „Ich weiß. Ich habe einen langen Weg hinter mir."

„Darf ich die Narbe sehen?"

Graces Finger zitterten leicht, als sie ihren Schal senkte. Es fühlte sich an wie eine stumme Kapitulation.

Dr. Triveda untersuchte die Narbe sorgfältig und tastete sie mit geschulter Hand ab. Sie neigte Graces Kopf vorsichtig, um den Bewegungsbereich zu überprüfen. Schließlich trat sie zurück, ein zufriedenes Lächeln in den Augen.

„Die Narben heilen wunderbar", erklärte sie. „Die Platten und Schrauben, die wir verwendet haben, könnten die Wirbelsäule etwas steif machen, aber Ihr Puls ist stark. Insgesamt sieht das alles sehr vielversprechend aus."

Ein leises Klopfen hallte durch den Raum.

„Kommen Sie herein", rief Dr. Triveda.

Eine junge Ärztin in einem maßgeschneiderten weißen Kittel betrat den Raum. Grace war überrascht; ihre monatlichen

Untersuchungen waren bisher immer privat gewesen.

Dr. Triveda fing ihren Blick auf. „Das ist Lu'lu, eine der jungen Chirurginnen, die bei Ihrer Operation assistiert haben", erklärte sie. „Sie ist sehr daran interessiert, mehr über Ihre Fortschritte zu erfahren. Könnten Sie ihr bitte ein paar Fragen beantworten?"

Graces Magen zog sich zusammen. Annyas Worte hallten in ihrem Kopf wider: *Behandel alle Informationen über die Operation vertraulich.* Sie rutschte unbehaglich auf dem Untersuchungstisch hin und her. „Ich bin mir nicht sicher", antwortete sie.

Dr. Triveda lächelte beruhigend. „Lu'lu weiß bereits alles über Ihre Operation, Grace. Ich vertraue ihr voll und ganz, und ich denke, das können Sie auch. Diese Nachuntersuchungen sind für die kommenden Jahre entscheidend. Während ich immer für die großen Kontrolluntersuchungen da bin, kann eine erfahrene Chirurgin wie Lu'lu für eine nahtlose Fortsetzung der Betreuung sorgen."

Grace studierte ihre Gesichter auf Anzeichen verborgener Motive. Lu'lus Ausdruck verriet den Wissensdurst, der oft die frühen Phasen einer medizinischen Karriere begleitet. Grace hätte Einzelgespräche mit ihrer Chirurgin bevorzugt, aber hier schien es keine Alternative zu geben. Vielleicht war es doch nicht so schlimm, mit Lu'lu über ihre Fortschritte zu sprechen. Mit einem zögerlichen Atemzug begegnete sie dem neugierigen Blick der jungen Chirurgin. „Was möchten Sie denn wissen?"

Lu'lu setzte sich eifrig auf einen Rollhocker und öffnete ihr elektronisches Notizbuch. „Könnten Sie mir etwas über die Übergangsphase nach der Operation erzählen?"

Graces Atem stockte, als eine Sturzflut von Erinnerungen über sie hereinbrach. Wie ein Kaleidoskop des Schreckens zogen die Bilder an ihrem inneren Auge vorbei, begleitet von einer Woge überwältigender Emotionen. Krebsoperation, Bestrahlung und Chemotherapie. Dann völlige Lähmung. Der plötzliche Verlust jeglicher Kontrolle über ihren Körper war eine neue Dimension des Schreckens gewesen.

„Es war", begann sie, ihre Stimme kaum mehr als ein

Flüstern, „eine andere Art von Hölle. Ich konnte nicht atmen, nicht sprechen, mich nicht bewegen. Monatelang war ich bei den einfachsten Aufgaben auf andere angewiesen."

Die junge Chirurgin runzelte die Stirn. „Ich verstehe", sagte sie sanft. „Das muss sehr schwierig gewesen sein."

Graces Blick schweifte ab. *Nein, du verstehst gar nichts*, dachte sie. *Du hast keinen Schimmer wovon ich rede.*

„Welche Schritte führten zu Ihrer Genesung?", fragte Lu'lu.

Grace war überwältigt. Tränen stiegen ihr in die Augen.

Dr. Triveda bemerkte ihren inneren Kampf und sprang ein. „Wir begannen mit Atemtraining um sie vom Beatmungsgerät loszubekommen", erklärte sie. „Dann folgte Sprachtraining, damit sie langsam wieder lernte, Wörter zu bilden und zu sprechen. Wir implantierten einen Herzschrittmacher, um ihr Herz zu unterstützen, bis sich ihr autonomes Nervensystem erholt hatte. Auch ihre Körperfunktionen mussten koordiniert werden. Das Halten und Entleeren ihrer Harnblase, der Stuhlgang. Dann folgte Physiotherapie mit besonderem Fokus auf Hände und Arme. Später kamen Bein- und Ganzkörperübungen hinzu. Grace meisterte all diese Herausforderungen mit tiefer Entschlossenheit." Dr. Trivedas Blick verweilte auf Grace mit einer Mischung aus Stolz und Bewunderung.

Grace rutschte unruhig hin und her. Sie fühlte sich mehr wie ein Beobachtungsobjekt als ein menschliches Wesen. Sie sehnte sich nach der Privatsphäre ihres Zimmers, wo sie mehr sein konnte als eine Ansammlung von Narben und Untersuchungsergebnissen. Doch jetzt saß sie hier, dem wachsamen Blick der jungen Assistenzchirurgin ausgeliefert, ein Fall für die Wissenschaft.

„Was ist mit Ihrer Sensitivität?", fragte Lu'lu, als ginge es um ein harmloses Spiel. Ihrer jugendlichen Begeisterung fehlte das Feingefühl für die unterschwellige Anspannung.

Grace räusperte sich, um ihre Fassung wiederzuerlangen. „Zuerst habe ich überhaupt nichts gespürt", flüsterte sie. „Dann begann ich, ein Kribbeln in verschiedenen Körperteilen zu spüren, als ob tausend Ameisen auf meiner Haut erwachten. Mein Körper fühlte sich an wie ein Fremdkörper, mit dem ich nicht umgehen konnte. Einige Wochen später setzten dann die Schmerzen ein – als würden sich Nadeln willkürlich tief in verschiedene Körperteile bohren. Es war Folter von innen. Die Nächte waren am schlimmsten – endlose Phasen brennender Schmerzen, unterbrochen von eiskalter Taubheit. Ich lebte monatelang von Schmerzmitteln. Zum Glück war das meiste davon nur vorübergehend. Die Schmerzen sind fast weg."

„Braucht sie jetzt noch Schmerzmittel?", fragte Lu'lu Dr. Triveda.

Die Chirurgin nickte. „Wir haben sie vom Morphium entwöhnt, aber sie benötigt noch andere Schmerzmittel. Außerdem nimmt sie Immunsuppressiva, was nach Transplantationen Standard ist."

Lu'lu nickte eifrig. „Ich habe die Arbeiten von Xiaoping Ren gelesen", sagte sie. „Sein Team hat den Kopf einer Maus auf den Körper einer anderen transplantiert, und die transplantierten Köpfe konnten dank Immunsuppressiva bis zu sechs Monate überleben. Auch die Experimente von Robert White und seinem Team sind mir bekannt. Sie transplantierten den Kopf eines Rhesusaffen auf den Körper eines anderen, und das Tier lebte acht Tage."

Grace spürte einen Schauer über ihren Rücken laufen. Sie war keine Laborratte. Als Wissenschaftlerin hatte sie selbstverständlich die Experimente an Tiermodellen studiert – von Mäusen und Ratten bis hin zu Hunden und Affen. Viele der frühen Versuche, bei denen der Kopf eines Tieres auf den Körper eines anderen transplantiert wurde, waren aufgrund der Abstoßung des transplantierten Kopfes gescheitert. Hoffentlich würde ihr das nicht passieren.

Dr. Triveda nickte. „Sergio Canavero war ebenfalls ein Pionier auf diesem Gebiet. Er führte zahlreiche Experimente an kleinen und großen Tieren durch und veröffentlichte ein Protokoll für die Transplantation menschlicher Köpfe. Allerdings hat er den Eingriff nie selbst vollzogen. Unser Team hat seinen Ansatz erheblich weiterentwickelt und viele Herausforderungen im Bereich der Immunsuppression und Neuroprotektion erfolgreich gelöst."

Lu'lu nickte mit glänzenden Augen. „Die Operation war so anstrengend. Ich weiß noch, wie erschöpft ich war. Jeder durchtrennte Nerv musste wie ein ausgefranster Faden präzise wieder zusammengenäht werden. Bewegungskontrolle, sensorisches Feedback – alles musste sorgfältig rekonstruiert werden."

Grace blickte von einer Chirurgin zur anderen. Sie sprachen nicht mit ihr, sondern über sie. Das war entwürdigend. Annyas Worte hallten in ihrem Kopf wider: *Schreib mir, wenn dir etwas nicht passt.* Sie griff nach ihrem Handy und tippte eine einzige Nachricht an Annya. *SOS.* Ihr Handy war über eine Tracking-App mit Annyas verbunden. Die Chirurgen setzten ihr gedämpftes Lob fort, ohne die stille Rebellion zu bemerken, die sich vor ihrer Nase abspielte.

Ungefähr zwei Minuten später klopfte es an der Tür und Annyas Kopf erschien im Türrahmen.

„Hallo", sagte sie freundlich. „Ich habe jetzt einen Termin mit Grace. Seid ihr hier fertig?"

Die beiden Chirurginnen tauschten einen überraschten Blick aus. Dr. Triveda räusperte sich. „Wir befinden uns mitten in ihrer Untersuchung."

„In Anwesenheit von Lu'lu?" Annya hob eine Augenbraue.

Dr. Triveda antwortete leicht gereizt. „Sie war bei der Operation dabei."

„Das rechtfertigt nicht ihre Anwesenheit hier," sagte Annya kühl und richtete sich an Lu'lu. „Alle Informationen zu Graces Fall sind schließlich vertraulich, oder nicht?"

Lu'lu errötete. „Ich wollte mich nur über ihr Befinden informieren", stammelte sie. „Das könnte ein toller Fallbericht für das New England Journal werden!"

Annya sah Dr. Triveda an. „Kümmer Dich bitte darum." Sie drehte sich auf dem Absatz um und streckte Grace eine Hand entgegen: „Sollen wir gehen?"

„Ja, bitte", antwortete Grace mit leicht bebender Stimme. Sie verlor keine Zeit und folgte Annya aus dem Untersuchungsraum.

„Mich anzurufen war das Klügste, was du tun konntest", sagte

Annya. „Tee? Der geht auf mich." Grace trank keinen Kaffee.

„Bist du sicher, dass du Zeit hast?", fragte sie.

Annya lächelte leicht verschmitzt. „Ich bin ein Workaholic, erinnerst du dich? Viele Kollegen schulden mir einen Gefallen. Und einer von ihnen springt gerade für mich ein."

Eine Welle der Dankbarkeit durchströmte Grace. Mit Annya an ihrer Seite war jedes Problem lösbar. Grace hatte schon immer die Aufmerksamkeit bewundert, die die Notärztin sowohl von Patienten als auch vom Personal auf sich zog. Ihre smaragdgrünen Augen und das feuerrote Haar strahlten vor ungezähmter Energie, und sie bewegte sich mit einem Selbstbewusstsein, das alle um sie herum in ihren Bann zog. Jetzt spürte Grace ähnliche Blicke auf sich gerichtet – ein belebendes Gefühl, endlich wahrgenommen zu werden.

Gemeinsam stiegen sie die Treppe hinunter, durchquerten die Haupthalle des Krankenhauses und passierten die Doppeltüren, die in den Krankenhausgarten führten. Eine erfrischende Morgenbrise hieß sie willkommen. Die Sonne am wolkenlosen kalifornischen Himmel warf lange Schatten des Krankenhausgebäudes auf den sattgrünen Kunstrasen. Sie folgten einem kleinen Pfad durch üppige Rhododendronbüsche, der sie zu einem charmanten Kiosk führte. Annya ging hinüber und kam mit zwei Eistees und Schokoladenbrownies wieder heraus. Sie setzten sich auf eine nahegelegene Bank mit Blick auf einen lebhaften Spielplatz. Kinder jagten sich zwischen den bunten Schaukeln. Ihr Lachen klang wie fröhliche Windspiele in der frischen Luft.

„Das war deine monatliche Untersuchung?", fragte Annya.

Grace nickte.

"Wie fühlst Du dich?"

Grace sah auf den Boden. „Ich kann mich wieder vollständig bewegen, das ist fantastisch", sagte sie. „Aber es gibt immer noch Herausforderungen. Meine Arme und Beine fühlen sich immer noch taub an, nicht wie früher."

„Hast du das Gefühl, dass der Körper dir gehört?", fragte Annya.

„Ja und nein. Es fühlt sich an, als hätte mein Gehirn buchstäblich die Kontrolle über einen fremden Körper übernommen. Anfangs hat sich der Körper dagegen gewehrt. Aber Stück für Stück hat er nachgegeben."

„Das ist eine eindrucksvolle Perspektive", sagte Annya.

Grace nickte. „Ich habe auch mehr über meine Spenderin erfahren", fuhr Grace fort. „Bianca. Sie war unglaublich großzügig und hat ihre Organe gespendet, obwohl sie selbst gegen schwere Depressionen kämpfte. Ich möchte alles tun, damit ihr Opfer nicht umsonst war."

„Das ist ein nobles Ziel, Biancas Opfer zu ehren. Hast du es geschafft, ihren Körper als Deinen anzunehmen?"

Ein Hauch von Traurigkeit schlich sich in Graces Stimme. „Das Schlimmste ist, wie die Leute reagieren, wenn sie meine Narbe sehen. Ich wusste, dass die Genesung nicht einfach sein würde. Aber ich hatte gehofft, es gäbe so etwas wie eine Ziellinie, nach der mein Leben wieder in normalen Bahnen läuft. Stattdessen fühlt es sich an wie ein endloser Kampf gegen immer neue Hindernisse."

Annya drückte ihre Hand. „Du solltest stolz auf dich sein, Grace. Du hast mehr erreicht, als wir alle erwartet hätten."

„Ich weiß. Und ich bin bereit, das Krankenhaus zu verlassen. Wer weiß, wie lange dieses neue Leben dauern wird? Ich möchte es leben, solange ich kann."

Annya musterte sie nachdenklich. „Ich glaube, du brauchst noch ein paar Wochen in der Klinik, Grace. Du musst deine Kopf-Körper-Verbindung und deine mentale Belastbarkeit weiter festigen. Du fandest die Begegnung heute unangenehm? Wenn deine Operation bekannt wird, wird es noch viel intensiver sein."

Grace strich mit ihrem Zeigefinger über die dunkelrote Narbe an ihrem Hals. „Jeder starrt auf meine Narbe", flüsterte sie.

Annya nickte. „Ich weiß. Ich denke, der Schal ist im Moment eine gute Idee. Du solltest die Details der Operation vertraulich behandeln."

„Das hat Dr. Triveda mir auch eingebläut."

„Die Wahrheit ist … kompliziert." Annya legte ihr die Hand auf die Schulter. „Die Nachricht einer erfolgreichen Körpertransplantation könnte ethische Fragen aufwerfen, religiösen Aktivismus provozieren oder einen Medienrummel auslösen. Zu deiner eigenen Sicherheit ist es das Beste, alles geheim zu halten."

Einen Moment lang herrschte Schweigen zwischen ihnen. „Und da ist noch etwas", fuhr Annya fort. „Bevor du entlassen wirst, halte ich es für unbedingt notwendig, dass du an einem Selbstverteidigungstraining teilnimmst."

Grace blinzelte überrascht. „Selbstverteidigung?"

Annya nickte. „Wir wissen nicht, was da draußen auf dich wartet. Wir könnten abends einen Trainer ins Krankenhaus-Fitnessstudio bestellen. Er wird dir beibringen, wie du dich schützen kannst, ohne unnötige Aufmerksamkeit auf dich zu ziehen."

Grace zögerte. „Ist das wirklich nötig?"

Annya zuckte mit den Schultern. „Vorsicht ist besser als Nachsicht, oder?"

- 4 -

ANNYA

Dienstag, 8. November 2033, 11:30 Uhr

Annyas Herz klopfte, als sie durch die Krankenhaushalle eilte.

Die monotone Stimme aus dem Lautsprecher durchschnitt die Luft. „Medizinischer Notfall im Rehabilitationszentrum."

„Bitte, nicht Grace", betete sie in Gedanken.

Grace hatte sich wunderbar von der Operation erholt – ein wahres Wunder. Jetzt ein Notruf? Das konnte nicht Grace sein. Nicht nach allem, was sie gemeinsam durchgemacht hatten. Es musste jemand anderes sein. Ihre Gedanken kreisten wild umher. Wie konnte das passieren, ausgerechnet jetzt? Die Hoffnung, dass es nicht Grace war, rang mit der furchtbaren Vorstellung, sie zu verlieren.

Schritte kamen näher, gefolgt von einem fröhlichen „Hallo, Annya, ich komme mit, um dir zu helfen!"

Annya seufzte. Julius. Sein Enthusiasmus war bewundernswert, aber sein Mangel an Erfahrung richtete oft mehr Schaden als Nutzen an. Das letzte Mal, als sie beide zu einem kollabierten Patienten gerufen worden waren, war Julius als Erster am Unfallort eingetroffen und hatte aber vergessen, den Puls des Patienten zu prüfen. Er hatte bei einem betrunkenen Patienten mit normalem Puls eine Herzmassage durchgeführt. Julius' unerschütterliches Selbstvertrauen stand in krassem Gegensatz zu seinen Lücken im medizinischen Wissen. Annya hatte sich oft gefragt, ob seine familiären Verbindungen seinen Weg durch das Medizinstudium geebnet hatte. Doch eines war unbestreitbar: Julius besaß ein tiefes Mitgefühl für seine Patienten, das selbst in seinen Momenten beruflicher Unsicherheit durchschimmerte.

Annya stürmte durch die automatisch öffnenden Türen des Rehabilitationszentrums und musterte die panischen Gesichter im Foyer. Auf dem Boden lag ein bewusstloser Mann in blauer Personalkleidung, mit dunklem Haar, das an den Schläfen bereits dünner wurde... Auf keinen Fall Grace. Ein Krankenpfleger. Eine kleine Menschenmenge hatte sich um ihn versammelt.

Annya kniete neben dem bewusstlosen Mann nieder und tastete seinen Hals ab. Kein Puls. „Hol einen Defibrillator!", schrie sie Julius an, der es ihr gleichgetan hatte und auf der anderen Seite des bewusstlosen Mannes kniete. Annya begann mit der Herzdruckmassage, ihre Bewegungen geübt und effizient.

„Bist du sicher, dass er das braucht?", fragte Julius.

Der bewusstlose Mann lag regungslos auf dem Boden, sein Gesicht leichenblass.

„Ja, ich bin mir ganz sicher", antwortete Annya mit fester Stimme. „Defibrillator!"

Julius fummelte an den Knöpfen seines weißen Kittels herum. „Weißt du, wo der Defibrillator ist?", stammelte er.

„Neben dem Aufzug, Julius!", bellte Annya und und deutete auf die silbernen Türen etwa zwanzig Meter hinter ihnen. „Ein orangefarbener Kasten mit einem großen roten Licht. Den kannst du nicht übersehen! Hol ihn her, und zwar schnell!" Ihr Blick huschte zu dem bewusstlosen Mann, dessen Stirn feucht glänzte. Julius starrte auf die Szene, dann rannte er zum Aufzug.

Annya kämpfte gegen den Drang an, ihm nachzulaufen. Aber sie wusste, dass sie den Patienten nicht allein lassen konnte. Sie fuhr mit der Herzdruckmassage fort. Hoffentlich würde Julius den Defibrillator bringen. Die Zeit schien sich endlos zu dehnen.

Endlich erschien Julius mit dem Koffer. Annya öffnete ihn und überprüfte schnell den Ladestand des Geräts. Sie riss dem Mann das Hemd auf. Seine feuchte Brust war von Tätowierungen bedeckt – zwei große Drachen und ein rundes Symbol einer Schlange, die ihren eigenen Schwanz verschlingt, ein Ouroboros. Annya befestigte die Klebepads auf dem Ouroboros und dem Bild eines Drachens. In der Menge um sie herum herrschte angespannte Stille, während sie den Herzrhythmus analysierte, der auf dem Bildschirm des Defibrillators angezeigt wurde.

Annya rief laut: „Elektroschock, alle zurücktreten."

Ein weiteres kurzes Summen ertönte, und dann verkündete eine klare, computergenerierte Stimme aus dem Gerät: „Bereit zur Schockabgabe."

Annya holte tief Luft und drückte den Knopf. Ein Stromstoß durchzuckte den Körper des Patienten. Der Mann wurde nach oben geschleudert und knallte dann hart auf den Boden zurück.

Annyas Finger suchten hastig nach einem Puls an der Halsschlagader des Mannes. Nichts. Das war gar nicht gut. Sie wiederholte den Vorgang, doch die rhythmischen Pieptöne des Monitors verstummten und hinterließen eine unheimliche Stille. Der Mann lag regungslos da, seine Augen leer und glasig.

Hastige Schritte hallten durch die Halle. Zwei Sanitäter eilten herbei und brachten eine Trage ins Foyer.

„Er ist tot", verkündete Annya.

Ein entsetztes Raunen ging durch die Menge, gefolgt von einer Flut gedämpften Getuschels.

Einer der Sanitäter kniete nieder, prüfte den Puls des Mannes und nickte mit finsterer Miene.

Julius half den Sanitätern, den leblosen Körper des Mannes auf die Trage zu heben. Die Gliedmaßen des Mannes hingen schlaff herab, seine Augen starr. Annya gab den Sanitätern einen kurzen Bericht. Sie machten sich ein paar Notizen. Dann rollten sie die Trage aus dem Foyer. Das gleichmäßige Quietschen der Räder hallte durch die Halle, während Annya ihnen nachsah. Einer nach dem anderen verließen die Zuschauer den Raum und hinterließen eine drückende Stille.

„Bist du in Ordnung?", fragte Julius.

Annya schloss die Augen und versuchte, sich zu sammeln. Sie durfte jetzt nicht schwach werden. „Mir geht es gut", sagte sie langsam. „Geh zurück in die Notaufnahme, Julius. Ich muss mich um eine andere Patientin kümmern."

Julius runzelte die Stirn. „Annya, du siehst kreidebleich aus. Bist du sicher, dass es dir gut geht?"

Annya schenkte ihm ein schwaches Lächeln. „Es ist nur eine lange Schicht. Danke."

Er nickte, die Sorge war ihm deutlich anzusehen. Doch Annya war seine Chefin. Er drehte er sich um und verschwand durch die Doppeltür.

Annya atmete tief durch und nahm sich einen Moment, um sich zu beruhigen. Sie war eine erfahrene Notärztin, doch der Verlust dieses jungen Patienten, eines Krankenpflegers, der unter ihren Händen verstorben war, nagte an ihr. Warum hatte sie ihn verloren? Hatte er eine vorbestehende Herzkrankheit? Selbst das schien keinen Sinn zu ergeben.

Eine Bewegung zog ihren Blick nach oben. Auf der anderen Seite des Foyers tauchte eine Gestalt auf – Grace. Ihre abgetragenen Jeans waren zu kurz und zu weit für ihre neue Figur, wie Relikte einer vergangenen Existenz, die sich hartnäckig an ihre neue Körperlichkeit klammerten. Der Stoff ihres T-Shirts spannte sich dezent über ihre neuen Kurven, die durch tausende Stunden Selbstverteidigungstraining geformt worden waren.

Köpfe drehten sich zu Grace um, als wären sie von einem unsichtbaren Magneten angezogen. Lag es an der dunkelroten Narbe, die ihren Hals wie eine morbide Halskette umgab? Sie hatte ihre neue Identität angenommen und das Seidentuch abgelegt. Wenn die Leute sie zu lange anstarrten, erzählte sie ihnen, sie habe versucht, sich aufzuhängen. Ihre tiefe Stimme verstärkte den dramatischen Effekt und schreckte die Neugierigen ab. Ihre kalte Reaktion war ein Schutzschild, eine Methode, die Aufmerksamkeit zu kontrollieren, selbst wenn das bedeutete, die Menschen von sich zu stoßen. Doch Annya wusste, dass Grace sich unter der Maske nach echter Verbindung sehnte, nach jemandem, der hinter die Narbe blicken und erkennen konnte, wie stark es war, sie offen zu zeigen.

Und Annya spürte eine andere Kraft, die von Grace ausging. Eine bemerkenswerte Intensität in ihren Augen, scharf und tief, als hätten sie in einen tiefen Abgrund geblickt. Ein tief verwurzeltes Selbstvertrauen, das selbst unter der Last neugieriger Blicke unerschütterlich blieb. Es war die Aura einer Frau, die mit dem Tod gerungen und verwandelt daraus hervorgegangen war.

Ein junger Mann näherte sich ihr zögerlich und versuchte, sie anzusprechen. Er lächelte sie an und sagte etwas zu ihr. Vielleicht ein Kompliment. Doch Grace beachtete ihn nicht, ihr Blick war auf einen Punkt in der Ferne gerichtet. Der Mann zog sich mit niedergeschlagen Schultern zurück. Ein Schimmer von Belustigung tanzte in Graces Augen, als sie Annyas Blick traf. Ihre Selbstgenügsamkeit war eine unantastbare Mauer, die jeden Versuch, sie zu beeindrucken, zunichte machte.

Annyas Herz schwoll vor Stolz. Sie winkte und näherte sich ihrem Schützling. Grace erwiderte die Geste mit einem strahlenden Lächeln. Noch vor wenigen Wochen war sie voller Selbstzweifel gewesen. Jetzt strahlte sie eine bewundernswerte Energie aus.

„Hallo, Grace. Hast du gesehen, was gerade passiert ist?", fragte Annya.

Grace nickte. „Ich muss dir etwas Wichtiges sagen, aber wir können nicht hier reden", flüsterte sie. „Hier sind zu viele Ohren. Können wir in mein Zimmer gehen?"

„Sicher." Annya spürte, dass etwas nicht stimmte. Ihr sechster Sinn täuschte sie selten.

Sie gingen Seite an Seite, jede in ihre eigenen Gedanken vertieft. Sonnenlicht flutete durch die großen Fenster entlang des Krankenhauskorridors. Unzählige Male waren sie diesen Weg gemeinsam gegangen – zuerst im Rollstuhl, dann mit Krücken, später mit unsicheren Schritten, bis hin zur kompletten Rekonvaleszenz. Jeder Schritt war ein kleiner Sieg gewesen, ein stiller Beweis für Graces unerschütterlichen Willen.

Sie erreichten eine Glastür mit der Aufschrift „Rehabilitationszentrum". Grace zog ihren Ausweis durch den

Kartenleser, und die Tür öffnete sich mit einem leisen Zischen. Sie betraten einen weiteren Korridor, geschmückt mit modernen Gemälden, deren bunte Farbtupfer die sterilen weißen Wände auflockerten. Grace öffnete eine Tür mit der Nummer 733, und sie traten in einen warm beleuchteten Raum.

Annya kannte das Zimmer von unzähligen Besuchen. Trotz aller Bemühungen, es wohnlich zu machen, lag eine sterile Atmosphäre in der Luft. In der Mitte des Raumes stand ein Krankenhausbett, dessen frische weiße Laken einen Kontrast zum dunkelroten Leder zweier großer Sessel bildeten, die vor einem großen Fenster standen. In der gegenüberliegenden Ecke befand sich ein kleiner Trainingsbereich mit einem modernen Indoor-Fahrrad und einer Yogamatte.

Grace schloss die Tür hinter ihnen und deutete auf einen der Ledersessel. „Möchtest Du Dich setzen?"

„Ja gerne." Annya ließ sich auf dem kühlen Leder nieder, und Grace setzte sich neben sie.

„Was ist denn los?", fragte Annya.

Grace zögerte. Ihr Blick wanderte zur Tür, als wolle sie sichergehen, dass sie ungestört waren. „Es geht um den Mann … den, der den Herzstillstand hatte."

Annya begegnete Graces Blick. „Der Krankenpfleger, den wir nicht reanimieren konnten? Was ist mit ihm?"

Grace sah Annya nachdenklich an.

„Ich kann Dir nicht helfen, wenn Du mir nicht sagst, was los ist."

Grace holte tief Luft. „Er hat hier gearbeitet."

„Auf dieser Station?"

Grace nickte. „Mir ist dieser Mann erst vor ein paar Tagen aufgefallen. Ich lebe hier seit Monaten und kenne jeden Pfleger persönlich. Sie wurden alle sorgfältig ausgewählt – wegen meiner Operation, du weißt schon. Niemand hat mir diesen Mann als neuen Mitarbeiter vorgestellt und ich habe nie gesehen, dass er mit den anderen Pflegern sprach. Er kam zu ungewöhnlichen Zeiten und war immer nur kurz auf der Station. Seine Schichten schienen nicht mit denen der anderen übereinzustimmen."

„Das ist wirklich seltsam. Hat er versucht, Kontakt mit Dir aufzunehmen?"

Grace nickte. „Er hat mich in den letzten Tagen mehrmals besucht, immer wenn ich allein in meinem Zimmer war. Jedes Mal hat er mir angeboten, mir einen Kaffee zu bringen."

„Das war nett von ihm?"

„Ich trinke nur Tee, Annya. Das wissen hier alle. Es war … äußerst merkwürdig. Er schien von niemandem Anweisungen bekommen zu haben. Ich soll meinen Tee selbst zubereiten, um meine Feinmotorik zu trainieren."

Annya zuckte mit den Schultern. „Aber dieser Pfleger war neu, oder?"

„Das dachte ich zuerst auch. Aber er war sehr hartnäckig und brachte mir sogar unangekündigt Getränke. Schließlich habe ich sein Angebot heute Morgen angenommen."

„Der Pfleger, der einen Herzstillstand erlitten hat, hat dir heute deinen Morgentee gebracht? Ist dir etwas Ungewöhnliches aufgefallen?"

„Ja. Du weißt ja, dass mein Geruchssinn nach der Operation empfindlicher geworden ist. Der Tee hatte einen seltsamen Geruch."

Annya sah sie aufmerksam an. „Wirklich?"

„Der Mann hatte auch einen Mehrwegbecher dabei. Ich habe im Badezimmer ein Problem mit einem tropfenden Wasserhahn vorgetäuscht, um ihn abzulenken", flüsterte Grace. „Während er sich die Sache anschaute, habe ich seinen Tee schnell in die Vase auf dem Fenstersims gekippt und durch meinen ersetzt."

Annya starrte sie ungläubig an.

„Er wünschte mir einen schönen Tag und ist mit seiner Tasse verschwunden. Ein paar Minuten später hörte ich jemanden auf dem Flur nach Luft schnappen. Ich folgte den Geräuschen und sah ihn auf dem Gang stehen, sein Gesicht war kreidebleich. Er stolperte ins Foyer und brach dort zusammen. Die Panik in seinen Augen war unübersehbar. Jemand rief den Notdienst. Den Rest kennst Du ja."

Annya musterte Grace eingehend. Sie saß ziemlich gelassen vor ihr, doch die geballte Faust auf ihrem Schoß sprach eine andere Sprache. Der Tee hatte komisch gerochen und sie hatte ihn absichtlich in seinen Becher gegossen? Hatte die Operation nicht nur Graces Sinne geschärft, sondern auch eine dunkle Seite in ihr geweckt? Oder war diese Handlung bloß ein verzweifelter Versuch, sich zu schützen?

„Wo ist deine Tasse?", fragte sie.

Grace zeigte auf den leeren Couchtisch. „Sie war hier, als ich das Zimmer verließ. Jemand muss sie weggeräumt haben."

„Bist du sicher?"

Grace sah sie direkt an. „Annya, du hast mein Gedächtnis getestet. Ich habe sicher keine Halluzinationen oder Gedächtnislücken. Die Tasse war hier, und jetzt ist sie weg."

Annya versuchte nachzudenken. Es gab keine Beweise für Graces Geschichte. Aber es schien sehr unwahrscheinlich, dass sie sie erfunden hatte. Was war hier los?

- 5 -

GRACE

Dienstag, 8. November 2033, 12:15 Uhr

Grace schloss die Tür hinter Annya und atmete tief durch. Sie fühlte sich erleichtert, nachdem sie ihr von dem Vorfall erzählt hatte. Annya würde mit ihrem scharfen Verstand und ihren Verbindungen im Krankenhaus herausfinden, was los war. „Wir werden bei dem Mann eine vollständige toxikologische Analyse durchführen", hatte sie versprochen. „Sein rasches Herz-Kreislauf-Versagen deutet auf eine Vergiftung hin. Ich werde herausfinden, woran er gestorben ist."

Grace musste an den Mann denken. Sein aufgesetztes Lächeln, als er ihr den Tee angeboten hatte, die plötzliche Panik in seinen Augen, und der dumpfe Knall, als sein Körper zu Boden fiel. Warum hatte er ihr vergifteten Tee gebracht? Das musste etwas mit ihrer Operation zu tun haben. Der Mann war tot, aber sie konnte ein nagendes Unbehagen nicht abschütteln. Warum hatte er sie vergiften wollen? Hatte er allein gehandelt oder gab es noch andere, die eine zweite Attacke planten?

Sie holte sich einen Schluck Wasser aus dem Bad und erhaschte einen Blick in den Spiegel. Wochenlanges, diszipliniertes Training hatte ihre schlanke, kurvige Figur mit straffen Muskeln geformt. Früher war ihr Körper stämmig gewesen – nicht dick, aber auch nicht schlank. Ein kurzer Hals, mollige Arme und Beine. Sie hatte immer trainiert, doch die Ergebnisse waren begrenzt. Sport machte die Beine schließlich nicht länger. Auch ihr Gesicht war durchschnittlich gewesen, weder hässlich noch besonders hübsch. Niemand hatte ihr je einen zweiten Blick geschenkt. Jetzt umrahmte ein Kranz aus lockigem, blondem Haar ihr Gesicht – eine spürbare

Veränderung, ein unerwartetes Geschenk der Spenderin. Sie hatte nicht gewusst, dass eine Knochenmarktransplantation, die sie zusammen mit der Körpertransplantation erhalten hatte, die Beschaffenheit der Haare beeinflussen konnte.

Aber das Beste waren ihre wiederhergestellten Brüste. Grace erinnerte sich an die markante Narbe, die nach der Krebsoperation ihre amputierte Brust ersetzt hatte – eine hässliche Linie, die ihre Weiblichkeit zertrennt und ihr Selbstbild tief erschüttert hatte. Sie hatte sich beschädigt und unvollständig gefühlt. Ihre Fingerspitzen glitten über die Rundungen ihrer neuen Brüste, ein zutiefst befriedigendes Gefühl. Sie waren nicht nur wiederhergestellt, sie waren perfekt – ein Symbol ihrer Verwandlung. Sie war in eine neue Existenz hineingeboren worden und würde diese mit allen Mitteln verteidigen.

Ihr Blick wanderte nach unten und betrachtete ihre langen Beine. Ihr ganzes Leben lang hatte sie sich solche Beine gewünscht. Ihre Baggy-Jeans, Relikte eines früheren Lebens, hingen locker über ihren Knöcheln. Sie brauchte definitiv neue Hosen, sobald sie hier rauskam. Ihr Blick fiel auf das komplizierte Tattoo an ihrem rechten Knöchel – eine wirbelnde Schlange, deren Körper einen perfekten Kreis bildete, indem sie sich in den eigenen Schwanz biss. Es war nicht gerade ihr Stil, aber irgendwie sah es an ihrem neuen Bein cool aus.

Ein Lächeln umspielte ihre Mundwinkel, nicht nur wegen der körperlichen Veränderung, sondern auch wegen des Erfolgsgefühls. *Ein Schritt nach dem anderen...* Jeder Schweißtropfen und jeder schmerzende Muskel waren Beweise für ihre Entschlossenheit, Erinnerungen an die Kraft, die sie entwickelt hatte, um die Kontrolle über ihren neuen Körper zu übernehmen. Jetzt wandten sich die Blicke ihr zu. Diese hart erkämpfte neue Existenz gehörte ihr, und sie würde sie mit allen Mitteln beschützen.

Das schrille Klingeln des Telefons zerschnitt die Stille und die Anrufer-ID zeigte *Tina (Chefin)* an.

Sie presste die Lippen zusammen und hob ab: „Ja?"

Tinas Stimme, forsch und mit einem Hauch von Ungeduld, drang in Graces Ohr. „Hallo, Grace. Ich wollte nur kurz nachfragen, wie es Dir geht. Ich habe gehört, dass du wieder auf den Beinen bist. Du kannst dir den Klatsch hier im Labor nicht vorstellen. Deine Kollegen dachten, du würdest sterben. Aber ich habe gerade erfahren, dass du die Chemotherapie überstanden hast und jetzt völlig tumorfrei bist. Herzlichen Glückwunsch!"

Ihr üblicher Monolog ließ Grace kaum Raum für Antworten oder Einwände.

„Ich wollte mich also mal melden und nachfragen, wann wir Dich wieder im Labor erwarten können. Wir sind mit der Deadline für unser DIPUSTS-Projekt total überlastet und Deine Hilfe wird hier dringend benötigt."

Unglaublich. Graces Hand würgte das Telefon. Das war Tinas erster Anruf seit einem Jahr? Sie war besorgt wegen ihres *Projekts*? Tina hatte ihr keine einzige Gute-Besserung-Karte geschickt, nicht einmal eine SMS. Ein Mitleidsbesuch wäre ihr zu viel gewesen, aber diese völlige Ignoranz von der Frau, für die sie vier Jahre lang gearbeitet hatte, war schockierend gewesen. Grace verdrängte den Gedanken und konzentrierte sich auf das Gespräch.

„Ich verstehe die Dringlichkeit, Tina", sagte sie kalt und wählte ihre Worte mit Bedacht. „Leider dauert meine Genesung länger als erwartet. Ich kann noch nicht ins Labor zurückkehren. Meine Gesundheit hat jetzt oberste Priorität."

Tina schien die Verärgerung in Graces Stimme nicht zu bemerken. „Ehrlich, Grace, du machst das Ganze unnötig kompliziert. Du bist seit Monaten krankgeschrieben, während der Rest von uns Doppelschichten schiebt. Hast du schon mal darüber nachgedacht, wie sich deine Abwesenheit auf alle anderen auswirkt? Wir sind alle ersetzbar, aber würdest du nicht lieber mit Würde deinen Lebensunterhalt verdienen, anstatt von Sozialhilfe abhängig zu sein? Gib dir einen Schwung und komm wieder zur Arbeit!" Tinas Stimme klang gereizt.

Das war genug. Grace war eine begeisterte Wissenschaftlerin, aber das ging zu weit. Tina hatte sie schon immer unter Druck gesetzt, und jetzt schien sie noch nachzulegen. Grace erinnerte sich an Wochenenden im Labor, lange Nächte mit Koffein und verpasste Abendessen mit Freunden. Sie hatte das nagenden Gefühl, alles für diese Karriere geopfert zu haben. War dies das Leben, das sie wirklich wollte, oder gab es einen anderen Weg?

Graces Blick fiel auf ihre Gestalt im Spiegel. Ja, sie war immer noch eine Wissenschaftlerin. Ihr neuer Körper war ihr neues Forschungsgebiet. Die Ergebnisse ihrer Operation mussten erforscht werden. Sie spürte eine neue Begeisterung, fast kindliches Staunen über die Möglichkeiten, die vor ihr lagen. Es war an der Zeit, ihre eigene Geschichte aufzuschreiben.

„Tina, ich kündige", sagte sie laut und deutlich, und die Worte schmeckten wie Freiheit auf ihrer Zunge. Dies war die Bekenntnis zu einer Zukunft, von der sie zu träumen gewagt hatte.

Tina zog laut die Luft ein. „Du bist nicht ganz klar im Kopf, Grace. Das habe ich nicht gehört. Es geht dir offensichtlich nicht gut. Sprich mit deinem Psychiater. Ich gebe dir noch eine Woche und melde mich dann wieder. Du hast nichts, Grace. Keine Familie, keinen Ehemann, kein Geld. Du brauchst einen Job. Ich versuche nur zu helfen."

Ein Klicken hallte in Graces Ohr. Tina hatte aufgelegt. Doch ihre einschüchternden Manieren hatten ihre Macht verloren.

Grace lächelte ihrem Spiegelbild zu. Sie war alles andere als verzweifelt. Sie hatte gerade einen Angriff auf ihr Leben abgewehrt. Und sie würde auch jede weitere Attacke abwehren. Annya, ihre neue Freundin, war ein hervorragendes Vorbild. Klug, stark und selbstbewusst. Annya hatte ihr Selbstverteidigung beigebracht. *Das* war die Unterstützung, die sie brauchte. Und die Universitätsrente, eine lebenslange Anerkennung für ihre mutige Operation, befreite sie von den Fesseln eines aufreibenden Jobs. Sie konnte sich ein neues Leben voller Erfüllung leisten. Von nun an würde ihr Umfeld aus Menschen bestehen, die sie inspirierten und ihr Herz zum Singen brachten.

- 6 -

JULIUS

Dienstag, 8. November 2033, 18:15 Uhr

Dr. Julius Philopator Zhang lenkte seinen zitronengelben Lamborghini langsam die vertraute Auffahrt zu seinem Familiensitz in Atherton, Kalifornien, hinauf. Nach einem langen Tag in der Klinik fand er Trost in dem beruhigenden Schatten der Zypressen, die sich wie ein grüner Tunnel über der Straße wölbten. Als er den Baumkorridor passiert hatte, eröffnete sich ihm der Blick auf frisch gemähte Rasenflächen, auf denen eine Schar schnatternder Gänse weidete. Am Gipfel des Hügels erschien schließlich das strahlend weiße, georgianische Anwesen, wie ein funkelndes Juwel inmitten des satten Grüns.

Er steuerte seinen gewohnten Parkplatz vor dem Haupthaus an und stellte erstaunt fest, dass der silberne Lexus seines Vaters bereits angekommen war. Julius stieg rasch aus und eilte die Treppe hinauf. Seit seine Mutter vor elf Jahren an Krebs verstorben war, hatte das gemeinsame Abendessen mit seinem Vater eine ganz besondere Bedeutung gewonnen. Es war ein heiliges Ritual – ein Versprechen auf Zusammengehörigkeit.

Carlos, der Hausverwalter, begrüßte ihn am Eingang. Julius reichte ihm mit einem knappen Nicken seinen Mantel und schritt zielstrebig durch die große Eingangshalle. Aus dem formellen Esszimmer kahm ihm der Duft von frisch gebackenem Brot und Jasmin entgegen. Eine Kristallvase, gefüllt mit zarten weißen Blüten, schmückte den polierten Mahagonitisch. Zwei Gedecke aus feinem Porzellan standen bereit.

Nathanael Zhang, CEO von OrchidBio, dem größten Biotech-Unternehmen Kaliforniens, saß entspannt in einem Ohrensessel am anderen Ende des Raumes. Er hielt ein silbernes Tablet in der Hand, dessen holografisches Display die *New York Times* projizierte. Auf dem Tisch neben ihm stand ein Kristallglas mit einer smaragtgrünen Flüssigkeit und Eiswürfeln. Ein Green Dragon-Cocktail. Das Menü für heute Abend musste also chinesisch sein. Sein Vater liebte es, seinen Cocktail passend zum Gericht des Tages auszuwählen. Im Hause Zhang hatten Details eine besondere Bedeutung.

„Hallo, Papa. Tut mir leid, dass ich etwas spät dran bin", sagte Julius.

Nathanael Zhang blickte kurz auf und rückte seine Brille zurecht. „Was ist heute Deine Entschuldigung?", fragte er mit einem Anflug von Missbilligung.

„Wir hatten einen komplizierten Fall in der Klinik. Herzstillstand." Julius erinnerte sich an Annyas erschöpften Blick nach der Reanimation. „Wir konnten den Patienten nicht retten."

„Das ist bedauerlich. Ich bin sicher, Du hast Dein Bestes gegeben."

Julius nickte langsam. Er fühlte sich wie ein ständiger Versager. Schlechte Noten in der Schule, Kampf um den Numerus Clausus, Staatsexamen im zweiten Anlauf – und jetzt Patienten, die nicht genesen wollten.

„Ich glaube, ich bin besser für die Betriebswirtschaft geeignet", sagte er. „Vielleicht sollte ich den Job in der Klinik kündigen und neu starten. Die Arbeit in der Notaufnahme ist mir zu nervenaufreibend."

Sein Vater sah ihn mit einer solchen Intensität an, dass Julius unwillkürlich zusammenzuckte. „Wir haben darüber gesprochen, Julius. Ein Geschäft braucht eine Grundlage. Die Arbeit in der Klinik verschafft dir wertvolle Erfahrung. Du wirst bleiben, bis du in diesem Umfeld ein erfolgreiches Konzept für ein Unternehmen entwickelt hast."

„Ich habe Roboter für Kinder auf der pädiatrischen Onkologiestation entwickelt."

Nathanaels Gesichtsausdruck verhärtete sich. „Du meinst, du hast jemanden beauftragt, die Roboter zu bauen? Und dann hast du sie an die Patienten verschenkt?"

„Ich hatte Unterstützung von einem Informatiker und einem Designer, aber die Idee kam von mir! Und die Kinder waren begeistert!"

„Das ist ja schön zu hören. Aber ein echtes Geschäft muss Gewinn abwerfen. Wie willst du denn deinen Lebensunterhalt bestreiten, wenn ich nicht mehr da bin?"

Julius zwang sich zu einem Lächeln. „Papa, du bist gesund und in bester Verfassung. Ich bin sicher, du wirst hundert Jahre alt."

„Das hoffe ich auch. Aber vergiss deine Mutter nicht. Das Schicksal ist nicht immer auf deiner Seite."

Julius holte tief Luft. „Ich möchte etwas Neues anfangen, Papa. Ich bin einfach nicht für die Medizin geeignet."

Nathanael lehnte sich in seinem Stuhl zurück und legte die Fingerspitzen aneinander. Sein prüfender Blick war eine vertraute Last, beladen mit unausgesprochenen Erwartungen. Julius war klar, dass sein Vater sich wünschte, sein Sohn möge zu einer besseren Version seiner selbst heranwachsen – dass er mehr aus sich machte, als er es bisher getan hatte.

„Nun, ich habe vielleicht eine Geschäftsmöglichkeit für dich," sagte Nathanael schließlich. „Wenn du die richtig umsetzt, könntest du deinen Arztkittel an den Nagel hängen und der reichste Mann der Welt werden."

„Wirklich? Worum geht es denn?" Julius' Interesse war geweckt.

Nathanael Zhang deutete auf den Sessel neben ihm. „Setz Dich doch bitte."

„Natürlich." Julius nahm neben seinem Vater Platz.

Carlos kam näher und stellte leise ein gekühltes Glas Diät-Tonic-Wasser vor Julius, sein übliches Getränk vor dem Abendessen. Er nahm einen langen Schluck.

„Ich habe Insiderinformationen, dass SUEC den Code geknackt hat", sagte sein Vater mit leiser, verschwörerischer Stimme. „Sie haben einen Heilung für Krebs."

„Wirklich? Das ist eine Neuigkeit? Gibt es nicht Myriaden von Krebsmedikamenten?"

Nathaneal beugte sich unbeirrt nach vorne, seine Augen funkelten. „Vielleicht. Aber SUEC hat das Ziel erreicht. Dieses Medikament ist wirklich revolutionär!"

„Aber warum habe ich nichts davon gehört? Wenn das wahr wäre, würde es überall Schlagzeilen machen."

„Sie halten es streng geheim. Warum, weiß ich auch nicht. Aber du arbeitest dort – das gibt dir die einmalige Chance, es herauszufinden."

Julius starrte seinen Vater ungläubig an. „Du willst, dass ich für dich spioniere?"

Nathaneal nippte gelassen an seinem Cocktail. „Spion ist ein hartes Wort, mein Sohn. Betrachte es eher als … das Teilen wertvoller Informationen mit deinem alten Herrn. Anscheinend wurde eine Frau mit Krebs im Endstadium geheilt. Wenn du diskret mehr über sie herausfinden könntest …"

„Und dann?"

„Dann, mein Junge, finden wir heraus, welches Mittel sie geheilt hat und, was noch wichtiger ist, wer es entwickelt hat. Mit diesem Wissen können wir SUEC ein Angebot machen, das sie unmöglich ausschlagen können. Wir werden die Hindernisse beseitigen, die sie zurückhalten, und" – seine Stimme sank zu einem fast verschwörerischen Flüstern – „das Geschäft des Jahrhunderts aufbauen. Wir werden millionen Leben retten, und Milliarden verdienen." Ein berechnendes Lächeln spielte um seine Lippen.

Julius sah seinen Vater nachdenklich an. Er sehnte sich danach, ein Held zu sein und Leben zu retten – und das aus einem komfortablen Büro heraus, statt der Hektik der Notaufnahme. Der Reiz war verlockend. „Wie soll ich denn die Frau finden, die geheilt wurde? Krebspatienten gehen ständig in Remission."

„Das ist etwas anderes. Diese Frau hatte offenbar unheilbaren Krebs und lag im Sterben. Aber sie wurde mit einem neuen Wundermittel behandelt und ist jetzt völlig tumorfrei. Ich muss unbedingt wissen, was das für ein Medikament ist. Du musst herausfinden, wer sie ist und wie sie behandelt wurde."

„Konnte dein Informant dir das nicht sagen?"

„Leider nicht. Sie ist verschwunden.."

„Wie bitte?"

„Sie war Physiotherapeutin im Rehabilitationszentrum. Ihr Ex-Ehemann arbeitet bei OrchidBio. Sie hat mir eine E-Mail über die erstaunliche Heilung der Krebspatientin geschickt. Sie wollte einen Anteil am Geschäft. Doch dann verschwand sie – und ihre E-Mail ebenfalls. Ich ging ins SUEC-Krankenhaus, um sie zu finden, aber ihre Kollegen sagten, sie sei nach Australien gezogen. Mein Netzwerk ist riesig, aber meine Informanten konnten sie nicht finden, weder in Australien noch sonstwo. Ihr Ex-Mann hat auch keine Ahnung, wo sie steckt."

Julius dachte an den Mann mit dem Herzstillstand im Rehabilitationszentrum. „Was ist mit ihr passiert?"

„Vielleicht hat SUEC oder jemand von den Behörden sie zum Schweigen gebracht. Das gibt einem zu denken, nicht wahr? Wenn etwas so Großes wahr ist, wer entscheidet dann, wann die Welt dafür bereit ist?"

Julius musterte seinen Vater aufmerksam. „Und jetzt willst du mich da mit reinziehen? Was, wenn *ich* verschwinde?" Er suchte nach einem Anzeichen von Mitgefühl in der Miene seines Vaters, einem Hinweis darauf, dass seine Sicherheit ihm etwas bedeutete.

Sein Vater runzelte nur die Stirn. „Alles, was von Wert ist, ist mit einem Risiko verbunden, Julius. Aber wer auch immer diesen Coup durchgezogen hat, wird es sich zweimal überlegen, sich mit mir anzulegen. Ich will, dass du das größte Unternehmen des Jahrhunderts führst. Das würde mich unglaublich stolz machen!"

Carlos betrat den Raum mit einer Platte Austern. „Das Abendessen ist fertig, Sir", verkündete er.

Sie erhoben sich aus ihren Sesseln und gingen zum Esstisch. Julius kaute nervös auf seiner Lippe. Er sehnte sich nach einer Veränderung, nach etwas, das ihn wirklich erfüllte. Aber war er so einer

Aufgabe gewachsen? War es gefährlich, in der Klinik herumzuschnüffeln? Aber sein Vater hatte Recht. Er konnte gut mit Menschen umgehen und hatte ein Talent dafür, Geheimnisse zu lüften. Vielleicht war dies seine Chance, endlich die Erwartungen seines Vaters zu erfüllen.

„Ich werde sehen, was ich herausfinden kann", versprach er.

Sein Vater klopfte ihm auf die Schulter. „Das ist mein Sohn."

- 7 -

ANNYA

Mittwoch, 9. November 2033, 8:30 Uhr

Annya deutete mit einer einladenden Geste auf die offene Tür ihres Büros in der Notaufnahme des SUEC-Krankenhauses: „Komm rein, Angus".

Der FBI-Direktor zögerte. „Bist du sicher, dass du Zeit hast, bevor deine Schicht beginnt?", fragte er. Sein perfekt gebügelter Anzug spannte über den Rundungen seiner Muskeln, als er sich mit einer lässigen Geste durchs Haar fuhr. Doch es waren seine Augen, die Annya in ihren Bann zogen. Sie hatten das tiefe Blau des Pazifischen Ozeans und zogen sie an wie eine Flutwelle, unaufhaltsam und überwältigend.

„Für dich werde ich mir immer Zeit nehmen", flüsterte sie und drückte ihm einen langen Kuss auf die Lippen. Angus schob sie sanft ins Büro und umarmte sie. Aber sie trat einen Schritt zurück. Dies war nicht der richtige Ort oder die richtige Zeit. Sein Blick ließ sie erröten, und ihr Herz schlug schneller. Ihre Bindung war trotz ihrer anspruchsvollen Karrieren aufgeblüht. Ihre Vorgesetzten missbilligten ihre Beziehung mit dem FBI Direktor, aber was konnten sie tun?

„Es tut mir leid, aber meine Schicht beginnt in dreißig Minuten, und wir müssen den Mann besprechen." Sie schloss die Tür leise hinter ihnen und deutete auf den langen Schreibtisch in der Mitte des Raums, der von drei Stühlen flankiert war. „Bitte setz dich doch."

Sie ließen sich in den kalten Metallstühlen nieder.

„Hast du herausgefunden, wer der Mann mit dem Herzinfarkt war?", fragte sie. „Er war nicht als Krankenpfleger bei SUEC angestellt, so viel ist klar."

„Er war ein unbedeutender Kleinkrimineller, der bisher nicht auf dem Radar des FBI aufgetaucht ist. Er hat im Darknet eine Reihe von Dienstleistungen angeboten – Diebstahl, Detektivarbeit, Erpressung. Er wurde zweimal verhaftet und saß mehrere Monate im Gefängnis. Aber Mord war nie Teil seines Repertoires. Vielleicht hat er deshalb bei dem Angriff auf Grace versagt."

„Und hat das forensische Labor herausgefunden, ob er vergiftet wurde?"

„Ja, die Blutuntersuchung ergab Spuren von Belladonna. Nach dem Vorfall haben wir einen verdeckten FBI-Agenten in die Küche des Reha-Zentrums geschickt, der alle Speisen getestet hat. Er konnte einen weiteren Versuch, Graces Essen zu vergiften, verhindern, bevor es sie erreichte. Wir haben den Täter aber noch nicht identifiziert. Noch nicht."

Annya hatte in den letzten Monaten eine enge Freundschaft mit Grace geschlossen. Sie hatte sie täglich besucht und ihr bei ihrer bemerkenswerten Genesung geholfen – von den ersten Bewegungen über Rollstuhl und Krücken bis hin zum freien Gehen. Die Nachricht, dass Grace nun bedroht wurde, empfand sie als persönliche Attacke. Wer würde einer Patientin auf der Rehabilitationsstation ernsthaft schaden wollen? Niemand – es sei denn, ihr Geheimnis war ans Licht gekommen. Falls die Täter von Ihrer Operation wussten, gab es unzählige Motive: Pharmariesen, die verzweifelt ihre Profite schützen wollten; Fanatiker, die eine Ganzkörpertransplantation ablehnten; oder ausländische Mächte, die die Operation verstehen wollten indem sie Grace sezierten. Annya begegnete Angus' Blick. „Sie muss verlegt werden", sagte sie fest. „Ich werde mit Dr. Triveda sprechen, um ihre Entlassung zu beschleunigen. Ich denke, sie ist bereit."

Angus nickte zustimmend. „Wir müssen die Täter überraschen. Wenn sie den Verdacht haben, dass wir ihnen auf der Spur sind, könnten sie ihre Angriffspläne ändern."

„Hast du einen Verdacht, wer dahinter stecken könnte?"

Angus schüttelte den Kopf. „Noch nicht. Wir checken alle erdenklichen Bedrohungen aus dem Inland und Ausland."

„Bis wir den Angreifer identifiziert haben, kann sie nicht in der Klinik bleiben oder nach Hause zurückkehren", antwortete Annya entschlossen. „Wir müssen einen sicheren Unterschlupf für sie finden, einen Ort, an dem sie diskret untergebracht ist."

„Wir könnten sie in ein sicheres Haus des FBI bringen?"

„Ich bin mir nicht sicher, wie sinnvoll das wäre. Sie muss regelmäßig hier im SUEC zu Nachuntersuchungen erscheinen. Sie hat immer noch erhebliche sensorische Probleme.

„Du willst sie also irgendwo in der Nähe unterbringen? Wo?"

„Das weiß ich noch nicht. Aber mir wird schon etwas einfallen."

Es klopfte an der Tür und Julius steckte vorsichtig den Kopf herein. „Hallo Annya, kann ich reinkommen?"

„Natürlich", sagte Annya. Dies war ein Gemeinschaftsbüro, und Julius hatte gerade seine Schicht von 1 bis 9 Uhr morgens in der Notaufnahme hinter sich. Er wollte sicher nach Hause.

Julius betrat das Büro mit einem dampfenden Kaffee in der Hand. „Hallo, Herr Weber", sagte er fröhlich. „Was führt Sie denn hierher? Muss ich mir Sorgen machen?"

Angus lächelte zurück. „Keine Sorge, Julius. Diesmal suche ich nicht nach deinem Freund, falls du das meinst. "

Julius musterte ihn aufmerksam. Annya erinnerte sich daran, dass sein Freund ein berüchtigter Cyberhacker war – ein Kontrast zu Julius' eigenem moralischen Kompass. Julius liebte es, die Grenzen der Regeln auszutesten, aber er überschritt nie die Linie zur Illegalität.

„Suchen Sie die Frau, die von Krebs im Endstadium geheilt wurde?", fragte Julius beiläufig und nippte an seinem Kaffee.

Annya und Angus starrten ihn an.

„Wer hat Ihnen von der Frau erzählt, die von Krebs im Endstadium geheilt wurde?", fragte Angus mit einem bedrohlichen Unterton.

Julius' Blick huschte zwischen ihnen hin und her. „Tut mir leid, wenn ich mich versprochen habe. Ich kann mich nicht erinnern, wer sie erwähnt hat, aber es klang bemerkenswert. Welches Medikament hat sie noch mal bekommen?"

Annya atmete tief durch. Julius hatte einen großen Freundeskreis, und es schien, als hätte er etwas aufgeschnappt. Das Personal der Rehabilitationsstation sprach ständig über Graces erstaunliche Heilung, aber niemand außer dem Operationsteam kannte das Geheimnis der Körpertransplantation. Offiziell hieß es, dass Grace eine hochdosierte Chemotherapie und eine Wirbelsäulenoperation zur Entfernung von Metastasen erhalten hatte. Von beidem hatte sie sich langsam erholt und war nun in völliger Remission. Vielleicht hatte Julius mit einem der Mitarbeiter auf der Rehabilitationsstation gesprochen.

„Sie heißt Grace. Möchtest du sie kennenlernen?", fragte Annya leichthin.

Julius' müde Augen weiteten sich. „Das würde mich sehr freuen", sagte er.

Angus wandte sich an Annya. „Warum sollte Julius sie kennenlernen wollen?"

„Julius lebt in einem Anwesen in Atherton," erklärte sie mit einem verschmitzten Lächeln. „Mit hohen Zäunen, Überwachungskameras und einem einzigen bewachten Eingang. Ich glaube, er könnte uns bei unserem Problem helfen."

Julius schaute von Angus zu Annya. „Ich verstehe nicht, was mein Zuhause mit der Patientin zu tun hat?"

Annya deutete auf einen leeren Stuhl neben Angus. „Bitte, setz dich. Wir haben eine Bitte. Du könntest der Patientin helfen."

- 8 -

GRACE

Mittwoch, 9. November 2033, 11:45 Uhr

Grace blickte aus dem Fenster von Julius' röhrendem Lamborghini. Die gepflegte Landschaft um sie herum bildete einen starken Kontrast zu den staubigen Straßen in San Francisco, ihrem früheren Zuhause. Der Schalensitz fühlte sich kühl unter ihren abgetragenen Jeans an als Julius den Wagen mit geübter Vertrautheit durch die gewundene Auffahrt navigierte. Der süßlich-schwere Duft von Reichtum hing in der Luft – Blumen vielleicht, oder blühende Bäume? In der Ferne tauchte ein riesiges weißes Anwesen auf. Dies war der Gipfel von Luxus, eine Welt, die weit entfernt schien von der engen Wohnung, die sie einst mit ihrem Ex-Mann geteilt hatte.

Graces Blick wanderte zu dem jungen Notarzt neben ihr. Er war vielleicht drei Jahre älter als sie – oder fünf, wenn sie das Alter ihres neuen Körpers berücksichtigte. Und er war unglaublich attraktiv. Ein athletischer junger Mann Anfang dreißig mit kurzen, dunklen Haaren und ersten Lachfalten, die seine tiefen, dunklen Augen umspielten. Seine markant geformten Augenbrauen verliehen seinem Gesicht eine besondere Ausstrahlung. Die klaren Linien seiner maßgeschneiderten Jacke deuteten auf einen erlesenen Geschmack hin, während seine abgenutzte Ledertasche auf dem Rücksitz Geschichten von vergangenen Abenteuern flüsterte. Als er sie ansah, blitzte ein Funke der Rebellion durch sein ansonsten tadellos gelassenes Auftreten.

Sie deutete auf eine Herde schneeweißer Vögel, die sich auf dem sonnendurchfluteten Rasen tummelten. „Habt ihr Gänse auf dem Grundstück?", fragte sie neugierig. Einige der Vögel grasten fleißig, während andere ihre Köpfe hoben und das herannahende Auto beobachteten.

„Ja, sie sind bessere Wächter als Hunde", erklärte Julius. „Sie sind äußerst territorial und machen einen lauten Lärm, wenn sie Eindringlinge entdecken. Und im Gegensatz zu Hunden sind sie völlig unbestechlich. Bietest du einem von ihnen einen Cracker an, bekommst du eine Serenade, die selbst die Toten wecken würde."

„Faszinierend!", rief Grace.

Julius lachte. „Wir lassen sie meistens in der Dämmerung frei. Tagsüber haben sie ein abgegrenztes Gebiet, in dem sie herumlaufen können, aber sie behalten uns trotzdem im Auge. Denen entgeht nichts."

Grace fühlte sich von seinem entwaffnenden Lächeln angezogen, das manchmal unter seinem ernsten Gesichtsausdruck hervortrat. Es war erfrischend jugendlich. Irgendwie spürte sie, dass auch er seinen Anteil an Herausforderungen überstanden hatte. Als sie sich im Rehabilitationszentrum kennengelernt hatten, hatte er sie auf einen Kaffee eingeladen. Grace war angesichts ihrer jüngsten Erfahrungen zunächst zurückhaltend gewesen. Aber Annya hatte ihr versichert, dass sie Julius vertrauen konnte. Während Annya die Entlassungspapiere vorbereitete, waren sie in das Café neben dem Krankenhaus gegangen und hatten sich sofort verstanden. Sie hatten beide ihre Mütter früh verloren und erzählten sich gegenseitig Geschichten von ihren Familien und von der Arbeit an der SUEC. Sie sehnten sich beide nach etwas Neuem, obwohl sie noch nicht sicher waren, wonach.

Julius war nicht über Graces Körpertransplantation informiert worden. Das war zu riskant. Stattdessen hatte Annya erklärt, dass Grace mit einer experimentellen Chemotherapie behandelt worden war und entlassen werden musste. Sie war frisch geschieden und brauchte ein vorübergehendes Zuhause mit einem Arzt, der ihre Genesung überwachte. Ihre neue Therapie könnte die Aufmerksamkeit der Medien auf sich ziehen, aber SUEC wollte sie vertraulich behandeln, bis weitere Daten über ihre Genesung verfügbar waren. Julius stellte überraschend wenige Fragen und bot sofort an, dass Grace ein paar Tage bei ihm bleiben könne. Sie hatten genug Platz.

Das war untertrieben. Das georgianische Herrenhaus war ein kolossales Meisterwerk, das majestätisch vor ihnen stand. Seine symmetrische Fassade aus Stein und Holz war mit so viel Liebe zum Detail gestaltet, dass es einem den Atem verschlug. Die hohen Fenster mit kunstvollen Sprossen und mahagonifarbenen Fensterläden gaben dem Haus eine elegante Anmut. Als sie näher kamen, kam ein großer Portikus in Sicht, der von einer Reihe imposanter dorischer Säulen getragen wurde. Darüber erhob sich ein steiles Dach, gekrönt von einer Reihe prächtiger Dachgauben, die im Sonnenlicht glitzerten. An einer Seite des Hauses rankte sich anmutig Efeu empor.

Julius brachte das Auto mit einem leisen Zischen der Bremsen zum Stehen. Er stieg aus, ging zielstrebig um das Fahrzeug herum, öffnete die Beifahrertür und bot Grace seine ausgestreckter Hand an. Das hatte noch nie jemand für sie getan. Sie kniff sich schnell in den Arm, um sich zu vergewissern, dass sie nicht träumte. Sie ergriff seine Hand und stieg aus dem Fahrzeug.

Sie stiegen die breite Treppe hinauf zu einer großen, verzierten Tür, die halb offen stand. Oben angekommen tauchte aus den Schatten ein älterer Mann im Smoking auf.

„Hallo, Julius", sagte er. „Wer beehrt uns heute mit ihrer Anwesenheit?"

„Das ist Grace." Julius drehte sich zu ihr um. „Das ist Carlos, unser Hausverwalter."

„Freut mich, Sie kennenzulernen!" Sie lächelte den Mann an und streckte ihm zur Begrüßung die Hand entgegen.

Der Mann ignorierte die Geste, neigte leicht den Kopf und öffnete die Doppeltür mit einer eleganten Bewegung. „Willkommen in der Zhang-Residenz."

„Grace wird ein paar Tage bei uns bleiben", erklärte Julius.

„Natürlich", antwortete Carlos. „Soll ich ihr Gepäck holen?"

„Sie hat keins", sagte Julius. „Sie hat sich spontan entschieden, uns zu besuchen. Sie wurde gerade aus dem Krankenhaus entlassen."

Der Blick des Managers streifte Grace mit einem Anflug von Missbilligung. Ihre abgetragenen Jeans waren zwar bequem, schienen aber meilenweit von der formellen Eleganz entfernt zu sein, die hier üblich war.

„Vielleicht könnte ich Frau Walker kontaktieren, um passende Kleidung zu besorgen?" Eine leichte Falte vertiefte sich zwischen seinen Brauen, als sein Blick auf die rote Narbe um Graces Hals fiel.

Grace spürte, wie ihr das Blut ins Gesicht stieg. Sie biss sich auf die Zunge, um ihren üblichen sarkastischen Kommentar zu unterdrücken. Vielleicht war es doch eine schlechte Idee gewesen, hierherzukommen. Sie fühlte sich völlig fehl am Platz.

Julius tat so, als hätte er nichts bemerkt. „Tolle Idee", antwortete er. „Etwas, das ihre Narbe verdeckt, bitte. Am besten vor dem Abendessen heute Abend."

Carlos nickte und warf Julius einen wissenden Blick zu. „In welchem Zimmer soll Miss Grace übernachten?"

„Das Gästezimmer neben meiner Suite, bitte. Dann kann sie mich leicht erreichen, wenn sie etwas braucht."

„Natürlich", antwortete Carlos gelassen. „Ich werde es sofort vorbereiten lassen."

Julius führte Grace in die große Eingangshalle, wo goldenes Licht durch kunstvolle Buntglasfenster auf den polierten Marmorboden fiel. Sie passierten eine beeindruckende V-förmige Marmortreppe, die von kunstvoll geschnitzten Säulen gesäumt war, und näherten sich einer kleinen Mahagonitür im hinteren Teil des Raumes. Als Julius die Tür öffnete, offenbarte sich ein überraschend gemütliches Familienzimmer mit großen Glastüren am anderen Ende. Dahinter lag eine kleine Terrasse, die einen Blick auf einen üppigen Garten bot. Drinnen stand ein cremefarbenes Ledersofa vor einem knisternden Kaminfeuer. Der Kamin war flankiert von Bücherregalen, die vollgestopft waren mit abgegriffenen, in Leder gebundenen Büchern. Der wohlige Duft von Holzrauch und frisch gebackenem Brot lag in der Luft.

Julius ließ sich seufzend auf das Sofa fallen. „Möchtest du Ciabatta?" Er deutete auf einen große Platte mit Tomatenbrot auf dem Couchtisch. „Oder soll ich Carlos bitten, uns etwas Herzhaftes zuzubereiten?"

Grace konnte ein Lächeln nicht unterdrücken, als sie die Zusammenstellung von etwa zwanzig Ciabatta-Stücken betrachtete. Damit hätte man eine ganze Armee satt bekommen können. „Das ist perfekt", sagte sie und setzte sich neben Julius. Hier, inmitten der Wärme und einladenden Düfte fühlte sie sich sofort wohl.

Julius griff nach einem Tomatenbrot. Es rutschte ihm aus der Hand und landete direkt auf seinem makellosen Anzug. Tomatenstücke flogen in alle Richtungen auf den Boden. „Oh nein!", rief er.

Grace versuchte, ihr Lachen zu unterdrücken und reichte ihm eine Serviette. „Keine große Sache", sagte sie. „Sieht aus, als hättet ihr genug Ersatz, oder?"

Sie lachten beide und sammelten gemeinsam die heruntergefallenen Tomatenstücke auf. Dann holte sich Julius ein weiteres Stück.

„Also, deine Krankheit ist jetzt völlig geheilt?", fragte er zwischen zwei Bissen.

„Ja, genau", gab Grace zu. „Ich sehe es als eine zweite Chance. Ehrlich gesagt, hätte ich nicht gedacht, dass ich es schaffen würde."

„Was haben sie dir gegeben, um eine so bemerkenswerte Genesung zu erreichen?", fragte Julius leichthin, während sein Blick auf ihr ruhte.

Sie fühlte sich unwohl. „Darüber kann ich nicht sprechen."

„Warum nicht?"

Sie zögerte, ihre Gedanken rasten. Sie war auf dieses Gespräch nicht vorbereitet. Sie musste versuchen, einen Weg zu finden, die Narbe zu erklären, ohne die Wahrheit zu verraten.

Glücklicherweise wurden sie von einer Frau in einem Designerkostüm unterbrochen, die den Raum betrat. Ihre scharfen Augen, umrahmt von einer Schildpattbrille, suchten den Raum ab, blieben kurz auf Grace haften und wanderten dann zu Julius.

„Hallo, Herr Zhang", begrüßte sie ihn. „Sie haben um meine Hilfe gebeten?"

„Hallo, Fay. Ja, genau", antwortete Julius. „Das ist Grace, eine Kollegin von der SUEC. Sie wird eine Weile bei uns bleiben. Könnten Sie bitte eine Auswahl passender Kleidung für sie zusammenstellen? Wir brauchen etwas Passendes für den Tag, etwas Elegantes für das Abendessen mit meinem Vater, vielleicht ein Abendkleid für festliche Anlässe – und natürlich bequeme Nachtwäsche."

„Natürlich, Herr Zhang", antwortete Fay mit einem freundlichen Lächeln. Sie streckte Grace die Hand entgegen. „Es ist mir eine Freude, Sie kennenzulernen, Grace. Es ist schon eine Weile her, dass wir weiblichen Besuch hatten. Bitte folgen Sie mir, ich zeige Ihnen Ihr Zimmer und werde Ihre Garderobe dorthin bringen."

„Ich werde mich kurz auf's Ohr legen", kündigte Julius an. „Ich habe eine lange Nachtschicht hinter mir." Er lächelte müde und sah Grace an. „Wir treffen uns um 18 Uhr im Esszimmer. Fay kann dir zeigen, wo es ist. Ich werde dich meinem Vater vorstellen."

Grace bekam ein mulmiges Gefühl im Magen. Das was alles etwas zu viel. Das Anwesen, der Butler an der Tür, die Designerin und jetzt auch noch der Vater.

Mit einem knappen Nicken verschwand Julius den Flur hinunter und ließ Grace auf dem Sofa zurück. Der Luxus um sie herum schien sie zu erdrücken: die hohen Decken, die Stuckleisten, die kunstvoll gerahmten Gemälde an den Wänden und ein zart gemusterter Teppich, wie sie ihn nur aus Zeitschriften kannte.

Aber Fay ließ ihr nicht viel Zeit zum Nachdenken. „Hier entlang", sagte sie entschlossen und geleitete Grace die Treppe hinauf.

- 9 -

JULIUS

Mittwoch, 9. November 2033, 17:30 Uhr

Julius fühlte sich nach seinem Nickerchen wie neugeboren. Die Müdigkeit war wie weggeblasen und er war voller Tatendrang. Er streckte sich genüsslich und erhob sich aus der weichen Umarmung der Chaiselongue. Die Nachmittagssonne durchflutete den Raum mit warmem Licht, das bizarre Schatten an die Wand warf.

Er ging zum Schreibtisch und tastete die Schreibtischplatte von unten ab. Dort, wo die Holzmaserung eine kaum wahrnehmbare Unregelmäßigkeit bildete, fand er das versteckte Kompartiment. Er zog das Kartenhandy hervor und wählte die auswendig gelernte Nummer von Rolando.

„Hey, Julius, was gibt's?", hörte er Rolandos vertraute tiefe Stimme.

Julius zuckte innerlich zusammen. Ihre Beziehung war ein Wirbelwind – leidenschaftliche Begegnungen, unterbrochen von wochenlangen Trennungen. Eine rein körperliche Verbindung, aufregend und unberechenbar. Aber Julius sehnte sich mehr und mehr nach einer Partnerschaft, die über diese flüchtigen Momente hinausging.

Er erinnerte sich an Graces Aufregung, als sie den Hügel hinauf zu seiner Familienresidenz gefahren waren. Ihr Lachen hatte ihn angesteckt. Ihre Augen hatten vor purer Lebensfreude gefunkelt, und die flüchtige Berührung ihrer Finger entlang seines Arms hatte eine elektrische Spannung erzeugt. Er hatte nicht reagiert, aber es war ihm aufgefallen. Er wünschte, es wäre Rolando gewesen.

„Ich habe dich seit Wochen nicht gesehen", sagte er

vorwurfsvoll. „Du fehlst mir."

„Ich vermisse dich auch, Julius ", sagte Rolando ruhig. „Es tut mir leid, ich arbeite an einem wichtigen Projekt."

„Was ist es diesmal?"

„Das kann ich dir nicht sagen. Je weniger du weißt, desto besser. Es ist zu Deiner eigenen Sicherheit. Sagen wir einfach, ich unternehme Schritte, um die Kluft zwischen Arm und Reich zu verringern."

Julius seufzte. Das war das Problem. Rolando war ein Cyberhacker, der sich selbst als modernen Robin Hood der digitalen Welt betrachtete. Er war ständig auf einer Mission.

„Mein Vater veranstaltet morgen eine Gala im California Palace für seine Investoren", sagte Julius. „Das wird ein Abend, den man nicht so schnell vergisst. Hast du Lust mitzukommen?"

Einen Moment lang herrschte Schweigen. „Es tut mir leid, Julius", sagte Rolando schließlich. „Das FBI ist mir immer noch dicht auf den Fersen. Ich kann das nicht riskieren."

„Es werden Hunderte von Gästen kommen, Rolando. Glaubst du wirklich, du bist so wichtig, dass das FBI dich aus der Menge herauspicken würde?"

„Ja, das glaube ich, Julius. Vor allem, wenn ich mit meinem neuen Job hier fertig bin."

Julius stieß einen frustrierten Seufzer aus. „Wie sollen wir eine Zukunft haben, wenn wir nie in der Öffentlichkeit zusammen sein können?"

„Wir werden eine Zukunft haben, Julius", sagte Rolando bestimmt. „Wir müssen es nur klug angehen. Wir werden uns wiedersehen, sobald das hier erledigt ist. Es wird nicht mehr lange dauern. "

„Wie du willst." Julius spürte, wie kalter Zorn in seiner Brust aufstieg. „Aber wundere dich nicht, wenn ich mir in der Zwischenzeit eine neue Begleitung suche."

„Julius, benimm dich nicht wie ein Kind. Ich verspreche dir, vor dem Wochenende bei dir zu sein."

„Ich habe die Nase voll von leeren Versprechungen", fauchte Julius und legte auf. Vielleicht war es wirklich an der Zeit, etwas zu ändern.

Er zog sich ein frisches weißes Hemd an und stapfte die Marmortreppe in das Foyer. Aus dem Esszimmer drang Klaviermusik. Chopin's Nocturne, schön und traurig zugleich, wie seine Gefühle.

Im Esszimmer stand eine Frau, die er kaum wiedererkannte. Grace – transformiert. Sie stand inmitten des Raumes, eingehüllt vom warmen Schein des Kronleuchters. Ein scharlachrotes Kaschmirkleid umschmeichelte ihre Kurven, und der hohe Kragen verdeckte geschickt die Narbe an ihrem Hals. Die Frau in den billigen Jeans war verschwunden; an ihrer Stelle stand eine Frau voller Anmut und Selbstbewusstsein. Ihr sorgfältig hochgestecktes Haar umrahmte ihr Gesicht, ein paar Strähnen lösten sich in einem Hauch von verspielter Rebellion. Auf ihren Lippen lag ein zarter Scharlachton.

Sie sah ihn nicht kommen, so vertieft war sie in das Gespräch mit seinem Vater. Julius war überrascht über die Leichtigkeit, mit der sich die beiden unterhielten. Sein Vater, der normalerweise sehr distanziert war, schien ganz vergessen zu haben, dass er einen Aperitif in der Hand hielt. Graces unerwartetes Erscheinen hatte ihn offensichtlich aus der Bahn geworfen. Als Julius den Raum betrat, drehten sich beide Köpfe instinktiv zu ihm.

„Julius, ich freue mich, deine neue Freundin kennenzulernen", sagte sein Vater mit einem breiten Lächeln.

War da Bewunderung in seinem Blick? „Die Freude ist ganz auf meiner Seite", antwortete Julius und betrachtete die verwandelte Frau vor sich. „Grace, du siehst fantastisch aus!"

„Deine Designerin hat großartige Arbeit geleistet!", strahlte sie. „Ich fühle mich wunderschön!"

„Du *bist* wunderschön!", rief er.

Carlos trat mit einem Porzellanservice in den Armen ein. „Entschuldigen Sie, Herr Zhang", murmelte er, „aber ich war mir nicht sicher, ob Grace heute Abend mit Ihnen zu Abend essen würde."

Julius begegnete Carlos' Blick. Er hatte ausdrücklich erwähnt, dass Grace hier übernachten würde, doch auf dem Mahagonitisch fanden sich nur zwei Gedecke.

„Danke, Carlos", sagte sein Vater mit geübter Lässigkeit. „Das lässt sich schnell korrigieren. Könntest du bitte ein Foto von Julius und Grace machen? Ich finde, sie sehen großartig zusammen aus!"

„Natürlich." Der Manager stellte das Porzellan ab und kam zu ihnen herüber.

Graces Lächeln erblühte, als sie Julius ansah, doch er fühlte sich unwohl. Sein Vater war ein Mann der kalkulierten Gesten, nicht der Zuneigung. Warum wollte er ein Foto? Aber er spielte mit. Er trat näher und legte ihr sanft den Arm um die Schultern. Grace lehnte sich an ihn, und er spürte ihre Wärme – ein angenehmes Gefühl. Carlos' Handy blinkte einmal, zweimal, dreimal und hielt das sorgfältig arrangierte Tableau fest. Mit einem Ruck lösten sie sich voneinander.

Die Musik wechselte zu einer langsamen Cellomelodie, durchzogen von chinesischen Klängen und der Erhu, einem traditionellen chinesischen Streichinstrument. Die Melodie wirkte magisch, alt und weise.

„Ist das Tan Dun?", fragte Grace. „Tiger and Dragon?"

„Grace, Ihr Wissen über klassische Komponisten ist wirklich beeindruckend!", dröhnte die Stimme seines Vaters.

„Ich finde diese Musik ziemlich fesselnd", sinnierte Grace. „Sie hat eine heilende Wirkung."

Nathanael Zhang drehte sich mit einem Glitzern in den Augen zu Julius um. „Sollen wir diese Musik heute Abend als Untermalung zum Abendessen behalten? Was meinst du, Julius?"

„Klar, gute Idee." Julius sah seinen Vater an. Seit dem Tod seiner Mutter hatte es beim Abendessen keine Musik mehr gegeben; jetzt inszenierte sein Vater eine Scharade.

„Also, ihr beiden habt euch im Krankenhaus kennengelernt?", fragte sein Vater.

„Ja, das haben wir", bestätigte Grace und ließ ihren Blick auf Julius ruhen. Ein schelmisches Lächeln umspielte ihre Mundwinkel, während sie sich eine Haarsträhne hinters Ohr strich. „Unter etwas...ungewöhnlichen Umständen."

„Sind Sie auch Ärztin?"

„Ich bin Neurowissenschaftlerin. Aber ich habe meinen Job vor kurzem gekündigt."

„Wieso das denn?" Nathanael Zhang warf ihr einen prüfenden Blick zu.

Julius spürte, wie ihn ein Beschützerinstinkt überkam. Er wusste, dass Graces Traum darin bestand, nach ihrem zermürbenden Kampf gegen den Krebs eine Auszeit zu nehmen und das Leben zu genießen. Aber es war keine gute Idee, das hier zu offenbaren. Sein Vater hielt nichts von Auszeiten.

„Grace war Patientin im SUEC-Krankenhaus", erklärte er. „Sie hatte Krebs im Endstadium und wurde geheilt. Jetzt ist sie in völliger Remission und noch für eine Weile krankgeschrieben, um sich vollständig zu erholen."

„Sie ist eine Krebsüberlebende?" Nathanael sah Julius an. „Meinst Du *die* Patientin, die geheilt wurde?"

„Ja, das ist sie", bestätigte Julius mit angespannter Stimme.

„Faszinierend", sagte Nathanael Zhang langsam, während er Grace von Kopf bis Fuß musterte. „Eine wahre Kämpferin."

Grace warf Julius einen verwirrten Blick zu.

„Sag mal, Grace, welche hochmoderne Behandlung hat SUEC denn eingesetzt, um so eine bemerkenswerte Genesung zu erreichen? ", fragte Nathanael.

Graces Lächeln verschwand. „Es tut mir leid, ich möchte nicht darüber reden", sagte sie knapp.

Nathanael zwinkerte verschwörerisch: „Alle reden über die Fortschritte von SUEC. Wir sind doch unter uns, da können Sie mir doch sicher einen kleinen Tipp geben, oder?"

Grace atmete scharf aus. „Es tut mir leid, das ist eine persönliche Angelegenheit und ich möchte nicht darüber sprechen.

Es war eine sehr harte Zeit."

„Natürlich", sagte Nathanael Zhang. „Wir werden über etwas Leichteres reden." Er blickte zum anderen Ende des Raumes, wohin der Hausverwalter sich diskret zurückgezogen hatte. „Carlos", dröhnte er, „Wein für alle!"

Der Hausverwalter holte eine Flasche Weißwein aus der Hausbar, entkorkte sie mit einem leisen *Plopp* und füllte die Kristallgläser. Dann verließ er den Raum und kam wenige Augenblicke später mit einem großen Tablett zurück, dass er auf einer Ablage hinter dem Tisch platzierte. Sorgfältig stellte er eine schimmernde Platte mit auf Eis gelegten Austern in die Mitte des Mahagonitisches. Daneben arrangierte er eine Kristallschale mit gehobeltem Meerrettich und eine Schale mit glänzender Mignonette-Sauce, garniert mit frischen Kräutern und einer Prise rotem Pfeffer.

Julius hatte diese Vorspeise schon unzählige Male gegessen, doch es gefiel ihm, Graces große Augen zu beobachten, die diese Pracht in sich aufnahmen. Ihr Blick huschte zu ihm. Er nickte leicht und lächelte ihr zu. Dieses geteilte Vergnügen tat gut.

Sie aßen eine Weile schweigend, vertieft in ihre eigenen Gedanken, während die klassische Musik wie ein zarter Schleier um sie wehte. Die Flöte seufzte eine traurige Melodie, die vom Cello bedächtig begleitet wurde.

Endlich brach Grace das Schweigen. „Das ist absolut köstlich!", rief sie aus.

Julius konnte ein Lächeln nicht unterdrücken. Sie war wie ein frischer Wind.

Carlos trat mit einem weiteren Silbertablett ein, auf dem ein glänzender Fisch lag, umgeben von einer bunten Auswahl an Gemüse. Der Duft von Knoblauchbutter und einem Hauch Zitrone erfüllte die Luft. Mit einer eleganten Geste stellte er das Gericht auf den Tisch. „Unser Hauptgericht", verkündete er, „im Ofen gebratener Wolfsbarsch."

Grace nahm ein großes Stück und Carlos schöpfte eine großzügige Portion gelbe Soße darauf. Dann servierte er Julius und

Nathanael Fisch und Soße. Er verließ den Raum und kehrte mit einer Schale Zuckerschoten und einer weiteren Schale Kartoffelbrei zurück, die verführerisch nach Trüffelöl duftete.

Nathanael setzte das Gespräch fort. „Dieser jüngste politische Streit im Senat ist eine Farce", erklärte er, während er den Wein in seinem Glas schwenkte. „Alles Geschrei und keine Taten. Es erinnert mich an einen Elefanten im Porzellanladen."

Grace begegnete Nathanaels Blick mit Zuversicht. „Die Optik ist sicherlich nicht gut", räumte sie ein, „aber vielleicht ist es mehr als nur Effekthascherei. Vielleicht gibt es einen tieferen Grund für die aktuelle Sackgasse. Die jüngste Entscheidung des Obersten Gerichtshofs könnte Auswirkungen auf die vorgeschlagenen Umweltschutzbestimmungen haben. Vielleicht wollen die Demokraten nur Zeit gewinnen."

„Interessanter Punkt, Grace. So habe ich das noch nicht betrachtet. Vielleicht wehrt sich der Umweltblock in Erwartung einer gerichtlichen Anfechtung." Er räusperte sich. „Wie dem auch sei, ich mache mir mehr Sorgen um die Börse. Sie ist in letzter Zeit eine wahre Achterbahnfahrt.."

Grace beugte sich vor. „In der Tat. Es scheint, als ob die Technologieblase erste Risse bekommt."

Julius beobachtete Grace und seinen Vater, fasziniert von dem intellektuellen Tanz, der sich vor ihm entfaltete. Grace behauptete sich nicht nur, sie verwickelte seinen Vater in ein anregendes Gespräch, in dem sie nahtlos Bezüge zu aktuellen politischen Ereignissen, Wirtschaftsberichten und möglichen Marktveränderungen herstellte. Selten hatte er seinen Vater so eingenommen von jemandem außerhalb seines engsten Kreises erlebt.

Das Gespräch wanderte zur jüngste Ausstellung im San Francisco Museum of Modern Art. Grace sprach leidenschaftlich über die kühnen Pinselstriche und die zum Nachdenken anregenden Themen der Künstler, die neue Ideen offenbarten. Nathanael, ein selbsternannter Traditionalist, nickte bedächtig und teilte seine eigenen Ansichten über Kunst und ihren Platz in der Gesellschaft.

Mit jedem Wort, das Grace sprach, wuchs Julius' Bewunderung für sie. Ihre Fähigkeit, sich in dieser Umgebung zurechtzufinden und sich problemlos mit seinem Vater über die verschiedensten Themen zu unterhalten, war wirklich beeindruckend.

Als die letzten Bissen des Wolfsbarsches verschwunden waren, tupfte Grace sich die Lippen mit der Serviette ab und erhob sich. „Entschuldigen Sie mich bitte für einen Moment", sagte sie und verließ den Raum.

Nathanael beugte sich zu Julius und senkte die Stimme zu einem Flüstern. „Ist das *die* Krebsüberlebende, von der wir heute Morgen gesprochen haben?", fragte er mit funkelnden Augen. „Die Patientin mit Krebs im Endstadium, die durch eine neue Behandlung geheilt wurde?"

Julius warf einen kurzen Blick zur offenen Tür. „Ja, das ist sie", bestätigte er, mit einem Hauch von Stolz in der Stimme.

Nathanaels Augenbrauen schossen in die Höhe. „Das ist wirklich außergewöhnlich! Kognitive Probleme nach der Chemotherapie sind ein ernstes Thema, aber sie scheint bemerkenswert geistesgegenwärtig zu sein. Das wirft ein positives Licht auf die Behandlung, nicht wahr? Wie hast du denn ihre Anwesenheit hier heute Abend sichergestellt?"

Julius lächelte. „Sagen wir einfach", antwortete er, „Ich habe meine Verhandlungsstrategie perfektioniert."

Ein Anflug von Skepsis huschte über Nathanaels Gesicht. „Da steckt doch mehr dahinter, Julius", drängte er. „Du bist doch nicht plötzlich zum Geschäftsgenie mutiert."

Julius begegnete dem Blick seines Vaters, und ein Knoten der Frustration ballte sich in seiner Kehle zusammen. Diese herablassenden Bemerkungen waren wie Nadelstiche. Doch bevor er antworten konnte, hallten eilige Schritte durch die Stille.

Grace kam mit einem strahlenden Lächeln zurück und nahm wieder Platz. „Die Blumen in der Toilette sind wunderschön", sagte sie. „Eine wahre Augenweide. Und sie haben so gut gerochen!"

Julius bemerkte ein raubtierhaftes Glitzern in den Augen seines Vaters.

„Julius hat mir gerade von Ihrer wundersamen Krebsheilung erzählt", sagte Nathanael Zhang und beugte sich vor. „SUEC hat einige wirklich bahnbrechende Behandlungen in der Pipeline, nicht wahr?"

Grace nickte zögernd. „Das habe ich gehört."

„Sie haben gegen metastasierenden Krebs gekämpft, der sich in Ihrem ganzen Körper ausgebreitet hat?"

Grace biss leicht die Zähne zusammen. „Ja, das stimmt."

„Sie haben eine völlig neuartige Behandlung erhalten?" Nathanael beugte sich weiter vor, seine Augen funkelten vor Neugier. „Das ist faszinierend. Wir fühlen uns geehrt, Sie hier zu haben, Grace. Vielleicht könnten Sie uns ja ein paar weitere Informationen über diese neue Behandlung geben?"

Grace rutschte unbehaglich auf ihrem Stuhl hin und her. „Es tut mir wirklich leid, Herr Zhang", sagte sie mit fester Stimme. „Wie ich bereits sagte, ist meine Behandlung eine Privatsache."

„Natürlich, natürlich", sagte er lässig und winkte ab.

Carlos kam mit einem Tablett mit drei Schokoladenmousses herein. Nathanael hob die Hand. „Nicht für mich, Carlos, danke", sagte er. Sein Blick wanderte zurück zu Grace. „Ich muss dringend etwas erledigen, das meine volle Aufmerksamkeit erfordert. Ich ziehe mich in mein Büro zurück. Macht es euch gemütlich und genießt das Dessert."

Seine Augenlider flatterten leicht, als er Julius einen kurzen Blick zuwarf. Julius neigte seinen Kopf in einem kaum merklichen Nicken, ein stilles Einverständnis. Der Auftrag war klar.

- 10 -

WASSILY

Donnerstag, 10. November 2033, 9 Uhr

Wassily schlurfte durch den schmalen Flur seines Apartments im Mission District von San Francisco und betrat die Miniaturküche. Genauer gesagt, die Küche von Grace und ihm. Ihr Name stand noch als Mitmieterin im Mietvertrag, obwohl sie vor über einem Jahr ausgezogen und nie zurückgekehrt war. Er hatte ihre Sachen in ein paar Kisten im Keller verstaut, für den Fall, dass sie sie brauchen würde. Viel war es nicht, und schon gar nichts Wertvolles.

Sonnenlicht fiel durch das schmutzige Fenster über der Spüle und beleuchtete einen Abschnitt der schmalen Straße und eine einsame Palme, die um ihr Überleben kämpfte. Wassily schnappte sich eine Tasse mit einem verblichenen SUEC-Schild vom Abtropfgestell. Ein kurzes Abspülen unter dem Wasserhahn und sie war einsatzbereit. Mit der geübten Effizienz eines Mannes, der seine Grenzen in diesem Schuhkarton kannte, drehte er den Hahn auf heiß. Für einen Wasserkocher war kein Platz. Also hatte er sich daran gewöhnt, darauf zu verzichten.

Während das Wasser lief, durchsuchte er eine verbeulte Blechdose neben der Spüle. Er fand einen einzelnen Teebeutel und ein zerknülltes Zuckerpäckchen – kleine Schätze von seinem letzten Krankenhausbesuch. Jeder Cent zählte. Mit einem Schwenker mischte er alles zusammen und der vertraute Duft von schwarzem Tee erfüllte die winzige Küche. Vorsichtig balancierte Wassily die Tasse und einen Schokoladenkeks in einer Serviette ins Wohnzimmer.

Er ließ sich auf den ausgebeulten Futon fallen, der ihm trotz seiner zahlreichen Flecken noch immer ein Gefühl von Geborgenheit vermittelte. Er umschloss die warme Tasse mit beiden Händen und ließ die wohlige Hitze durch seine Finger strömen. Mit einem Seufzer legte er die Beine auf den Couchtisch und lehnte sein iPad gegen einen leeren Pizzakarton. Er hasste die winzige Wohnung. Sie war ein Spiegel seines Lebens – klein, dunkel und voller unerfüllter Träume.

Sein Blick fiel auf das überquellende Bücherregal. Sieben zerfledderte Kopien von *„The Art of Selling Anything"* waren eingeklemmt zwischen Biografien berühmter Persönlichkeiten und Selbsthilfebüchern. Sie waren seine Waffen in einem Krieg, den er nicht gewinnen konnte.

Seine Eltern, die sieben Kinder großgezogen hatten, gaben ihm in Sachen Universität nur einen klaren Rat: „Such dir einen Job." Es war ein Schlag ins Gesicht, ein Verrat an seinen Träumen. Den meisten Studenten fiel es schwer, Studium und Arbeit zu vereinbaren, aber für ihn war es der reinste Albtraum. Grace hingegen hatte es mühelos geschafft, doch Grace war auch ein Genie. Er nicht.

Eine Zeit lang hatte Wassily das unbeschwerte Leben eines Bohemien-Künstlers genossen – ganz wie sein Namensvetter, der berühmte Wassily Kandinsky. Seine Großmutter hatte ihm jedes Mal zehn Dollar zugesteckt, wenn er mit einem neuen Gemälde im Pflegeheim auftauchte. Er hatte gehofft, darauf aufbauend sein Geschäft auszuweiten: einen Malkurs zu besuchen, Ölgemälde zu schaffen und sie online zu verkaufen. Leider war das nicht so erfolgreich wie erhofft.

Er betrachtete ein besonders wildes, abstraktes Ölgemälde, das an der Wand lehnte. Es wirkte mehr wie ein explodierter Farbtopf als eine Landschaft. Aber waren Kandinskys Werke nicht ähnlich chaotisch? Es ging nicht darum, die Kunst gefälliger zu machen — sondern darum, sie erfolgreich zu verkaufen. Doch leider war seine Signatur längst nicht so begehrt wie die seines berühmten Namensvetters.

Er stieß einen frustrierten Seufzer aus. Sein Plan, einfach vorzutäuschen, er wäre ein Nachfahre des Meisters und seinen Nachnamen in Kandinsky zu ändern, hätte ihm einen perfekten Weg zu schnellem Ruhm geebnet. Doch die Bürokraten in San Francisco hatten handfeste Beweise verlangt, bevor sie die Namensänderung erlaubten. Diese Stadt machte es Künstlern wie ihm wirklich schwer. Vielleicht würde er eines Tages nach Las Vegas ziehen und dort einen neuen Versuch starten.

Doch jetzt drohte ihm ein dringenderes Problem. Die Miete war fällig, und Zuri, seine neue Freundin, entpuppte sich nicht gerade als Glücksgriff. Ihr Treuhandfonds hatte ihm zwar kurzfristig etwas Trost verschafft, aber ihre persönliche Philosophie war eher Behalten als Teilen. Auch ihre endlosen Fragen zu seinen künstlerischen Ambitionen begannen ihm zunehmend auf die Nerven zu gehen. Zuris Nützlichkeit schien ihr Verfallsdatum erreicht zu haben.

Wassily fuhr sich durch das etwas zu lang gewachsene Haar. Sein Charme war eine über Jahre hinweg geschärfte Waffe, und es wurde Zeit, sie wieder einzusetzen. Er brauchte eine neue Mitbewohnerin, die weniger neugierig war und ihn in schwierigen Zeiten besser unterstützte. Zuri konnte ihre Sachen packen.

„Die Zeiten sind für alle hart", murmelte er. „Man kann nicht erwarten, dass ein Mann alles allein stemmt." Er brauchte eine Frau, die es zu schätzten wusste, einen Mann wie ihn an ihrer Seite zu haben. Er würde ihr das Gefühl geben, etwas Besonderes zu sein, und dafür sorgen, dass sie eine gute Zeit hatte. Im Gegenzug konnte sie einziehen und sich an der Miete beteiligen. Es war wirklich ein faires Geschäft – eine Art Arrangement mit finanzieller Absicherung.

Aber wo konnte er eine Frau finden, die den Lebensstil führte, den er sich wünschte? Wassily tippte in den Browser seines iPads die Suchanfrage ein: *reichste Leute in San Francisco.*

Auf dem OrchidBio-Blog fand er ein Update über die Familie Zhang: eine Investoren-Party im California Palace. Der Zhang-Erbe und seine glamouröse Begleiterin waren prominent abgebildet. Die Frau kam ihm irgendwie bekannt vor. Er klickte auf das dazugehörige Foto und zoomte hinein. Sein Unglaube verwandelte sich in Erstaunen. *Grace?* Das war seine Ex-Frau in einem heißen Kleid und einer völlig neuen Frisur. Sie sah fantastisch aus.

Ein Stich des Bedauerns durchzuckte ihn. Es war nicht gerade sein schönster Moment gewesen, mit Zuri im Bett erwischt worden zu sein, als Grace von der Klinik kam. Er hatte gedacht, die Chemotherapie würde den ganzen Tag dauern. Warum war sie so früh zurückgekommen? Eine grausame Laune des Schicksals, das war alles. Grace hatte total überreagiert. Er hatte sich wirklich Mühe gegeben und ihr eine Schulter zum Ausweinen geboten. Aber ein Mann hatte Bedürfnisse, und Grace, Gott segne ihren brillanten Verstand, war viel zu sehr damit beschäftigt gewesen, ihren eigenen Krieg zu führen, um seine Bedürfnisse zu verstehen ....

Die gnadenlose Scheidung schmerzte ihn noch immer. Nicht, dass es ein großer Verlust gewesen wäre. Grace war genauso pleite wie er. Er hatte naiverweise angenommen, dass eine Wissenschaftlerin an einer renommierten Institution wie SUEC wohlhabend sein müsste, nur um dann zu entdecken, dass sie nicht zur Fakultät gehörte. Sie war eine Forscherin, aber keine Professorin. Er hatte auf die harte Art gelernt, dass eine akademische Laufbahn nicht automatisch zu Reichtum führte. Es war besser gewesen, getrennte Wege zu gehen.

Vor ein paar Wochen hatte Zuri ihm erzählt, dass Grace geheilt worden war. Er hatte es mit einem Toast abgetan. Gut für sie. Aber jetzt starrte er auf ihr Foto. Er hatte keine Verwandlung erwartet. Die SUEC hatte ihre Ehe fast vollständig in Beschlag genommen, doch jetzt hatte sie doch etwas Gutes bewirkt. Es war nicht nur eine Veränderung der Frisur oder der Garderobe; seine Ex-Frau sah aus wie eine völlig neue Frau. Besser als neu. Perfekte Figur. Sexy Haarschnitt. Teures Kleid. Und sie musste viel Sport gemacht haben. Grace war nie eine Augenweide gewesen, aber diese Frau hier konnte mit ihrem Aussehen eine Menge Geld machen. Als Model, Schauspielerin, Influencerin. Die Möglichkeiten waren endlos. *Das* war die Gelegenheit, auf die er gewartet hatte. Der Artikel erwähnte eine Wohltätigkeitsveranstaltung im Zusammenhang mit der Investoren-Party. Er musste hingehen. Zuri konnte ihm eine Eintrittskarte besorgen. Aber er musste einen Weg finden, Zuris Verbindungen zu nutzen, ohne sie mitzunehmen. Er würde Grace zurückgewinnen.

- 11 -

GRACE

Donnerstag, 10. November 2033, 9 Uhr

Im Haus herrschte vollkommene Stille. Julius und Nathaneal waren bereits früh zur Arbeit aufgebrochen. Grace hatte sich einen ausgedehnten Schlaf in ihrem luxuriösen Gästezimmer gegönnt. Oder war Suite vielleicht die passendere Bezeichnung für diesen weitläufigen Raum, der im Sonnenlicht erstrahlte? Die weichen Kissen und die kuschelige Decke ihres Himmelbetts waren ein starker Kontrast zu dem sterilen Krankenhausbett, in dem sie die letzten Monaten verbracht hatte. Die Ruhe war herrlich. Keine Schritte auf dem Flur, keine röhrende Musik aus dem Nachbarzimmer, keine nächtlichen Warntöne von Monitoren. Nur das entfernte Krähen eines Raben.

Grace vergrub sich tiefer in den Kissen und schloss die Augen. Das alles fühlte sich immer noch wie ein Traum an. Bilder von Julius flackerten in ihrem Kopf – die markanten Züge seines Gesichts, die Wärme in seinen dunklen Augen, das Lächeln, das seine Augenwinkel ganz leicht kräuselte. Er war ohne Frage attraktiv, doch es war nicht sein Aussehen, das sie so fesselte. Was ihr wirklich einen wohligen Schauer über den Rücken jagte, war die Art, wie er sie ansah, als würde er sie wirklich sehen. Wenn sie sprachen, hielt er ihren Blick fest, und seine Antworten bewiesen, dass er ihr wirklich zugehört hatte. Ganz anders als sein Vater, der sie ständig testete und herausforderte. Und auch anders als ihr Ex Wassily, der während ihrer Gespräche meist nur abwesend nickte und den Raum mit den Augen absuchte. Julius erinnerte sich an jedes Detail – die Eigenheiten ihrer Familie, ihre Liebe zur Neurowissenschaft, ihre Lieblingsfarben und die Tatsache, dass sie Tee dem Kaffee vorzog. Es war, als wären sie sich in einem anderen Leben bereits begegnet und hätten ihre Verbindung nun einfach fortgesetzt.

Aber was war es? Freundschaft? Seelenverwandtschaft? Oder doch mehr? Grace hatte vorsichtig die Grenzen ausgelotet – eine flüchtige Berührung seiner Hand, ein leichtes Anstoßen an seiner Schulter. Er hatte es nicht direkt erwidert, aber er hatte sie heute Abend zur Party seines Vaters eingeladen. Das war ein Zeichen. Ein Funke. Ihre Verbindung war unbestreitbar, ein Gefühl, von dem Grace sicher war, dass Julius es teilte.

Ein scharfes Surren zerriss den ruhigen Morgen. Graces Handy auf dem Nachttisch vibrierte und ein Name blitzte auf dem Display auf. Sie griff nach ihrem Telefon. Es war Tina, ihre ehemalige Chefin. Ihr kam ein spöttisches Lächeln über die Lippen. Die Frau hatte sich seit einem Jahr nicht die Mühe gemacht, sie anzurufen, und jetzt schickte sie eine SMS: *„Grace, ich muss mit dir reden.“*

Dieses Bedürfnis beruhte nicht auf Gegenseitigkeit. Grace hatte ihren Job gekündigt und sich von einem Leben voller Mobbing und Einschüchterung verabschiedet. Mit einer entschlossenen Handbewegung schaltete sie den Ton komplett ab und schob das Telefon beiseite. Sie wollte die Vergangenheit hinter sich lassen und sich auf ihr neues Leben konzentrieren.

Ihr Blick wanderte durch den Raum. Was sollte sie heute tun? Links von ihr lockte eine Chaiselongue zum Entspannen mit einem guten Buch. Daneben stand ein kleiner Schreibtisch und ein diskret platzierter Flachbildmonitor – sie könnte einen Film ansehen oder anfangen, ihre Memoiren zu schreiben. Draußen erstreckte sich ein kristallklarer See, an dessen Ufer die Gänse grasten. Ein neugieriges Eichhörnchen spähte von einer nahen Kiefer zu ihr herunter.

Mit einer schnellen Bewegung sprang Grace von ihrem Bett auf und riss die Fenster weit auf. Eine frische Brise begrüßte sie. Sie atmete tief ein und der Duft von Kiefern und Rosen füllte ihre Lungen. Es war herrlich, am Leben zu sein!

Voller Vorfreude drehte sie sich um und begutachtete ihre neuen Kleider im Kleiderschrank. Sie suchte sich einen dunkelblauen

Rollkragenpullover und eine graue Hose aus, ein schlichtes, aber elegantes Ensemble dank Fays scharfem Gespür für Stil. Der weiche Kaschmir des Pullovers kitzelte ihre Haut, als sie ihn anzog. Als Grace ihr Bild im Spielgel erblickte, bemerkte sie ein neues Funkeln in ihren Augen. Das waren nicht nur neue Kleider für einen neuen Körper; es war eine neue Version von ihr selbst. Ein Leben ohne die alltäglichen Sorgen, die sie immer belastet hatten. Sie fühlte sich stärker, selbstbewusster und bereit für alles, was die Welt für sie bereithielt.

Als sie die Tür zum Flur öffnete, wurde sie vom rhythmischen Klappern von Geschirr und dem Duft frisch gebrühten Kaffees begrüßt. Eine lateinamerikanische Musik drang von unten herauf, vermutlich aus der Küche, wo der Hausverwalter seiner Arbeit nachging.

Sie ging die Marmortreppe hinunter und folgte der Musik. Das opulente Abendessen lag ihr noch schwer im Magen. Eine Tasse Tee war alles, was sie brauchte, um in den neuen Tag zu starten.

Als sie die Küche betrat, stockte ihr der Atem. Der Raum war größer als ihre gesamte Wohnung in San Francisco. Ein Meer aus glänzendem Marmor und edlem Holz erstreckte sich vor ihr. Hohe Decken, verziert mit kunstvollen Stuckelementen, ließen ihn noch größer wirken. Sonnenlicht strömte durch die Fenster und tanzte auf den Kupferpfannen an den Wänden. Das Aroma von frisch gebrühtem Kaffee mischte sich mit dem süßen Duft von Zimt und frisch gebackenen Leckereien.

Carlos, in eine maßgeschneiderte Uniform und eine Schürze gekleidet, stand neben dem Ofen und richtete ein Tablett mit dampfendem Gebäck her. Er blickte auf, als sie eintrat. „Guten Morgen, Grace. Möchten Sie einen Kaffee?"

Der Satz erinnerte sie irgendwie an den Krankenpfleger im Reha-Zentrum, der an Herzversagen gestorben war.

„Guten Morgen, Carlos. Wäre es okay, wenn ich mir meinen Tee selbst zubereite?", fragte sie höflich.

„Natürlich", antwortete er gelassen und wies auf einen Schrank am anderen Ende des Raumes. „Unser Teesortiment befindet sich dort drüben.."

„Danke!" Sie holte eine Tasse aus dem Schrank und füllte sie mit heißem Wasser aus der Spüle.

„Der Wasserkocher ist dort drüben, wenn Sie das volle Aroma erleben möchten", bot Carlos an.

„Danke, das ist schon in Ordnung", murmelte sie und wandte sich der kunstvoll geschnitzten Anrichte mit der Aufschrift „Tee" zu. Sie hob den Deckel und entdeckte eine beeindruckende Auswahl an losem Tee. Ihr Blick wanderte umher, bis er auf einen einsamen Teebeutel fiel, der in einer Ecke versteckt lag. Das würde reichen. Sie tauchte den Beutel in die Tasse und atmete den aufsteigenden Hibiskusduft ein.

Der Hausverwalter stand steif am anderen Ende der Küche, die Arme vor der Brust verschränkt und starrte auf die Tasse in ihrer Hand.

„Haben sie zufällig etwas Honig?", fragte sie.

„Natürlich", sagte er langsam. „Der ist im Schrank über der Teebox."

Grace ignorierte seinen bohrenden Blick und öffnete den Schrank. Darin befand sich eine beeindruckende Sammlung an Honigen, von dunklem Waldhonig bis zu hellem Blütenhonig. Sie griff nach einem der Gläser, öffnete es, tauchte einen Löffel tief in die goldene Flüssigkeit und beobachtete zufrieden, wie der Honig sich in einer dicken, glänzenden Glasur an ihn schmiegte. Drei Drehungen ließen den Überschuss zurück in das Glas gleiten. Mit einer schnellen Bewegung hob sie die Honigladung in ihre Tasse. Ein dünner bernsteinfarbener Faden zog eine glitzernde Spur auf der Anrichte.

Carlos sah sie mit schief gelegtem Kopf missbilligend an.

„Kann ich mir auch eine Rosinenschnecke nehmen?", fragte sie. Der Duft war zu gut, um widerstehen zu können.

„Natürlich", sagte er knapp.

„Danke!" Sie schnappte sich ein Gebäckteilchen, drehte sich auf dem Absatz um und ging zurück in ihr Zimmer.

Fröhliches Vogelgezwitscher begrüßten sie durch das offene

Fenster als sie ihren Raum wieder erreichte. Mit einem befriedigenden Klicken schloss sie die Tür, holte den holografischen Laptop vom Schreibtisch und ließ sich auf der weichen Chaiselongue nieder. Julius hatte ihr das Passwort für den Computer gegeben. Sie nippte an ihrem Tee, startete den Browser und suchte nach Bianca.

Biancas Profil auf der SUEC-Homepage erschien als erstes. Sie hatte als Krankenschwester in der Chirurgie des SUEC-Krankenhauses gearbeitet. Viel weitere Information gab es nicht. Auf einer Facebook-Seite unter Biancas Namen gab es einige öffentliche Fotos. Eines zeigte Bianca zwischen einem älteren Mann und einer älteren Frau, vermutlich ihren Eltern, die ihre Arme um sie geschlungen hatten. Ihr Lächeln strahlte eine bedingungslose Zuneigung aus. Ein weiteres Foto zeigte sie in einem wunderschönen weißen Brautkleid, umarmt von einem jungen Mann in einem dunklen Anzug; beide Gesichter leuchteten vor Glück und Zufriedenheit. Als nächstes fand sie ein Foto von Bianca, die ein Baby in den Armen hielt. Die Zärtlichkeit in ihrem Blick vermittelten ein tiefes Gefühl mütterlicher Freude. Danach gab es keine weiteren Fotos mehr.

Grace klickte auf das nächste Suchergebnis. Ihr Herz sank, als sie erkannte, dass es Biancas Nachruf war. In der Anzeige wurde sie als engagierte Kollegin, liebevolle Tochter, glückliche Ehefrau und fürsorgliche Mutter gewürdigt. Im Nachruf wurde auch erwähnt, dass sie ihrer Tochter ins Jenseits gefolgt war. Grace spürte einen Schauer in ihrem geliehenen Körper. Bianca musste ihr Baby verloren haben. Vielleicht war das einer der Gründe, warum sie Selbstmord begangen hatte.

Im Nachruf stand auch, dass Graces Beerdigung auf dem Friedhof in Menlo Park stattfinden würde. Das war vor etwa einem Jahr gewesen. Grace klappte ihren Laptop zu und erhob sich von der Chaiselongue. Plötzlich wusste sie genau, was sie heute tun musste — sie würde zum Friedhof gehen und ihr die letzte Ehre erweisen.

Sie schlüpfte in eine leichte Strickjacke und ging die Marmortreppe hinunter. Sie war nicht besonders erpicht darauf, Carlos noch einmal zu begegnen. Höflichkeiten waren überflüssig, wenn er irgendein Problem mit ihr hatte. Anstatt den großen Eingang zu nutzen, entschied sie sich für die Seitentür, die direkt zum Parkplatz führte.

Als sie durch die Tür nach draußen trat, spürte sie sofort die sengende Hitze. Die kalifornische Sonne brannte unerbittlich vom wolkenlosen Himmel herab. Ein Glitzern von Chrom fiel ihr ins Auge – ein schickes Herrenfahrrad lehnte neben dem Seiteneingang an der Wand. Es war nicht abgeschlossen, und auf dem Rahmen prangte der Name Julius Zhang. Julius hätte sicher nichts dagegen, wenn sie sich das Rad für einen kleinen Ausflug auslieh. Mit einem geschmeidigen Schwung setzte sie sich auf den Sattel und trat in die Pedale. Als sie die geschwungene Auffahrt hinunterfuhr, warf sie einen letzten Blick zurück. Im Rückspiegel wurde das imposante Anwesen der Zhangs immer kleiner und kleiner.

- 12 -

GRACE

Donnerstag, 10. November 2033, 11 Uhr

Grace lenkte ihr Fahrrad entlang der von Zypressen gesäumten Straße, begleitet vom rhythmischen Surren der Räder. Die Bäume warfen gesprenkelte Schatten auf den Weg, während sich ihre Beine in einem befriedigenden Rhythmus bewegten. Wie hatte die Natur zwei Beine mit exakt derselben Länge hervorgebracht? Ihre mühelose Koordination fühlte sich wie ein wunderbares Geschenk an, ein starker Kontrast zu den Schrecken ihrer früheren Lähmung.

Eine Schar Gänse auf dem smaragdgrünen Rasen beäugte sie misstrauisch und brach in aufgeregtes Schnattern aus, als sie vorbeiradelte. Sie erhöhte ihr Tempo, und das Geschrei der Vögel verblasste im Hintergrund. Ein Gefühl überwältigender Dankbarkeit erfüllte sie. Das Privileg zu leben und die Welt in all ihrer Pracht zu erleben, ließ ihr Herz vor Freude überquellen. Sie atmete tief durch und radelte weiter. Frische Luft füllte ihre Lungen, die Sonne wärmte ihren Rücken, und die offene Straße erstreckte sich vor ihr.

Die Fahrt nach Menlo Park war anstrengender als erwartet. Nach zwanzig Minuten war ihre Energie ziemlich erschöpft. Die monatelangen Trainingseinheiten im SUEC-Fitnessstudio schienen im Vergleich zu den Herausforderungen der offenen Straße völlig unzureichend. Doch das Ziehen in ihren Beinen war ein willkommener Kontrast zu der Taubheit, die sie so lange ertragen hatte.

Sie parkte ihr Fahrrad am Tor zum Friedhof, schloss es mit einem leisen Klicken ab und betrat den Kiesweg, der sie an Reihen von Grabsteinen vorbeiführte – jeder ein Zeugnis eines gelebten Lebens. Sie folgte dem gewundenen Pfad, der tiefer ins Herz des Friedhofs führte. Nach einigem Suchen entdeckte sie schließlich, weshalb sie gekommen war: eine schlichte Gedenktafel, geschmückt mit einem frischen Blumenstrauß und dem Namen Bianca, ihrer Spenderin.

Grace stand schweigend vor der Gedenktafel und zollte der Frau, die ihr eine zweite Chance im Leben geschenkt hatte, ihren Respekt. Biancas Entscheidung, einen Organspendeausweis zu unterschreiben, war ein Akt tiefer Selbstlosigkeit und Großzügigkeit gewesen. Sie hätte diese Welt einfach verlassen können, von ihren eigenen Problemen überwältigt. Stattdessen hatte sie in ihrer dunkelsten Stunde ein Licht für jemand anderen entzündet.

Die Luft um sie herum war still, das einzige Geräusch das leise Rascheln trockener Blätter. Die Schatten der Bäume legten sich schwer auf das Grab. Grace blickte auf den Boden unter ihren Füßen. Ein Schauer lief ihr über den Rücken bei dem Gedanken, dass tief unter der Erdoberfläche die sterblichen Überreste ihres einstigen Körpers ruhten. Diese Vorstellung, gleichzeitig über und unter der Erde zu existieren, erfüllte sie mit einer Mischung aus Ehrfurcht und unterschwelligem Grauen – es war eine surreale Erfahrung, die die Grenzen ihrer Vorstellungskraft herausforderte.

Sie erinnerte sich an ihren alten Körper, ein Sammelsurium von Macken und Unvollkommenheiten, und doch ein treuer Begleiter durch ihr Leben. Sie erinnerte sich an den Tag, als sie sich das Knie aufgerissen hatte, und ihre Mutter ihr ein Pflaster aufgeklebt hatte. Die Narbe war ein sichtbares Zeichen der Zärtlichkeit gewesen, die sie von ihrer Mutter erfahren hatte. Es waren diese kleinen, alltägliche Momente, die ihren Körper zu dem gemacht hatten, was er war. Jetzt, wo er unter der Erde ruhte, fühlte sie sich ein Stück weit leerer. Ihr neuer Körper war ein Geschenk, aber er konnte die Erinnerungen, die sie mit dem alten verbanden, nicht ersetzen.

Seit sie ihren alten Körper abgestoßen und die Körpertransplantation erhalten hatte, hatte sie so viele neue Erfahrungen gemacht. War sie noch sie selbst und steuerte den Körper dieser Fremden? Oder war sie zu einem Frankenstein-Monster geworden, zusammengeflickt aus alten Erinnerungen und geliehenem

Fleisch? In manchen Augenblicken fühlte sie sich wie eine Marionettenspieler in, die einen fremden Körper lenkte. In anderen Momenten verschmolz sie vollständig mit ihrer neuen physischen Form und ihr früheres Selbst erschien wie ein verblassender Traum.

Grace war so in Gedanken vertieft, dass sie das Knirschen näherkommender Schritte nicht hörte.

„Bianca!"

Sie wirbelte herum. Ein junger Mann in Jeans und einer abgetragenen Lederjacke stand wie angewurzelt da und starrte sie an.

„Es … es tut mir leid", stammelte er. Ihre Blicke trafen sich für einen atemlosen Moment. „Sie sehen ihr einfach täuschend ähnlich", brachte er schließlich hervor, seine Stimme kaum mehr als ein Flüstern. „Von hinten, meine ich. Für einen Moment dachte ich, ich würde ihren Geist sehen."

„Es tut mir leid, wenn ich Sie irgendwie erschreckt habe", sagte sie.

„Sind sie gekommen, um Bianca zu besuchen? Kennen sie sie?", fragte er. Sein Blick glitt langsam über sie, als wollte er durch sie durchschauen. Ein kalter Schauer lief ihr über den Rücken.

„Ich bin eine Freundin", log Grace. „Wer sind sie?"

„Karim, ihr Ehemann."

Ein Blitz durchfuhr sie. Biancas Ehemann. Würde er den Körper seiner Frau wiedererkennen? Nein, das war unmöglich. Nicht durch die Kleidung. Viele Frauen hatten eine ähnliche Figur.

„Freut mich, Sie kennenzulernen, Karim", sagte sie und zwang sich zu einem Lächeln.

Er musterte sie, aufdringlich und distanziert zugleich.

Grace suchte in seinen Augen nach einem Anflug von Erkennen. Seine Miene, blass und von tiefen Falten gezeichnet, verriet nichts.

„Woher kannten Sie sie?", fragte er. „Ich kann mich nicht erinnern, Sie schon einmal gesehen zu haben."

Grace zögerte. „Wir haben beide an der SUEC Universität gearbeitet", sagte sie vage. „Aber irgendwie haben wir uns aus den

Augen verloren."

Er seufzte. „Bianca zog sich von allen zurück. Sie hatte ihr ganzes Leben lang gegen chronische Depressionen gekämpft."

„Das tut mir sehr leid." Grace warf dem Mann einen mitfühlenden Blick zu. Er war nicht im herkömmlichen Sinn gutaussehend – sein Körperbau war eher kräftig als sportlich, sein Gesicht wettergegerbt und sein Haar vom Wind zerzaust. Dennoch strahlte er etwas Magnetisches aus, eine stille Verletzlichkeit, die ziemlich fesselnd war.

„Hat Bianca denn keine professionelle Hilfe in Anspruch genommen?", fragte sie.

Der Mann schüttelte den Kopf. „Sie war ein paar Mal bei einem Psychologen, aber das hat nicht viel geholfen. Ich glaube, sie hat sich einfach total verloren gefühlt. Unsere Tochter ist kurz nach der Geburt an einem Hirntumor verstorben."

„Die Familie konnte sie auch nicht auffangen?"

„Wir haben es versucht, ihre Freunde auch. Ich bin Internist und habe ihr durch einige schwierige Phasen geholfen. Ich hatte eigentlich gedacht, dass es langsam bergauf ging. Sie schien langsam wieder aufzuleben. Aber dann hat sie sich doch das Leben genommen."

„Das muss ein Schock gewesen sein", sagte Grace leise.

Seine Augen glänzten vor Tränen. „Kurz bevor … bevor es passierte" – seine Stimme zitterte leicht – „war ich im Krankenhaus so beschäftigt, dass ich nicht genug mit ihr über ihre Gefühle gesprochen habe. Wie gesagt, ich dachte, dass es ihr langsam besser ging. Ich hatte keine Ahnung, dass ihre Depressionen wieder schlimmer geworden waren. Dann bekam ich den Anruf, dass sie tot aufgefunden wurde."

Grace wusste nicht, was sie sagen sollte. Der Mann beeindruckte sie. War es die Art, wie seine Stimme sich senkte und wieder aufhob, oder die ruhige Selbstsicherheit, mit der er sie ansah? Sie konnte es nicht genau sagen.

„Ich frage mich immer noch, ob ich sie hätte retten können, wenn ich mich nur mehr um sie gekümmert hätte", fuhr er fort.

„Warum habe ich so viel gearbeitet? Am Ende habe ich das verloren, was mir am wertvollsten war – meine Frau, die Liebe meines Lebens."

Grace nickte. „Ich habe auch zu viel gearbeitet. Ich bin Wissenschaftlerin und habe rund um die Uhr an der Entwicklung eines neuen Medikaments geforscht. Mein Mann langweilte sich und begann eine Affäre. Dann bekam ich Krebs. Ich habe mich so oft gefragt, warum ich so hart gearbeitet habe? Wofür?"

„Das tut mir wirklich leid", sagte er aufrichtig.

„Mir nicht", antwortete Grace. „Es war wohl das beste, dass ich den Mistkerl losgeworden bin. Mir geht es jetzt viel besser. Aber es ist ernüchternd zu erkennen, dass das, was wirklich zählt, verloren gegangen ist: die Zeit."

„Genau", stimmte er zu. „Ich habe mir oft gewünscht, ich könnte die Zeit zurückdrehen und noch einmal neu anfangen. Wenn ich noch einmal eine Chance bekäme, würde ich keinen einzigen Augenblick mit den Menschen vergeuden, die mir am Herzen liegen."

Eine Stille trat ein, schwer von unausgesprochenen Gedanken. Grace ließ ihren Blick auf dem Blumenstrauß vor dem Grabstein ruhen – rote Rosen. Ihr Duft war beinahe schmerzhaft süß.

„Als ich Sie aus der Ferne sah, hielt ich Sie für einen Moment für sie", gab er zu. „Sie sind ihr irgendwie ähnlich. Ich würde gerne mehr über Ihre Freundschaft mit Bianca erfahren. Darf ich Sie auf einen Kaffee einladen?"

Grace musterte den Mann vorsichtig. „Kaffee? Was für eine unheimliche Unterhaltung auf einem Friedhof."

Bevor sie antworten konnte, tauchte eine Gestalt in einem Trenchcoat zwischen den Grabsteinreihen auf. Die Krempe eines Hutes verdeckte das Gesicht, aber Grace erkannte ihn trotzdem sofort. Es war Angus Weber, der FBI-Agent aus dem Krankenhaus.

„Hallo, Grace", begrüßte er sie. „Ist alles in Ordnung?"

„Ja sicher", sagte sie. „Wir haben uns über Bianca unterhalten. Karim ist ihr Ehemann."

Karims Blick wanderte von Grace zu Angus. „Sieht aus, als hätte Bianca heute viel Besuch", sagte er trocken.

„Das ist mein Onkel", erklärte Grace und sah Angus besorgt an. Hoffentlich würde er mitspielen.

Angus nickte zustimmend.

„Ihr Onkel?", sagte Karim und streckte die Hand aus. „Freut mich, Sie kennenzulernen, Herr …?"

„Weber", vollendete Angus den Satz und schüttelte die Hand. „Wir sind auf dem Weg zu einer Familienfeier, und ich bin hier, um Grace abzuholen."

„Natürlich", erwiderte Karim höflich. Dann wandte er sich an Grace. „Es war sehr nett, Sie kennenzulernen. Vielleicht haben wir irgendwann die Gelegenheit, unser Gespräch fortzusetzen?"

Grace schluckte. Das war wohl keine gute Idee. Aber sie mochte den Mann und empfand tiefes Mitgefühl für den Verlust seiner Frau. Sie warf einen verstohlenen Blick auf Angus Weber. Sein Gesichtsausdruck war undurchschaubar.

Karim sah auf die Uhr. „Am Freitag bin ich um elf Uhr wieder hier. Vielleicht könnten wir unser Gespräch dann fortsetzen?"

Sie hörte sich sagen: „Das würde mir gefallen." Überwältigt von ihrer eigenen Kühnheit drehte sie sich auf dem Absatz um und folgte Agent Weber den Kiesweg hinunter. Ihr Kopf schwirrte. Unter den gegebenen Umständen erschien es völlig irrational, einem weiteren Treffen mit Biancas Ehemann zuzustimmen. Doch der Schmerz in seinen Augen hatte etwas in ihr berührt. Sie fühlte sich verpflichtet, dem Mann zu helfen. Es war das Mindeste, was sie für die Frau tun konnte, die ihr dieses neue Leben geschenkt hatte.

Als sie außer Hörweite waren, fragte sie den FBI-Agenten: „Warum sind Sie mir gefolgt?"

Der Agent lächelte. „Ich wollte sichergehen, dass es Ihnen gut geht."

Grace starrte ihn wütend an. „Was soll das denn heißen? Werde ich etwa überwacht?"

Er reagierte nicht auf ihren Ausbruch. „Kann ich Sie nach Hause fahren?", fragte er ruhig.

Grace' Blick schweifte zum Zaun, wo ihr Fahrrad lehnte. Ihre

Oberschenkelmuskeln protestierten noch immer gegen die erschöpfenden Anreise. „Wenn Sie mein Fahrrad in Ihr Auto quetschen könnten, wäre das großartig", antwortete sie.

„Kein Problem", erwiderte der Agent gelassen.

Sie steuerten auf das Eingangstor zu. Die verwitterten Grabsteine um sie herum wirkten wie stumme Zeugen vergangener Zeiten. Am Tor holte Grace ihr Fahrrad, während Agent Weber mit einem leisen Doppelklicken die Türen seines Mercedes entriegelte.

„Ich bin froh, dass ich vorbeigekommen bin. Sie sollten in der Zhang-Residenz bleiben, Grace. Das ist momentan der sicherste Ort für Sie", sagte er mit strenger Miene.

„Was sollte ich denn dort machen? Ich kann doch nicht den ganzen Tag herum sitzen."

„Betrachten Sie es als Urlaub", sagte Angus. „Es ist nicht der schlechteste Ort, soweit ich gehört habe. Vor allem aber ist er sicher. Jemand hat es auf Sie abgesehen, Grace. Sie können wieder weitere Kreise ziehen, wenn er oder sie hinter Gittern sitzt."

Sie nickte. „Ich werde vorsichtig sein. Aber ich muss wissen, wer hinter dem Giftanschlag im Reha-Zentrum steckt. Vielleicht hat das etwas mit Bianca zu tun."

„Sie können sich darauf verlassen, dass wir alles tun werden, um das für Sie herauszufinden" , sagte Angus Weber und glitt auf den Fahrersitz. Sie folgte seinem Beispiel und ließ sich auf der Beifahrerseite nieder. Angus startete den Motor.

Plötzlich kam Grace eine Idee. „Wo wir schon dabei sind - ich habe heute Nachmittag einen Termin im Krankenhaus. Könnten Sie mich vielleicht dort hin bringen?"

Angus sah sie erstaunt an. „Sie wollen das FBI als Taxiservice benutzen? Das ist eine interessante Interpretation unserer Aufgaben."

„Sie würden mir ohnehin folgen, oder etwa nicht?", konterte sie. „Wenn ich in Ihrem Wagen sitze, ist meine Sicherheit am besten gewährleistet."

Er schmunzelte und schüttelte leicht den Kopf. „Warum nicht."

- 13 -

ANNYA

Donnerstag, 10. November 2033, 14 Uhr

Annya stürmte in das enge Untersuchungszimmer des SUEC-Krankenhauses. Grelle Neonlichter summten über ihnen und tauchten Grace, die auf dem Untersuchungstisch saß, in ein durchdringendes Licht. Der vertraute antiseptische Geruch der Notaufnahme mischte sich mit einem Hauch von Rosenwasser. Annya warf Grace einen prüfenden Blick zu. Die rasche Entlassung in die Zhang-Residenz hatte ihr gut getan. Graces Wangen waren leicht gerötet, und sie trug einen neuen Kaschmirpullover, der ihre Narbe verbarg und ihr hervorragend stand.

Nach dem beunruhigenden Vorfall mit Dr. Triveda hatte Grace Annya gebeten, ihre Nachuntersuchungen zu übernehmen. Dr. Triveda war nicht begeistert gewesen, hatte aber widerwillig zugestimmt – unter der Bedingung, dass sie einen umfassenden Bericht erhielt. Annya konnte es ihr nicht verübeln. Immerhin war Dr. Triveda die behandelnde Chirurgin, und Graces Fall war einzigartig. Die vollständige Genesung nach einer Rückenmarksdurchtrennung, gefolgt von einer scheinbar mühelosen Integration in einen neuen Körper, grenzte an ein Wunder – es war der bedeutendste medizinische Durchbruch des Jahrhunderts.

Annya trat auf Grace zu und lächelte herzlich, in der Hoffnung, die Anspannung etwas zu lösen. Sie hatte eine Reihe medizinischer Tests veranlasst: Blutabnahme, Röntgen, EEG, EKG und eine umfassende neurologische Untersuchung. Sie setzte sich auf den Hocker neben dem Untersuchungstisch und überprüfte die Ergebnisse in der elektronischen Krankenakte.

„Grace, deine Untersuchungsergebnisse sehen sehr gut aus", sagte sie. „Wie war dein erster Tag bei den Zhangs?"

„Wunderbar. Ich fühle mich jeden Tag besser. Aber ich habe immer noch Probleme mit der Sensibilität." Sie drehte ihre Hand vorsichtig , als würde sie ein zerbrechliches Objekt halten.

„Ja, das ist mir bei den Ergebnissen der neurologischen Untersuchung aufgefallen", bestätigte Annya. „Verminderte Sensibilität in den Armen und Beinen. Beeinträchtigt das deinen Alltag?"

Grace überlegte einen Moment. „Nein, nicht wirklich. Manchmal stoße ich mich an etwas, ohne es zu merken." Sie zog ihr Hosenbein hoch und zeigte auf einen blauen Fleck an ihrem Schienbein. „Überraschungs-Souvenirs", sagte sie mit einem ironischen Lächeln. „Aber sie tun nicht besonders weh. Im Großen und Ganzen komme ich gut damit klar."

Annya lehnte sich vor, ihre Stimme wurde sanfter. „Wie fühlt sich der neue Körper an, Grace? Fühlt er sich wirklich wie deiner an?"

Graces sah zu Boden. „Ehrlich gesagt, es ist ziemlich verwirrend. In einem Moment bin ich unglaublich dankbar. Dieser Körper ist so stark und schön – all das, was meiner nie sein konnte." Sie strich sich über den Arm. „Aber manchmal fühlt es sich auch seltsam an, fast unwirklich. Als wäre ich in einem anderen Körper aufgewacht. Manchmal sehe ich in den Spiegel und frage mich: Bin das wirklich ich?"

„Es ist völlig normal, dass du dich hin- und hergerissen fühlst, Grace", sagte Annya beruhigend. „Ein neuer Körper bedeutet eine enorme Veränderung – physisch wie emotional. Im Kern bist du immer noch du selbst, nur mit neuen Möglichkeiten."

Grace nickte. „Natürlich. Dieses neue Leben ist eine Chance, von der ich nie zu träumen gewagt hätte. Ich bin so weit gekommen und lasse mich jetzt von nichts mehr aufhalten."

Annya betrachtete Grace nachdenklich. Aus medizinischer Sicht war ihre körperliche Genesung beeindruckend. Doch als erfahrene CIA-Agentin wusste sie, dass Graces innere Konflikte eine potenzielle Schwachstelle darstellten, die sie anfällig für Manipulation und Ausnutzung machten.

„Zum Glück hat Julius dich eingeladen, für eine Weile bei ihm zu wohnen," sagte Annya. „Das bietet dir nicht nur mehr Sicherheit, sondern auch die nötige Zeit, um deine Situation in Ruhe zu verarbeiten."

Grace nickte. „Ja, dafür bin ich sehr dankbar. Ich schätze ihn sehr."

Annya lächelte. „Wann möchtest du denn wieder zu deiner Arbeit im Labor zurückkehren?" Je näher Grace bei ihr war, desto leichter würde es sein, sie im Blick zu behalten.

Grace holte tief Luft. „Ich habe meinen Job gekündigt."

„Tatsächlich? Ich dachte, du wärst eine leidenschaftliche Wissenschaftlerin?"

„Das bin ich immer noch. Aber meine Chefin hat mich ständig unter Druck gesetzt, Ergebnisse zu liefern, die es einfach nicht gab. Und sie hat meine Resultate übermäßig kritisiert. Dabei waren es nicht die Daten – ihr Medikament hat einfach nicht funktioniert."

Annya sah sie interessiert an. „Das klingt nach einer schwierigen Situation. Du hast an einem neuen Medikament geforscht? Welches war es denn?"

Grace machte eine wegwerfende Geste. „Sie hat mich gebeten, einen Namen dafür zu finden. Ich nannte es DIPUTS – ein Akronym für 'Drug-Induced Protection Against Uncontrolled Tumor Spread'. Tina mochte den Namen und behielt ihn."

„Das ist ein wirklich cleverer Name!"

„Ich würde eher sagen, er passte sehr gut. Leider war die Wirkung des Medikaments bestenfalls gering. Ich bin wirklich erleichtert, dass ich mich damit nicht länger auseinandersetzen muss."

„Du könntest in ein anderes Labor oder an eine andere Universität wechseln?"

Grace schüttelte den Kopf. „Meine Krebsvorgeschichte würde zu viele Fragen aufwerfen. Entweder werden sie mir nicht glauben, dass ich wirklich geheilt bin, oder sie werden wissen wollen, was mich geheilt hat. Ich bekomme jetzt schon ständig Nachfragen von Leuten, die mich an der SUEC kannten – und von der Familie Zhang. Neugier ist eine Sache, aber nach einer Weile kann es aufdringlich werden."

„Das kann ich verstehen. Du könntest woanders hinziehen und komplett neu starten?"

Grace schüttelte den Kopf. „Ich liebe San Francisco und die Bay Area. Ich bin hier aufgewachsen und ich möchte nirgendwo anders leben."

Annya nickte verständnisvoll. „Die Bay Area hat eine besondere Art, die Menschen an sich zu binden."

Grace lächelte. „Und ich liebe die Zhang-Residenz!"

„Das kann ich mir gut vorstellen. Es war wirklich nett von Julius, dir zu helfen. Aber das ist kein dauerhafter Aufenthalt. Sobald das FBI die Person gefunden hat, die dir schaden wollte, musst du leider wieder ausziehen."

„Das ist mir bewusst."

„Jeder braucht eine Aufgabe. Vielleicht wäre es eine gute Idee, in der Zhang-Residenz über neue Aktivitäten nachzudenken. Hast du dir schon Gedanken darüber gemacht, welche Art von Arbeit dich erfüllen könnte?"

Graces Augen funkelten. „Ich *muss* nicht mehr arbeiten. Meine Rente von der SUEC deckt meinen Lebensunterhalt vollkommen."

„Wenn du alles auf der Welt tun könntest, was wäre das?"

Grace überlegte einen Moment, dann antwortete sie: „Diese ganze Erfahrung, Mensch 2.0 zu sein, ist einfach faszinierend! Ich kann gleichzeitig Versuchsperson und Forscherin sein. Ich möchte meine Fortschritte dokumentieren und aus erster Hand aufzeichnen – eine lebendige Chronik für die Welt, wenn sie bereit dafür ist." Ihre Stimme bebte vor Begeisterung. „Es gibt so vieles, was wir noch nicht verstehen – die Art und Weise, wie mein Körper mit dem Kopf kommuniziert und wie sich das auf meine Wahrnehmung und Gefühlsverarbeitung auswirkt."

Annya beobachtete Grace aufmerksam. Ihre Aufregung war sowohl inspirierend als auch beunruhigend. War sie selbst die größte Gefahr für die Geheimhaltung ihrer Operation? Konnte sie dieses monumentale Geheimnis für sich behalten?

„Es ist eine großartige Idee, deine Fortschritte zu dokumentieren, Grace," sagte sie. „Aber denk daran, dass Diskretion in diesem Moment oberste Priorität hat."

Grace Miene wurde ernst. „Natürlich. Ich habe bereits ein Tagebuch angefangen und werde es vorerst für mich behalten." Ihre Stimme wurde wieder fröhlicher. „Und ich werde mein Leben in vollen Zügen genießen! Wer weiß, wie lange dieser unglaubliche neue Körper halten wird."

Annya lehnte sich zurück und sah Grace ernsthaft an. Konnte sie ein Gefühl von Normalität entwickeln? Vielleicht wäre es besser für sie, Interessen zu finden, die über die Transplantation hinausgingen. „Was bereitet dir Freude, Grace, abgesehen von der Operation und deinen Fortschritten mit der Genesung? Gibt es Freizeitaktivitäten oder Hobbys, die dich begeistern?"

Grace dachte einen Moment nach. „Ehrlich gesagt, alles fühlt sich so neu an. Ein Spaziergang durch die Gärten der Zhang-Residenz, die Tautropfen auf den Rosen, die Muster auf den Blättern, die mir vorher nie aufgefallen sind – es ist, als würde ich die Schönheit der Welt zum ersten Mal erleben." In Ihrem Ton schwang eine aufrichtige Begeisterung mit. „Und mein Verstand fühlt sich irgendwie viel schärfer an. Bilder werden lebendig in meinem Kopf, Geschichten drängen darauf, erzählt zu werden. Ich habe sogar darüber nachgedacht, einen Roman zu schreiben – etwas, was ich mir vorher nie zugetraut hätte."

„Oh, Belletristik. Welches Genre interessiert dich denn?"

„Vielleicht ein Thriller."

„Ein Thriller?"

Grace lächelte. „Ein Thriller über eine Frau, die ihren Mann ermordet, weil er sie betrogen hat."

„Hm, das klingt spannend", entgegnete Annya. „Ich hoffe,

dass die Geschichte Fiktion bleibt."

Grace straffte die Schultern. War da ein Hauch von Trotz in ihren Augen zu erkennen?

„Das ist nur eine Idee. Aber wo wir gerade von Freizeitaktivitäten sprechen: Julius hat mich heute Abend zu einem einer Investoren-Party im California Palace eingeladen."

Annya sah sie erstaunt an. „Eine Veranstaltung im California Palace? Hatten wir nicht gerade beschlossen, uns zurückzuhalten?"

Grace nickte. „Ich weiß, aber diese Veranstaltung ist Julius wirklich wichtig. Er hat so viel für mich getan, da kann ich seine Einladung jetzt nicht ausschlagen. Außerdem hast du mich gerade gefragt, was mir Freude bringt. Das ist es. Ich möchte die schönen Seiten des Lebens erleben. Verdiene ich nicht ein wenig Normalität, nach allem, was ich durchgemacht habe?"

„Ja, natürlich. Aber du bist gerade einem Giftanschlag entkommen. Jemand will dich umbringen, Grace."

„Ich verstehe die Risiken. Aber ich kann Julius nicht enttäuschen. Ich werde äußerst vorsichtig sein. Und eine Millionärsparty ist wohl kaum der ideale Ort für ein Attentat. Es wird jede Menge Sicherheitspersonal dort sein."

Annyas Gesichtszüge verhärteten sich. „Grace, du bewegst dich hier auf gefährlichem Terrain. Die Notaufnahme hält mich schon genug auf Trab, aber um deinetwillen werde ich dort sein und ein Auge auf dich haben."

„Ich weiß deine Sorge zu schätzen, Annya. Aber ich möchte dir keine Umstände machen. Ich komme schon zurecht. Erinnerst du dich an den Selbstverteidigungskurs? Mit dem letzten Attentäter bin ich fertig geworden. Ich werde vorsichtig sein und mich verteidigen, wenn es nötig ist."

Annya sah sie eindringlich an. „Spiel nicht mit dem Feuer, Grace."

- 14 -

ANNYA

Donnerstag, 10. November 2033, 19:10 Uhr

Annyas Schicht in der Notaufnahme war offiziell zu Ende, doch die Behandlung eines Verkehrsunfallopfers hatte ihr wertvolle Minuten gekostet. Warum kamen diese komplexen Fälle immer genau zum Schichtwechsel durch die Tür? Es war fast so, als ob das Schicksal sich über sie lustig machte. Zum Glück war es ihr gelungen, den Patienten zu stabilisieren: Ein Mann mit mehreren gebrochenen Rippen und einem Pneumothorax. Aber jetzt blieb ihr keine Zeit für einen Stopp zu Hause.

Ein flüchtiger Blick in den Spiegel der Personaltoilette offenbarte ein Bild der Erschöpfung: Ihre Haare waren zerzaust, und der Stress des Tages hatte tiefe Schatten unter ihren Augen hinterlassen. Ihr Erscheinungsbild brauchte dringend eine Auffrischung.

Sie hatte Angus über Graces Pläne informiert, an der Zhang-Party teilzunehmen, und auch er war darüber alles andere als begeistert gewesen. Doch was konnten sie tun? Grace war erwachsen und konnte gehen, wohin sie wollte. Und sie, Angus und Annya, mussten für ihre Sicherheit sorgen. Sie würden beide an der Party teilnehmen.

Annya warf einen raschen Blick auf ihr Handy und stellte fest, dass Angus vermutlich bereits vor der Klinik auf sie wartete. Er hatte angeboten, sie abzuholen. Glücklicherweise hatte Annya für solche Anlässe ein Kleid in ihrem Arztzimmer. Sie eilte hinein, öffnete die unterste Schublade ihres Schreibtischs und zog ein smaragdgrünes Kleid hervor. Chiffon behält erfreulicherweise seine Form, was in der hastigen Vorbereitung ein Vorteil war.

Binnen weniger Minuten hatte sich Annya verwandelt. Das leuchtende Grün umfloss ihre Gestalt schmeichelhaft und verlieh ihr eine elegante Ausstrahlung. Mit geschickten Handgriffen trug sie dezent Rouge und Mascara auf, während sie ihre Haare ordnete und zu einer raffinierten Hochsteckfrisur arrangierte. Voller Energie stürmte sie aus der Notaufnahme.

Draußen lehnte Angus an seinem grauen Mercedes. Ein Hauch von Besorgnis in seinem Blick verwandelte sich in ein Lächeln, als er seine Sonnenbrille senkte und ihr direkt in die Augen sah. Er hatte ihr erzählt, dass seine Ex-Frau ihm ständig seine Unpünktlichkeit vorwarf. Ironischerweise war es nun Annya, die ihn warten ließ. Glücklicherweise gingen sie beide in ihrer Arbeit auf, weshalb er vollstes Verständnis für sie hatte und sich nie beschwerte.

„Entschuldige meine Verspätung", keuchte sie, noch immer vom Adrenalin des Tages durchflutet. Ein flüchtiger Kuss auf die Wange und sie ließ sich auf den Beifahrersitz fallen. „Von mir aus kann es losgehen."

Er nickte anerkennend. „Du siehst atemberaubend aus." Mit einer geschmeidigen Bewegung glitt er hinter das Steuer, ließ den Motor an und lenkte den Wagen elegant aus der Parkbucht auf die Straße. Das Schnurren des Motors begleitete sie, als er sich geschickt auf die pulsierende US 101 einfädelte. Die rhythmischen Geräusche des Verkehrs umhüllten sie wie eine vertraute Melodie. In der Ferne begannen die Lichter der Stadt zu funkeln.

Annya schaute ihn von der Seite an. Seine gelassene Art gab ihr das Gefühl, immer in Sicherheit zu sein. Nichts schien ihn aus der Fassung zu bringen

„Wie geht es Grace?", fragte er.

„Gesundheitlich geht es ihr erstaunlich gut. Keine Anzeichen für ein Wiederauftreten des Tumors oder eine Abstoßung des Transplantats."

„Das SUEC-Team hat den ganzen Körper transplantiert. Warum sollte es bei ihr zu einem Tumorrezidiv kommen?"

„Bei Patientinnen mit metastasiertem Brustkrebs können sich Hirnmetastasen entwickeln. Aber Grace wurde vor der Operation gründlich untersucht und regelmäßig per MRT überwacht. Ihr Gehirn zeigt keine Auffälligkeiten und ich bin optimistisch, dass die Transplantation nun lange genug zurückliegt, um diese Komplikation auszuschließen."

„Wie sieht es mit einer Transplantatabstoßung aus? Kann der Körper den Kopf abstoßen oder umgekehrt?"

„Ja, Biancas Körper produziert weiße Blutkörperchen, die Graces Kopf abstoßen könnten. Wir haben die Immunmarker von Spender und Empfänger sorgfältig abgeglichen, um dieses Risiko zu minimieren. Grace nimmt außerdem Medikamente zur Unterdrückung ihres Immunsystems."

„Heißt das, dass sie anfälliger für Infektionen ist?"

„Ja, genau. Ihr Infektionsrisiko ist erhöht. Sie hat gelernt, Infektionen bei anderen zu erkennen, sie achtet auf strikte Handhygiene und sie ist mit den gängigen Impfungen auf dem neuesten Stand. Eine Abstoßung bleibt dennoch eine reale Gefahr. Wir können nicht vorhersagen, wie viel Zeit ihr noch bleibt."

„Was passiert, wenn der Kopf abgestoßen wird?", fragte er.

„Eine Abstoßung ist eine ernste Komplikation. Sie kann zu einer Reihe von Problemen führen, darunter auch zum Tod."

„Ist ihr das bewusst?"

„Ja, das wurde ihr als mögliche Komplikation der Transplantation mitgeteilt und sie wusste es bereits von ihrer neurowissenschaftlichen Forschung."

„Ihre Zeit ist also begrenzt. Vielleicht hat sie deshalb ihren Job gekündigt?"

Annya nickte. „Das kann sein. Vielleicht hat sie noch viele Jahre – oder nur ein paar Monate. Niemand weiß das genau. Es ist verständlich, dass sie jetzt ihr Leben genießen möchte."

Zu ihrer Rechten erstreckte sich die Skyline von San Francisco. Angus nahm die Ausfahrt Richtung Octavia Boulevard und fuhr die Fell Straße hinauf. Die Straßenlaternen beleuchteten die farbenfrohen viktorianischen Häuser zu beiden Seiten.

„Hat das FBI mehr darüber herausgefunden, wer sie vergiften wollte?", fragte Annya.

Angus schüttelte den Kopf. „Wir geraten überall in Sackgassen. Wie gesagt, der Mann im Krankenhaus war ein Amateur. Es muss ein größeres Netzwerk geben, das den Angriff orchestriert hat. Wir haben einen schwarzen Lieferwagen identifiziert, der Grace zum Friedhof gefolgt ist. Er war nicht registriert. Wir haben keine Ahnung, mit wem wir es zu tun haben."

„Hast du die Mitglieder des Operationsteams überprüft? Hat jemand Informationen weitergegeben? Es muss mit einem Insider angefangen haben."

„Sie wurden alle sorgfältigst geprüft. Dabei gab es eine Überraschung. Die leitende Chirurgin erhielt einen Scheck über zehntausend Dollar von OrchidBio für Beratungsleistungen. OrchidBio ist das größte Biotech-Unternehmen in Kalifornien. Und weißt du, wer der CEO ist?"

Plötzlich hielt ein blauer Jeep mit blinkenden Rücklichtern direkt vor ihnen an. Angus trat auf die Bremse, als eine Gestalt auf der Beifahrerseite ausstieg. Er wich aus und beschleunigte die Straße hinunter.

„Haben die Leute in San Francisco einen Todeswunsch?", keuchte Annya.

Angus seufzte. „Tut mir leid, das machen sie hier ständig."

Annya sah ihn an. Er fuhr weiter, als wäre nichts geschehen.

„Nathanael Zhang ist der CEO von OrchidBio", sagte sie. „Warum sollte er Dr. Triveda einen Scheck ausstellen? Ich kenne sie gut und kann mir nicht vorstellen, dass sie in etwas Unrechtes verwickelt ist. Ihr geht es mehr um Ruhm als um Geld. "

„Nun, die Leute überraschen mich ständig."

„Wofür hat sie den Scheck bekommen? Hast du sie danach gefragt?"

„Natürlich habe ich das. Sie sagte, Herr Zhang wollte alles über ihre Krebsforschung wissen. Sie erzählte ihm von ihren neuen robotergestützten Operationstechniken, aber sie erzählte ihm nichts von der Körpertransplantation."

„Das ist ein Problem, Angus. Nathanael Zhang ist aktiv dabei, Graces Geheimnis zu erforschen. Julius vergöttert seinen Vater und könnte dazu gebracht werden, ihr Informationen zu entlocken. Sollen wir Grace aus ihrem Haus entfernen?"

Angus schüttelte den Kopf. „Dort scheint sie im Moment gut aufgehoben zu sein. Und wo sonst sollten wir sie unterbringen?"

„Du hast mal ein sicheres Haus des FBI für solche Fälle erwähnt?", fragte Annya.

„Das liegt in den Bergen. Es wäre besser, sie genau im Auge zu behalten. Außerdem musst du sie klinisch untersuchen, oder?"

„Ja, das stimmt. Sie braucht mindestens einmal pro Woche eine medizinische Nachuntersuchung."

Angus sah sie mit einem schelmischen Glitzern in den Augen an. „Siehst du, es gibt nicht so viele Möglichkeiten. Es sei denn, du willst sie bei dir aufnehmen."

„Bei mir?", lachte Annya. „Du weißt doch, dass ich in einer Einzimmerwohnung wohne, da ist kein Platz für Gesellschaft."

„Genau. Die Zhangs haben bisher kein Verbrechen begangen. Julius und sein Vater möchten vielleicht Graces Geheimnis erfahren, aber ich bezweifle, dass sie ihr etwas antun werden. Und selbst wenn sie etwas vorhaben, werden sie ihr eigenes Zuhause vor negativer Presse schützen."

Sie hatten die Vierunddreißigste Avenue erreicht, eine malerische Wohnstraße mit vielen viktorianischen Häusern. Sie kamen vorbei an prächtigen Villen mit kunstvollen Stuckverzierungen, stoischen edwardianischen Häusern mit breiten Veranden und fröhlich bemalten mexikanischen Häusern. Angus bog in die Legion of Honors Straße ein, die zwischen hoch aufragenden Eukalyptusbäumen sanft anstieg. Straßenlaternen warfen Muster der Blätter auf den Asphalt. Ein frischer, mentholartiger Duft lag in der Luft.

„Wenn jemand an sie herankommen will, ist die Zhang-

Residenz im Moment der sicherste Ort für sie ", fuhr er fort. „Wenn die Zhangs hinter Graces Geheimnis her sind, werden sie sie mit allen Mitteln beschützen."

Annya nickte. „Da hast du vielleicht recht. Aber das Interview der Chefchirurgin macht mich nervös. Herr Zhang ist amerikanischer Staatsbürger, aber er hat enge Verbindungen zu China. Seine Firma hat eine Niederlassung in Shanghai. Ich möchte nicht, dass dies zu einer internationalen Krise führt. Wir sollten die ganze Familie genau im Auge behalten."

„Das können wir direkt heute abend erledigen", sagte Angus.

Vor ihnen erschien der California Palace, erleuchtet von strahlenden Flutlichtern. Das monumentale Beaux-Arts-Gebäude zeichnete sich eindrucksvoll gegen den zunehmend dunkler werdenden Himmel abhob. Eine Reihe von Autos schlängelte sich über die Hügelkuppe, während junge Leute in Uniformen die Fahrzeuge auf die wenigen verbleibenden Parkplätze lotsten. Angus reihte sich in die Schlange ein, während Annya ein wachsendes Gefühl der Ungeduld verspürte. Würden Sie heute einen Abend hier verbringen, oder würde er sich in harte Arbeit verwandeln?

- 15 -

GRACE

Donnerstag, 10. November 2033, 19:30 Uhr

Mit jedem Schritt spürte Grace, wie die Vorfreude in ihr wuchs. Vor ihnen erschien der imposante Eingang des California Palace. Ein Geiger spielte der ankommenden Menge ein Ständchen, und die süße Melodie klang durch die griechischen Säulen, die sie umgaben. Sie kamen an Rodins ikonischer Bronzeskulptur „Der Denker" vorbei, der tief in seine Gedanken versunken im Innenhof thronte.

Grace warf Julius einen verstohlenen Blick zu. Ihr Herz schlug einen Takt schneller, als sie ihn in seinem maßgeschneiderten, dunkelgrauen Armani-Anzug bewunderte. Ihr eigenes Outfit war auch nicht schlecht – ein langes, dunkles Seidenkleid, verziert mit zarten goldenen Stickereien, die an aufwendige Spitze erinnerten. Der hohe Kragen verbarg geschickt ihre Narbe, und ihr Haar war elegant halb hochgesteckt, so dass kaskadenförmige Wellen über ihre Schultern fielen.

Vor ihnen bildete sich eine Schlange vor einem Metallbogen, der an die Sicherheitskontrollen in einem Flughafen erinnerte. Ein uniformierter Beamter stand daneben, kontrollierte die Ausweise der Gäste und wies sie zu einem summenden Strahlengerät, das Taschen und Geldbörsen durchleuchtete. Grace schaute sich verstohlen um. Die Erinnerung an den Mann in der Klinik hatte sie doch etwas nervös gemacht. Es war beruhigend, dass alle Gäste hier gründlich überprüft wurden. Das bot zusätzlichen Schutz.

Sie passierten die Sicherheitskontrolle und gingen zum Eingang des Hauptgebäudes, das von imposanten Marmorsäulen flankiert wurde. Julius lächelte sie an und bot ihr seinen Arm an.

Bewundernde Blicke der anderen Gäste folgten ihnen. Grace hielt ihren Kopf hoch und verspürte eine Welle aus Stolz und Dankbarkeit. Jeder Schmerz, jede Träne und jede zermürbende Reha-Sitzung schmolzen in der Großartigkeit dieses Augenblicks dahin.

Es hat sich alles gelohnt, dachte sie. *All die Qualen waren es wert, an diesem Abend teilnehmen zu dürfen. Mit Julius an meiner Seite.*

Im Foyer herrschte reges Treiben. Die Menschen begrüßten sich mit aufgeregten Gesten und vertieften sich in Gespräche. Geschickt platzierte Wandlampen tauchten den Saal in ein warmes Licht, das die Skulpturen kunstvoll in Szene setzte und die Gäste tiefer in die bezaubernde Atmosphäre des Museums zog.

Julius geleitete Grace geschickt durch die Menge zu den Rodin-Galerien, die in einen atemberaubenden Veranstaltungsraum verwandelt worden waren. Sorgfältig arrangierte Sitze und erlesenes Dekor ergänzten harmonisch die ausgestellten Skulpturen. Die Gäste schlenderten bedächtig durch die Galerien und bewunderten die Kunstwerke, während sie an Champagnerflöten nippten und elegante Kellner ihnen Hors d'œuvres präsentierten. Grace begegnete Julius' Blick. Stolz funkelte in seinen Augen als er sie ansah – ein stilles Kompliment, das ein strahlendes Lächeln auf ihre Lippen zauberte. Sie beugte sich zu ihm und flüsterte: „Es ist einfach wunderbar hier."

Im Zentrum des Raumes stand Nathanael Zhang, umgeben von einer kleinen Gruppe. Er plauderte entspannt mit zwei grauhaarigen Herren und ihren Begleiterinnen. Die Männer, vermutlich in ihren Sechzigern, wirkten formell elegant, während ihre Partnerinnen beide atemberaubend und etwa halb so alt waren. Eine der Frauen war eine Brünette in einem purpurroten Kleid, das von einer opulenten Goldkette und dramatischem Make-up ergänzt wurde. Die andere, eine Blondine in einem aufreizend kurzen schwarzen Kleid, schmiegte sich an ihren Begleiter und balancierte elegant ein Champagnerglas in der erhobenen Hand. Grace beobachtete die Szene mit einem Anflug von Unbehagen. War dies wirklich die Welt, die sie sich erträumt hatte – eine Sphäre aus Reichtum und Einfluss, in der Beziehungen einem vorgegebenen Muster folgten?

Nathanael entdeckte sie auf der anderen Seite des Flurs und winkte, bevor er sich wieder seinem Gespräch zuwandte. Grace erwiderte den Gruß, und Julius nickte knapp in Richtung seines Vaters. „Vielleicht sollten wir zuerst etwas trinken?", schlug er vor. „Diese Leute scheinen … etwas langweilig."

Grace lachte. „Komisch, dass du das sagst", sagte sie. „Genau das habe ich gerade auch gedacht." Sie machten eine Kehrtwende und gingen den Flur in die entgegengesetzte Richtung entlang.

Ein Schrei zerriss die Eleganz des Abends. „Grace!" Aus der Menge tauchte eine ältere Frau mit grauem Haar auf. Ihr Kleid hing etwas zu locker und offenbarte ein Dekolleté, das an vergangene Zeiten erinnerte. An ihrer Seite stand ein junger Mann, dessen Blick nervös durch den Raum huschte. Dann verschwand er in der Menge.

„Meine Laborleiterin", flüsterte Grace Julius ins Ohr.

Tina näherte sich ihnen mit entschlossenem Schritt. „Hallo, Grace", krächzte sie. „Zu krank zum Arbeiten, aber offenbar fit genug zum Feiern." Ihre kleinen Augen huschten zu Julius. „Neuer Freund? Willst du mich vorstellen?"

Grace blickte zu Julius. Wollte er sich wirklich mit ihrer Chefin unterhalten?

Julius streckte seine Hand aus. „Hallo", sagte er gelassen, „ich bin Julius Philopator Zhang."

Tinas Blick verengte sich, als sie ihm die Hand schüttelte. „Freut mich, Sie kennenzulernen", sagte sie. „Julius Zhang. Sind Sie Nathanael Zhangs Sohn?"

„Ja, das bin ich."

„Perfekt. Vielleicht können Sie Ihrem Vater eine Nachricht überbringen. Ich habe eine neue Krebsbehandlung entwickelt, die Millionen von Leben retten könnte. Wir nennen sie DIPUTS – ein Akronym für 'Drug-Induced Protection Against Uncontrolled Tumor Spread'. Ihr Vater scheint sich jedoch bei der Unterzeichnung des Vertrags Zeit zu lassen. Nach monatelangen Verhandlungen und seiner telefonischen Zusage herrscht plötzlich Funkstille. Er reagiert nicht auf meine Anrufe. Das ist doch höchst unprofessionell, oder?"

Grace gefror das Blut in den Adern. Sie hatte jahrelang in Tinas Labor geschuftet, und es hatte dort sicher keinen Durchbruch gegeben. Besonders die DIPUTS-Substanz war alles andere als vielversprechend gewesen.

Julius blieb gelassen. „Es tut mir leid, ich bin nicht in die Geschäftsangelegenheiten meines Vaters eingeweiht", antwortete er. „Vielleicht sollten Sie ihn erneut kontaktieren oder persönlich ansprechen." Er deutete auf Nathanael, der nach wie vor tief in sein Gespräch vertieft war.

Tinas Gesicht verzog sich vor Frustration. „Sein Sicherheitsmann hat mich nicht in seine Nähe gelassen! Aber Sie, Sie kommen doch durch, oder? Das ist wichtig, junger Mann. Es stehen Leben auf dem Spiel!"

Julius zögerte. „Ich werde ihn an Sie erinnern, wenn ich das nächste Mal mit ihm spreche. Aber jetzt entschuldigen Sie uns bitte, dies ist nicht gerade der Ort für geschäftliche Gespräche."

„Nein?" Tinas Stimme wurde schrill. „Was denken Sie, warum all diese schicken Anzüge hier sind? Um Skulpturen zu besichtigen? Sie sind hier für Geschäfte, junger Mann – Geschäfte, die Leben retten können!"

Julius ignorierte die Blicke der Gäste um sie herum und lächelte angespannt. „Es war mir eine Freude, Sie kennenzulernen, Tina", sagte er knapp.

Tina beugte sich näher zu ihm. „Oder hat Ihr Vater vielleicht ein besseres Angebot von einem Konkurrenten erhalten?", sagte sie mit einem verschwörerischen Flüstern. „Glauben Sie mir, mein Lieber, DIPUTS ist besser. Und Herr Zhang kann mich nicht einfach wie eine heiße Kartoffel fallen lassen. Das ist ein gefährliches Spiel, das er spielt."

„Es tut mir wirklich leid. Sie müssen sich direkt an meinen Vater wenden", sagte Julius noch einmal.

Tinas Augen huschten zwischen Grace und Julius hin und her. „Oder hat ihm jemand Lügen aufgetischt?", kreischte sie und drehte sich zornig zu Grace um. „Grace, hast *du* etwa versucht, meine Arbeit schlecht zu machen?"

Das Gemurmel um sie herum verstummte. Alle Augen waren auf das sich entfaltende Drama gerichtet.

Neben ihnen tauchte ein Wachmann auf. „Es scheint, als hätten Sie ein wenig zu viel getrunken", wandte er sich mit fester Stimme an Tina, „Vielleicht schnappen wir etwas frische Luft."

„Ich werde nirgendwo hingehen!", brüllte sie aufgeregt. „Diese Leute hier sollen die Wahrheit erfahren, wie ihr toller Gastgeber arme Wissenschaftlerinnen einfach im Stich lässt!"

Ein zweiter Wachmann erschien. Gemeinsam ergriffen sie Tinas Arme und drehten sie zur Tür. „Würden Sie uns bitte kurz nach draußen begleiten", sagte der andere Wachmann. „Sie können wieder an der Veranstaltung teilnehmen, sobald Sie sich beruhigt haben." Unter Tinas lautstarken Protesten geleiteten die Wachen sie durch die Menge und verschwanden mit ihr durch die Tür.

Nach ein paar verstohlenen Blicken nahmen die Leute um sie herum ihre Gespräche wieder auf. Die Spannung löste sich langsam auf. Aber Grace war der Ausbruch ihrer Vorgesetzten furchtbar peinlich. „Es tut mir so leid", brachte sie schließlich heraus.

Julius lächelte beruhigend. „Das ist nicht deine Schuld, Grace", sagte er sanft. „Wir lassen uns den Abend davon nicht verderben."

Sie atmete tief durch und versuchte, ihren rasenden Herzschlag zu beruhigen. „Es ist nur ... *meine* Laborleiterin."

„Und die Geschäftspraktiken meines Vaters. Da sollten wir uns nicht hineinziehen lassen. Wir haben einen besseren Abend verdient. Wie wär's mit einem Neustart?" Er hielt ihr seinen Arm entgegen.

Grace ergriff ihn. „Ich bin so froh, dass wir uns kennengelernt haben", flüsterte sie mit einem aufrichtigen Lächeln.

Julius' Augen strahlten. „Ganz meinerseits", erwiderte er mit warmer Stimme. „Du bist das Beste an diesem Abend."

- 16 -

GRACE

Donnerstag, 10. November 2033, 20:30 Uhr

Das offizielle Programm im California Palace begann mit einer Rede des Bürgermeisters von San Francisco, der die Investitionen von OrchidBio und die wertvolle Beiträge der Firma für die Stadt lobte. Anschließend stellten mehrere Führungskräfte des Unternehmens ihre erfolgreichsten neuen Produkte in einer holografischen Präsentation vor. Die Luft knisterte vor Energie, als die Gäste in ihren eleganten Anzügen und glitzernden Abendkleidern die neuesten Innovationen aufmerksam verfolgten. Höhepunkt des Programms war eine Ansprache von Nathanael Zhang. Seine Stimme hallte durch den Saal, während er die Visionen und zukünftigen Ziele von OrchidBio erläuterte. Die Ansprachen endeten mit tosendem Applaus.

Nachdem die Formalitäten abgeschlossen waren, kam die Menge in Bewegung. Das Dienstpersonal geleitete die Gäste die imposanten Marmortreppen hinunter zum Festsaal im Untergeschoss. Julius bot Grace erneut seinen Arm an, und gemeinsam schritten sie die breite Treppe hinab und betraten den Saal. Im Zentrum des Raumes stand ein üppiges Buffet – ein Augenschmaus und kulinarisches Vergnügen zugleich. Offene Glastüren führten in einen ummauerten Innenhof, der die kühle Nachtluft und die lebhaften Klänge einer Band hereinließ. Die formelle Atmosphäre legte sich und wurde gemütlicher.

Zahlreiche Gäste kamen auf sie zu, um sie zu begrüßen. Grace und Julius schüttelten unzählige Hände - warme und kühle, trockene und feuchte, junge und alte. Es schien, als wollte jeder Anwesende sie persönlich willkommen heißen. Grace warf einen verstohlenen Blick auf Julius neben ihr. Er meisterte jede Begegnung wie einen einstudierten Tanz: Lächeln, Händeschütteln, Höflichkeiten austauschen. Grace ahmte es ihm nach. So viel Aufmerksamkeit hatte sie noch nie erlebt. Jeder Händedruck wurde von einer Flut von Blicken begleitet – neugierig, abschätzend, begeistert und gelegentlich neidisch.

Grace bemerkte, dass Julius' Charme selektiv war. Obwohl ihre Begegnungen zufällig wirkten, führte er sie geschickt durch die Menge, mied die Förmlichkeit der traditionellen Gäste und zog stattdessen exzentrische Persönlichkeiten an.

Sie verweilten bei einer besonders unterhaltsamen Gruppe: einer eindrucksvollen Opernsängerin, die eine lange, samtige Stola über den Schultern trug, und zwei Männern mit identischen, lilafarbenen Haarschnitten. „Partner in Crime", witzelten sie schelmisch, als Grace fragte, ob sie Geschwister waren. Sie lachten alle herzhaft, als Julius klarstellte, dass die beiden verheiratet waren.

Statt der üblichen Frage „Was machen Sie beruflich?" erkundigten sich diese Leute nach ihren persönlichen Interessen und und teilten dabei amüsante Anekdoten. Ihre lockere Fröhlichkeit war eine wohltuende Abwechslung zu den vorherigen, steifen Höflichkeiten. Der Abend floss in angenehmer Leichtigkeit dahin. Grace genoss Julius' Anwesenheit an Ihrer Seite. Während sie beide in Gespräche mit unterschiedlichen Gästen vertieft waren, ertappte sie ihn dabei, wie er ihr verstohlene Blicke zuwarf und sein förmlicher Gesichtsausdruck sich zu einem Lächeln entspannte.

Dann durchdrang eine bekannte Stimme die Luft. „Grace! Du siehst fantastisch aus!"

Grace wirbelte herum. Noch ein Relikt aus der Vergangenheit. Ein Mann mit stoppeligem Gesicht, gekleidet in ein weißes Hemd und einen abgetragenen Anzug, stürmte mit ausgestreckten Armen auf sie zu. Sein breites Grinsen enthüllte eine Reihe schiefer Zähne.

„Wassily?", brachte sie hervor. Was für ein Albtraum. Sie beugte sich zu Julius und flüsterte: „Das ist mein Ex-Mann."

Bevor Wassily sie erreichen konnte, trat eine massive Gestalt zwischen sie – der Wachmann. Wassily kam abrupt zum Stehen. Sein Blick huschte von Grace zu dem imposanten Mann.

„Hey, Grace, erkennst du mich nicht?" Wassily warf ihr einen lüsternen Blick zu. „Du siehst ... unglaublich aus! Wie bist du denn so groß geworden?"

Grace antwortete mit kalter Wut in der Stimme. „Vielleicht bist du einfach kleiner geworden."

Ein Anflug von Unbehagen huschte über Wassilys Gesicht. „Komm schon, Grace", schmeichelte er, „wir haben doch beschlossen, die Vergangenheit hinter uns zu lassen. Wir müssen deine Heilung feiern! Die Ärzte gaben dir... na ja, du weißt schon, bis zum Jahresende. Und jetzt stehst du hier, strahlender als je zuvor! Wie hat SUEC das nur fertiggebracht? Das grenzt an ein Wunder!"

Grace verdrehte die Augen. Wie hatte sie sich nur in diesen Typen verliebt?

Die Gespräche um sie herum kamen erneut zum Stillstand. Aus neugierigen Blicken wurde offenes Gaffen. Im Halbdunkel blitzte eine Kamera und hielt die bizarre Szene fest.

Julius ergriff geschickt das Wort. „Ich nehme an, Sie sind Graces Ex-Mann?", fragte er laut.

„Ja, das bin ich. Und du?", antwortete Wassily, ohne die wachsende Spannung zu bemerken.

Julius' Lächeln blieb steif, doch in seinen Augen blitzte ein Hauch von Entschlossenheit auf. „Ein Freund", erwiderte er.

„Ach ja?"

„Willkommen, Wassily", sagte Julius ruhig und streckte die Hand aus. „Wie wäre es, wenn wir alle etwas an der Bar trinken?"

Wassily zögerte, sein Blick huschte zwischen Grace und Julius hin und her. Dann breitete sich ein langsames Lächeln auf seinem Gesicht aus. „Gute Idee."

Mit einem Nicken in Richtung des Wachmanns dirigierte Julius Grace durch die sich zerstreuende Menge. Wassily folgte dicht dahinter. Als sie sich entfernten, verloren die wachsamen Blicke um sie herum das Interesse. Julius bestellte drei Champagner an der Bar.

„Der Typ ist homosexuell", flüsterte Wassily ihr ins Ohr.

„Das geht dich gar nichts an", flüsterte sie zurück. „Und heutzutage ist nicht jeder binär."

Wassily wiegte sich zum Takt der Musik. „Also, bis wir wissen, was *er* will, kann ich dich vielleicht zu einem Tanz einladen?"

Julius drehte sich um. Hatte er das gehört? Er reichte ihnen ihre Champagnerflöten, jede mit einer einzelnen Blüte geschmückt. Wassily bekam eine gelbe Chrysantheme und Grace bekam eine weiße Pfingstrose. Ihre Blicke trafen sich.

„Möchtest Du tanzen?", fragte er.

Grace strahlte. „Sehr gern."

Sie stellten ihren Champagner auf einen Tisch in der Nähe.

„Kannst du auf die aufpassen?", fragte sie Wassily. „Es dauert nur ein paar Minuten."

Wassily zwang sich zu einem Lächeln. „Klar, kein Problem. Ich warte hier."

Grace und Julius betraten die Tanzfläche. Die Luft vibrierte mit den tiefen Klängen eines neuen Liedes, dessen Rhythmus sie umhüllte. Julius streckte seine Hand aus, und Grace legte ihre Finger in seine. Sie tauschten ein Lächeln aus, dann zog er sie behutsam an sich, und sie schmiegte sich in seine Umarmung. Sie folgten dem Takt und gaben sich der Musik hin. Ihre Körper bewegten sich in perfektem Einklang, als wären sie Teil eines einzigen großen Herzschlags.

Grace spürte die Blicke der Menge auf sich. Aus den Augenwinkeln bemerkte sie Nathanael, der mit verschränkten Armen in der Tür stand und ihr zufrieden zunickte. Ein Lächeln huschte über ihr Gesicht. Doch die Welt um sie herum verblasste allmählich. Ihr Körper gehorchte ihren Befehlen, frei von jeglichen Einschränkungen. Sie entspannte sich und schlang die Arme fester um Julius' Nacken.

Flüchtige Gedanken an verpasste Gelegenheiten huschten durch ihren Kopf. Mit Wassily hatte sie fast nie getanzt. Er war eher der Typ für einen Abend an der Bar. Sie blickte in Julius' dunkelbraune Augen, die vor Leidenschaft funkelten. Würde ein homosexueller Mann so tanzen? Der Gedanke war absurd und verflog schnell. Auf der Tanzfläche spielten Etiketten keine Rolle. Hier zählte nur der berauschende Rhythmus, der sie beide in seinen Bann zog. Sie spürte seinen Atem auf ihrer Haut, als er sie enger an sich heranzog.

Julius ließ sie in einer eleganten Figur nach hinten sinken. Dann umschlossen seine Arme ihre Taille und hoben sie in die Luft. Sie fühlte sich federleicht, als würde sie schweben. Sie warf den Kopf zurück und schloss die Augen, ließ sich von der Musik und dem Gefühl der Schwerelosigkeit tragen. Die bunten Lichter wirbelten um sie herum wie ein Kaleidoskop, und für einen kurzen Moment existierte nur noch sie und er.

Als ihre Füße wieder den Boden berührten, schmiegte sie sich an ihn, ihre Herzen schlugen im Einklang mit der Musik. Er wirbelte sie noch einmal herum, seine Hände fest um ihre Taille gelegt. Als die letzten Töne verklangen, hielten sie atemlos inne. Ihre Blicke trafen sich und sie lachten einander an. Eine blonde Strähne fiel ihr ins Gesicht, und er strich sie behutsam hinter ihr Ohr. Die Menge applaudierte begeistert, aber für sie existierte nur noch dieses Gefühl vollkommener Harmonie.

Sie flüsterte: „Du bist ein ausgezeichneter Tänzer."

„Ich weiß", antwortete er mit einem selbstbewussten Lächeln. „Du bist selbst ein Naturtalent."

Weitere Gäste gesellten sich zu ihnen auf die Tanzfläche, und Julius und Grace tanzten weiter, ganz in die Musik vertieft.

Schließlich verstummte die Musik. Die Band machte eine Pause. Graces Augen leuchteten, als sie Julius anlächelte. „Das war einfach wundervoll!", rief sie begeistert.

Er legte den Arm um ihre Schultern und sie gingen zurück zur Bar. Zu ihrem Entsetzen war Wassily immer noch da. Grace hatte gehofft, er würde sich in der Zwischenzeit verziehen, aber er war nicht so leicht abzuschütteln. Neben ihm stand eine neue Frau mit wallendem, dunklem Haar, mandelförmigen Augen und einem Kleid, das kaum Raum für Fantasie ließ. Natürlich. Sobald Grace sich umdrehte, war eine andere Frau an seiner Seite. An diesem Kerl hatte sich nichts geändert.

Der Blick der Frau verweilte auf Julius, der seine Manschettenknöpfe zurechtrückte.

„Schöner Anzug, Julius", sagte Wassily gedehnt. Sein Blick wanderte zu Grace. „Leider steht Grace auf einen entspannteren Stil, nicht wahr?" Er grinste sie an.

Wie konnte sie diesen Typen nur zum Schweigen bringen? Grace schnappte sich die Champagnergläser und reichte eines Wassily und das andere der Frau. Es war nur noch eines übrig. Sie sah Julius fragend an.

„Ich hole noch einen Champagner von der Bar", sagte er prompt. Er legte ihr sanft die Hand auf die Schulter, um an ihr vorbei zur Bar zu gehen, und flüsterte ihr ins Ohr: „Mach sie betrunken. Vielleicht können wir dann fliehen." Sie kicherten beide und er verschwand in der Menge.

Grace hob ihr Glas. „Auf diesen Abend!" Die Gläser trafen sich mit einem Klirren. Sie musterte Wassily und die unwillkommene Frau. Sie verspürte keine Lust, mit ihnen anzustoßen. Jede Faser ihres Körpers schrie danach, ihr Glas neben den Betrüger gegen die Wand zu schleudern. Doch sie wollte Julius nicht erneut in eine peinliche Situation bringen. Während Wassily und die Frau einen großen Schluck nahmen, stellte sie ihr eigenes Glas unberührt ab. Ihr Blick wanderte durch die Menge, auf der Suche nach Julius. Hoffentlich kam er bald zurück.

Ein ersticktes Geräusch lenkte ihre Aufmerksamkeit wieder auf die Frau neben Wassily. War ihr Gesicht rot geworden? Noch vor wenigen Augenblicken hatte ihre Haut einen porzellanartigen Teint gehabt.

Die Frau stieß einen weiteren röchelnden Schrei aus. Ihr Gesicht wurde immer röter, bis es ein entsetzliches Purpurrot annahm. Panik flackerte in ihren Augen auf. Ihre Hand flog zu ihrer Brust und sie keuchte, als ringe sie um Luft. Dann sackte sie langsam in sich zusammen. Wassily starrte sie entsetzt an und versuchte verzweifelt, sie aufzufangen. Aber sie entglitt seinem Griff wie eine zerbrochene Puppe, die zu Boden fällt.

Ein kollektives Raunen ging durch die Menge um sie herum. Sicherheitskräfte eilten heran. Zwei kräftige Männer in Uniform fassten die Frau unter den Armen und hoben sie in einem eingespielten Manöver an, jeder einen ihrer Arme um seinen Nacken gelegt. Sie blickte mit leerem Ausdruck umher. Die Männer entfernten sich rasch mit ihr durch die Tür, gefolgt von Hunderten neugieriger Augenpaare.

Einen Augenblick lang herrschte Stille. Vom anderen Ende des Raumes meldete sich Nathanael Zhang zu Wort. „Nur eine Dame, die ein wenig zu viel Champagner genossen hat", verkündete er heiter. „Passen Sie auf, dass Sie nicht ihrem Beispiel folgen!"

Die Menge brach in Gelächter aus, und die Musik setzte wieder ein.

- 17 -

ANNYA

Freitag, 11. November 2033, 22:30 Uhr

Als sie sahen, dass die Frau zusammenbrach, entschieden Annya und Angus blitzschnell, was zu tun war. Annya würde herausfinden, was mit der Frau passiert war und medizinische Hilfe leisten. Angus würde auf Grace aufpassen und sie vor weiteren Gefahren schützen.

Annya folgte den Sicherheitsleuten zum Personalraum. Am Eingang zeigte sie ihren SUEC-Notarztausweis vor, und sie ließen sie sofort hinein. Der Personalraum war klein und spärlich beleuchtet, der scharfe Geruch von Desinfektionsmittel hing in der Luft. Drinnen lag die Frau auf einer Bahre, flankiert von zwei Sanitätern. Ihre Augen starrten leer an die Decke, die Pupillen in ihrem geröteten Gesicht waren weit aufgerissen.

Annya legte ihre Hand an die Halsschlagader der Frau und spürte sofort den rasenden Puls. Sie war nicht tot, aber sie atmete nicht mehr. Ein Sanitäter bereitete gerade die Intubation vor. Die Haut der Patientin verfärbte sich noch dunkler.

„Wir verlieren sie!", rief er, während er den Beatmungsbeutel ansetzte und die Frau mit Luft versorgte.

Annya spürte, wie ihr eigener Herzschlag sich beschleunigte. Sie wusste, dass jede Sekunde zählte.

„Draußen wartet der Krankenwagen", erklärte der andere.

„Wir hatten kürzlich einen Patienten mit einer Tollkirschvergiftung, der ähnliche Symptome hatte", erklärte Annya.

„Wir haben Atropin im Krankenwagen", sagte der Sanitäter. „Aber falls das die Ursache ist, braucht sie umgehend eine Entgiftung. Wir bringen sie so schnell wie möglich in die Klinik."

Sie hoben die Trage an und verschwanden durch die Schwingtür.

Annyas Magen zog sich zusammen, während sie ihnen nachsah. *Schon wieder zu spät. ...*

Sie atmete tief durch, um sich zu sammeln. Jetzt zählte nur noch Grace. Entschlossen kehrte sie in den Veranstaltungssaal zurück. Die Musik spielte weiter, als wäre nichts passiert. Paare wirbelten über die Tanzfläche, während sich andere in angeregten Gruppen unterhielten. Die Party war weitergegangen als wäre nichts passiert.

Angus, Grace, Julius und Nathanael Zhang standen dicht beisammen an dem Tisch, wo die Frau zusammengebrochen war. Ihre Gesichter verrieten große Besorgnis. Ein paar neugierige Blicke folgten Annya, als sie auf sie zuging. Der Mann im billigen Anzug war verschwunden.

„Wie geht es der Frau?", fragte Angus.

Annya zuckte mit den Schultern. „Die Sanitäter haben sie ins Krankenhaus gebracht. Ich bin nicht sicher, ob sie es schafft."

Angus runzelte die Stirn. „Ähnlich wie bei dem Pfleger in der Klinik?"

Annyas Blick huschte zu Grace, die seltsam gelassen dastand. „Es könnte alles Mögliche sein. Aber ja, ich mache mir darüber Sorgen."

„Ich glaube, sie hat meinen Champagner getrunken", sagte Grace ruhig. „Ich erinnere mich an die weiße Pfingstrose am Rand des Glases."

Annya starrte sie an. „Du solltest sofort nach Hause gehen", sagte sie eindringlich.

„Kann mir mal jemand erklären, was hier los ist?", fragte Julius, während er verwirrt von Grace zu Angus und Annya blickte.

Annya lehnte sich zu ihm. „Es besteht die Möglichkeit", flüsterte sie, „dass jemand versucht hat, Grace zu vergiften."

Julius runzelte verwirrt die Stirn. „Warum sollte ihr jemand etwas antun wollen?", fragte er.

„Das können wir hier nicht erklären", sagte Angus. „Im

Moment zählt nur ihre Sicherheit. Draußen wartet ein FBI-Transporter, der Sie beide sicher nach Hause bringen wird."

Julius nickte langsam. „Ich verstehe das immer noch nicht. Aber wenn Grace in Gefahr ist, werden wir natürlich sofort handeln. Werden Sie den Täter festnehmen?"

Nathanael Zhang lächelte gezwungen. „Moment mal, Julius. Wir wollen keine voreiligen Schlüsse ziehen. Vielleicht war es nur eine allergische Reaktion. Dies ist eine Veranstaltung von höchstem Rang, und es ist in unserem gemeinsamen Interesse, dass der Abend reibungslos verläuft."

Julius kniff die Augen zusammen. „Wenn jemand Grace etwas antun wollte, verlange ich Gerechtigkeit."

„Natürlich, wir werden das diskret regeln", unterbrach ihn Angus. „Die Sicherheitskräfte befragen bereits jeden, der sich in der Nähe des Champagner-Tisches aufgehalten hat. Wir haben alle Gäste bei der Ankunft registriert und werden sie alle gründlich überprüfen – eine reine Vorsichtsmaßnahme."

„Auch den Ex-Mann von Grace?", fragte Julius. „Der ist nämlich plötzlich verschwunden."

„Keine Sorge, ich kümmere mich darum", sagte Angus ruhig.

Annya wechselte einen Blick mit Grace, die dem Gespräch schweigend folgte. Ein kalter Schauer lief ihr über den Rücken. *Wer hatte hier versucht, wen umzubringen?*

- 18 -

GRACE

Freitag, 11. November 2033, 10:30 Uhr

Grace lag in ihrem Bett in der Zhang-Residenz und starrte an die Decke. Trotz der luxuriösen Umgebung fühlte sie sich bedrückt. Ihre Augen verfolgten die kunstvollen Muster der Stuckdecke, während ihre Gedanken wie ein Wirbelwind durch ihren Kopf jagten. Annya und Angus hatten sie zu dem FBI-Wagen gebracht und dabei hatte sie Annyas Telefongespräch mit den Sanitätern mitgehört: „Tot. Die Frau war tot."

Sie kämpfte mit Selbstvorwürfen. Die ahnungslose Frau war an dem Champagner gestorben, den sie ihr angeboten hatte.

„Ich konnte es nicht wissen", redete sie sich ein und versuchte, ihre nagenden Schuldgefühle zu besänftigen. *„Ich konnte nicht ahnen, dass mir jemand etwas ins Getränk mischt. Es war nicht meine Schuld."*

Doch dann meldete sich eine andere Stimme in ihr zu Wort. *„Aber es war mein Champagner"*, spottete sie. *„Ich habe ihn ihr angeboten. Ich sah die weiße Pfingstrose. Ich wusste, dass es mein Glas war, und ich hatte das Gefühl, dass etwas nicht stimmte. "*

Ihre Finger krallten sich in das Laken. *„Ich wusste nicht, dass der Champagner vergiftet war"*, versuchte sie sich zu beruhigen. *„ Ich wusste es nicht ... "*

Warum hatte der Frau ihr Glas gegeben? Es war ein flüchtiger Impuls gewesen, verstärkt durch ihre ungebetene Anwesenheit. Doch im grellen Morgenlicht verschwammen die Grenzen zwischen berechtigter Vorsicht und kalter Berechnung. Sie konnte ein dunkles Gefühl der Befriedigung nicht leugnen. *Hatte sie gewollt, dass die Frau den Champagner trank? Hatte sie sehen wollen, was passieren würde?*

Unsicherheit nagte an ihr. Wer war *sie* in diesem Netz aus Tragödien und dunklen Motiven? Erzeugte ihr neuer Körper neue Gefühle? Bianca hatte Selbstmord begangen, weil eine innere Dunkelheit sie überwältigt hatte. Produzierte ihr Körper Hormone, die ihr Urteilsvermögen trübten?

Grace presste die Augen zusammen und kämpfte gegen die aufsteigenden Tränen an. Sie sehnte sich nach Klarheit und danach, das verworrene Netz ihrer Gefühle zu entwirren, das sie innerlich erdrückte. Die Stille um sie herum war überwältigend.

Ein plötzlicher, heftiger Schlag gegen das Fenster riss Grace aus ihren Gedanken. Sie wirbelte herum und entdeckte einen Raben auf dem verzierten Fensterbrett. Das Sonnenlicht glitzerten in seinen schwarzen Federn.

Ein Schauer lief ihr über den Rücken. *War sie hier sicher?*

Der Vogel neigte den Kopf und sah sie aufmerksam an. Dann schwang er sich mit einem kraftvollen Flügelschlag in die Luft, und sein Schatten verschwand am weiten, blauen Himmel.

Sie schüttelte den Kopf. *Sie war das Opfer hier. Wer hatte ihr etwas ins Getränk getan?* Sie ließ die Szene auf der Party noch einmal in Gedanken Revue passieren. Julius war mit dem Champagner aufgetaucht, sein Lächeln so blendend wie das Kristallglas. Hatte seine Hand vielleicht einen Moment zu lange am Glas verweilt, bevor er es ihr reichte? Doch dann hatte er sie zur Tanzfläche gedrängt, weg von dem Getränk, das er ihr angeboten hatte. War das ein ernsthafter Versuch gewesen, sie in die Feierlichkeiten einzubeziehen, oder ein kalkuliertes Manöver, um jemand anderem Zugang zu dem Getränk zu ermöglichen?

Nathanael hatte ihnen beim Tanzen zugeschaut, ein zufriedenes Lächeln auf den Lippen. Ihm hatte ihre Anwesenheit auf der Party offensichtlich gefallen. Aber seine Augen hatten sich in sie gebohrt, wie ein Raubtier, das seine Beute musterte. Er hätte sicherlich eine Gelegenheit gehabt, während Julius sie auf der Tanzfläche ablenkte. Er hätte einfach zu ihrem Tisch gehen und ihr etwas ins Getränk mischen können. Aber selbst wenn er mit der Vergiftung etwas zu tun hatte, würde er sich wohl kaum selber die Finger schmutzig machen.

Die Frau war zur falschen Zeit am falschen Ort gewesen. So viel war klar. Wäre sie in irgendeiner Weise involviert gewesen, hätte sie die tödliche Flüssigkeit nicht getrunken. Aber warum hatte sie sich überhaupt zu ihnen gesellt? War sie wirklich unbeteiligt?

Und Wassily? Julius hatte ihn sofort verdächtigt. Aber Grace kannte ihn seit Jahren – zumindest dachte sie das. Ihr Ex war ein Betrüger, aber kein Mörder. Oder konnte ein gewiefter Betrüger wie Wassily eine weitaus dunklere Seite verbergen? Vielleicht war die Frau auf ein Geheimnis gestoßen, das er unbedingt geheim halten musste. Aber sie, Grace, hatte ihr das Champagnerglas gereicht. Und Wassily war über ihre Zusammenbruch sichtlich geschockt gewesen. Er hatte versucht, sie aufzufangen, aber dann hatte er das Weite gesucht. Warum? Die ganze Sache ergab überhaupt keinen Sinn.

Es musste einen weiteren Spieler geben, der im Schatten lauerte. Grace biss die Zähne zusammen, während kalte Wut die anfängliche Panik verdrängte. Wer auch immer es auf sie abgesehen hatte, hatte sie unterschätzt. Spielte ihr Verfolger Katz und Maus mit ihr? War das ein makabrer Test, um ihre Grenzen auszutesten? Eines war sicher – wer auch immer hinter ihr her war würde sie nicht unvorbereitet vorfinden. Sie hatte bereits zwei Angriffe abgewehrt, und sie war schlauer geworden. Grace richtete sich auf. Dieser Angreifer würde bald auf seinen Meister treffen.

Ihr Blick wanderte durch die französischen Fenster auf die makellose Perfektion des Gartens. Gepflegte Blumenbeete mit leuchtenden Blüten führten zu dem schimmernden See. Vielleicht sollte sie etwas frische Luft schnappen, um den Kopf freizubekommen.

So sehr sie das Haus der Zhangs auch schätzte, sie kannte es inzwischen in- und auswendig. Außerdem hatte Carlos heute frei. Er wohnte in einem kleinen Haus im hinteren Teil des Anwesens und sie hatte keine Lust, ihm über den Weg zu laufen. Seine Feindseligkeit war seit dem Vorfall nur noch stärker geworden. Statt sie als jemandem zu sehen, der Schutz brauchte, betrachtete er sie als die Bedrohung selbst. Es war mehr als offensichtlich: Er wollte, dass sie verschwand. Es war also besser, ihn zu meiden, während Vater und Sohn Zhang bei der Arbeit waren.

Grace streckte sich vor ihrem luxuriösen Himmelbett. Sie konnte nicht den ganzen Tag in diesem Zimmer bleiben. Sie hatte sich der Operation unterzogen, um das Leben wieder anzunehmen und die Welt um sich herum zu erleben. ,*Einen Schritt nach dem anderen*', flüsterte sie sich Annyas Spruch zu.

Wer auch immer ihr etwas antun wollte, war nicht in der Lage gewesen, die Sicherheitsvorkehrungen des Zhang-Anwesens zu durchbrechen. Und es war höchst unwahrscheinlich, dass ihre Verfolger am Tor lauerten und darauf warteten, dass sie hinausging. Warum also nicht einen kurzen Ausflug wagen? Und wenn ihre Verfolger wieder auftauchten, würde sie sie ein für alle Mal erledigen. Sie war kein leichtes Ziel. Annya hatte sie bestens ausgebildet.

Aber wohin konnte sie gehen, um auf andere Gedanken zu kommen? Der Mann auf dem Friedhof hatte ihre Neugier geweckt – Biancas Ehemann. Wie hieß er noch mal? Sie konnte sich nicht an seinen Namen erinnern. Sie wollte unbedingt mehr über Bianca erfahren, die Frau, deren Körper nun ihr eigenes Bewusstsein kontrollierte. Eine Krankenschwester, die von Depressionen geplagt wurde und sich das Leben nahm.

War Bianca Teil einer größeren Verschwörung gewesen? Gab es eine Verbindung zwischen den Angriffen, die sie noch nicht erkannt hatte? Ohne einen weiteren Moment zu verlieren, schnappte sich Grace ihre Jacke und eilte aus der Zhang-Residenz.

- 19 -

GRACE

Freitag, 11. November 2033, 11:00 Uhr

Graces Schritte hallten leise auf dem Pflaster der Zhang-Einfahrt wider, als sie sich dem schmiedeeisernen Tor näherte, das den Eingang zum Anwesen markierte. Ein Mann in einer dunklen Jacke mit großen gelben FBI-Buchstaben lehnte an der kleinen Hütte neben dem Tor und tippte auf seinem Handy herum. Er blickte auf, als sie näher kam. Es war nicht Angus Weber, sondern ein anderer FBI-Agent. Sie erinnerte sich, ihn schon einmal gesehen zu haben.

„Guten Morgen", sagte sie vorsichtig.

Der Mann steckte sein Telefon weg und nickte kurz. „Hallo Grace, möchten Sie das Grundstück verlassen? Kann ich Sie irgendwohin bringen?"

„Ja", antwortete Grace. „Zum Friedhof, bitte."

Der Blick des Agenten flackerte kurz auf. Er zog das Handy wieder aus der Tasche und telefonierte leise mit jemandem. Eine angespannte Stille breitete sich zwischen ihnen aus, während er auf etwas am anderen Ende wartete. Schließlich steckte er das Telefon mit einem knappen Nicken weg. „Ich kann Sie dorthin bringen."

Er deutete auf einen schwarzen Lieferwagen, der hinter der Hütte parkte. Grace folgte ihm. Er setzte sich auf den Fahrersitz und startete den Motor. Grace stieg von der Beifahrerseite ein. Das Tor schwang auf und der Mann steuerte den Wagen auf die Straße.

Die makellose Perfektion des Zhang-Anwesens wich einigen weiteren großzügigen Zufahrten, die durch Tore und dichte Hecken vor neugierigen Blicken geschützt waren. Dann folgten einer Reihe kleinerer Häuser, jedes mit seinem eigenen, bunten Briefkasten. Hier waren die Vorgärten einsehbar. Auf einem Sonnen-verbrannten Rasen lagen eine verlassene Plastikpuppe und ein Kinderfahrrad, an dessen Lenker ein roter Ballon befestigt war. Hier war das Leben authentisch und unverblümt. Grace machte ein Photo mit ihrem Handy. Doch die Frage nach dem vergifteten Tee und Champagner ließ ihr keine Ruhe.

Nach einer kurzen Fahrt hatten sie das Haupttor des Friedhofs erreicht, und der Wagen hielt an. Grace bedankte sich beim Fahrer und stieg aus. Ein unbehagliches Gefühl überkam sie, als sie den Kiesweg zu Biancas Grab hinunterging. Eine kühle Brise raschelte durch das Blätterdach über ihr, während ihr Herz gegen ihre Rippen hämmerte. Würde Biancas Ehemann tatsächlich wieder dort sein, wie er es gestern angekündigt hatte?

Ihr Blick schweifte umher und erfasste eine Bewegung unter dem ausladenden Geäst einer majestätischen Eiche. Dort, auf einer verwitterten Bank, saß eine einsame Gestalt. Als sie näher trat, erkannte sie die vertraute Silhouette − er war es. In einem schlichten blauen Pullover und abgetragenen Jeans lehnte er sich gegen das raue Holz der Bank. Er wandte den Kopf in ihre Richtung, als sie näher kam.

„Freut mich, dass du gekommen bist!", sagte er mit einem breiten Lächeln.

Sie zuckte verlegen die Achseln. „Ich weiß nicht, warum", sagte sie. „Ich schätze, mir war einfach nur langweilig."

„Was auch immer dich hergeführt hat - ich bin einfach nur froh, dass du hier bist."

Plötzlich fiel ihr sein Name wieder ein: Karim. Sein Blick unterschied sich deutlich von dem von Julius. Während Julius ihr stets tief in die Augen sah, als könnte er ihre Gedanken lesen, mied Karim den direkten Augenkontakt. Stattdessen wanderte sein Blick unverhohlen an ihrem Körper auf und ab. Es war ein bisschen unangenehm, aber seltsam berauschend - ein Gefühl, das sie nicht ganz einordnen konnte. Es war eine intensive, fast greifbare körperliche Empfindung.

„Du siehst umwerfend aus", sagte er und ließ seinen Blick auf ihr ruhen.

„Ich habe einen Freund", erwiderte sie trotzig.

„Natürlich." Er lächelte. „Möchtest du dich zu mir setzen?" Er deutete auf die Bank neben ihm.

Sie zögerte. „Vielleicht wäre ein Spaziergang besser? Ich habe den ganzen Morgen herumgesessen."

„Perfekt", stimmte er zu und stand auf. „Ich könnte auch etwas Bewegung gebrauchen."

Ihr fiel der leichte Kaffeefleck auf seinem Hemd auf.

Er deutete auf den Mann, der diskret ein paar Meter entfernt stand. Es war der FBI-Agent, der ihr gefolgt war, nun in einem schlichten grauen Blazer statt seiner üblichen Jacke.

„Wer ist das?", fragte er. „Noch ein Onkel?"

Sie lachte. „Nein. Das ist nur jemand, der auf mich aufpasst."

„Ein Leibwächter? Du musst ja eine ziemlich große Nummer sein", neckte er sie, seine Augen schelmisch funkelnd.

Sie zuckte mit den Achseln. „Ignorieren wir ihn einfach."

Sie schlenderten gemächlich über den Friedhof. Der Weg war uneben, gezeichnet von den Spuren der Zeit. Reihen moosbedeckter Grabsteine standen wie stille Wächter zu beiden Seiten und der Geruch von Laub und alten Bäumen lag in der Luft. Eine kühle Brise raschelte durch die Blätter.

„Du warst also mit Bianca befreundet?", fragte er beiläufig.

„Wir kannten uns flüchtig", log sie. „Wir hatten oft zur gleichen Zeit Mittagspause und teilten gelegentlich einen Tisch in der Kantine. Mit der Zeit entdeckten wir einige gemeinsame Interessen und begannen, häufiger zusammen zu essen."

Sie umrundeten einen frisch aufgeworfenen Erdhügel – ein neues Grab. Ein bedrückendes Schweigen breitete sich zwischen ihnen aus, schwer von unausgesprochenen Fragen.

„Ich habe mich gefragt, warum sie es getan hat?", fragte sie schließlich.

„Du meinst, warum sie Selbstmord begangen hat?"

Grace nickte.

Er sah sie von der Seite an. „Nun, Bianca hatte schon lange mit Depressionen zu kämpfen", sagte er. „Aber ich frage mich auch oft, ob jemand nachgeholfen hat."

„Nachgeholfen?", fragte Grace. „Was soll das denn heißen?"

Er seufzte. „Kurz vor ihrem Tod hat sie eine Organspendevereinbarung mit SUEC unterzeichnet. Organe sind Mangelware. Vielleicht hat jemand eines gebraucht..."

Ein Schauer lief Grace über den Rücken, doch sie schüttelte den Kopf. „SUEC arbeitet nach den höchsten ethischen Standards", sagte sie energisch und bemühte sich, Zuversicht zu vermitteln.

Sie wusste nur zu gut, dass SUEC sich auf unethisches Terrain begeben hatte, indem sie einen ganzen Körper ohne die ausdrückliche Zustimmung der Spenderin oder der Familie transplantierten. Obwohl Dr. Triveda argumentiert hatte, dass Bianca zugestimmt hatte, alle ihre Organe zu spenden, konnte Grace das Gefühl nicht loswerden, dass die Transplantation eines ganzen Körpers eine völlig andere Sache war.

„Wenn jemand stirbt und seine Organe spendet, nimmt SUEC diese gerne an. Aber die Universität würde sicher keinen Mord begehen", fügte sie hinzu.

Doch Karims Worte hatten Zweifel in ihr geweckt. War es nicht ein Wunder gewesen, dass eine junge Frau mit einem perfekten Immun-Match genau dann Selbstmord begangen hatte, als sie einen neuen Körper brauchte? Überall auf der Welt wurden Organe über weite Distanzen transportiert, um sie mit immunkompatibelen Empfängern zu vereinen. Doch hier hatte die perfekte Spenderin ihr Leben nur wenige Kilometer vom Krankenhaus entfernt beendet, genau in dem Moment, als ihr Körper für eine Transplantation benötigt wurde. Nur wenige Wochen später wäre Grace an ihrer Krebserkrankung gestorben und SUEC hätte die Gelegenheit verpasst, den Eingriff des Jahrhunderts an einer ihrer eigenen Wissenschaftlerinnen durchzuführen.

Karims Lippen verzogen sich zu einem schmalen Grinsen. „Du hast auch Zweifel", sagte er leise. „Du arbeitest dort und hast auch Zweifel."

Grace schüttelte den Kopf. „Ich bin Wissenschaftlerin und arbeite nicht im Krankenhaus", erklärte sie entschieden. „Ich habe keine Ahnung, was dort vor sich geht. Außerdem bringen Verschwörungstheorien Bianca nicht zurück. Können wir bitte über etwas anderes sprechen?"

„Natürlich", antwortete er mit einem beschwichtigenden Lächeln. „Ich bin froh, dass ich dich getroffen habe. Du erinnerst mich so sehr an sie."

„Danke", erwiderte sie und lächelte zurück.

Sein Blick wanderte erneut über ihren Körper. „Es ist fast so, als stünde sie gerade neben mir."

Grace warf einen Blick zurück auf den FBI-Agenten, der ihnen mit respektvollem Abstand folgte. Sie tauschte einen stummen Blick mit ihm aus.

„Gehst du heute mit mir einen Kaffee trinken?", fragte Karim.

Der FBI-Agent trat näher. „Ich glaube, wir müssen jetzt gehen, Grace", sagte er in einem höflichen, aber entschlossenem Ton.

Sie warf ihm einen dankbaren Blick zu. „Tut mir leid", sagte sie zu Karim, „vielleicht ein anderes Mal."

„Natürlich", antwortete er und reichte ihr eine Hand.

Grace spürte, wie er ein kleines gefaltetes Stück Papier in ihre Handfläche drückte. Seine Stimme senkte sich. „Melde dich bei mir, wenn dir danach ist. Ich habe den Eindruck, dass dich etwas belastet. Lass mich dir helfen. Ich habe mich nicht genügend um Bianca gekümmert, und ich werde diesen Fehler nicht noch einmal machen."

„Danke", flüsterte sie, tief berührt von seinen Worten.

Mit einem letzten Blick auf Karim drehte sie sich um und folgte dem FBI-Agenten zum Parkplatz. Die kleine Notiz brannte in ihrer Hand.

- 20 -

JULIUS

Freitag, 11. November 2033, 11:00 Uhr

Julius lenkte seinen Wagen in die Einfahrt des Zhang-Anwesens. Heute war ein ungewöhnlicher Tag – Annya hatte ihn nach Hause geschickt, eine seltene Ausnahme von ihrem üblichen Beharren auf Pünktlichkeit und Pflichtbewusstsein. Normalerweise bestand sie darauf, dass er keine Minute seiner Arbeitszeit verpasste. Doch heute hatte sie einen Ersatz für ihn organisiert und ihn gebeten, nach Hause zu fahren und auf Grace aufzupassen. Ohne weitere Fragen zu stellen, hatte Julius die unerwartete Gelegenheit ergriffen, früher Feierabend zu machen.

Julius hatte sich einst für den Arztberuf begeistert, angetrieben von dem aufrichtigen Wunsch, anderen zu helfen. Doch die Realität des Klinikalltags zehrte an ihm: Erschöpfende Schichten, fade Kantinenmahlzeiten und der chronische Mangel an Personal und Ressourcen führten dazu, dass er sich vom System ausgenutzt fühlte. Ein nagendes Gefühl der Unzulänglichkeit verstärkte seine wachsende Frustration.

Die endlose Zahl der Medikamente, die er sich merken musste, die Flut an Tests, die er durchführen musste, der Berg an Krankheitsbildern, die er verstehen musste – jeder Patient starrte ihn mit einer anderen Art von Schmerz an. Medizin war nicht seine Stärke, so viel war klar. Er sehnte sich nach der Zustimmung seines Vaters, diesen Teil seines Lebens hinter sich zu lassen und einen neuen Weg einzuschlagen.

Doch das Pharmaimperium seines Vaters war auch ein einschüchternder Koloss. Es basierte auf der rastlosen Jagd nach

Innovationen – ein kompliziertes Spiel um Patente und Profit, bei dem sein Vater König war. Nathaneal Zhang hatte hunderte von neuen Medikamenten auf den Markt gebracht, und Julius musste beweisen, dass er in der Lage war, dieses Erbe fortzuführen.

Der Kommentar seines Vaters, „Grace könnte die Lösung sein", hallte in seinen Ohren nach. War Grace die Lösung für ihr Geschäft oder die Antwort auf seine Einsamkeit auf langweiligen Partys? Julius konnte sich ein Lächeln nicht verkneifen. Sie war anders als die meisten Leute in seinem Leben. Spontan, charmant, unkonventionell.

Gleichzeitig könnte Grace der Schlüssel zu seiner unabhängigen Zukunft sein. Das Geheimnis ihrer Genesung zu lüften, würde ihr nicht schaden – im Gegenteil. Sobald die mächtige Maschinerie seines Vaters das bahnbrechende Medikament, das Grace geheilt hatte, auf den Markt bringen würde, wäre ihre Position unantastbar.

Potenzielle Widersacher würden es sich zweimal überlegen, sich mit ihr anzulegen, wenn sie wüssten, dass hinter ihr die geballte Macht des Zhang-Imperiums stand. Sein Vater verfügte über weitaus mehr Einfluss und Ressourcen als eine naive junge Frau. Mit seiner skrupellosen Geschäftstaktik und seinem weitverzweigten Netzwerk würde Nathaneal Zhang jeden Gegner erbarmungslos in die Knie zwingen.

Als Julius das imposante Haupthaus erreichte, fiel sein Blick sofort auf den glänzenden Lexus seines Vaters, der unerwartet in der Auffahrt stand. Warum war sein Vater nicht bei der Arbeit? Es war bereits das zweite Mal in dieser Woche, dass Nathaneal früher nach Hause kam. Mit wachsender Unruhe parkte Julius hastig seinen Wagen und eilte mit schnellen Schritten zum Eingang. Hoffentlich war nichts Schlimmes passiert.

Als er durch die Eingangshalle ging, drangen ungewohnte Geräusche aus dem Wohnzimmer. Er öffnete die Tür und konnte seinen Augen kaum trauen. Dort, auf dem Sofa, saß sein Vater mit einem verspielten jungen Hund zu seinen Füßen, der Julius aufgeregt ankläffte. Ein junger Labrador. Julius kniete nieder und streckte vorsichtig seine Hand aus. Der Hund, ein Wirbelwind aus Energie, stürmte auf ihn zu, schnüffelte an seinen Fingern und sprang dann begeistert an ihm hoch.

Julius sah seinen Vater ungläubig an. „Wem gehört der denn?", fragte er.

Nathaneal lachte. „Uns natürlich."

„Ich dachte, wir wären zu beschäftigt, um uns einen Hund anzuschaffen?"

„Nun, wir haben jetzt eine Frau im Haus. Glaubst du nicht, dass Grace ihn mögen wird?"

Julius ließ seine Finger durch das weiche Fell des Hundes gleiten und kraulte ihn behutsam hinter dem rechten Ohr. Der kleine Vierbeiner neigte seinen Kopf genüsslich zur Seite und blickte mit seinen großen, dunklen Augen an. „Das wird sie bestimmt", sagte er. „Er ist wirklich niedlich. Wo hast du ihn denn her?"

„Andrea, meine Assistentin, hat ihn bestellt." Sein Vater lächelte. „Ich bin mir nicht ganz sicher, wo genau sie ihn aufgetrieben hat. Vielleicht online."

„Papa, du kannst doch keinen Hund bei Amazon bestellen."

„Details, Details", erwiderte sein Vater mit einem breiten Grinsen. „Das Wichtigste ist doch, dass sie so schnell einen gefunden hat."

„Aber warum gerade jetzt?", fragte Julius. „Ich wünsche mir schon ewig einen Hund."

„Wie gesagt, wir sind beide sehr beschäftigt", erklärte sein Vater. „Aber jetzt kann Grace auf ihn aufpassen. Vorausgesetzt, sie bleibt noch etwas länger."

Julius spürte, wie Eifersucht in seiner Brust aufstieg. Hatte Grace tatsächlich in nur wenigen Tagen das geschafft, worum er sich jahrelang vergeblich bemüht hatte? Mit ihrer natürlichen Intelligenz und der Gabe, mühelos über jedes Thema zu reden, schien sie seinen Vater regelrecht verzaubert zu haben. Er hatte selten einen solchen

Glanz in den Augen seines Vaters gesehen. War seine Begeisterung für Grace persönlicher oder geschäftlicher Natur?

Julius setzte sich neben seinem Vater auf das Sofa und nahm den Hund auf dem Schoß. Zärtlich streichelte er sein weiches Fell. „Wie heißt er denn?", fragte er.

„Wie wär's mit Schatzi? So hat Andrea ihn genannt."

Julius sah den Hund an. „Ich weiß nicht. Das ist doch kein richtiger Name."

„Es ist neutral genug", entgegnete Nathaneal achselzuckend. „Wir sollten uns ohnehin nicht zu sehr an ihn binden."

„Warum nicht?"

„Nur für den Fall, dass er nicht lange bleibt."

Julius warf seinem Vater skeptischen Blick zu. Er kannte diesen Ton – dahinter verbarg sich stets ein verborgenes Motiv, ein strategisches Ziel.

„Hast du ihn Grace schon vorgestellt?", fragte er.

Sein Vater schüttelte den Kopf. „Grace ist unterwegs. Der FBI-Agent hat sie zum Friedhof begleitet. Ich habe gerade mit ihm telefoniert – sie werden bald zurück sein."

„Zum Friedhof?", echote Julius verwundert.

„Ich habe gehört, dass ihre Eltern vor einiger Zeit gestorben sind. Vielleicht sind sie dort."

„Ich verstehe." Julius griff nach einem Stück Baguette auf der Silberplatte auf dem Couchtisch.

„Warte", unterbrach ihn sein Vater. Mit einer überraschend schnellen Bewegung schnappte Nathaneal sich selbst ein Brotstück und hielt es dem Hund hin, der es gierig verschlang.

Julius starrte seinen Vater an. „Papa, was machst du da?"

Sein Vater streichelte den Hund und beobachtete ihn, während der Hund auf der Suche nach mehr an seinen Fingern schnüffelte.

Die Erkenntnis traf Julius wie ein Schlag. „Benutzt du den Hund etwa als Vorkoster? Er ist ein Lebewesen, keine Laborratte!"

Die zuvor heitere Miene seines Vaters verhärtete sich. „Die Frau auf der Party wurde vergiftet", erklärte er kühl. „Vorsicht ist besser als Nachsicht."

„Papa, das kannst du nicht machen. Der arme Hund!", protestierte Julius entsetzt.

„Beruhige dich", entgegnete Nathaneal beschwichtigend. „Es ist lediglich eine Vorsichtsmaßnahme. Ich hoffe, dass wir hier sicher sind. Ich habe Carlos gebeten, besonders auf unser Essen zu achten. Aber Grace hat der Frau den Champagner gereicht. Was, wenn sie Menschen vergiftet? Vielleicht schreckt es sie ab, wenn sie weiß, dass wir jedes Essen zuerst dem Hund geben."

„Glaubst du wirklich, Grace würde versuchen, uns zu vergiften? Das ist absurd", erwiderte Julius ungläubig. „Wir haben sie hier aufgenommen. Sie würde ihren Zufluchtsort nicht zerstören."

„Fest steht, dass jemand Unschuldige mit Gift in ihrem Essen gefährdet. Das FBI wird hoffentlich bald mehr herausfinden."

„Und warum das Essen testen? Auf der Party hat jemand den Champagner vergiftet, Papa."

„Selbstverständlich werden wir auch bei Getränken äußerst vorsichtig sein. Carlos wird uns nur ungeöffnete Flaschen Wasser und Wein bringen. Doch ein cleverer Angreifer wird kaum zweimal dieselbe Methode anwenden. Das nächste Ziel könnte das Essen sein, da wir bei Getränken nun besonders wachsam sind."

„Und was, wenn das stimmt?"

„Dann wird der Hund sterben und nicht mein Sohn", erwiderte Nathaneal mit eiserner Entschlossenheit.

Julius starrte seinen Vater fassungslos an. Sah so väterliche Liebe aus? Oder offenbarte sich hier die Entschlossenheit eines Mannes, der jedes Mittel rechtfertigte, um seine Ziele zu erreichen, koste es, was es wolle?

- 21 -

ANNYA

Freitag, 11. November 2033, 11:30 Uhr

Seit den frühen Morgenstunden herrschte reges Treiben in der Notaufnahme. Von Leichtverletzten mit Bagatellen bis hin zu lebensbedrohlichen Notfällen war alles vertreten. Während draußen die Sirenen heulten, herrschte drinnen eine angespannte Stille. Annya eilte von einem Patienten zum nächsten, aufmerksam und konzentriert. In Hochdrucksituationen wie dieser blühte sie auf. Hier, wo schnelles, effizientes Handeln über Leben und Tod entschieden, fand sie ihre Berufung. Die Arbeit in der Notaufnahme half ihr, ihre eigene Vergangenheit zu verarbeiten.

Endlich fand sie einen Moment für eine kurze Toilettenpause. Während sie sich die Hände wusch, fiel ihr Blick auf ihr Spiegelbild. Sie strich ihren feuerroten Pony zur Seite und ließ ihre Finger über die Narbe auf ihrer Stirn gleiten. Sie erinnerte sich an den stechenden Schmerz und den metallischen Geruch ihrer Schusswunde, als sie selbst blutend in die Notaufnahme eingeliefert worden war. Ihr Ex-Mann, ein russischer Auftragskiller, hatte auf sie geschossen, als er ihre geheime Tätigkeit als CIA-Informantin aufgedeckt hatte. In jener schicksalhaften Nacht hatte ein Notarzt ihr Leben gerettet und sie vom Rand des Todes zurückgeholt. Jetzt half Annya anderen – ein stiller Akt des Widerstands und ein Beweis ihrer eigenen Stärke und Unbeugsamkeit.

Mit einer raschen Geste strich Annya ihren Pony über die Narbe. Die Vergangenheit war die Vergangenheit. Wahrscheinlich blieben ihr nur wenige Minuten bis zur nächsten Krise. Sie verließ das Personalbad und ging mit zielstrebigen Schritten in ihr Büro. Der abgenutzte Ledersessel empfing sie mit einem vertrauten Knarren, als sie sich erschöpft hineinsinken ließ. Sie wählte Angus' Nummer.

„Hallo Angus, gibt es Neuigkeiten zu der Frau auf der Party?"

„Ja, unsere Kollegen von der Forensik haben eine Autopsie durchgeführt und Spuren von Belladonna in ihrem Körper gefunden. Deine Diagnose hat sich bestätigt. Sie wurde vergiftet. Wir haben auch Spuren von Belladonna in ihrem Champagnerglas gefunden."

Belladonna, auch Tollkirsche genannt. „Gab es auf dem Grundstück des California Palace Tollkirschbüsche?", fragte sie.

„Ja, ein paar", bestätigte Angus. „Aber kein vernünftiger Erwachsener isst zufällig Tollkirschen. Jemand hat ihr Tollkirschsaft in den Champagner getan. Es war Mord."

„Wer war die Frau?", fragte Annya.

„Eine junge Journalistin vom *San Francisco Chronicle*. Offenbar wollte sie der Familie Zhang näherkommen, um einen Artikel über Graces Heilung zu publizieren."

„Glaubst du, dass sie das Ziel des Anschlags war?"

„Das können wir nicht ausschließen. Aber ich glaube, sie war eher ein Kollateralschaden. Mehrere Zeugen berichteten, dass sie von Grace's Glas getrunken hat."

„Das hat uns Grace selbst erzählt. Aber das Glas hat mindestens zwanzig Minuten unbeaufsichtigt auf dem Tisch gestanden. Hast du die Überwachungskameras überprüft, ob jemand etwas in den Champagner gegeben hat?"

„Natürlich. Wir haben alle Überwachungsaufnahmen durchkämmt. Aber die vielen Leute haben die Sicht auf den Tisch die meiste Zeit versperrt. Wer auch immer es getan hat, hat es gut vertuscht."

„Was ist mit den anderen Champagnergläsern?"

„Zwei sind auf dem Boden zersplittert. Die Spurensicherung hat kein Gift an den Scherben gefunden. Das vierte Glas, das Julius von der Bar mitgebracht hat, war auch gift-frei."

„Also war Graces Glas das einzige, das manipuliert wurde?"

„Ja, genau. Allerdings haben wir das Buffet noch nicht untersucht. Wir werden alle möglichen Vergiftungsquellen gründlich prüfen."

„Das ist der zweite Vergiftungsversuch nach dem Vorfall in der Klinik. Wahrscheinlich hat jemand erneut versucht, Grace zu vergiften."

„Das ist auch unsere Annahme."

Annya zögerte. „Grace erwähnte, dass sie sich an ihrem Ex-Mann für seinen Seitensprung rächen wollte. Könnte es sein, dass sie ihn vergiften wollte und ihm das falsche Glas gegeben hat? "

„Das Glas war eindeutig mit der Pfingstrose markiert. Sie reichte der Frau ihr Glas. Wenn sie es auf ihren Ex-Mann abgesehen hätte, wäre der jetzt tot."

„Stimmt." Annyas Blick blieb an den zarten Orchideen auf Graces Dankeskarte hängen, ein Andenken an ihren Entlassungstag. „Und der Ex-Mann? Er ist plötzlich verschwunden, nachdem die Frau zusammengebrochen war?"

„Ja, er hatte sowohl die Gelegenheit als auch ein Motiv. Seine finanzielle Situation ist prekär - er ist seit Monaten arbeitslos und braucht dringen Geld, um seine Miete zu bezahlen." Er machte eine kurze Pause, bevor er fortfuhr: „Und dann ist da noch die Sache mit der Scheidung. Grace hat die Papiere noch nicht eingereicht, was bedeutet, dass er nach wie vor der Begünstigte ihrer Lebensversicherung ist. Und glaub mir, die Versicherungsleistungen der SUEC sind erheblich. Aber wir haben keine konkreten Beweise gegen ihn. Ich werde ihn heute aufsuchen, um mehr herauszufinden."

Annya versuchte, die Puzzleteile in ihrem Kopf zusammenzusetzen. „Das ist der zweite Giftanschlag auf Grace. Das muss mit Graces Operation zusammenhängen. Hast du das OP-Team überprüft? "

„Natürlich. Wir gehen allen Hinweisen nach. Eine der OP-Schwestern arbeitete früher für OrchidBio, Nathanael Zhangs Unternehmen. Sie kontaktierte Nathanael Zhang, um Informationen über die Operation zu verkaufen. Unser Team hat sie abgefangen, zur Räson gebracht und ihre gesamte Kommunikation blockiert."

„Also, wir haben zwei Giftanschläge auf Grace, einen toten Attentäter im SUEC-Krankenhaus, eine tote Journalistin auf der Zhang-Party, einen mittellosen Ex-Ehemann mit einem Motiv und einen Wirtschaftsmagnaten mit Verbindungen nach China …"

„Genau. Da spielt jemand ein gefährliches Spiel", sagte Angus. „Vielleicht liegt die Sache außerhalb unserer Zuständigkeit."

„Jenseits der Zuständigkeit des FBI? Was meinst du damit?"

„Nathanael Zhang ist ein amerikanischer Staatsbürger der ersten Generation. Seine Firma hat eine Filiale in Shanghai. Wenn sich die Sache zu einem internationalen Fall entwickelt, landet sie bei der CIA."

„Aber Nathanael Zhang würde Grace nicht vergiften sondern vermarkten wollen?"

„Das mag sein. Es sei denn, er betrachtet sie als Bedrohung für sein Geschäft. Stell Dir eine neue Ära vor, in der es ein Heilmittel für metastasierten Krebs gibt. Eine einzige Operation, eine endgültige Heilung. Die gesamte Pharmaindustrie, die Medikamente für Krebs vertreibt, würde zusammenbrechen."

„Verkauft Nathanael Zhangs Unternehmen Krebsmedikamente?"

„Er hat einige in seinem Portfolio. Aber er ist ein kluger Geschäftsmann. Wenn er von Graces Geheimnis Wind bekommt, könnte er es noch mehr ausnutzen. Er könnte ein geheimes Netzwerk für Kopftransplantationen aufbauen, das reichen Menschen das Leben verlängert und ihre Köpfe auf gesündere Körper transplantiert."

„Was für ein Albtraum."

„Stimmt, aber seine Verbindungen zu China machen mir noch mehr Sorgen. Was, wenn die chinesische Regierung von der Transplantationstechnik Wind bekommt? Stell Dir superschlaue Soldaten vor, die für den Krieg auf athletische Körper transplantiert werden. Oder Kopftransplantationen als eine makabre Form der Bestrafung."

„Jede Regierung mit verdrehter Moral könnte Kopftransplantationen als Waffe einsetzen. "

„Genau. Kartelle, Schurkenstaaten … Die Welt ist nicht bereit für diese Operation, Annya. Meiner Meinung nach hätte sie überhaupt nie stattfinden sollen."

Annya suchte nach den richtigen Worten. „Wenn wir den Sprung nicht gewagt hätten, hätte es jemand anderes getan. Wir müssen neue Technologien anführen. Nur so können wir sie verantwortungsvoll steuern und uns auf die Konsequenzen vorbereiten."

„Vielleicht. Aber die Büchse der Pandora ist jetzt geöffnet. Informationen über diese Technologie könnten einen internationalen Wettlauf auslösen, wie wir ihn noch nie erlebt haben. Jeder Machthaber wird sich darum reißen. Wir müssen die Folgen begrenzen, bevor die Hölle losbricht."

„Ich werde Grace daran erinnern, dass sie ihr Geheimnis um jeden Preis bewahren muss. In der Zwischenzeit müssen wir ihren Angreifer finden und dieses Katz-und-Maus-Spiel beenden."

Ein lautes Klopfen an der Tür unterbrach ihr Gespräch. Die Stationsschwester steckte den Kopf herein.

„Annya? Ein Polytraumapatient ist unterwegs zu uns. Sie werden sofort in der Notaufnahme gebraucht."

„Ich komme gleich", antwortete Annya ruhig.

Die Krankenschwester nickte und zog sich zurück.

„Kann ich dich heute Abend sehen?", flüsterte sie ins Telefon.

„Ich wünschte, ich könnte zu dir kommen, aber dieser Fall raubt mir jede Minute. Ich muss Graces Angreifer finden, bevor noch jemand zu Schaden kommt."

Annya seufzte. „Zwei Helden für die Welt, aber keine Zeit für uns."

„Ich werde es wiedergutmachen, das verspreche ich."

„Natürlich. Ich liebe dich."

Mit einem leisen Seufzer legte Annya den Hörer auf. Ständig waren sie damit beschäftigt, anderen zu helfen, und hatten kaum Zeit für sich selbst. Ein Teil von ihr hatte dieses Schicksal akzeptiert. Aber ein anderer Teil sehnte sich danach, die Welt für einen Moment anzuhalten und einen ungestörten Augenblick mit Angus zu genießen. Würden ihre Lebenswege, so außergewöhnlich und verschlungen sie waren, sich jemals dauerhaft vereinen?

- 22 -

GRACE

Freitag, 11. November 2033, 11:30 Uhr

Grace saß neben Julius auf der gemütlichen Couch im Wohnzimmer. Das Anwesen der Zhangs, mit seinen antiken Möbeln und gerahmten Familienporträts, wirkte wie ein Rückzugsort, in dem die Zeit langsamer verstrich und Sorgen in den Hintergrund traten. Im Kamin knisterte das Feuer und hüllte sie in einen warmen Kokon der Behaglichkeit. Sanft streichelte sie das weiche Fell des Hundes auf ihrem Schoß und vergrub ihre Finger in seinem plüschigen Fell. Der Labrador blickte sie mit einer Unschuld und Zuneigung an, die ihr Herz zum Schmelzen brachte. Seine feuchte Nase zuckte vor Neugier und stupste Graces Hand an, um mehr Aufmerksamkeit zu bekommen – und natürlich ein paar Leckerlis.

Also, du hast dir schon immer einen Hund gewünscht, und jetzt hat dir dein Vater einfach einen mitgebracht? Warum gerade jetzt?", fragte sie. „Ihr arbeitet beide Vollzeit, und Carlos hat klar gemacht, dass er keine Haustiere mag."

Julius nickte. „Ich war genauso überrascht wie du. Offenbar dachte Papa, du könntest vorerst mit ihm spazieren gehen."

„Natürlich kann ich das. Ich helfe gerne. Aber was passiert, wenn ich nicht mehr hier bin ?"

Der Hund spitzte die Ohren, als würde er aufmerksam zuhören.

Julius sah sie ernst an. „Wir werden schon eine Lösung finden", sagte er ruhig.

„Natürlich." Sie nickte und streichelte das Fell des Hundes. „Wie heißt er denn?"

„Wir haben ihn vorerst Schatzi genannt.“

Grace konnte nicht anders, als zu lachen. „Schatzi? Das ist doch kein richtiger Name!“

„Papa möchte sich nicht zu sehr an ihn binden. Er ist der Meinung, dass Hunde zu sehr wie Menschen behandelt werden und unnötige Kosten verursachen. Er meint, dass der Hund im Moment gut für unsere Sicherheit ist, aber er ist sich nicht sicher, ob wir ihn langfristig behalten werden.“

Der Labrador legte den Kopf schräg und blickte sie fragend mit seinen großen Augen an.

„Na, das hoffe ich doch sehr“, Grace tätschelte ihm beruhigend den Kopf. „Keine Sorge, Schatzi, ich passe schon auf dich auf“, sagte sie liebevoll.

Der Hund wedelte aufgeregt mit dem Schwanz und Grace kraulte ihm liebevoll hinter dem Ohr. „Wir werden uns gemeinsam zurechtfinden“, flüsterte sie ihm zu.

Julius rutschte unbehaglich auf dem Sofa hin und her, seine Augen auf die eingerahmten Fotos an der Wand gerichtet, als ob er nach einem Anker suchte. „Mein Vater ist kein schlechter Mensch“, sagte er schließlich leise. „Für seine Generation waren Hunde etwas ganz anderes als für uns. Sie wurden vor allem als Arbeitstiere betrachtet.“ Er sah sie eindringlich an. „Vielleicht fällt es ihm deshalb schwer, eine Bindung zu einem Hund aufzubauen.“

Grace runzelte die Stirn. „Ich verstehe nicht, was du sagen willst, Julius“, sagte sie. „Worüber machst du dir Sorgen?“

Julius fuhr sich mit besorgter Miene durchs Haar. „Sagen wir einfach, es wäre klug, ein Auge auf ihn zu haben.“

„Auf den Hund? Was soll das denn heißen? Du glaubst doch nicht etwa, dass ihm jemand etwas antun könnte?“ Ihr Blick wanderte zu dem Hund, dessen Schwanz fröhlich gegen ihren Oberschenkel schlug. Ein mulmiges Gefühl stieg in ihr auf. Julius‘ Lächeln wirkte gezwungen. Er verheimlichte ihr etwas.

„Glaubst du, Carlos will ihn loswerden?“, fragte sie.

Julius lachte auf. „Carlos? Einen Hund loswerden? Grace, er würde keiner Fliege etwas zuleide tun. Er ist unserer Familie treu ergeben, manchmal vielleicht ein bisschen zu sehr. Ich mache mir vielleicht zu viele Gedanken. Pass einfach auf Schatzi auf, okay?"

„Darauf kannst du dich verlassen." Grace spürte, dass mehr dahintersteckte, und sie nahm sich vor, herauszufinden, was es war.

Sie wurden durch ein kratzendes Geräusch unterbrochen. Ein Schlüssel drehte sich im Schloss. Julius' Blick heftete sich auf die Hintertür.

„Kommt dein Vater früher zurück?", fragte Grace.

„Nein, mein Vater ist wieder in der Firma gefahren und wird erst gegen sieben Uhr zurückkommen. Das ist wahrscheinlich Rolando, ein Freund."

Die Tür schwang auf und ein junger Mann mit dunklem Schnurrbart und welligem Haar erschien. Trotz seiner abgetragenen Jeans strahlte seine Haltung ruhiges Selbstvertrauen aus. Er warf Grace einen neugierigen Blick zu.

„Ich dachte, du hättest das Haus für dich allein, Julius", sagte er. „Wer ist das denn?"

Julius' Lächeln verschwand. „Keine Sorge, Rolando", sagte er und deutete auf Grace. „Das ist Grace, meine neue Stiefschwester."

Ein Stich der Enttäuschung durchfuhr Grace. Der Tanz von gestern Abend war für sie so viel mehr gewesen. Sie warf Julius einen verstohlenen Blick zu. Sein Gesichtsausdruck war nicht zu deuten. Die Atmosphäre im Raum war von einer drückenden, fast greifbaren Spannung erfüllt. Rolandos Blick wanderte zwischen Grace und Julius hin und her, wachsam und durchdringend wie der eines Falken, der eine potenzielle Gefahr erspäht hat.

„Also, ihr beiden..." Grace suchte nach den richtigen Worten. „Seid ihr ein Paar?"

Rolando presste die Zähne zusammen. „Das geht dich nichts an", fauchte er.

Julius stand von der Couch auf und trat auf ihn zu. „Rolando, Grace gehört praktisch zur Familie. Sie wird nichts verraten."

„Woher weißt du das?"

„Weil sie mir einen Gefallen schuldet. Wir haben ihr vorübergehend ein Dach über dem Kopf gegeben. Sie hat Monate in der Klinik verbracht, sich währenddessen von ihrem Mann getrennt und hatte kein Zuhause mehr." Julius wandte sich an Grace. „Stimmt's, Grace?"

Grace hob trotzig ihr Kinn. „Genau, ich bin die Gerettete", erwiderte sie mit kaum verhohlener Bitterkeit. War das alles, was ihre Verbindung ausmachte? Eine Schuld, die beglichen werden musste? Ihre Finger verkrampften sich in Schatzis weichem Fell, dessen Wärme einen schwachen Trost bot in der eisigen Atmosphäre.

„Kannst du bitte vergessen, dass du Rolando hier gesehen hast?", sagte Julius mit einem verschwörerischen Lächeln. „Er steht nicht gerade auf bestem Fuß mit deinen FBI-Freunden."

„Ach, wirklich? Gibt es dafür einen bestimmten Grund?", fragte sie.

„Er ist ein gesuchter Cyberhacker."

„Ein Cyberhacker?" Grace zwang sich zu einem gleichgültigen Ton, um ihre Überraschung zu kaschieren. „Das geht mich wirklich nichts an. Solange er keine Frauen, Kinder oder Hunde misshandelt."

„Tut er nicht", sagte Julius schnell. „Er hilft ihnen. Wie ein moderner Robin Hood."

„Du scheinst ja interessante Freunde zu haben, Julius", bemerkte Grace kühl. „Ich möchte lieber nicht mehr darüber wissen."

„Gut", sagte Julius mit einem defensiven Unterton in der Stimme. „Können wir dich für ein paar Stunden allein lassen?"

„Natürlich. Ich bin kein Kind."

„Ausgezeichnet." Julius lächelte angespannt. Er bückte sich zu dem Hund und flüsterte verschwörerisch: „Sei lieb zu ihr."

Die beiden Männer tauschten einen stummen Blick aus. Dann drehten sie sich in geübtem Gleichklang um und gingen durch die Hintertür hinaus, die mit einem dumpfen Geräusch ins Schloss fiel. Eine beklemmende Stille legte sich über den Raum.

Grace starrte auf die geschlossene Tür. Vielleicht dachten die beiden, sie könnten sie einfach hier zurücklassen wie ein Möbelstück. Aber sie würde sicher *nicht* tatenlos herumsitzen. Sie konnte für sich selbst sorgen. Ihre Finger streiften den zerknitterten Zettel in ihrer Tasche. Sie war nicht allein. Karim hatte ihr das Gefühl vermittelt, etwas Besonderes zu sein. Wäre es zu aufdringlich, ihn so kurz nach ihrer Begegnung erneut zu kontaktieren? Sie wollte nicht den Eindruck von Verzweiflung erwecken. Vielleicht wäre es klüger, noch etwas abzuwarten.

Ein plötzlicher Drang nach Bewegung erfasste sie. Mit einem Satz war sie auf den Beinen. „Komm, wir gehen eine Runde spazieren", sagte sie zu Schatzi, der sie erwartungsvoll ansah. Sie griff nach der Leine, die über der Sofalehne hing. Der flauschige Vierbeiner hüpfte aufgeregt von der Couch und sprang vor ihr auf und ab. Zusammen verließen sie das Haus durch die Verandatür.

- 23 -

WASSILY

Freitag, 11. November 2033, 11:30 Uhr

Ein schrilles Klingeln durchbrach die Stille in Wassilys Wohnung. Er schlurfte den schmalen Flur entlang, vorbei an der abblätternden Tapete, die ihn ständig an die Renovierungsarbeiten erinnerte, die er sich nicht leisten konnte. Er öffnete die Tür einen Spaltbreit ohne die Sicherheitskette zu lösen. Draußen stand ein Mann in einem perfekt gebügelten dunkelgrauen Anzug. Wassily erkannte ihn. Das war der FBI-Agent von der Party – derselbe, der kurz nach dem schockierenden Zusammenbruch der Frau aus der Menge aufgetaucht war. Wassily hatte sofort das Weite gesucht. Er wollte nicht in Angelegenheiten des FBI verstrickt werden. Und jetzt stand dieser Mann vor seiner Tür, ein lebendiger Albtraum.

„Hallo, Wassily, darf ich hereinkommen?", fragte der Mann mit autoritärer Stimme.

Wassily zögerte. „Kann ich nein sagen?", fragte er unsicher.

„Natürlich könnten Sie das, aber es würde nur Verdacht erregen."

Wassilys Gedanken wirbelten durcheinander. Er hatte nichts zu verbergen, doch die bloße Präsenz des Mannes machte ihn nervös. Was wollte er? Ihm den Zutritt zu seiner Wohnung zu verweigern, könnte die Situation eskalieren. Er zwang sich zu einem Lächeln und öffnete die Tür weiter.

„Klar, kommen Sie rein", sagte er mit einer einladenden Geste.

„Danke." Der Mann ging an ihm vorbei. Seine Anzugjacke stand in einem merkwürdigen Winkel ab. Hatte er eine Waffe? Wassily schluckte.

Er führte den Mann durch den engen Flur ins Wohnzimmer. Unter ihren Schritten knarrten die Dielen, und Wassily spürte den eindringlichen Blick des Mannes auf seinem Rücken.

Als sie das kleine Wohnzimmer betraten, glitt der wache Blick des Agenten durch den Raum. Auf dem Couchtisch standen noch die Frühstückstasse und ein Pizzakarton herum, und auf dem Schreibtisch unter dem schmutzigen Fenster standen ein paar leere Bierflaschen. Wassily bedauerte, dass er heute Morgen nicht aufgeräumt hatte.

„Möchten Sie Platz nehmen?", stammelte er und beförderte mit einem dezenten Fußstoß ein paar zerknüllte Socken unter das Sofa.

„Danke", antwortete der Agent und ließ sich auf dem Sessel gegenüber dem Sofa nieder.

Wassily sank auf die Kissen des abgewetzten Sofas zurück.

Der Agent beugte sich mit ernstem Gesichtsausdruck vor. „Erinnern Sie sich an die Frau, die gestern auf der Party zusammengebrochen ist?"

„Natürlich."

„Sie ist tot."

Wassily stockte der Atem. „Das... das tut mir leid", stammelte er und bemühte sich um einen neutralen Ton.

Der Agent kniff die Augen zusammen. „Kannten Sie sie?"

Wassily schüttelte den Kopf. Seine innere Stimme mahnte ihn zur Vorsicht. „Nein, ich kannte sie nicht."

„Sie haben sich mit ihr unterhalten, während Julius und Grace tanzten."

„Ja", gab Wassily zu und versuchte, gelassen zu klingen. „Es ist schwer, einem freundlichen Gespräch mit einer attraktiven Frau auf einer Party zu widerstehen, finden Sie nicht?"

„Worüber haben Sie denn gesprochen?"

„Sie fragte nach der Frau auf der Bühne. Ich erklärte ihr, das sie meine Ex-Frau ist. Dann erkundigte sie sich nach Graces Krebserkrankung."

„Es ging also um mehr als Höflichkeiten, Herr Wassily?"

Wassily spürte, wie ihm der Schweiß ausbrach. „Kann sein",

räumte er ein. „Ich erzählte ihr, dass Graces Krebs sehr ernst war, als hätte sie nicht mehr lange zu leben."

„Und dann?"

„Nun", zögerte er. „Ich habe ihr erzählt, dass Grace vor etwa einem Jahr eine neue Behandlung an der SUEC erwähnte, ein großer Durchbruch. Ich habe es damals nicht geglaubt. Wir trennten uns und verloren den Kontakt. Aber auf der Party sah sie aus wie neugeboren. Geheilt." Er zwang sich zu einem nervösen Lachen. „Erstaunlich, nicht? Man fragt sich, wie sie das geschafft haben."

„Wussten Sie, dass die Frau eine Reporterin war, Herr Wassily?" Die Stimme des Agenten klang schneidend.

„So etwas habe ich mir schon gedacht. Sie war ganz schön neugierig." Wassily erinnerte sich an ihre aufdringliche Art, wie sie ihn mit Fragen bombardiert hatte. Vielleicht war es dumm von ihm gewesen, ihr so bereitwillig Auskunft zu geben. „Es tut mir leid, dass sie den Champagner nicht vertragen hat", sagte er mit gespieltem Mitgefühl. „Ich habe gesehen, wie ein Krankenwagen kam."

Der Blick des Agenten blieb ruhig. „Sie ist erstickt."

„Mein Beileid. Das Leben ist nicht fair. Eine Frau kämpft gegen Krebs und kommt durch, die andere verschluckt sich am Champagner und stirbt."

„Sie sollten auf die Champagnergläser aufpassen. Haben Sie jemanden gesehen, der etwas in den Champagner gemischt hat?"

„Sie vermuten eine Manipulation des Getränks?"

„Ja, genau."

„Nein, mir ist nichts dergleichen aufgefallen. Allerdings war ich in ein Gespräch mit einer charmanten Frau vertieft. Sie werden verstehen, dass ich nicht die gesamte Nacht damit verbringen konnte, ein Sektglas zu überwachen."

„Haben Sie sich jemals gewünscht, dass sie von der Bildfläche verschwindet?"

„Ich? Was wollen Sie damit sagen? Ich habe Ihnen doch gesagt, dass ich die Frau nicht kenne. Ich habe nur ein bisschen mit ihr geplaudert, das ist alles."

„Ich meine Ihre Ex-Frau, Herr Wassily. Technisch gesehen ist die Scheidung noch nicht abgeschlossen, oder? Grace hat Ihnen die Scheidungsunterlagen gebracht und Sie haben sie unterschrieben. Aber sie hat die Unterlagen noch nicht bei den Behörden eingereicht."

„Das ist mir neu." Er schluckte schwer. „Wir gingen getrennte Wege und ich erhielt nie die endgültigen Unterlagen von ihrem Anwalt. Aber ich ging davon aus, Grace hätte alles erledigt."

„Grace hatte eine Lebensversicherung bei der SUEC. Unpraktisch, dass sie ihren Krebs überlebt hat, finden Sie nicht?"

Die Worte des Agenten trafen Wassily wie ein Faustschlag. Er rang nach Fassung. „Ich habe vielleicht nicht alles im Griff, aber ich bin kein Mörder", sagte er empört. „Um ehrlich zu sein, ich möchte Grace zurückgewinnen. Ich könnte ihr helfen, als Influencerin durchzustarten. Wir könnten gemeinsam einen Online-Kanal aufbauen und Gesundheitstipps für Krebspatienten vermarkten."

„Herr Wassily, der Kontakt zu Ihrer Frau ist derzeit untersagt. Jeder Versuch, sie zu treffen oder mit ihr zu kommunizieren, könnte missverstanden werden und zu Ihrer Festnahme führen. Haben Sie das verstanden?" Die Stimme des Agenten ließ keinen Spielraum für Widerspruch.

Wassily blähte seine Brust auf. Sein Selbstvertrauen kehrte zurück. Er war ein Meister im Bluffen und konnte einen Bluff von weitem riechen. „Ich habe nichts Unrechtes getan, Herr Weber. Ich bin ein freier Bürger und kann machen, was ich will." Er erhob sich vom Sofa. „War's das, oder haben Sie etwas gegen mich in der Hand?"

Der Agent stand ebenfalls auf, sein Blick unverwandt auf Wassily gerichtet. „Noch nicht, Herr Wassily. Aber dieses Zeitfenster könnte sich schnell schließen."

„Dann sind wir hier wohl fertig."

Wassily führte den FBI-Agenten durch den schmalen Flur und öffnete die Tür gerade weit genug, damit er passieren konnte. Der Mann rauschte an ihm vorbei und hinterließ eine flüchtige Duftnote exklusiven Aftershaves. Wassily schloss die Tür und lehnte sich dagegen. Was für eine Woche.

Er holte sich eine Cola Light aus dem Kühlschrank und ließ sich wieder auf die Couch fallen. Die abgenutzten Kissen unter ihm seufzten. Doch selbst das vertraute Prickeln des Getränks vermochte das nagende Unbehagen in seinem Magen nicht zu vertreiben. Er versuchte, seine Gedanken zu ordnen. Irgendetwas an Grace hatte sich grundlegend verändert. Sie war wie ausgewechselt.

Er zückte sein Handy und suchte online nach Fotos von der Party. Zahlreiche Chats und Tweets über den Zhang-Erben und seine neue Flamme füllten den Bildschirm. Wassily studierte die Fotos eingehend. Graces gewohnter Bohemien-Stil war einem eleganten Auftreten gewichen. Doch das war nicht alles. Ihr Haar war blond gefärbt und sie wirkte merklich schlanker – vielleicht durch intensiven Sport? Und ihre Figur. Ihre Brüste waren nun deutlich voller. Vielleicht hatte ihr neuer Millionärsfreund ihr Implantate gekauft. Am verblüffendsten war jedoch Graces Größe. Früher war sie etwa auf seiner Augenhöhe gewesen – gut 20 Zentimeter kleiner als der reiche Kerl. Doch auf diesen Fotos standen sie und der Mann auf gleicher Höhe. Hatte Grace in Rekordzeit mehrere Zentimeter zugelegt? Als Erwachsene? Irgendetwas stimmte hier ganz und gar nicht. Was war mit seiner Ex-Frau geschehen?

Er erinnerte sich, dass Lu'lu, eine junge Assistenzärztin für Chirurgie an der SUEC, ihm erzählt hatte, dass seine Ex-Frau seit Wochen auf der Intensivstation lag. Lu'lu. Sie hatten sich auf einer SUEC Party kennengelernt. Eine junge Frau mit einem Stil, der von Bequemlichkeit und Sachlichkeit geprägt war, weit entfernt von Graces neuem Glamour. Aber Lu'lu hatte ihn gemocht. Sehr sogar. Ein schiefes Lächeln huschte über Wassilys Lippen. Er warf einen Blick auf die Uhr. Elf Uhr dreißig. Ein Abstecher in die Cafeteria könnte sich lohnen. Mit etwas Glück würde er Lu'lu dort antreffen und könnte mehr in Erfahrung bringen. Er griff nach seiner Jacke.

- 24 -

GRACE

Freitag, 11. November 2033, 12:30 Uhr

Grace durchsuchte den staubigen Lagerraum hinter der Küche und entdeckte eine verwitterte Holzkiste. Sie holte zwei der weichen blauen Handtücher aus dem Bad und verwandelte die Kiste in ein gemütliches Bett für Schatzi. War es angemessen, Designerhandtücher für den Hund zu verwenden? Eine leise Stimme sagte ihr, dass die Zhangs nichts dagegen hätten. Der Labrador beobachtete sie mit müden Augen und kämpfte darum, auf den Pfoten zu bleiben. Draußen hatte er sich ausgetobt und wie ein Wirbelwind gefallene Blätter gejagt. Zum Glück waren die Gänse sicher in ihrem Tagesgehege eingesperrt. Jetzt fielen Schatzi die Augen zu und seine Beine zitterten vor Erschöpfung.

Grace trug das improvisierte Hundebett ins Wohnzimmer, Schatzi trottete langsam hinter ihr her. Sie platzierte das Hundebett neben das Sofa. Der Hund stoppte neben ihr und drohte, mit der Schnauze voran umzukippen. Mit sanftem Druck lenkte Grace ihn zu seinem neuen Schlafplatz. Er rollte sich sofort zusammen und war fast augenblicklich eingeschlafen. Grace verspürte ein Gefühl der Zuneigung, als sie den Hund beobachtete. Seine Verletzlichkeit rührte sie zutiefst. Sie streichelte ihn noch einmal zärtlich. Dann ließ sie sich auf das Sofa fallen und klappte ihren Laptop auf. Eine nagende Neugier trieb sie an. Sie wollte mehr über Bianca erfahren, die Frau, deren Körper ihr eine zweite Chance im Leben ermöglicht hatte.

Sie gab Biancas Namen in die Suchmaschine ein. Der Nachruf erschien ganz oben in der Ergebnisliste. Mit einem Anflug von Beklommenheit klickte Grace auf die Bildersuche. Mehrere Fotos erschienen auf dem Bildschirm. Einige zeigten Bianca im SUEC-

Krankenhaus, vermutlich während ihrer Zeit als Krankenschwester auf der Chirurgiestation. Ein Bild stach besonders hervor. Sie stand inmitten eines medizinischen Teams in frischen weißen Kitteln. Ein Hauch von Erschöpfung lag in ihren Augen, doch ein aufrichtiges Lächeln umspielte ihre Lippen. Die Kollegen und Kolleginnen um sie herum waren eine bunt gemischte Gruppe, deren strahlende Gesichter von Entschlossenheit und Zusammenarbeit zeugten. Ein junger Mann mit einem schelmischen Grinsen hatte lässig seinen Arm um Bianca gelegt. Grace zoomte heran. Sie erkannte den Mann. Es war ein jüngerer Karim, der Mann vom Friedhof, Biancas Ehemann. Er trug einen weißen Kittel mit einen SUEC-Emblem. Das war eine Überraschung. Karim hatte zwar erwähnt, dass er als Krankenhausarzt tätig war, aber nicht, dass er bei der SUEC arbeitete. War das wichtig?

Ein Klingeln ihres Handys unterbrach Graces Nachforschungen. Es war eine SMS von Tina, ihrer Ex-Chefin. Grace seufzte. Sie hatte Tina eine schriftliche Kündigung geschickt und betrachtete dieses Kapitel als abgeschlossen. Tina sah das offenbar anders.

Grace überflog die Nachricht. *„Du hast mir die Daten des letzten DIPUTS Experiments nicht geschickt. Ich brauche sie dringend."*

Würde eine Antwort Tina beschwichtigen? Grace suchte die Dateien auf ihrem Computer und leitete sie weiter. Zurück zu Biancas Geschichte.

Noch ein Text. *Die Unterschiede zwischen den therapierten Mäusen und den Kontrollen sind nicht signifikant.*

Grace atmete tief aus und tippte: *„ Ja, das ist korrekt."*

Ein weiterer Text. *Du hast nicht sorgfältig gearbeitet. Andere Kollegen im Labor haben signifikante Unterschiede festgestellt.*

Grace biss die Zähne zusammen. Vermutlich wurden andere Labormitarbeiter ähnlich unter Druck gesetzt. Aber sie arbeitete nicht mehr für Tina.

„Es tut mir leid, das sind die Ergebnisse", tippte sie.

Zurück zu Bianca. Vielleicht war sie von einem bösen Vorgesetzten in den Selbstmord getrieben worden.

Erneut ertönte das hartnäckige Summen ihres Handys. Wie nervig. Vielleicht sollte sie das Telefon einfach ausschalten.

Bist du jetzt in der Zhang-Residenz?

Grace wollte die Nachricht ignorieren, doch der Reiz war zu groß. Sie war stolz, jetzt im Haus eines Millionärs zu wohnen.

Ja, warum?

Herr Zhang hat den Vertrag für mein neues Medikament auf Eis gelegt. Hast du schlecht darüber geredet? Ich brauche diesen Vertrag!

Grace legte das Handy beiseite. Das war nicht mehr ihr Problem. Diese Frau hatte sie jahrelang schikaniert. Heute würde sie dem ein Ende setzen.

Zurück zu ihrer Nachforschung über Biancas Vergangenheit. Grace passte die Suche an, indem sie in der Symbolleiste „letzte zwei Jahre" auswählte. Jetzt erschien ein aktuelleres Foto – Bianca mit den Mitgliedern ihres medizinischen Teams in einem sonnendurchfluteten Park. Sie erkannte das *Conservatory of Flowers* im Hintergrund. Das war der Golden Gate Park in San Francisco. Die Gruppe saß bequem auf dem Rasen und strahlte Entspannung und Freude aus. Überbleibsel eines Picknicks lagen verstreut um sie herum: eine zerknitterte rote Decke, ein halb verzehrter Hamburger auf einem karierten Tischtuch und ein Grill im Hintergrund. Bianca saß mit einem strahlenden Lächeln mitten im Geschehen. Diesmal war Karim nicht dabei. Graces Kinnlade klappte herunter. Neben Bianca sass Wassily. Er hatte seinen Arm um ihre Taille gelegt und erwiderte ihr Lächeln.

Die Welt schien stillzustehen, während Grace versuchte, die Szene vor ihr zu verarbeiten. Sie kannte dieses Grinsen auf dem Gesicht ihres Ex-Mannes. Es war, als wäre sie in einen privaten Moment gestolpert und hätte die beiden in offenkundiger Intimität ertappt – eine schmerzvolle Erinnerung an eine Liebe, die einst ihr gehörte. Sie knallte den Laptop auf den Couchtisch. Schatzi zuckte zusammen und schaute sie mit einem erschrockenen Blick an. Aber dieses Mal streichelte sie den Hund nicht. Der Verrat nagte zu sehr an ihr. Als dieses Foto aufgenommen worden war, hatte sie im

Krankenhaus um ihr Leben gekämpft. Und dieser Schurke? Er hatte sie nicht nur mit einer Frau betrogen, sondern mit zwei? Oder wer weiß, wie vielen.

Ein Ächzen der Hintertür zerriss die Stille. War Julius schon zurück? Er hatte gesagt, es würde ein paar Stunden dauern. Schwere Schritte kamen auf sie zu. Schatzi wandte sich mit einem kehligen Knurren zur Tür.

Aus den Schatten trat eine breitschultrig Gestalt auf sie zu, eingerahmt vom schwachen Licht, das durch die Türöffnung fiel. Ein Mann mit einem ordentlich gestutzten dunklen Bart. Seine Kleidung war eine seltsame Mischung – abgetragene dunkle Stoffhosen und ein elegantes Jackett, wie für einen Sitzungssaal.

„Guten Tag", sagte der Mann mit britischem Akzent. „Ich bitte um Verzeihung für mein unvermitteltes Erscheinen. Ich bin Charles, der neue Butler."

„Tatsächlich?", erwiderte Grace. „Sie hat niemand erwähnt."

Ihr Blick fiel auf seine Hände. Weiße Handschuhe.

„Möchten Sie einen Kaffee?", fragte er.

Grace lief ein Schauer über den Rücken. Wieder diese Frage. „Nein, danke. Ich hatte gerade einen", antwortete sie höflich.

„Wie wär's mit einem Sandwich?"

„Nein, danke", antwortete Grace mit etwas festerer Stimme. „Ich habe spät gefrühstückt und bin nicht hungrig."

Der Mann neigte den Kopf. „Sie sollten wirklich etwas zu sich nehmen. Um sich von einer Krebserkrankung zu erholen, bedarf es der richtigen Ernährung. Meinen Sie nicht auch?"

Sie musterte den Mann. Woher wusste er von ihrer Krebserkrankung? Schatzi, der ihre wachsende Unruhe spürte, ließ ein weiteres grollendes Knurren vernehmen.

„Vielleicht später", erwiderte sie mit gespielter Leichtigkeit. „Ich muss den Hund ausführen."

Sie bückte sich, um den Hund hochzuheben.

„Na schön, wenn Sie darauf bestehen." Der Mann trat einen halben Schritt zurück und schien ihre Antwort zu akzeptieren. Doch als Grace sich mit Schatzi im Arm aufrichtete, schnellte er plötzlich vor und umklammerte ihren Hals von hinten mit einem festen Griff. Seine großen Hände verengten sich wie ein Schraubstock.

Grace schnappte nach Luft und ließ den Hund zu Boden fallen. Schatzi bellte aufgeregt. Der Mann zog eine Plastikspritze aus seiner linken Tasche. Sie enthielt eine Art klare Flüssigkeit. Er ließ die Kappe in die Luft schnappen und hielt die Spritze vor Graces Mund. Ihr Verstand schrie: *Gift* und sie biss instinktiv die Zähne zusammen. Aber ihre Nase konnte ihr nicht die nötige Luft liefern. Die Welt um sie herum schien zu verschwimmen. Schatzis Bellen wurde zu einem fernen Grollen. Sie würde gleich das Bewusstsein verlieren.

Annyas Stimme hallte in ihrem Kopf wider. „*Wenn du angegriffen wirst, musst du Dich mit allen Mitteln wehren. Es ist dein Leben oder seines.*" Mit einer Kraft, die aus Verzweiflung geboren war, rammte Grace ihren Ellenbogen in die Rippen des Mannes. Der Aufprall entlockte ihm ein Keuchen. Er lockerte seinen Griff.

Grace drehte sich um und drückte ihren Daumen fest in das rechte Auge der Mannes. Er schrie auf und umklammerte sein Auge. Die Spritze fiel zu Boden. Mit einer schnellen Bewegung schnappte Grace die Spritze, hielt sie dem Mann vor den Mund und drückte ab. Der Mann starrte sie an und schluckte reflexartig, ein Auge weit geöffnet, das andere ein blutiges Loch. Dann spuckte er den Rest der Flüssigkeit auf den Boden.

Sie tauschten einen raschen Blick aus. Was auch immer in der Spritze gewesen war, er hatte das meiste davon geschluckt. Grace drehte sich um, schnappte sich Schatzi und stürmte zur Tür. Sie riss sie auf und rannte aus dem Haus, die Treppe hinunter und den Weg entlang in Richtung Eingangstor. Der Sicherheitsdienst musste dort sein.

Der Mann sprang ihr hinterher und kam mit stampfenden Schritten näher. Grace drückte Schatzi fest an ihre Brust, das pelzige Riesenbaby zappelte und wand sich aufgeregt, während sie die Einfahrt hinunter rann. Der lose Kies rutschte unter ihren Turnschuhen weg. Ihre Lungen brannten, und ihre Sicht begann zu verschwimmen, doch die Angst trieb sie weiter. Die schweren Atemzüge des Mannes kamen bedrohlich näher. Plötzlich wurde Grace von einem heftigen Ruck am Rücken ihres Pullovers nach hinten geschleudert. Mit einem unsanften Aufprall landeten sie und Schatzi auf dem Kiesweg. Der Hund bellte den Mann wütend an.

Der Mann griff erneut nach Graces Kehle und umschloss sie mit seinen großen Händen. Sie wollte schreien, aber es kam nur ein jämmerliches Keuchen über ihre Lippen. Sie rang nach Luft. Panik erfasste sie. *Das ist es*, dachte sie. *Ich werde hier sterben.*

Aber zu ihrer Überraschung lockerte sich der Griff des Mannes langsam. Der Druck auf ihre Kehle ließ nach. Grace riss sich frei und drehte sich zu dem Mann um. Das raubtierhafte Funkeln in seinen Augen wurde durch einen Ausdruck aufkommenden Entsetzens ersetzt. Er rang nach Atem und sein Gesicht verzerrte sich in plötzlicher Qual.

Grace starrte ihn an. Das musste das Gift aus der Spritze sein, das seine Wirkung entfaltete. Ihr Urinstinkt meldete sich wieder. Sie stürzte sich auf einen großen Stein am Rand des Pfades und schlug ihn mit einem widerlichen Knall gegen den Kopf des Mannes.

Eine tiefe, blutende Wunde klaffte in seinem Schädel. Er starrte mit einem weit aufgerissenem Auge auf ihren Hals, das andere Auge ein blutender Krater.

Grace erkannte, dass ihr Rollkragen während des Kampfes gerissen war. Ihre Finger tasteten über die Haut ihres Halses. Die Narbe, ein verräterisches Zeichen ihrer Vergangenheit, war ungeschützt. Sie versuchte verzweifelt, den zerrissenen Stoff hochzuziehen. Aber der Stoff fand keinen Halt und rutschte unbarmherzig zurück.

Der Blick des Mannes wanderte zu dem strahlend blauen Himmel über ihm. Ein rasselnder Atemzug entwich seinen Lippen und dann ... nichts. Eine erdrückende Stille breitete sich aus.

Grace schnappte nach Luft und rappelte sich auf. War er tot? Ihr Hals pochte und sie zitterte am ganzen Körper. Hatte der Kampf ihre Wunden wieder aufgerissen? Sie tastete ihren Hals noch einmal ab. Sie fühlte keine offene Wunde. Sie ignorierte den Schmerz und bewegte vorsichtig ihre Beine, Arme und Hände. Sie funktionierten. Ihr rechter Daumen und ihre Hand waren voller Blut. Wahrscheinlich das Blut des Mannes. Ihre linke Hand war verdreckt, aber ohne Wunde.

Schatzi sprang um den Mann herum und bellte ihn aufgeregt an. Offenbar war er unverletzt geblieben, ein kleines Wunder im Chaos des Kampfes.

Grace versuchte, sich zu konzentrieren. Der Wachmann am Eingangstor. Jede Faser ihres Körpers schrie nach Zuflucht, während sie mit letzter Kraft auf das Tor zustolperte. Die wenigen hundert Meter dehnten sich vor ihr wie eine Ewigkeit.

Eine einsame Gestalt in einer dunklen Jacke lehnte lässig an der Wachhütte. Der Rauch seiner E-Zigarette tanzte unruhig im Wind. Als sie auf ihn zutorkelte, weiteten sich seine Augen vor Schreck. Er stürzte auf sie zu und sie brach in seinen Armen zusammen.

- 25 -

ANNYA

Freitag, 11. November 2033, 14:00 Uhr

Annya stürmte durch die Tür ihres Büros im SUEC-Krankenhaus, die mit einem befriedigenden Knall hinter ihr ins Schloss fiel. Endlich eine Atempause. Erschöpft sank sie in ihren Schreibtischstuhl und stieß einen langen, müden Seufzer aus, der die Papiere auf ihrem Schreibtisch zum Tanzen brachte. Die Notaufnahme hatte heute all ihre Kräfte gefordert.

Sie sehnte sich nach einem Moment der Ruhe, nach einer Tasse Kaffee, die nicht kalt wurde, bevor sie sie ausgetrunken hatte, nach einer Gelegenheit, die Pausentaste in der Notaufnahme zu drücken. Annya liebte ihren Beruf und die Möglichkeit, in kritischen Situationen Leben zu retten. Doch manchmal wurde es ihr einfach zu viel, insbesondere wenn sie trotz aller Bemühungen einen Patienten verlor.

Annya checkte ihr Handy. Da war eine SMS von Angus: „Der Mann, der Grace angegriffen hat, ist vor einer Stunde bei euch angekommen. Ruf mich bitte so bald wie möglich an."

Ihre Erschöpfung wich einer neuen Welle der Dringlichkeit. Sie wählte Angus' Nummer.

„Annya, danke für den Anruf. Unser diensthabender Agent hat mir mitgeteilt, dass der Mann verstorben ist?"

„Ja, wir haben ihn bei der Ankunft für tot erklärt", bestätigte sie. „Wer war er? Er hatte keinen Ausweis dabei."

„Er war ein Bauarbeiter aus San Mateo."

„Was hatte er bei den Zhangs zu suchen?"

„Das ist noch unklar. Wir konnten keine Verbindung zu Grace oder Bianca feststellen, auch keine Vorstrafen wegen Gewaltdelikten.

Wir wissen nicht, wie er in die Zhang-Residenz gelangte. Der Wachmann beteuert, niemanden durchs Tor gelassen zu haben."

„Könnte er trotz des Stacheldrahts über den Zaun geklettert sein?"

„Möglich. Merkwürdigerweise waren die Gänse in ihrem Gehege eingesperrt. Julius erklärte, das sei wegen ihres neuen Hundes geschehen."

„Julius sperrte die Gänse ein?"

„Nein, Carlos, der Hausverwalter."

„Hm, und der Mann, der Grace angegriffen hat, war kein Profikiller?"

„Sieht nicht danach aus. Aber wir sind noch dabei, seine Vergangenheit genau zu untersuchen, um mögliche Verbindungen zu Grace oder ein Motiv zu finden."

„Ich könnte einen Hinweis haben", erwiderte Annya. „Bei der Untersuchung entdeckte ich auf seinem Unterarm eine Tätowierung – einen Ouroboros, eine Schlange, die sich in den Schwanz beißt."

„Was macht das so interessant?"

„Vielleicht ist das ein Zufall, aber der Mann, der hier im Krankenhaus versucht hat, Grace zu vergiften, hatte dieselbe Tätowierung."

„Meinst Du, sie könnten derselben Gruppierung angehören?"

„Ja, genau. Könntest du überprüfen, ob irgendeine lokale Organisation einen Ouroboros als Symbol verwendet? Vielleicht ein Wissenschaftsverein, eine Randgruppe, Biopunks, ein Kult oder eine Gang...?"

„Das könnte ein wichtiger Anhaltspunkt sein. Ich werde der Sache sofort nachgehen."

„Hast du auch Nathanael Zhangs Hintergrund überprüft?"

„Ja, natürlich. Das habe ich schon getan, bevor ich zugestimmt habe, Grace bei ihm wohnen zu lassen. Er hat mit niemandem über Kanäle, die wir zurückverfolgen können, über sie kommuniziert. Dafür ist er viel zu erfahren."

„Seine Firma, OrchidBio, macht einen großen Teil ihres Geschäfts in der Krebstherapie?"

„Ja, das stimmt. Das brachte mich zum Nachdenken: Würde eine Krebsheilung sein Geschäft gefährden? Wenn es eine Pilotpatientin gibt, die durch eine neue Technologie von unheilbarem Krebs geheilt wurde, wäre ihr Überleben nicht unerwünscht?"

Annya dachte über diese Möglichkeit nach. „Nathanaels Frau ist an Krebs gestorben. Er hat seinen Sohn als alleinerziehender Vater großgezogen. Beide müssen einen persönlichen Groll gegen den Krebs hegen."

„Verstehe."

„Grace erzählte mir, dass Vater und Sohn sie wegen des Medikaments, das sie angeblich heilte, bedrängen. Ich vermute, sie wollen an ihr Geheimnis kommen, um es zu vermarkten."

„Was ist mit der Konkurrenz?", warf Angus ein. „Graces Chefin machte auf der Party eine Szene. Ihr Millionenvertrag mit OrchidBio wurde eingefroren, weil OrchidBio hinter einem anderen Produkt her ist. Das könnte Graces vermeintliches Wundermittel sein. Was, wenn Tina versucht, Grace umzubringen, um ihre Konkurrenz auszuschalten?"

Annya lehnte sich in ihrem Sitz zurück. „Ich habe gehört, dass sie ein ziemlicher Tyrann im Lab sein kann. Aber es gibt eine Grenze zwischen Tyrannisieren und Töten."

„Man kann nie wissen, wie weit die Menschen gehen. Die Verzweiflung kann manche zu extremen Maßnahmen treiben."

„Ich weiß nicht. Aber es kann nicht schaden, Tina's Verbindungen genauer zu untersuchen. Vielleicht gibt es Zusammenhänge, die wir noch nicht sehen."

Angus' Stimme nahm einen ernsten Ton an. „Was, wenn hier ein größeres Netzwerk am Werk wäre? Mächtige Interessen in der Pharmaindustrie, die vom Status quo profitieren? Ein Krebsheilmittel könnte ihr Milliardenimperium bedrohen. Graces Beseitigung würde jeden lebenden Beweis dafür auslöschen."

Annya dachte darüber nach. Diese Idee konnte nur in einer Welt existieren, in der Profit wichtiger war als die Gesundheit der Menschen. „Ich fürchte, die Pharmaindustrie ist hier nicht der größte Akteur", erklärte sie.

„Wer dann?"

„Die Krankenversicherungsbranche in den USA ist etwa zweieinhalb Milliarden US-Dollar groß, die Pharmabranche achthundertfünfzig Millionen. Damit ist die Versicherungsbranche etwa dreimal so groß wie die Pharmabranche", erklärte sie.

„Also kann die Pharmaindustrie ein Heilmittel gegen Krebs nicht verheimlichen?"

„Genau. Wenn die Versicherungsriesen auch nur eine Sekunde lang glauben würde, dass die Pharmaindustrie sie um Hunderte von Millionen Dollar betrügt, würde sie sie wie einen Käfer zerquetschen. Die Versicherungskonzerne könnten mit ihren Gewinnen problemlos eine neue Pharmaindustrie aufbauen. So viel mächtiger sind sie."

Angus fasste zusammen. „Also haben wir einen Ex-Mann mit Geldnöten, einen profitorientierten Geschäftsmann, eine rachsüchtige Laborleiterin, und zwei tote Attentäter mit dem gleichen Tattoo."

„Scheint, als müssten wir der Tätowierungs-Spur folgen", sagte Annya. „Es mag ein Schuss ins Blaue sein, aber momentan ist es unser einziger Anhaltspunkt.."

„Okay, ich werde jeden Aspekt dieses Ouroboros-Symbols gründlich untersuchen. Wir müssen schnellstmöglich herausfinden, wer dahintersteckt, damit nicht noch mehr Leute zu Schaden kommen."

- 26 -

JULIUS

Freitag, 11. November 2033, 15:00 Uhr

Julius reckte sich und seine Gelenke knackten leise in der Stille von Rolandos VW-Bus. Durch die Vorhänge sickerte warmes Sonnenlicht und tauchte das improvisierte Bett aus Decken und Kissen in eine wohlige Oase. Die Welt da draußen schien zu verblassen, während er sich ganz dem friedvollen Moment hingab.

Er konnte seinen Blick nicht von Rolando abwenden. Seine dunklen, unergründlichen Augen hielten ihn gefangen, während die Intensität seines Blicks durch das wilde, ungezähmte Haar noch verstärkt wurde. Der Schnurrbart verlieh ihm einen Hauch von Kultiviertheit. Doch was Julius wirklich fesselte, war die unverkennbare Aura der Gefahr, die Rolando umgab. Es war ein faszinierender Sog, der ihn in Atem hielt, ein berauschender Nervenkitzel, der ihn unwiderstehlich zu seinem Geliebten hinzog. Diese Mischung aus Anziehung und Bedrohung bildete ein verführerisches Elixier, dem sich Julius nicht entziehen konnte.

Julius' Welt war ein erstickendes Spektakel, in dem jede seiner Bewegungen ständig zur Schau gestellt wurde. Rolandos geheime Verstecke waren wie ein Hauch frischer Luft, eine Flucht vor den allgegenwärtigen Blicken und dem unerbittlichen Rampenlicht. Hier, im Schutz ihrer geflüsterten Worte und verstohlenen Blicke, entdeckte Julius eine Welt der Exklusivität, die nur ihnen gehörte. Es war zugleich elektrisierend und berauschend.

Julius holte tief Luft. Heute würde er es tun. Heute würde er Rolando einen Heiratsantrag machen. Der Nervenkitzel einer festen Bindung durchströmte ihn, das Versprechen der Ewigkeit. Er sehnte sich nach mehr als einer flüchtigen Schwärmerei, sein Herz verlangte nach der Tiefe und Beständigkeit einer wahren Partnerschaft. Er träumte davon, mit Rolando ein gemeinsames Leben aufzubauen und ein Nest der Geborgenheit zu schaffen. Die Vorstellung, jeden Abend zu Rolando heimzukehren, in sein Arme zu sinken und die Wärme ihrer Verbundenheit zu spüren, erfüllte ihn mit freudiger Erregung.

Natürlich wusste er, dass Rolando sich verstecken musste. Er war ein gesuchter Hacker. Aber wahre Liebe konnte jedes Hindernis überwinden. Vielleicht war ein Nomadenleben die Lösung, ein Liebesnest, das von Ort zu Ort zog. Solange ihre Bindung gefestigt war, konnte Julius sich anpassen.

Er hatte den perfekten Ring gefunden. Es war nicht nur eine Notwendigkeit, da er Rolandos Finger kaum messen konnte, sondern entsprach auch Rolandos Begeisterung für Technik. Es handelte sich um einen verstellbaren Ehering aus schlichtem Gold, geschmückt mit drei großen Diamanten. Er ließ sich auf jede beliebige Größe anpassen – das war bemerkenswert.

Julius griff nach seiner Jacke und holte die kleine Samtschachtel heraus. Er hätte sich eine romantischere Umgebung gewünscht, aber gestohlene Momente mit Rolando waren rar. Er würde es jetzt tun.

Der schrille Klingelton seines Handys durchdrang die Stille. Julius zuckte zusammen. Sein Blick blieb einen Augenblick länger auf Rolando haften. Nur noch einen Augenblick.

Das Telefon klingelte erneut.

„Julius, dein Telefon", brummte Rolando.

Mit einem widerwilligen Seufzer kramte Julius das Handy aus seiner Tasche hervor und warf einen Blick auf die Anrufer-ID. Der Wachmann … Er wappnete sich, als er den Anruf entgegennahm. „Hallo?"

Rolando beugte sich näher und runzelte die Stirn.

„Ein Eindringling hat versucht, Grace zu töten. Sie müssen sofort zum Haus kommen", drängte der Wachmann. „Die Polizei will mit Ihnen sprechen."

Ein eisiger Schauer rann Julius den Rücken hinunter. Annya hatte ihn nach Hause geschickt, damit er auf Grace aufpasste. Sie hätten sie nicht allein lassen sollen. „Ich bin gleich da", antwortete Julius knapp.

Rolando spottete. „Ich wusste, dass diese Frau Ärger bedeutet."

„Sie ist meine neue Stiefschwester, Rolando", sagte Julius heute zum zehnten Mal.

„Und was bedeutet das für Dich?"

„Ich mag sie. Wir verstehen uns auf einer Ebene, die ich noch nie erlebt habe. Papa mag sie auch. Und im Moment braucht sie mich."

Rolando runzelte die Stirn und sah Julius an. „Hör zu, Julius. Wenn diese Frau wirklich mit einem Wundermittel von Krebs im Endstadium geheilt wurde, ist sie eine wandelnde Zielscheibe. Die gierigen Geier, die von den derzeitigen Behandlungsmethoden profitieren, werden nicht zögern, ihre Konkurrenz zum Schweigen zu bringen. Menschen töten für viel weniger, Julius. Und du bist mittendrin."

Julius straffte die Schultern. „ Rolando, du begibst dich ständig in Gefahr für das, woran du glaubst. Jetzt bin ich an der Reihe. Grace braucht meine Hilfe und ich möchte sie beschützen."

Rolando schüttelte den Kopf. „Du bist nicht ich, Julius. Wie willst du sie denn beschützen? Du hast dich immer auf das Personal deines Vaters verlassen. Du hast keine Waffe und dir fehlt der Mut, eine zu benutzen."

„Du hast recht. Ich habe nicht vor, irgendjemanden zu verletzen. Ich bin ein Arzt und kein Killer. Ich werde einen Weg finden, Grace aus Schwierigkeiten herauszuhalten, das ist alles."

Rolando drehte sich zu ihm, ein dunkler Funke blitzte in seinen Augen auf. „Du willst den Helden spielen? Du willst lieber einer Frau hinterherjagen, die du kaum kennst, als Zeit mit dem Mann zu verbringen, den du angeblich liebst?"

Julius sah ihn flehend an. „Rolando, du weißt, dass ich dich liebe!" Seine Augen suchten Rolandos Verständnis. Sollte er ihm anvertrauen, dass er ihm gerade einen Antrag machen wollte? Nein, das würde nur den Zauber zerstören. Sie hatten einen romantischeren Moment verdient.

Rolando zuckte mit den Schultern. „Tu, was du tun musst. Wenn sie so wichtig ist, wird die Polizei jeden Moment hier eintreffen. Zeit für mich, zu verschwinden."

Julius zuckte zusammen. „ Rolando, bitte geh nicht weg. Ich werde mich kurz um Grace kümmern und dann komme ich gleich zurück, das verspreche ich. Wo können wir uns treffen?"

„Ich kann es mir nicht leisten, in diese Sache reingezogen zu werden. Das FBI würde eine Party schmeißen, wenn sie mich in Deinem Garten finden würden."

„Dann treffen wir uns eben woanders. Ich komme zu jedem Ort, der sicher für dich ist. Sag mir einfach, wo ich hinkommen soll." Julius' Stimme klang verzweifelt.

Rolando sah ihn nachdenklich an. „ Ich habe eine Hütte oben in Tahoe. Du kannst mich am Wochenende dort besuchen. Aber diese Adresse muss unter uns bleiben, Julius. Ich habe den Ort lieb gewonnen."

Julius strahlte. „Du hast ein gutes Herz, Rolando!" Er beugte sich vor und drückte ihm einen leidenschaftlichen Kuss auf die Lippen. Ein Wochenende in Tahoe. Das war ein viel besserer Ort für einen Heiratsantrag als die Ladefläche eines Lieferwagens.

Rolando kritzelte etwas auf einen Zettel und hielt ihn vor Julius. „Merk Dir diese Nummer."

Es war eine Adresse in North Lake Tahoe. Julius wusste, was als Nächstes kommen würde. Er starrte auf die Zahlen, wiederholte sie in Gedanken und prägte sie sich ein.

Rolando holte ein Feuerzeug aus der Tasche, zündete es mit einem metallischen Klick an und hielt die flackernde Flamme an den Papierschnipsel, der sich sofort mit einem Zischen entzündete. Er warf ihn in eine leere Kaffeetasse. Ein Rauchwölkchen stieg auf, bevor der Schnipsel zu Asche zerfiel.

„Niemand kennt diese Adresse", sagte Rolando. „Gib sie nicht in Dein Navigationssystem ein. Druck eine Karte aus, folge ihr und finde den Ort."

„Das werde ich!", rief Julius. Was für ein wunderbares Abenteuer! Er umarmte Rolando noch einmal. Dann riss er die Tür des Lieferwagens auf und rannte zum Haus der Zhangs.

Er fand Grace im Esszimmer, scheinbar gelassen auf einem Stuhl sitzend. Ihre aufrechte Haltung und der kontrollierte Gesichtsausdruck verrieten jedoch die Anspannung, die sie zu verbergen versuchte. Schatzi saß ihr gegenüber, seinen massigen Kopf auf ihrem Schoß, und beäugte misstrauisch den uniformierten Polizisten neben ihr. Als Julius den Raum betrat, suchten ihre Augen sofort die seinen. Ein flüchtiger Funke der Erleichterung huschte über ihre dunklen Pupillen, kaum wahrnehmbar, aber für ihn deutlich spürbar. Julius' Herz krampfte sich zusammen. Ihr zerrissener Rollkragenpullover gab teilweise die dunkelrote Narbe frei, umgeben von einem frischen Bluterguss. Der hochgeschobene Ärmel enthüllte ein Netz aus blutigen Kratzern auf ihrem rechten Unterarm.

Er eilte zu ihr und untersuchte behutsam ihren Arm. Zum Glück nur Prellungen, nichts gebrochen. Eine Welle des Beschützerinstinkts überkam ihn. Grace hatte den Krebs besiegt, nur um von ihrem Ex-Mann betrogen zu werden und ihr Zuhause zu verlieren. SUEC's Wundermittel hatte sie ins Rampenlicht katapultiert. Und jetzt dieser Angriff eines Wahnsinnigen. Sie hatte all das nicht verdient.

Der Polizist stellte ihm höflich einige Fragen. „Herr Zhang, waren Sie heute Nachmittag zu Hause?"

Julius spürte, wie ihm ein Schweißtropfen die Schläfe hinablief. „Ja, ich bin im Park spazieren gegangen."

Er warf Grace einen verstohlenen Blick zu. Zwischen ihnen bestand diese faszinierende Verbindung - sie konnten ohne Worte kommunizieren. In der Tiefe ihrer Augen erkannte er, dass sie Rolando nicht erwähnt hatte. Erleichterung durchströmte ihn.

Der Beamte notierte stirnrunzelnd etwas in sein Notizbuch.

„Haben Sie irgendetwas Ungewöhnliches bemerkt?"

Julius zwang sich zu einem selbstsicheren Lächeln, während sein Herz raste. „Nein, ich war unten am See und hörte einen Podcast. Ich muss zu weit weg gewesen sein, um etwas mitzubekommen. Alles schien ruhig." Seine Stimme zitterte leicht, hoffentlich unmerklich.

Der Beamte nickte knapp. Er stellte noch einige Fragen. Dann erhob er sich mit einem flüchtigen „Danke für Ihre Zeit", packte seine Sachen und verließ den Raum.

Julius lehnte sich zurück und tauschte einen vielsagenden Blick mit Grace aus. Doch bevor sie etwas sagen konnte, brach an der Tür erneuter Tumult aus. Die knappe, professionelle Stimme des Beamten mischte sich mit der vertrauten Stimme seines Vaters.

Einen Moment später betrat Nathanael Zhang den Raum. Sein Blick fiel auf seinen Sohn, in seinen stahlgrauen Augen braute sich ein Sturm zusammen.

„Bist du verletzt?", fragte er.

„Mir geht's gut", erwiderte Julius. „Grace wurde angegriffen, nicht ich."

Nathanael wandte sich Grace zu. „Wer war dieser Mann?", fragte er scharf.

„Das weiß ich nicht", flüsterte sie.

Nathanael verlor die Fassung. „Das weißt du nicht?", donnerte er. An seiner Schläfe schwoll eine Ader bedrohlich an. „Dieses Attentat hängt offensichtlich mit deiner Behandlung zusammen. Was hat dich geheilt, Grace? Du lebst in meinem Haus und gefährdest uns alle. Wir haben ein Recht, es zu erfahren."

Julius kam ihr zu Hilfe. „Es war nicht ihre Schuld, Papa."

Nathanael Zhang ignorierte seinen Sohn. Er starrte Grace angriffslustig an. „Sag uns sofort worum es hier geht, oder du kannst deine Sachen packen!"

Grace begegnete Nathanaels Blick ruhig und gefasst. „Das kann ich leider nicht sagen."

„Ihre Sachen packen? Wo soll sie denn hingehen?", fragte Julius.

„Wo auch immer sie herkam!", donnerte Nathaneal.

„Sie hat ihren Ex-Mann verlassen und ihr gemeinsames Zuhause aufgegeben. Danach lebte sie monatelang im Krankenhaus."

„Anscheinend weißt du eine Menge über ihre traurige Geschichte", spottete Nathanael. „Aber nicht über die Details, die unser Haus in Gefahr bringen! "

Grace erhob sich langsam. „Ich verstehe", sagte sie mit fester Stimme. „Ich möchte niemanden gefährden. Und ehrlich gesagt, nach dem heutigen Vorfall fühle ich mich hier auch nicht mehr sicher. Vielleicht ist es wirklich das Beste, wenn ich gehe."

„Wohin willst du denn gehen, Grace?", fragte Julius. „Du kannst doch nicht einfach davonlaufen. Du brauchst einen Plan."

Das Licht, das durch das Fenster strömte, schien sie zu durchdringen und verstärkte ihre blasse Erscheinung. Sie war verletzt und hatte keine Familie, kein Zuhause. „Ich weiß es noch nicht, Julius. Aber ich werde schon einen Weg finden", sagte sie entschlossen.

„Du hast nicht mal ein Auto, oder?", sagte Julius leise.

„Ich komme schon zurecht", erwiderte sie. „Ich kann einen Bus oder einen Zug nehmen, oder ein Auto mieten. Hauptsache, niemand weiß Bescheid."

„Da draußen können wir dich nicht beschützen", wandte Julius ein. „Du könntest woanders angegriffen werden, ohne einen Wachmann in der Nähe."

„Ich weiß, es ist riskant", gab sie zu, „aber ich kann auch nicht hier bleiben."

„Dem stimme ich zu", warf Nathanael entschieden ein.

Julius blickte von seinem Vater zu Grace. Sie füllte eine Leere in seinem Herzen, von der er nicht gewusst hatte, dass sie existierte. Er erinnerte sich an ihre Begeisterung, als sie in seinen Lamborghini stieg, an ihre großen Augen, als sie ihre riesige Villa zusammen erkundeten, an ihr Lachen, als sie mit Schatzi spielte, und an die Magie ihres Tanzes auf der Party. Doch wie Rolando hatte auch sie ihre Geheimnisse und Abgründe.

Sein Vater stand aufrecht da, die Hände in den Taschen, ein

Monument des Pragmatismus. Jede seiner Entscheidungen war ein kalkulierter Schachzug, getragen von jahrelanger Geschäftserfahrung. Sein Vater hatte ihm ein Leben in Sicherheit und Ordnung geboten, während Grace eine erfrischende Brise war, die seine starre Welt durcheinanderwirbelte. Sie begegnete dem Leben mit einer Leidenschaft, die sowohl inspirierend als auch erhebend war. Er konnte sie nicht verlieren.

„Vielleicht können wir zusammen wegfahren", sagte er mit einem zögerlichen Lächeln. „Ich hatte einen Wochenendausflug geplant. Du könntest mitkommen, wenn du möchtest."

Rolandos Hütte in Tahoe – das könnte funktionieren. Sie war so abgelegen, dass niemand sie dort finden würde. Und falls doch, würde Rolando sie sicher besser beschützen als dieser nutzlose Wachmann. Außerdem konnte Rolando Grace besser kennenlernen. Er war jetzt eifersüchtig, aber Grace war keine Konkurrenz für ihn. Er würde schon zur Vernunft kommen.

„Ich würde dich sehr gerne begleiten, wenn es keine allzu großen Umstände bereitet." Ein Funke der Dankbarkeit flammte in Graces Augen auf.

„Okay, pack ein paar Sachen", sagte er aufgeregt. „Ich habe einen Freund bei der Autovermietung in Palo Alto, der uns ein Auto besorgen kann, ohne unsere Namen ins elektronische System einzutragen. Ich zahle bar, damit man uns nicht so einfach aufspüren kann. Wir fahren in drei Stunden los. Schaffst du das?"

Sie nickte begeistert, sprang auf und stürmte die Treppe hinauf. Julius wollte ihr folgen, doch die Hand seines Vaters hielt ihn zurück.

„Finde ihr Geheimnis heraus", flüsterte Nathaneal ihm zu. „Wegen ihrem Wundermittel habe ich einen wichtigen Patentvertrag mit ihrer Vorgesetzten gekündigt."

Julius sah seinem Vater an. „Grace hat gerade einen Attentat überlebt. Ich will sie in Sicherheit bringen, nicht ausnutzen!"

Nathanaels Augen verengten sich. „Halte dich aus jeder Konfrontation heraus, Julius. Wer auch immer hinter ihr her ist, will nichts von dir. Beschaffe die Informationen und ruf mich sofort an, wenn du sie hast."

„Die Informationen über ihr Medikament?"

Nathanael nickte. „Ich habe mit ihrer Krankenschwester von der Intensivstation gesprochen. Grace hatte unheilbaren Krebs, Metastasen überall. Dann waren alle ihre Organe plötzlich tumorfrei. Das ist bahnbrechend, Julius. Ein Unternehmen mit diesem Heilmittel wird Milliarden scheffeln. Du könntest an der Spitze dieser medizinischen Revolution stehen."

Julius wurde übel. „Aber was ist mit Grace? Willst du sie einfach benutzen und dann abservieren?"

„Falls sie mitspielt", sagte Nathanael ruhig, „bin ich gerne bereit, ihr die Urheberschaft zuzugestehen. Bislang existiert kein Patent. Mit Zugriff auf ihre Krankenakten könnte sie die Therapie als ihre eigene Erfindung deklarieren. Sie ist ja eine Wissenschaftlerin an der SUEC. Wir werden das Patent lizenzieren und klinische Studien finanzieren, um die Wirksamkeit an weiteren Patienten nachzuweisen. So wird OrchidBio zum Kern eines bahnbrechenden Geschäfts."

„Was ist, wenn Grace und ich beide angegriffen werden?"

„Der Attentäter ist tot. Vielleicht gibt es noch andere, aber das FBI ist jetzt involviert. Dieser Agent Weber ist sehr clever. Wenn ihr ein paar Tage untertaucht, wird er die Sache klären. Dann kommt ihr mit der Formel zurück, und wir starten das Geschäft des Jahrhunderts."

Julius starrte seinen Vater an. Graces Wundermittel konnte Millionen von Leben retten. Die Vorstellung, die Medizin hinter sich zu lassen und ein Unternehmen zu gründen, das Krebs endgültig besiegen würde, war schon verlockend. Vielleicht konnte er die Sache in die richtige Richtung lenken und Grace davon überzeugen, ihr Geheimnis zu ihren eigenen Konditionen preiszugeben.

„Na gut, Papa", gab er schließlich nach. „Ich werde sehen, was ich tun kann."

Sein Vater klopfte ihm auf die Schulter. „Das ist mein Junge."

- 27 -

GRACE

Freitag, 11. November 2033, 15:30 Uhr

Die Nachmittagssonne schien schräg durch die französischen Fenster und warf lange Schatten durch das Zimmer. Innerhalb weniger Minuten hatte Grace ein paar Kleidungsstücke für das Wochenende, ihren Schal und ihre Zahnbürste in den Koffer gepackt. Sie stellte den Koffer an die Tür und und blickte auf den weitläufigen Garten hinaus. Die akkurat gepflegten Rasenflächen, umrahmt von einem Meer aus farbenfrohen Blumen, erstreckten sich vor ihr und weckten wehmütige Erinnerungen an ihre Spaziergänge um den See herum. Sogar die Gänse, deren Geschnatter sie einst belustigt hatte, klangen jetzt melancholisch. Ein unruhiger Wind strich durch die Blätter der Bäume und verstärkte das Gefühl des bevorstehenden Abschieds.

Wer wollte ihr etwas antun? Grace versuchte, die Situation wie eine Wissenschaftlerin zu analysieren. Nur Julius hatte gewusst, dass sie allein im Haus war. War es leichtsinnig gewesen, seine Einladung anzunehmen, bei den Zhangs zu wohnen, obwohl sie ihn kaum kannte? Sie hatte auf Annyas Empfehlung und ihr eigenes Bauchgefühl vertraut.

Nein, Julius war auf ihrer Seite. Da war sie sich sicher. Er hatte wiederholt für sie Partei ergriffen. Aber sein zwielichtiger Freund Rolando war ein anderes Kaliber – ein gesuchter Hacker, umgeben von einer Aura der Gefahr. Doch er war wirklich überrascht gewesen, sie im Haus der Zhangs zu sehen. Der Angriff mit der Giftspritze war zu gut durchdacht. Nein, auch Rolando schied als Drahtzieher aus.

Und Nathanael Zhang? Falls er von der Körpertransplantation erführe, könnte er sie als Bedrohung für sein Geschäft ansehen.

Wusste er vielleicht schon davon? War seine Empörung über ihre Verschwiegenheit echt oder nur eine geschickte Fassade? Er blieb verdächtig.

Und was war mit Carlos, dem Hausverwalter? Ihre gegenseitige Abneigung war kein Geheimnis. Aber war das ein Grund für einen Mordanschlag? Ausgerechnet heute hatte der sonst allgegenwärtige Hausverwalter einen ‚freien Tag' genommen. War das ein Zufall oder kalkulierte Abwesenheit? Könnte Carlos in eine finstere Verschwörung gegen sie verstrickt sein?

Graces Grübeleien wurden jäh von aufgeregtem Bellen unterbrochen. Es war kein spielerisches Kläffen, sondern eher ein anklagendes Heulen, das aus dem Badezimmer drang. Mit rollenden Augen ging sie hinüber, das drohende Unheil bereits vor ihrem geistigen Auge. Dort hockte Schatzi in majestätischer Pose vor der Badewanne. Unter seinen Pfoten schimmerte eine Pfütze, die seinen vorwurfsvollen Blick zu spiegeln schien.

„Ach du meine Güte", stöhnte sie. „Ich habe völlig vergessen, nochmal mit dir rauszugehen." Mit einem Griff nach dem Toilettenpapier beseitigte sie die Bescherung. Immerhin hatte der clevere Hund sein Geschäft nicht auf dem Teppich verrichtet. Sie schnappte sich Hund und Leine, schlich auf Zehenspitzen die Treppe hinab und huschte durch die Hintertür ins Freie. Noch zwei Stunden, die sie überbrücken mussten, bevor sie aufbrechen konnten.

Die Gänse watschelten zielstrebig auf sie zu, und Schatzi begann wieder wild zu bellen. Mit einem Seufzer beschleunigte sie ihre Schritte und bog zur Vorderseite des Hauses ab.

Plötzlich stand eine Gestalt in einem grauen Anzug vor ihr. Angus Weber musterte sie mit undurchdringlicher Miene. Woher war der denn so plötzlich gekommen?

„Hallo, Grace, schon bereit für ein neues Abenteuer?", fragte er, die Hände auf die Hüften gestemmt.

Sie zeigte auf den Hund, der an der Leine zog. „Er muss Gassi gehen", erklärte sie. „Möchten Sie mitkommen?"

„Gerne."

Als sie um die Ecke bogen, erblickte Grace Webers Mercedes direkt gegenüber der Villa. Stand sie etwa unter seiner persönlichen Beobachtung?"

„Ich möchte nochmal zum Friedhof", sagte sie. „Würden Sie mich vielleicht dorthin bringen?"

Er sah sie prüfend an. „Willst du Biancas Ehemann treffen?", fragte er.

Sie zuckte mit den Schultern. „Ich weiß nicht, ob er da sein wird", antwortete sie. Die Wahrheit war, sie wusste nicht, was sie wollte. Ein Teil von ihr sehnte sich nach einem Vertrauten. Aber ein anderer, vorsichtiger Teil schreckte vor der möglichen Enttäuschung zurück. „Ich soll alte Bekannte, die von meiner Krankheit wussten, nicht kontaktieren. Den Zhangs vertraue ich nicht ganz. Karim kennt mich nicht. Für ihn bin ich nur Biancas Freundin. Das ist angenehm. Ein bisschen Normalität im Chaos."

„Könnten Sie mir einen Gefallen tun?", fragte Agent Weber.

„Welchen denn?"

„Er wollte Sie auf einen Kaffee einladen. Nehmen Sie an. Am Nordende des Friedhofs ist ein Café. Bestellen Sie einen Café Latte – Biancas Lieblingskaffee. Er wird das wahrscheinlich auch tun. Ich brauche ein Glas mit glatter Oberfläche."

„Sie wollen seine Fingerabdrücke? Wieso das denn?"

„Nur eine Routinekontrolle. Nichts Besonderes im Moment. Wir überprüfen nur jeden, der mit Ihnen Kontakt hatte."

Grace runzelte die Stirn. „Ich bin nicht sicher, ob ich ihn treffen möchte, wenn er verdächtig ist."

„Wir haben nichts Konkretes gegen ihn. Jeder in Ihrem Umfeld ist verdächtig. Das ist Standard. Wenn Sie nicht annehmen, kann ich ihn nicht überprüfen. Das könnte problematischer sein."

Sie überlegte kurz. „Na gut.", stimmte sie schließlich zu.

Agent Weber entriegelte seinen Mercedes mit einem leisen Klick. Grace rutschte auf den Rücksitz und Schatzi sprang auf ihren Schoß. Der FBI-Agent schloss die Tür und ließ sich auf dem Fahrersitz nieder. Seine Silhouette zeichnete sich scharf gegen die tief stehende Nachmittagssonne ab. Der Motor erwachte brummend zum Leben. Geistesabwesend streichelte sie Schatzis Fell. War es richtig, Karims Angebot anzunehmen, nur um seine Fingerabdrücke zu bekommen?

Schweigend fuhren sie den vertrauten Weg zum Friedhof. Grace warf einen verstohlenen Blick auf Weber im Rückspiegel. Er war damit beschäftigt, das Fahrzeug durch den Verkehr lenken. Sie tippte hastig eine Nachricht in ihr Handy: *Bin wieder auf dem Weg zum Friedhof. Hast Du Lust, zu kommen?*

Nach kurzem Warten vibrierte ihr Handy. *Bin schon unterwegs.*

„Er wird da sein", informierte sie den FBI Agenten.

Angus Weber nickte zustimmend. „Denk dran, ganz locker bleiben. Das ist nur eine Routinekontrolle."

Grace fühlte sich zunehmend unwohl. Warum diese Heimlichtuerei? Warum baten sie Karim nicht einfach direkt um seine Fingerabdrücke? Nun, das würde eine Menge Erklärungen erfordern und Geheimnisse ans Licht bringen, die *sie* nicht preisgeben wollte.

Sie parkten wieder neben dem Eingangstor und Grace stieg mit Schatzi aus. Sie hielt die Leine kurz, da sie nicht sicher war, ob Hunde auf dem Friedhof willkommen waren. Aber es gab keine Schilder, die das Gegenteil mitteilten. Sie folgte dem vertrauten Pfad zu Biancas Grab und ließ sich auf der Bank nieder, wo sie sich gestern mit Karim getroffen hatte.

Es dauerte etwa zehn Minuten, bis sie seine Gestalt in der Ferne auftauchen sah. Sie winkte ihm zu und er winkte zurück. Ein seltenes Gefühl von Normalität überkam sie. Mit seinem bodenständigen Auftreten, den abgetragenen Jeans und seinem erfrischend normalen Leben war Karim wie eine frische Brise in ihrer komplizierten Welt.

Sein Lächeln wurde breiter, als er näher kam. „Hey Grace, schön, dich wiederzusehen."

„Ganz meinerseits", antwortete sie, während sich in ihrem Magen ein Knoten aus Schuldgefühlen bildete. Sie musste ihn entlasten, doch der Gedanke, ihm unwissentlich seine Fingerabdrücke zu entlocken, erschien ihr falsch."

„Oh, wer ist denn dieses Riesenbaby?", fragte Karim und hockte sich hin, um Schatzi zu begrüßen. Er kramte in seiner Jackentasche und holte ein zerbröseltes Stück Keks hervor. Schatzi verschlang es gierig und setzte sich dann erwartungsvoll vor Karim hin und wedelte mit dem Schwanz.

Grace und Karim lachten beide. Die Anspannung in ihrer Brust schien zu verblassen. Es tat gut, etwas so Alltägliches zu erleben.

„Hast Du Lust auf einen Kaffee?", fragte er.

Grace nickte, ihre Bedenken beiseite schiebend. „Am anderen Ende des Friedhofes gibt es ein nettes kleines Café. Ich kann Dir den Weg zeigen."

Er lächelte. „Ausgezeichnet!"

Sie schlenderten den Friedhofsweg entlang, während Schatzi fröhlich neben ihnen her trottete. Grace warf einen vorsichtigen Blick in die Ferne. Bei ihrem letzten Besuch war ihr kein Café aufgefallen, und sie hoffte, es zu finden. Ihr Blick schweifte umher und suchte nach einem Hinweis – vielleicht einem Banner oder einem Vordach, das zwischen den Bäumen hervorlugte. Der Pfad verengte sich zu einer Allee hochragender Bäume, deren Äste sich über ihnen zu einem Baldachin verflochten. Am Ende ragte ein schmiedeeisernes Tor auf.

Jenseits des Tores erspähte Grace blau-weiße Farbkleckse. Karierte Sonnenschirme. „Da ist es," sagte sie erfreut und zeigte nach vorn. Der Kiesweg knirschte angenehm unter ihren Sohlen, während sie sich dem Ziel näherten. Allmählich enthüllte sich ein weiß getünchtes Backsteingebäude, geschmückt mit einem Café-Schild und kobaltblauen Markisen über den Fenstern. Davor standen mehrere Bistrotische, umgeben von plaudernden Gästen. Die gemütliche Atmosphäre des Cafés versprach Geborgenheit und Entspannung.

Grace öffnete die schwere Eichentür, die mit einem leisen Knarren nachgab. Karim folgte ihr dicht auf den Fersen. Eine Woge verführerischer Aromen – Kaffee, Zimt und frisch gebackenes Brot – umhüllte sie. An der Theke bestellte Grace einen Café Latte. Als sie Karim ansah, bemerkte sie das strahlende Funkeln in seinen Augen. Er wählte dasselbe und fügte seiner Bestellung einen Keks hinzu.

„Eine kleine Überraschung für Schatzi", sagte er.

„Wie aufmerksam", erwiderte sie anerkennend.

Sie ließen sich an einem Tisch im Freien nieder und Schatzi machte es sich zu Karims Füßen bequem. Die Nachmittagssonne wärmte sie, während sie über Hunde, ihre gemeinsame Vorliebe für Alternative Rockmusik und italienische Küche plauderten. *Die besten Dinge im Leben sind so simpel,* dachte Grace. Die Qualen der letzten Wochen und Monate schienen wie ein ferner Albtraum. Was hatte sie nur in dieser opulenten Villa gemacht? Sie gehörte nicht dorthin. Verstohlen beobachtete sie die anderen Café-Gäste. Sie hatten keine Ahnung, wie kostbar diese Momente sein konnten.

Die Wärme des Kaffees kroch wohlig durch Graces Körper. Sie hob die Tasse und ihre Augen trafen Karims für einen flüchtigen Moment, bevor sie vorsichtig einen Schluck nahm. Der Kaffee war weich und cremig. Sie nahm noch einen Schluck. Normalerweise bevorzugte sie Tee, aber dieser Kaffee war einfach köstlich. Sie lehnte sich zurück und genoss den Moment.

Auf der anderen Seite des Tisches lachte Karim leise. Seine warmen Augen zeigten Lachfältchen. „Entschuldige mal", sagte er leise und beugte sich zu ihr vor.

Grace sah ihn fragend an.

„Du hast da etwas..." Er deutete auf seinen Mund, dann wieder auf sie. „Schaum", erklärte er.

Grace spürte, wie ihre Wangen sich erwärmten. Sie hob verlegen die Hand, als Karim sie sanft abfing. Mit langsamer, bedächtiger Geste streckte er seinen Daumen aus, und sein Blick suchte in ihren Augen nach stillem Einverständnis.

Grace nickte leicht.

Er lächelte und wischte behutsam den Schaum weg. Seine Berührung ließ sie erschaudern, ein Funke, der ihr den Atem raubte.

„So", sagte er, „alles sauber."

Grace brachte nur ein atemloses Lächeln zustande und wandte den Blick ab, seinen intensiven Augen ausweichend.

Ein missmutiges Bellen unter dem Tisch durchbrach die unerwartete Intimität zwischen ihnen. Beide lachten auf.

„Oh, Schatzi, wie konnten wir dich nur vergessen!", rief Grace und lachte beschwingt.

Karim griff nach dem Keks. „Sieht so aus, als würde hier jemand ungeduldig", sagte er und brach den Leckerbissen in mundgerechte Stücke.

Schatzi witterte seine Chance und wedelte aufgeregt mit dem Schwanz. Erwartungsvoll beobachtete er, wie Karims Hand sich senkte, und schnappte blitzschnell nach dem angebotenen Leckerbissen. Die nächsten Häppchen verschwanden ebenso rasch. Als das letzte Stück vertilgt war, ließ Schatzi seinen hoffnungsvollen Blick zwischen Grace und Karim hin und her wandern. Als klar wurde, dass es nichts mehr gab, legte er den Kopf auf Graces Fuß und schloss zufrieden die Augen.

Karim griff nach seiner eigenen Kaffeetasse und nahm einen großen Schluck.

Seine Fingerabdrücke werden überall sein, dachte Grace und verspürte ein beklemmendes Schuldgefühl.

Karim lehnte sich in seinem Stuhl zurück. „Also, du und Bianca, ihr wart Mittagsfreundinnen?", fragte er.

Grace erwiderte seinen Blick mit einem Anflug von Besorgnis. Hatte er sie auch gegoogelt? Wie viel wusste er schon über sie? „Ja", bestätigte sie knapp. Seine Frage nach der Verbindung zwischen ihr und seiner Frau erschien durchaus berechtigt.

„Wie kommt es, dass du nicht bei ihrer Beerdigung warst, aber jetzt, fast ein Jahr später, ihr Grab besuchst?"

Ihr fiel keine gute Ausrede ein. „Ich war mit meinem eigenen Kampf beschäftigt", erklärte sie. „Ich hatte metastasierten Krebs. Ich war im Krankenhaus, als Bianca starb."

„Das tut mir leid", sagte er aufrichtig.

„Ich habe mich einer experimentellen Behandlung unterzogen und bin jetzt gesund", fügte sie schnell hinzu. „Es geht mir gut. Ich bin unendlich dankbar für diese zweite Chance."

Er nickte langsam, sein Blick ruhte auf ihrem Gesicht. „Das kann ich sehen." Der Ausdruck in seinen Augen verriet etwas Tiefgründigeres, einem stillen Aufbegehren gegen das Schicksal. Sie fühlte eine Verbindung zu diesem Mann. Es war nicht die wohlige Wärme, die sie mit Julius teilte. Stattdessen war es etwas Elementares – eine Bindung, genährt von Schmerz und unbeugsamer Entschlossenheit, sich nicht unterkriegen zu lassen.

„Vielleicht lernen wir die kleinen Dinge erst dann wirklich zu schätzen, wenn wir dem Abgrund ins Auge geblickt haben", flüsterte sie.

Karim beugte sich leicht vor und sah ihr in die Augen. „Der Abgrund kann seine Spuren hinterlassen", sagte er mit gedämpfter Stimme, „doch er lehrt uns auch, uns zu behaupten."

Seine Worte hallte in ihrem Innersten nach. Sie hatten beide die Finsternis durchschritten und waren auf der anderen Seite wieder ans Licht getreten, gezeichnet, aber nicht gebrochen.

Als ihr Blick zu Karim zurückkehrte, bemerkte sie, dass seine Augen unverwandt auf ihr ausgestrecktes Bein gerichtet waren. Verlegen folgte sie seiner Blickrichtung. Normalerweise bewunderte sie ihren neuen Körper - die schlanken Beine und zierlichen Füße. Doch in diesem Moment schien der kleine, kreisförmige Fleck an ihrem rechten Knöchel geradezu hervorzustechen: Eine Schlange, die sich in den eigenen Schwanz biss und einen perfekten Kreis bildete.

„Was ist das denn?", fragte er.

Seine Frage traf sie wie ein Schlag. Sie lief mit Biancas Körper herum. Er musste das Tattoo an genau derselben Stelle erkannt haben, an der seine Frau es hatte.

„Oh, das ist nur ein Tattoo", antwortete sie.

„Wie bist du denn daran gekommen?" In seinen Augen glomm nun ein kälterer Schimmer.

Sie zwang sich zur Ruhe, ihr Verstand raste. Er wusste wahrscheinlich, woher Bianca ihres hatte. Sie wusste es nicht.

„Bianca hat mir ihr Tattoo gezeigt und ich fand, dass es cool aussieht", sagte sie. „Ich beschloss, mir auch eins stechen zu lassen.

Der rechte Knöchel schien der perfekte Ort."

„Du hast dieselbe Stelle und dasselbe Motiv gewählt?", fragte er und schaute sie zweifelnd an.

„Es ist ein beeindruckendes Design, nicht wahr? Geheimnisvoll und elegant zugleich."

Für einen Moment lastete Stille zwischen ihnen. Sein Blick bohrte sich in ihren, suchte nach Anzeichen von Unaufrichtigkeit. Ein einzelnes Staubkorn, von einem Sonnenstrahl erfasst, schwebte regungslos in der spannungsgeladenen Luft zwischen ihnen.

„Bianca hat dich nie erwähnt", sagte er schließlich mit einem scharfem Unterton.

„Wir trafen uns nur gelegentlich zum Mittagessen in der SUEC-Cafeteria. Ich war damals schon schwer krank. Ich versprach ihr, sie zu besuchen, sobald es mir besser ginge. Doch dann starb sie."

„Das Tattoo war also eine Hommage?"

Grace zwang sich zu einem Lächeln. „Genau. Für Bianca."

„Wirklich?" Er musterte sie argwöhnisch. „Weißt du, was das Tattoo bedeutet?"

„Nun", gab sie zu, „ich fand einfach, dass es wunderschön aussah." Die Antwort klang sogar in ihren eigenen Ohren hohl.

„Ich verstehe." Er sah sie mit einem seltsamen Ausdruck in den Augen an, einer Mischung aus Trauer, Schmerz und einem Hauch von Gefahr. Der zauberhafte Moment war verflogen.

„Es wird spät", sagte sie hastig und stand von ihrem Stuhl auf. „Wir sollten wohl aufbrechen."

Karim nickte und schob seinen Stuhl zurück. Die meisten anderen Kunden waren auch gegangen. In der Ferne lehnte ein Mann in einem grauen Anzug lässig an der Wand des Gebäudes. Grace erkannte ihn. Angus Weber.

Schweigend kehrten sie zum Friedhof zurück. Ihr Gespräch hatte eine unausgesprochene Spannung in der Luft hinterlassen. Als sie das Eisentor passierten, fühlte Grace eine seltsame Mischung aus Enttäuschung und Unbehagen. Die Ironie der Situation - Biancas Körper neben ihrem trauernden Ehemann zu ihrem Grab zu führen -

traf sie mit voller Wucht. Sie gingen weiter, jeder in eigene Gedanken versunken.

Funkelnde Sonnenstrahlen filterten durch das Blätterdach der hohen Eichen. Der schwere Duft von feuchter Erde und Moos durchdrang die Luft. Schatzi, unbeeindruckt von der unterschwelligen Spannung, schnüffelte enthusiastisch an jedem Baumstamm und jedem Grabstein. Plötzlich sprang er mit triumphierendem Bellen vom Weg, schnappte sich einen viel zu großen Ast und schleppte ihn wie eine Trophäe davon. Sein Schwanz wirbelte wie ein Propeller und seine Augen funkelten vor Stolz, als er den Ast hinter ihnen herschleppte. Grace und Karim mussten unwillkürlich lachen.

Sie folgten dem gewundenen Pfad, der von Reihen verwitterter Grabsteine gesäumt war, jeder ein stilles Zeugnis eines gelebten Lebens. Farbenfrohe Blumensträuße brachten Farbtupfer in die düstere Szene, jeder eine eigene Botschaft der Liebe und Erinnerung. In der Ferne kniete eine einsame Gestalt und legte eine weiße Rose auf einen frisch umgegrabenen Erdhügel.

Als sie sich dem Südausgang des Friedhofs näherten, gewann Karim seine Fassung zurück. „Es war schön, dich wiederzusehen, Grace", sagte er mit neu gewonnener Wärme.

„Ganz meinerseits", stimmte Grace zu. Seine Verletzlichkeit berührte sie, und sie wünschte, sie könnte seinen Schmerz lindern.

„Treffen wir uns morgen wieder?"

Sie zögerte. Julius hatte ihr eingebläut, niemandem von ihrer Abreise zu erzählen. „Vielleicht", sagte sie ausweichend.

Enttäuschung legte sich auf sein Gesicht.

„Ich melde mich auf jeden Fall", sagte sie schnell.

Sein Lächeln kehrte zurück. „Bis morgen dann", sagte er.

Grace nickte ihm zu, aber sie fühlte sich unwohl. Wie sollte sie Karims Vertrauen gewinnen, wenn sie morgen spurlos verschwand?

Als sie das schmiedeeiserne Tor passierte und die Straße überquerte, erblickte Grace den wartenden Mercedes. Agent Weber saß bereits hinter dem Steuer und der Motor des Wagens schnurrte.

- 28 -

JULIUS

Freitag, 11. November 2033, 18:00 Uhr

Julius knallte den Kofferraum des Mietwagens zu und stieß einen frustrierten Fluch aus. Er ging neben dem Auto auf und ab, während sein Blick die Einfahrt zum Haus der Zhangs absuchte. Wo steckte Grace? Er sah auf die Uhr. 18 Uhr. Er hatte erwartet, sie im Bett vorzufinden, wo sie sich von dem Überfall erholte. Stattdessen empfing ihn ein leeres Zimmer, das Bett sorgfältig gemacht. Ein einsamer Koffer, fest gepackt und verschlossen, stand verlassen in der Tür. Offensichtlich hatte sie geplant, ihn zu begleiten, doch nun war sie verschwunden. Keine Nachricht, keine Erklärung. War ihr etwas zugestoßen? Ein erneuter Überfall? Schatzi fehlte auch. Waren sie nur spazieren gegangen oder beide entführt worden? Julius tigerte unruhig hin und her. Diese Frau trieb ihn in den Wahnsinn.

Der letzte Sonnenstrahl verschwand hinter dem Horizont und warf lange Schatten auf die verlassene Einfahrt. Er konnte nicht mehr lange warten. Er sah wieder auf seine Uhr. Noch fünfzehn Minuten. Wenn sie bis dahin nicht zurück war, würde er die Polizei rufen. Er umklammerte den Autoschlüssel fester und das Metall bohrte sich in seine Handfläche. In der angespannten Stille wirkte jedes Rascheln der Blätter, jedes ferne Knarren unnatürlich laut.

Plötzlich durchbrachen zwei schwache Lichter die Dunkelheit und wurden heller und heller. Scheinwerfer. Sie bahnten sich ihren Weg die Auffahrt hinunter. Julius' Blut gefror, als er die eleganten Linien des silbernen Mercedes erkannte. Das war Angus Weber, der FBI-Agent. Was führte ihn zu dieser späten Stunde hierher? War etwas Schlimmes passiert?

Das Auto kam langsam näher und hielt vor ihm an. Zwei Personen saßen darin. Angus am Steuer nickte knapp, sein Gesichtsausdruck undeutbar wie immer. Die Beifahrertür öffnete sich, und Grace stieg aus, Schatzi auf dem Arm. Das Auto wendete und verschwand mit quietschenden Reifen in der Nacht.

„Grace, ich habe mir große Sorgen gemacht. Wo warst du denn?", fragte Julius. „Ich habe überall nach dir gesucht."

„Es tut mir leid, dass ich dir nicht Bescheid gesagt habe, Julius", sagte Grace mit einem entwaffnenden Lächeln. „Ich habe total vergessen, dir eine Nachricht zu hinterlassen. Schatzi musste raus. Die Gänse waren aggressiv, also hat Agent Weber uns mitgenommen."

„Verstehe", sagte er langsam. Ihre Erklärung klang unglaubwürdig. Der Park hinter dem Haus war weitläufig genug, um den Vögeln auszuweichen. Zudem kannten die Gänse Grace inzwischen. Sie würden sie kaum bedrohen. Da musste etwas anderes dahinterstecken.

„Bist du bereit aufzubrechen?", fragte Grace höflich.

„Ja, dein Koffer ist schon verstaut."

„Vielen Dank!"

Nathanael Zhang erschien auf der Türschwelle und blinzelte in die zunehmende Dunkelheit. Sein Blick fiel auf Julius und Grace. „Ich habe ein Auto gehört", sagte er. „Wollt ihr losfahren?"

„Ja", brachte Julius mühsam hervor, während er gegen aufsteigenden Tränen ankämpfte. Die Ereignisse der letzten Stunden überwältigten ihn: Rolandos abgebrochener Besuch, der brutale Angriff auf Grace, das FBI vor seiner Tür und nun die bevorstehende Flucht. Würden sie dort draußen sicher sein? Würde er seinen Vater wiedersehen? Mit klopfendem Herzen eilte er die Treppe hinauf und umarmte seinen Vater innig.

Nathanael war von der plötzlichen Zuneigung völlig überrumpelt. Er klopfte Julius unbeholfen auf den Rücken und wandte sich an Grace. „Julius riskiert sein Leben für dich. Ist dir das bewusst?"

Grace schluckte. „Ich weiß", flüsterte sie.

„Ich erwarte, dass du ihn unversehrt zurückbringst", sagte er mit Nachdruck.

Sie hielt seinem Blick stand. „Das verspreche ich."

Julius wischte sich mit dem Handrücken die Tränen aus den Augen. Dann drehte er sich um, stieg ins Auto und drückte den Startknopf. Mit einem Brummen erwachte der Motor zum Leben.

Grace nahm auf dem Beifahrersitz Platz, den aufgeregten Labrador auf ihrem Schoß. Der junge Hund kläffte freudig, schnüffelte am Armaturenbrett und wedelte mit dem Schwanz. Grace streichelte ihm zärtlich über den Rücken und sprach beruhigend auf ihn ein. „Ruhig, Schatzi", flüsterte sie. Mit sanftem Druck auf seine Hüften lenkte sie ihn dazu, sich endlich hinzusetzen.

Nathanael stand auf der Türschwelle, seine Silhouette vom Licht der Eingangshalle umrahmt. Er winkte ihnen kurz zu, drehte sich dann um und verschwand im Haus. Mit einem dumpfen Geräusch fiel die massive Eichentür des Zhang-Anwesens hinter ihm ins Schloss.

Julius umklammerte das Lenkrad fester, als er rückwärts aus der Parklücke fuhr und wendete. Staub wirbelte auf, als er Gas gab. Die Scheinwerfer streiften über die Einfahrt, vorbei an den Gänsen auf dem Rasen. Sie fuhren um die Ecke, wo Grace nur Stunden zuvor angegriffen worden war. Am Pförtnerhaus bohrte sich der überraschte Blick des Wachmanns in sie. Niemand wusste von ihrer Abreise. Es ging darum, spurlos zu verschwinden. Wie Rolando nach einem Cyberhacking-Job. Rolando, der nicht wusste, dass Julius mit Grace zu ihm kommen würde. Hoffentlich würde er nicht ausrasten.

Auf dem Beifahrersitz streichelte Grace Schatzis weiches Fell. Der Hund lag gemütlich auf ihrem Schoß. Sie sah Julius an, entschlossen und leicht aufgeregt. Ihre Stimmung war ansteckend. Julius schaltete das Radio ein und Rihannas „Umbrella" erklang. Er drehte die Lautstärke auf. Die verspielte Rebellion des Liedes erfüllte die Luft.

Grace und Schatzi drehten überrascht ihre Köpfe zu ihm. „Rihanna?", fragte Grace amüsiert. „Ich dachte, dein Geschmack geht eher in Richtung Bach und Beethoven?"

Julius schmunzelte, und eine wohlige Wärme breitete sich in seiner Brust aus. „Nun, Grace", antwortete er langsam, „es gibt vieles, was du noch nicht über mich weißt."

Ihr Lächeln erblühte. „Faszinierend", antwortete sie und beugte sich mit einem verspielten Glitzern in den Augen nach vorne. „Ich kann es kaum erwarten, mehr zu erfahren."

Er nickte und konzentrierte sich wieder auf die Straße. „Zuerst müssen wir eventuelle Verfolger abschütteln."

Er steuerte das Auto durch die schwach beleuchteten Straßen von Atherton. Die Silhouetten prächtiger Villen zeichneten sich vor dem sternenübersäten Himmel ab. Sie näherten sich einer einsamen Ampel, deren rotes Licht sie zum Anhalten zwang.

„Siehst du das Auffahrtsschild zur Schnellstraße?", fragte er.

Sie kniff die Augen zusammen und schaute nach vorne. „Da! Gleich hinter der Tankstelle", sagte sie und deutete auf ein verblichenes blaues Schild.

Er musterte die umliegenden Fahrzeuge. Ein verbeulter VW Käfer, ein roter Porsche, ein schwarzer SUV mit getönten Scheiben. War eines davon eine Bedrohung?

Als die Ampel auf Grün sprang, gab er Gas. Die Reifen quietschten, als er scharf auf die Auffahrt zur US 101 abbog. Ein kurzer Blick in den Rückspiegel zeigte eine leere Rampe hinter ihnen. Erleichterung und Genugtuung durchströmten ihn. Niemand war ihnen gefolgt. Sie hatten es geschafft. Sie waren entkommen. Er ordnete den Wagen in den Verkehrsfluss der Schnellstraße ein, und das Dröhnen des Verkehrs umhüllte sie. Hier, inmitten des Gewirrs von Scheinwerfern und anonymen Gesichtern, waren sie nur ein weiteres Paar auf Reisen.

- 29 -

JULIUS

Freitag, 11. November 2033, 19:00 Uhr

Vom Rhythmus der Musik angetrieben fuhren sie weiter den Highway entlang in Richtung San Francisco. Die hereinbrechende Dämmerung verwandelte Bäume und Gebäude in dunkle Gestalten am Wegesrand. Jeder zurückgelegte Kilometer war ein Fortschritt in der Flucht vor unbekannten Verfolgern. Die ausgedruckte Karte knisterte in Graces Hand, während sie mit dem Finger den geplanten Weg entlangfuhr. Schatzi, halb von der Karte verdeckt, beobachtete sie aufmerksam. Sie lotste Julius den Highway entlang in Richtung Bay Bridge.

„Nimm diese Ausfahrt hier." Sie zeigte nach vorne.

„Ein lebender Navigator übertrifft jedes GPS", sinnierte Julius, während er geschmeidig auf die I-80 Richtung Osten einbog.

„Stimmt", antwortete Grace mit einem verschmitzten Lächeln. „Aber können wir auch den nächsten Hundestopp orten?"

„Den werden wir auch finden." Er warf ihr einen amüsierten Seitenblick zu. „Wie geht's dir eigentlich mit unserem pelzigen Passagier? Ist der große Kerl nicht zu schwer auf deinem Schoß?"

„Nein, nein." Sie lachte. „Er klebt ohnehin wie ein zweiter Schatten an mir. Er würde nie alleine auf dem Rücksitz bleiben."

Es war ein gutes Gefühl, unterwegs zu sein. Während sie weiterfuhren, verschwand die Stadtlandschaft im Rückspiegel und wich einem atemberaubenden Panorama: Zur Linken glitzerte die Bucht der San Francisco Bay im letzten Tageslicht, zur Rechten breitete sich ein Mosaik aus anmutig geschwungenen Hügeln, majestätischen Bäumen und vereinzelten Lagerhäusern aus. Der

Verkehr lichtete sich, als hätte die Nacht selbst ihnen eine freie Bahn geschenkt.

Sie kamen an einem Plakat für OrchidBio vorbei. Julius erinnerte sich an die seltene Umarmung mit seinem Vater – ein flüchtiger Balsam für die nagende Leere in seiner Brust. Sein Vater, ein Titan des Erfolgs, hatte stets versucht, ihn nach seinem eigenen Bild zu formen. Aber Julius blieb ständig hinter seinen Erwartungen zurück.

Verstohlen warf er einen Blick auf Grace, die den Labrador zärtlich hinter dem Ohr kraulte. Schatzi schloss genüsslich die Augen mit einem Ausdruck puren Glücks auf seinem pelzigen Gesicht. Grace plauderte mit ihm in einer verspielten, zärtlichen Stimme. Als sie zu Julius aufblickte, überkam ihn eine eine Welle tiefer Zuneigung. In ihrem Blick lag aufrichtige Akzeptanz, eine stille Bewunderung für den Mann, der er wirklich war. Ein überraschtes Lachen entkam seinen Lippen, eine spontane Reaktion auf die Offenbarung in ihren Augen. Zwischen ihnen knisterte eine tiefe Verbindung, genährt von ihrer geteilten Verletzlichkeit.

Er stellte die Musik ab. „Du musst total erledigt sein nach allem, was du heute durchgemacht hast", sagte er mitfühlend. „Wir haben noch etwa drei Stunden Fahrt vor uns. Möchtest du vielleicht ein Nickerchen machen?"

„Im Moment bin ich noch zu aufgeregt, um zu schlafen.", sagte sie, während ihre Hand zärtlich über Schatzis Fell strich. „Glaub mir, ich habe schon Schlimmeres überstanden."

„Meinst du deinen Kampf gegen den Krebs? Hast du damals gedacht, du würdest sterben?"

„Das auch", sagte sie ausweichend.

„Warum wollte dieser Mann dich töten, Grace?", drängte er sanft. „Habe ich es nicht verdient, es zu wissen, nachdem heute ein Attentäter in unser Haus eingedrungen ist?"

Sie seufzte. „Ehrlich, Julius, ich habe keine Ahnung. Aber ich nehme an, es hat mit meiner Behandlung an der SUEC zu tun."

„Warum sollte deine Behandlung eine solche Reaktion hervorrufen?", fragte er. „Wer würde eine Krebsüberlebende töten wollen? Selbst wenn du mit einem revolutionären neuen Wundermittel geheilt wurdest, ergibt das keinen Sinn."

Er spürte, wie ihr Blick auf ihm ruhte. „Es könnte dich schockieren", sagte sie ruhig.

Er schnaubte leicht. „Ich bin Arzt, Grace. Ich habe alles gesehen. Es gibt kein medizinisches Mysterium, das mich aus der Fassung bringt."

Sie rückte den Rollkragen ihres Pullovers zurecht. „Nun, du hast noch nicht alles gesehen, Doktor. Es war kein Medikament, das mich gerettet hat. Es war eine Operation."

„Eine Operation? Aber du hattest doch Metastasen in allen Organen!"

Ihr Gesichtsausdruck wurde verschlossen. „Das ist alles, was ich dir sagen kann. Das Verfahren ist streng geheim. Kannst du das akzeptieren? "

Er zwang sich zu einem Lächeln. „Natürlich." Sein Puls beschleunigte sich. Er hatte einen Teil des Geheimnisses gelüftet. Es war gut, dass sie diese Reise gemeinsam unternahmen. Er würde auch den Rest herausfinden.

Graces Worte hallten in seinem Kopf wider. *Eine geheime Operation.* Welche Art von Eingriff könnte metastasierten Krebs vollständig eliminieren? Sein medizinisch geschulter Blick wanderte unwillkürlich zu ihrem Hals. Der hochgeschlossene Rollkragen ihres Pullovers verdeckte ihre kreisrunde Narbe perfekt. Aber er erinnerte sich sehr gut daran. Die Narbe war völlig anders als jede Operationsnarbe, die er je gesehen hatte.

Eine Brustkrebsüberlebende mit einer eigenartigen Narbe am Hals… Was hatte das zu bedeuten? Vielleicht ein Implantat irgendeiner Art, ein Reservoir, das ein Wundermittel freisetzte? Aber würde es dann nicht eine verräterische Wölbung hinterlassen? Ihr Körperbau war makellos.

Eine nagende Frustration breitete sich in ihm aus. Sein Verstand war nicht klug genug, um das Geheimnis zu lüften. Aber er hatte jede Menge Erfahrung mit Ausbeutern. Wenn diese neuartige chirurgische Behandlung tatsächlich so revolutionär war, wie es schien, dann stellte sie zweifellos eine massive Bedrohung dar - für etablierte Firmen und Machtstrukturen im Gesundheitswesen. In diesem Licht betrachtet, wäre der Chirurg, der diesen bahnbrechenden Eingriff durchgeführt hatte, das logische primäre Ziel.

Warum sollte man Grace, die Überlebende, zum Schweigen bringen, wenn der Schlüssel zur Wiederholung des Eingriffs beim Chirurgen lag? Es sei denn... Grace war mehr als nur eine Patientin. Vielleicht repräsentierte sie eine neue Evolutionsstufe, die die Grenzen der Medizin sprengte.

„Wir müssen hier die Ausfahrt nehmen", sagte Grace und deutete auf ein Hinweisschild.

Julius konzentrierte sich auf die Straße vor ihnen. Er nahm die Ausfahrt 188B und folgte den Schildern Richtung Sierra Ville/Lake Tahoe. Die Straße dehnte sich vor ihnen aus, während sie beide in ihre Gedanken versanken. Nur das gleichmäßige Brummen des Motors durchbrach die Stille.

Ein Flackern im Rückspiegel ließ Julius zusammenzucken. Ein schwarzer SUV mit getönten Scheiben hatte dieselbe Ausfahrt genommen und folgte subtil jedem ihrer Spurwechsel. War das derselbe Wagen, der in Atherton neben ihnen an der Ampel gestanden hatte?

Julius wechselte von der rechten auf die linke Spur und beschleunigte. Er blickte erneut in den Rückspiegel. Der SUV hielt mit. Die Straße war fast leer, was die Situation noch bedrohlicher machte.

In einer plötzlichen Entscheidung riss Julius das Lenkrad herum und schoss zurück auf die rechte Spur. Schatzi, von der abrupten Bewegung überrascht, rutschte von Graces Schoß.

„Hey, was machst du denn?", rief Grace alarmiert und hielt den erschrockenen Hund fest.

„Julius' Augen huschten zwischen Straße und Rückspiegel hin und her. Der mysteriöse Wagen folgte ihrer Bewegung nahtlos. „Ich glaube, wir werden verfolgt", sagte er mit gepresster Stimme. „Wir müssen den schwarzen SUV hinter uns loswerden."

Grace klappte die Sonnenblende herunter und spähte in den kleinen Spiegel. „Unfassbar!", entfuhr es ihr.

Julius bremste abrupt ab, so dass der SUV ihnen ausweichen musste. Ein Anflug von Überraschung huschte über das Gesicht des Fahrers, als er an ihnen vorbeiraste. Julius lachte triumphierend. Doch ihr Sieg währte nicht lange. Der schwarze SUV raste auf den Standstreifen zu und stoppte mit quietschten Reifen.

„Gib Gas!", rief Grace und griff nach dem Armaturenbrett, um sich festzuhalten.

Das war ihre Chance. Julius trat das Gaspedal durch. Der Motor heulte auf und sie schossen an dem SUV vorbei.

Hatten sie ihn abgeschüttelt? Offensichtlich nicht. Der SUV knurrte erneut zum Leben und raste mit frischer Kraft hinter ihnen her. Es war, als wäre ein hungriges Raubtier hinter ihnen her, bereit, jede Gelegenheit zu nutzen, um zuzuschlagen.

„Sie geben nicht auf!", rief Grace.

Julius beschleunigte stärker, aber der schwarze SUV blieb ihnen weiter auf den Fersen. Als sie sich einem Schild näherten, das auf einen Rastplatz hinwies, traf Julius blitzschnell eine Entscheidung. Mit einem Ruck am Lenkrad verließen sie die Hauptstraße und bogen auf die Ausfahrtsrampe ab. Staub wirbelte hinter ihnen auf. Der SUV verpasste die Ausfahrt und kam einige hundert Meter weiter auf dem Standstreifen quietschend zum Stehen. Seine Bremslichter leuchteten bedrohlich in der Ferne.

Julius drosselte das Tempo und lenkte zum Rastplatz – einer weitläufigen Fläche mit einem gepflegten Rasen, mehreren Bänken und einer öffentlichen Toilette in der Nähe. Für den Moment waren sie allein. Doch wie lange würde das anhalten? Dichte Bäume zwischen ihnen und der Autobahn boten vorübergehend Deckung.

Grace ließ das Armaturenbrett los. „Haben wir sie abgehängt?", flüsterte sie.

Julius blickte in den Rückspiegel. „Vorerst", antwortete er grimmig. „Aber sie warten wahrscheinlich auf uns an der Auffahrt."

„Oder sie könnten so dreist sein, die Ausfahrtspur rückwärts zu fahren und uns hierher zu folgen", sagte Grace. „Wir müssen schnell handeln."

Sie fuhren langsam auf den Parkplatz. Dort stand nur ein weiteres Auto – ein alter, verbeulter Toyota. Ein paar Meter entfernt führte eine Gestalt in einem Mantel einen Golden Retriever aus. Die Fahrertür war einen Spaltbreit geöffnet.

„Wir müssen das Auto wechseln", sagte Grace bestimmt.

„Was? Stehlen?", stotterte Julius.

„Leihen", korrigierte sie. „Park hinter dem Toyota und lass den Schlüssel im Auto. Unter den gegebenen Umständen ist das ein guter Tausch."

„Aber das ist... illegal!", protestierte Julius.

„Darüber können wir uns später Gedanken machen", entgegnete Grace, und ihre Stimme wurde eindringlicher. „Jetzt müssen wir verschwinden."

Julius zögerte. War es Diebstahl, wenn man um sein Leben kämpfte? Grace war heute Morgen von einem Attentäter angegriffen worden, und sie wollten den Mann im SUV besser nicht kennenlernen.

„Was ist mit unseren Koffern?", fragte er.

„Wir haben keine Zeit, sie aus dem Kofferraum zu holen. Wir müssen sie zurücklassen."

„Aber wie starten wir das andere Auto?"

Grace grinste. „Überlass das mir."

Julius starrte sie an. „Ich dachte, du wärst ein ehrlicher Mensch."

„Das bin ich auch", antwortete sie. „Aber ich möchte am Leben bleiben. Ich habe ein Überlebenstraining absolviert und weiß, was zu tun ist. Park hinter dem Auto."

Julius gehorchte. Er fühlte sich überwältigt, wie damals unter Annyas Kommandos im Rehabilitationszentrum.

Grace reichte ihm die Leine. „Geh mit Schatzi zum Rasen. Aber entferne dich nicht zu weit. Wenn du den Motor hörst, schnapp ihn dir und spring rein."

Julius' Herz hämmerte gegen seinen Brustkorb. Mit zitternden Fingern griff er nach der Leine. Als er die Autotür aufriss, peitschte ihm ein scharfer Windstoß durch die Haare. Gleichzeitig öffnete Grace die Beifahrertür, und Schatzi sprang heraus.

Mit unsicheren Schritten umrundete Julius das Auto und befestigte behutsam die Leine am Halsband. Kaum war der Verschluss eingerastet, preschte Schatzi vorwärts und zerrte sein Herrchen zu einer saftigen Grünfläche. Sein Schwanz wedelte zaghaft, als er die neue Umgebung erkundete. Aus dem Augenwinkel bemerkte Julius, wie der Mann mit dem Golden Retriever ihnen einen prüfenden Blick zuwarf. Die Sekunden dehnten sich, während Julius versuchte, so normal wie möglich zu wirken, sein Puls rasend vor Nervosität.

Schatzi hatte den Golden Retriever auch gewittert und bellte aufgeregt. Julius lenkte ihn in die entgegengesetzte Richtung und sah sich besorgt nach Grace um, die sich dem anderen Fahrzeug näherte. Sie rutschte auf den Fahrersitz und fummelte an der Frontverkleidung herum. Plötzlich heulte der Motor auf.

Adrenalin schoss durch seinen Körper als er zum Auto rannte, Schatzi aufgeregt an seiner Seite. Grace hatte bereits die Beifahrertür entriegelt. Mit einem Ruck riss Julius sie auf und hob den überraschten Hund hoch. Doch er zögerte, als er den beengten Beifahrersitz erblickte. Er war zu klein für ihn und den Hund.

„Steig ein!", rief Grace mit scharfer Stimme.

Julius zwängte sich hastig ins Auto, Schatzi jaulend und zappelnd halb auf seinem, halb auf Graces Schoß.

Der Mann hinter ihnen stieß einen ohrenbetäubenden Schrei aus.

„Julius, verdammt nochmal, schließ die Tür!", kreischte Grace.

In einer hektischen Bewegung griff Julius nach der Tür und zog sie zu, während Grace bereits den Motor aufheulen ließ. Der Kies knirschte unter den Reifen, als sie vom Parkplatz schossen.

Der Mann hinter ihnen gestikulierte wild und sprintete hinter ihnen her. Sein Hund blieb wie angewurzelt stehen, den Kopf schief gelegt, und beobachtete das erratische Verhalten seines Herrchens mit sichtlicher Verwirrung. Es wäre fast komisch gewesen, wenn die Umstände nicht so ernst gewesen wären. Die Gestalten verschwanden schnell im Rückspiegel.

Grace steuerte das Auto auf die Schnellstraße, während Julius nervös über seine Schulter blickte. Der schwarze SUV stand regungslos auf dem Standstreifen hinter ihnen. Zu seiner Erleichterung folgte er ihnen nicht. Als die Straße eine Biegung machte, verschwand der SUV hinter den Hügeln.

Ein Gefühl der Euphorie durchströmte Julius. Er suchte Graces Blick, und als sich ihre Augen trafen, entlud sich ihre Anspannung in einem befreienden Lachen. Schatzi stimmte mit freudigem Gebell ein. Entgegen aller Erwartungen hatten sie ihre Verfolger bei diesem waghalsigen Katz-und-Maus-Spiel ausmanövriert. Sie waren entkommen.

- 30 -

ANNYA

Freitag, 11. November 2033, 19:00 Uhr

Das schrille Quietschen von Rädern durchschnitt die Geräuschkulisse der Notaufnahme. Eine junge Ärztin schob mit Panik in den Augen eine Trage vor sich her. Darauf lag regungslos eine Patientin im Arztkittel – ein surreales Bild von Weiß auf Weiß. Alle Anwesenden erstarrten. Ein Notfall bei einer Kollegin war selten. Annyas Herz setzte einen Schlag aus, als sie die Patientin erkannte: Dr. Triveda.

„Was ist passiert?", fragte Annya, während Lu'lu, die Assistenzärztin, die Trage abrupt zum Stehen brachte.

Tränen stiegen in Lu'lus Augen auf. „Ich fand sie bewusstlos in ihrem Büro. Ich habe keine Ahnung, was vorgefallen ist."

Dr. Trivedas Gesicht war gerötet, ihre Augen waren fest geschlossen. Annya beugte sich vor. „Dr. Triveda, können Sie mich hören?", rief sie und rüttelte behutsam an der Schulter ihrer Kollegin.

Sie blinzelte kurz. „Ich bin so müde", antwortete sie langsam.

Annya griff nach Dr. Trivedas Handgelenk. Der Puls raste beunruhigend schnell.

„Vielleicht ein Herzinfarkt?" warf Lu'lu besorgt ein.

Annya platzierte ihr Stethoskop auf Dr. Trivedas Brust. Der Herzschlag war alarmierend schnell und unregelmäßig, die Atemzüge flach, aber deutlich hörbar.

Neben ihnen erschienen zwei Pflegekräfte: eine junge Frau mit langen Zöpfen und ein Mann mit grauem Haar.

„Annya, können wir helfen?" fragte der Pfleger.

Annyas Gedanken rasten. Der Mann im Reha-Zentrum und die Frau auf der Zhang-Party waren beide an einer

Tollkirschvergiftung gestorben. War dies vielleicht auch eine Vergiftung?

„Dunkler Raum, Infusion und Aktivkohle!", rief sie entschlossen. Die Pflegekräfte handelten sofort und schoben die Trage mit Dr. Triveda eilig den Gang hinunter. Annya folgte ihnen dicht auf den Fersen.

Im Behandlungsraum schnappte sie sich eine großkalibrige Magensonde, riss die Packung mit geübter Präzision auf und führte den Schlauch behutsam durch Dr. Trivedas Nase in den Magen.

„Spritze", forderte sie. Geschickt injizierte sie Luft in den Schlauch und lauschte mit dem Stethoskop nach dem charakteristischen Gurgeln im Magen, um die korrekte Platzierung der Sonde zu bestätigen. Währenddessen legte die junge Pflegerin routiniert eine Blutdruckmanschette an Dr. Trivedas linken Arm. Ihr Kollege brachte die Kohlelösung und reichte sie Annya. Dann platzierte sie eine Braunüle in Dr. Trivedas rechten Arm und leitete eine Elektrolyt-Infusion ein.

Annya verband das Ende der Magensonde mit einem Behälter lauwarmen Wassers und fügte die notwendige Dosis Aktivkohle hinzu, eine schwarze, sandähnliche Mischung. Behutsam pumpte sie die Flüssigkeit in den Magen und saugte sie dann wieder ab, um alle Giftstoffe und Belladonna-Rückstände auszuspülen. Die schwarze Färbung der zurückgewonnenen Flüssigkeit bestätigte die Anwesenheit der giftbindenden Kohle. Annya wiederholte diesen Prozess mehrmals, bis die Spülflüssigkeit zunehmend klarer wurde. Dies deutete darauf hin, dass nur noch Spuren von Giftstoffen im Magen verblieben waren. Als nächstes holte sie Physiostigmin aus dem Medikamentenschrank und verabreichte es langsam.

„Was verabreichen Sie ihr?", fragte die jüngere Krankenschwester.

„Ein Gegenmittel gegen eine Vergiftung", erklärte Annya.

„Woher wissen Sie, dass sie vergiftet wurde?", fragte sie.

„Es ist eine Vermutung", erwiderte Annya. „Für eine toxikologische Analyse fehlte uns die Zeit. Wir mussten unverzüglich handeln."

Sie beobachteten Dr. Trivedas Blutdruck und Herzfrequenz auf dem Monitor.

„Keine Wirkung", sagte Lu'lu von hinten.

Annya hatte sie fast vergessen. „Geduld", mahnte sie. Plötzlich kam ihr ein Gedanke. „Lu'lu, du warst doch Assistenzärztin bei Graces Operation, nicht wahr?"

Lu'lu blinzelte überrascht. „Ja, warum? Seltsam, du bist heute schon die zweite Person, die danach fragt."

„ Tatsächlich? Wer war denn die Erste?"

„Wassily, ihr Ex-Mann. Ich bin ihm in der Cafeteria begegnet."

„Interessant. Was wollte er denn?"

„Informationen. Er fragte, wie Grace ihren Krebs überwunden hat. Ich verwies auf die ärztliche Schweigepflicht… "

„Und was hat er dazu gesagt?"

Lu'lu zuckte mit den Schultern. „Er drängte ein wenig und argumentierte, er sei immer noch ihr Ehemann. Als ich standhaft blieb, zog er ab."

Annya versuchte, die Zusammenhänge zu verstehen. Graces Ex-Mann war kurz vor den Giftanschlägen im Krankenhaus gesichtet worden - das machte ihn zweifellos zu einem Hauptverdächtigen. Sie musste Angus informieren. Das FBI musste den Mann umgehend überprüfen.

Annyas Blick wanderte zurück zu den Monitoren. Das hektische Piepen hatte sich in einen stabileren Rhythmus verwandelt. Dr. Trivedas Gesichtsfarbe normalisierte sich, die fieberhafte Röte wich einer natürlicheren Blässe.

„Wir haben sie stabilisiert", verkündete Annya erleichtert.

„Sie sind brillant!", rief Lu'lu bewundernd. „Wie Sie diese unbekannte Vergiftung gehandhabt haben ist beeindruckend!"

Die Schwester kontrollierte Dr. Trivedas Puls und nickte zustimmend. „Annya ist die beste Ärztin, die wir hier in der Notaufnahme haben."

Annya verspürte einen Anflug von Triumph. „Das war großartige Teamarbeit. Vielen Dank an alle!", sagte sie.

Dieses Mal hatte sie gewonnen. Aber wer würde als Nächstes an der Reihe sein?

- 31 -

GRACE

Freitag, 11. November 2033, 21:30 Uhr

Die beißende Kälte ließ Schatzi vor dem grell erleuchteten Lebensmittelladen in Truckee erbarmungslos zittern. Grace erinnerte sich vage daran, gelesen zu haben, dass Truckee in der Nähe von Tahoe den fragwürdigen Titel der kältesten Stadt des Landes trug. Sie beugte sich hinunter und schlang ihre Arme fest um den zitternden Hund. Dank der verringerten Sensibilität ihres Körpers war die Kälte für sie kein Problem mehr. Aber Schatzis Zittern verstärkte ihr Gefühl der Dringlichkeit.

Neben ihr wippte Julius unruhig von einem Fuß auf den anderen. Sein Blick schweifte über den Parkplatz und die angrenzende Straße, die im flackernden Schein der Neonlichter in ein unwirkliches Zwielicht getaucht waren. Zu ihrer Rechten ragten majestätische Zedern empor, deren lange, gespenstische Schatten über den Asphalt huschten und im pulsierenden Licht der Leuchtreklame einen unheimlichen Tanz aufführten.

Grace hatte Julius' angespanntes Telefonat mit Rolando ungewollt mitbekommen. Die Stimme seines Freundes am anderen Ende der Leitung war so laut gewesen, dass sie jedes Wort problemlos verstehen konnte. „Komm nicht mit einem gestohlenen Auto zur Hütte", hatte er gebellt. „Stell den Wagen auf dem Parkplatz des Einkaufszentrums ab und warte vor dem Safeway-Laden auf mich. Ich hole euch dort ab." Die Schärfe in Rolandos Stimme ließ keinen Zweifel an seiner Missbilligung und dem Ernst der Lage.

Und so standen sie in der eisigen Kälte und warteten. Jedes vorbeifahrende Auto ließ ihre Hoffnung aufflackern, dass Rolando endlich angekommen war. Doch die Scheinwerfer blendeten sie nur kurz, bevor sie wieder in der Dunkelheit verschwanden. Gelegentlich eilten Käufer mit prall gefüllten Einkaufstüten an ihnen vorbei, ihre Schritte hastig, ihre Gesichter von der Kälte gerötet. Die Luft war schwer von gespannter Erwartung.

Endlich näherte sich ein abgenutzter VW-Camper Wagen und hielt vor ihnen an. Grace erkannte sofort Rolandos markanten Schnurrbart und die durchdringenden dunklen Augen. Sein Blick traf sie mit unverhohlener Feindseligkeit.

Julius sprang hastig auf den Beifahrersitz.

Grace zögerte, unsicher, wo sie Platz nehmen sollte.

„Hinten", knurrte Rolando barsch und zeigte auf den Rücksitz. Sie schob die Tür auf, hob Schatzi vorsichtig hinein und folgte ihm. Die Tür fiel mit einem dumpfen Knall ins Schloss. Der Hund winselte leise und bettete seinen massigen Kopf in ihren Schoß.

„Hast du ein Foto vom Nummernschild des gestohlenen Autos gemacht?", fragte Rolando scharf.

Julius nickte eifrig.

Rolandos Blick bohrte sich in Grace. „Handy?"

„Nur das von dir", platzte Julius heraus, Grace zuvorkommend.

„Ich habe mein Handy zu Hause gelassen", erwiderte Grace kühl. „Ich meine, im Haus der Zhangs." In ihren Augen flackerte ein Funke Trotz auf.

„Das ist nicht dein Zuhause", fauchte Rolando.

Eine gespannte Stille legte sich über sie.

„Können wir einfach losfahren?", warf Julius beschwichtigend ein. „Es gibt wirklich keinen Grund zu streiten."

Rolando fuhr zu ihm herum. „Halt den Mund, Julius. Du hattest versprochen, meine Hütte geheim zu halten. Was ist dein Wort wert? Du bist eine ständige Enttäuschung!"

Julius zuckte in seinen Sitz zusammen.

Rolando gab Gas, und der Wagen schoss nach vorne. Grace klammerte sich an die Armlehne. Die Zedern verschwammen zu einem dunklen Streifen, als sie vorbeirasten. Schließlich kamen sie an einer verlassenen Stelle am Ende des Parkplatzes zum Stehen.

Mit einem abrupten Ruck stellte Rolando den Motor ab. Er stieg aus, umrundete er den Wagen und riss die Beifahrer- und Hintertür auf. „Raus!", bellte er. Sein Ton ließ keinen Widerspruch zu.

Graces Herz raste. Was hatte Rolando vor? Mit zitternden Händen schob sie Schatzis massigen Körper zur Seite, um sich aus dem Wagen zu zwängen. Der Hund spürte die Anspannung und knurrte leise. Julius stieg ebenfalls aus.

Rolando griff unter den Beifahrersitz und zog ein längliches, metallisch schimmerndes Gerät hervor - ein Metalldetektor. Mit geübten Bewegungen ließ er ihn über Julius gleiten. Das leise Surren des Geräts durchschnitt die beklemmende Stille wie ein Messer.

„Du bist sauber", erklärte er knapp und wandte sich Grace zu. „Jetzt bist du dran."

„Ich habe Implantate von einer Operation", erklärte sie.

„Wo?", fragte er scharf.

„In meiner Wirbelsäule", sagte sie und zeigte auf ihren Nacken.

Er fuhr mit dem Detektor über ihren Körper. Ein schrilles Piepen ertönte an ihrem Nacken und ein weiteres, als er das Gerät nach vorne bewegte. Ruckartig zog er ihren Rollkragen herunter und starrte auf die Narbe.

„Immer mit der Ruhe", zischte sie und schob seine Hand weg. „Das ist privat."

Seine Augen bohrten sich in ihre. „Ich bin deine beste Chance zu überleben", knurrte er. „Du kannst dich jetzt gerne verabschieden. Oder wenn du dich in meiner Hütte verstecken willst, bestehst du meinen Test."

Grace wich instinktiv zurück.

Er zuckte gleichgültig mit den Schultern. „Deine Wahl."

Die Stille zog sich hin.

„Lass mich das machen", unterbrach Julius die Spannung. „Was suchst du denn, Rolando?"

„Ein kleines Implantat", erklärte Rolando. „Wie eine harte Erdnuss unter der Haut."

Julius trat näher. „Darf ich?", fragte er zögernd.

Grace war von seiner plötzlichen Nähe überrumpelt und brachte nur ein knappes Nicken zustande.

Julius zog den Rollkragen etwas weiter herunter und tastete behutsam ihren entblößten Hals ab. Die Berührung sandte einen wohligen Schauer über ihren Rücken. Seine Finger folgten behutsam der freigelegten Narbe. Ihre Blicke trafen sich.

„Da ist etwas", murmelte er mit ernster Stimme. „Direkt unter der Narbe, Grace. Fühl selbst."

Sanft nahm er ihre freie Hand und führte sie zu der Stelle. Sie spürte es sofort - ein harter Knoten direkt unter dem glatten Narbengewebe. Ihr war die kleine Unebenheit schon mal aufgefallen. Aber sie hatte sie für normales Narbengewebe gehalten, Teil des Heilungsprozesses. Doch jetzt, unter Julius' forschendem Blick, durchfuhr sie eine jähe Erkenntnis. Ihre Finger strichen erneut über die Stelle. Der Knoten war deutlich spürbar, ein fremdartiges Objekt unter der dünnen Haut. Wie hatte sie das übersehen können? Scham und Verwirrung stiegen in ihr auf. Sie hatte sich so auf die Heilung der Narbe konzentriert, dass sie nie erwogen hatte, dass etwas drunter sein konnte. Oder hatte der Angriff am Morgen das Objekt näher an die Oberfläche gebracht? Fassungslos blickte sie die beiden Männern an.

Rolando griff in seine Jackentasche und zog ein Schweizer Taschenmesser hervor. Das Mondlicht blitzte bedrohlich auf der frisch ausgeklappten Klinge. „Wir müssen es entfernen", verkündete er.

Grace starrte auf die Klinge. Was, wenn das Implantat eine lebenswichtige Funktion hatte, ein Schlüssel zur Verbindung zwischen ihrem Kopf und Körper? Ihre Finger zitterten, als sie erneut über die Stelle fuhr. Der kleine Knoten war nun eine bedrohliche Präsenz unter ihrer Haut.

„Wenn du ein Studienobjekt für eine neue SUEC-Therapie bist, haben sie dich wie eine Laborratte markiert", erklärte Rolando grimmig. Er beugte sich näher. „Je schneller wir es entfernen, desto besser."

Die Logik war brutal, aber unbestreitbar. Mit einem knappen Nicken beugte Grace ihren Hals zur Seite und legte den Bereich mit dem abgetasteten Objekt frei.

„Tu es", sagte sie mit fester Stimme.

Rolando drückte Julius das Messer in die Hand. „Doktor, das ist deine Aufgabe."

Julius verzog besorgt das Gesicht. „Hast du Desinfektionsmittel?"

Rolando beugte sich ins Auto, kramte unter dem Rücksitz herum und förderte eine zerknitterte Packung Taschentücher und eine überraschend edle Flasche Whisky zutage.

Julius goss eine großzügige Menge Alkohol auf die Taschentücher und die Messerklinge. Der beißende Geruch erfüllte die Luft. Vorsichtig tupfte er Graces Hals ab. Sie ballte die Fäuste und zwang sich zur Ruhe. Ein scharfer Stich durchzuckte sie, gefolgt von einem warmen Rinnsal an ihrem Hals.

Instinktiv hob sie die Hand, doch Julius hielt sie zurück. „Nicht berühren", mahnte er. „Wir wollen keine Infektion riskieren."

Gehorsam ließ sie die Hände sinken.

Julius drückte leicht auf die Stelle und präsentierte ihr dann ein blutgetränktes Tuch mit einem metallisch schimmernden Objekt.

Grace schnappte nach Luft. Es war tatsächlich eine winzige Metallkapsel. Wieder wollte sie danach greifen, doch Julius hielt sie zurück.

„Einen Moment", sagte er sanft. „Erst die Wunde versorgen." Er presste ein frisches Tuch auf die Schnittstelle und der Schmerz ließ langsam nach.

„Hast du Pflaster?", fragte er Rolando.

„Bin ich ein Krankenwagen?" grunzte Rolando. Aber er beugte sich noch einmal ins Auto, kramte im Handschuhfach und zog zwei zerknitterten Streifen heraus.

„Das genügt", sagte Julius. „Kannst du sie bitte über das Taschentuch kleben."

Rolando fixierte die Pflaster sorgfältig an Graces Hals.

Julius trat einen Schritt zurück und lächelte zufrieden. „Das war eine perfekte Operation", sagte er.

„Danke!" Grace lächelte zurück.

Alle starrten auf das kleine Metallobjekt in Julius' Hand.

„Kann ich es mal sehen?", bat Grace.

„Es ist eine Wanze." Rolando entriss Julius das Objekt. „Wir müssen sie so schnell wie möglich loswerden." Sein Blick huschte über den Parkplatz. Er steuerte auf einen dunkelgrauen Wagen mit Montana-Kennzeichen zu und warf den Sender auf die Ladefläche.

„Touristen", murmelte er. „Hoffentlich auf Einkaufstour, bevor sie auf der Autobahn verschwinden. Das verschafft uns ein paar Stunden, vielleicht sogar die ganze Nacht."

- 32 -

ANNYA

Freitag, 11. November 2033, 22:00 Uhr

Die Betonstufen knirschten unter Annyas Schuhen, als sie in den Keller des SUEC-Krankenhauses hinabstiegen. Als verdeckte CIA Ermittlerin hatte sie Zugang zum Sicherheitszentrum. Angus folgte ihr dicht auf den Fersen, seine Schritte hallten von den kahlen, grauen Wänden wider.

Die Stufen führten zu einem sterilen Korridor, an dessen Ende sich eine schwere Metalltür befand. Daneben blinkte ein elektronischer Kartenleser. Annya legte ihren Ausweis auf das Lesegerät. Mit einem dumpfen Summen entriegelte sich die Tür und schwang schwerfällig auf.

Drinnen bestand die Rückwand des Raumes aus unzähligen Bildschirmen, die Live-Bilder aus verschiedenen Bereichen des Krankenhauses übertrugen. Zwei Sicherheitsleute saßen in großen Lehnstühlen vor den Monitoren. Als Annya und Angus eintraten, drehten sie sich mit argwöhnischen Blicken um.

Annya begrüßte sie mit einem entwaffnenden Lächeln. „Guten Abend", sagte sie. „Dies ist nur eine Routineinspektion. Darf ich vorstellen: FBI-Direktor Angus Weber."

Der größere Wachmann musterte Angus mit prüfendem Blick. „Ausweis, bitte", brummte er.

Angus zeigte seinen Ausweis vor. „Wir müssen die Sicherheitsaufnahmen überprüfen," erklärte er.

Der Wachmann nickte knapp. „Fühlen Sie sich wie zu Hause," sagte er und wandte sich dann wieder den Monitoren zu.

Annya und Angus nahmen an einem Schreibtisch mit Schaltpult Platz.

„Bist du sicher, dass Dr. Triveda auch einer Tollkirschvergiftung zum Opfer gefallen ist?", fragte Angus.

Sie nickte. „Die Laborergebnisse haben es bestätigt. Und das Sicherheitsteam hat auf Dr. Trivedas Schreibtisch ein angebissenes Sandwich gefunden, das große Mengen Belladonna enthielt."

„Die Chirurgin hätte ohne dein schnelles Eingreifen kaum überlebt", sagte Angus mit Bewunderung in der Stimme. „Ich muss unbedingt mit ihr reden, sobald sie aufwacht."

„Es wird eine Weile dauern. Wir haben ihr ein starkes Beruhigungsmittel gegeben, um ihre vollständige Genesung sicherzustellen."

„Wir brauchen eine genaue Chronologie der Ereignisse. Mit wem hatte sie vor dem Vorfall Kontakt? Und woher stammt dieses Sandwich?"

Annya nickte. Sie rief die Überwachungsaufnahmen aus dem Flur vor Dr. Trivedas Arztzimmer auf, die zwischen 18 und 19 Uhr aufgenommen worden waren. Die Arztzimmer selbst waren kamerafrei. Die Aufzeichnungen zeigten Dr. Triveda, die um 18:15 Uhr ihr Arztzimmer betrat. Um 18:30 Uhr stürzte Lu'lu, die Assistenzärztin, herein. Eine Minute später stürmte sie wieder heraus, verzweifelt nach Hilfe rufend.

„Sie wirkt wirklich aufgelöst", sagte Annya nachdenklich.

Angus verengte die Augen, während er die Aufnahmen studierte. „Könnte auch eine Inszenierung sein. Sie weiß doch, dass der Gang von Kameras überwacht wird, oder?"

„Ja, natürlich. Lu'lu mag etwas naiv und überambitioniert sein, aber ich kann mir wirklich nicht vorstellen, dass sie ihre Vorgesetzte vergiften würde."

„Ehrgeiz hat schon so manchen zu dunklen Taten getrieben", entgegnete Angus trocken.

„Vielleicht."

„Kannst du mal nachschauen, wo sie vorher war?"

„Natürlich." Annya aktivierte die Gesichtserkennungssoftware und suchte nach Lu'lu. Auf dem Bildschirm erschien eine Abfolge von Orten: Operationssäle, Krankenstationen, die Cafeteria. Ihre Augen suchten alles ab.

„Dort", Angus deutete auf eine Gestalt in der Cafeteria. „Zoom mal näher ran."

Sie tat es. „Das ist Wassily", sagte sie. „Graces Ex-Mann. Woher kennt der denn Lu'lu?"

Angus schmunzelte. „Nun, Herr Wassily scheint viel herumzukommen. Vor etwa zwei Jahren war er auch mit Bianca liiert."

„Was? Ich dachte, er hätte Grace mit einer anderen betrogen?"

„Hat er auch."

„Was für ein Mistkerl!"

„Frauengeschichten sind selten ein Fall fürs FBI", sagte Angus. „Aber die Tatsache, dass er ausgerechnet heute hier war, finde ich schon bemerkenswert. Kannst du Dr. Triveda in der Cafeteria ausfindig machen?"

Annya scannte die Menge. „Da ist sie. Dr. Triveda steht mit einem Sandwich in der Schlange. Wassily war zur gleichen Zeit dort."

Angus beugte sich näher. „Das war gegen Mittag, also Stunden vor ihrem Kollaps?"

Annya nickte. „Richtig. Aber das Gift könnte langsam gewirkt haben. Oder sie hat das Sandwich erst später gegessen. Oder das Sandwich wurde nachträglich manipuliert."

Angus betrachtete das Video eingehend. „Lu'lu ist auch in der Cafeteria. Und viele andere SUEC-Mitarbeiter. Dort, in der Schlange hinter Dr. Triveda, steht die Frau, die auf der Party eine Szene gemacht hat."

Annya lehnte sich vor. „Oh, das ist Tina, Graces Vorgesetzte."

„Und hier bist du", grinste Angus. „Nur wenige Meter entfernt.."

Annya nickte. „Du hast recht. Das war die beste Mittagszeit."

„Siehst du jemand der etwas in Dr. Trivedas Sandwich getan hat?"

„Nein. Ich sehe auch keinen direkten Kontakt zwischen Wassily und Dr. Triveda. Wassily traf sich mit Lu'lu zum Mittagessen in der Cafeteria. Dr. Triveda nahm ihr Sandwich mit und ging zu ihrem Arztzimmer."

„Also gibt es keine Beweise dafür, dass irgendjemand etwas in ihr Essen in der Cafeteria getan hat", schloss Angus. „Allerdings gibt es an der Kasse einige tote Winkel, die wir nicht einsehen können. In ihrem Büro gibt es auch keine Kamera, so dass entscheidende Momente nicht aufgezeichnet wurden."

Annya seufzte. „Was ist mit Biancas Ehemann? Er hat Grace auf dem Friedhof kennengelernt. War das reiner Zufall oder inszeniert?"

Angus rieb sich nachdenklich das Kinn. „Karim hatte einen besseren Grund, auf dem Friedhof zu sein als Grace. Und ich habe seine Fingerabdrücke überprüft – er hat eine saubere Akte, nicht einmal einen Strafzettel. Seine Fingerabdrücke waren auf keinem der Champagnergläser von der Party. Außerdem gibt es keine Überwachungsaufnahmen von ihm heute im Krankenhaus."

„Er war an keinem der Tatorte." Annya scrollte noch einmal durch das Filmmaterial. „Lu'lu berichtete, dass sie am späten Nachmittag Dr. Triveda bei einer Nierenbiopsie assistieren sollte. Aber Dr. Triveda tauchte nicht auf. Also ging Lu'lu in ihr Büro und fand sie bewusstlos am Boden."

„Das macht Sinn. Aber warum war Wassily im Krankenhaus?"

Annya zuckte mit den Schultern. „Alle anderen arbeiten dort. Aber Wassily hatte scheinbar keinen Grund, dort zu sein."

„Mittagspause hin oder her, seine Anwesenheit in der Cafeteria kurz vor dem Vorfall ist verdächtig. Wir haben vielleicht noch keine direkte Verbindung gefunden, aber Wassily wird jetzt meine volle Aufmerksamkeit bekommen."

Ein Handy summte. Beide griffen instinktiv nach ihren Telefonen. Es war Angus' Handy, das beharrlich vibrierte. Er antwortete.

„Wirklich?", sagte er und verdrehte die Augen.

Annya beobachtete ihn aufmerksam und versuchte, seinen Gesichtsausdruck zu lesen.

Angus' Miene verdüsterte sich. „Ich bin auf dem Weg", murmelte er und legte auf.

„Ist alles in Ordnung? Ich dachte, wir fahren zusammen nach Hause?"

Er schob seine Brille zurecht. „Es tut mir leid, Annya. Anscheinend haben Julius und Grace sich spontan zu einem Ausflug nach Tahoe entschlossen." Seine Stimme klang frustriert. „Nathanael Zhang hat mich informiert und ich habe sie beschatten lassen, um ihre Sicherheit zu gewährleisten. Aber Julius und Grace haben es geschafft, den FBI Wagen abzuhängen. Sie haben ein Auto gestohlen und sind spurlos verschwunden."

„Was?" Annya traute ihren Ohren nicht. „Sie sind in großer Gefahr."

Angus nickte. „Es kommt noch schlimmer. Graces Chip wurde entfernt. Sie hat ihn in der Nähe von Truckee auf einen anderen Wagen geworfen. Unser FBI Team hat einem frisch verheirateten Paar in den Flitterwochen einen riesigen Schreck eingejagt, als sie sie zu einem Verhör angehalten haben."

„Wir haben also keine Ahnung, wo sich Julius und Grace gerade befinden ?"

„Sie sind auf einem Parkplatz in Truckee gewesen und dann spurlos verschwunden. Die Überwachungsaufnahmen aus der Gegend wurden gelöscht. Das ist zweifellos Rolandos Werk, Julius' Cyberhacker-Freund."

„Was für ein Albtraum. Wir müssen sie so schnell wie möglich finden. Sie könnten in großer Gefahr sein. "

Angus nickte. „Mein Team ist schon dabei. Sie werden die Gegend um Tahoe und Umgebung gründlich absuchen."

„Jede Minute zählt. Wir müssen sie finden, bevor ihre Verfolger es tun."

- 33 -

GRACE

Freitag, 11. November 2033, 22:00 Uhr

Draußen vor der Hütte heulte der Wind. Grace beobachtete, wie Julius sich um das Feuer im massiven Steinkamin kümmerte. Obwohl sie ihn erst seit Kurzem kannte, wirkten seine Bewegungen merkwürdig vertraut, als ob sie ein Echo längst verblasster Erinnerungen in ihr weckten.

Der Kamin summte leise und verdrängte allmählich die Kälte, die hartnäckig durch die rauen Holzwände der Hütte kroch. Die Flammen knisterten und tanzten lebhaft, reckten sich gierig nach oben und streiften mit ihren flackernden Spitzen den schweren Eisenrost, auf dem mehrere Holzscheite ruhten. Als die Flammen sie erreichten, sprang ihre äußere Rinde mit einem scharfen Zischen auf und setzte den würzigen Duft von Kiefernharz frei.

Tiefer im Herzen des Feuers wogte ein faszinierendes Kaleidoskop aus Orange, Rot und Gelb. Es warf lange, verspielte Schatten über die rustikalen Möbel und rauen Wände der Hütte, die im flackernden Licht zum Leben zu erwachen schienen. Dünne Rauchschwaden zogen träge den Schornstein hinauf, als wollten sie den Sternen Gesellschaft leisten.

Grace spürte, wie die Wärme langsam in ihre klammen Glieder zurückkehrte. Sie atmete tief den Duft von Holzrauch und Harz ein. Schatzi döste wie ein pelziger Wonneproppen auf dem verwitterten Ledersofa, sein Körper hob und senkte sich rhythmisch mit jedem Atemzug. Rolando hatte ihm einen riesigen Knochen gegeben – die Beweise dafür waren längst verschwunden, mit Begeisterung zerkaut und verschlungen. Jetzt schlummerte der Labrador tief und fest.

Gelegentlich zuckten seine samtweichen Ohren, und sein Schwanz wippte leicht hin und her, als träumte er davon, Eichhörnchen durch den verschneiten Wald zu jagen, der sich direkt hinter der Hütte erstreckte. Es war ein aufregender, langer Tag für ihn gewesen – wie für sie alle.

Grace deckte den rustikalen Holztisch. Ihr Magen knurrte laut und erinnerte sie daran, wie hungrig sie war. Sie sah sich zufrieden um. Drei Gedecke, drei Bestecke und drei Wassergläser. Eine Weinflasche stand auch bereit. Sie drehte sich um, ging zur Anrichte und durchsuchte den Küchenschrank nach Weingläsern. Neben ihr platzierte Rolando geschickt eine große Familienpizza auf ein Holzbrett. Der verführerische Duft von geschmolzenem Käse und Oregano erfüllte den Raum. Grace fand drei Weingläser im Küchenschrank und stellte sie auf den Tisch. Rolando ergriff die Weinflasche und kämpfte mit einem widerspenstigen Korkenzieher, die Stirn in Falten gelegt. Mit einem befriedigenden 'Plopp' gab der Korken schließlich nach, und das Aroma von Rotwein gesellte sich zur Symphonie der Düfte. Behutsam füllte er die Gläser.

Julius lehnte am Türrahmen, die Hände tief in den Taschen vergraben. Sein Blick wanderte nervös zwischen Grace und Rolando hin und her. Doch jedes Mal, wenn Grace ihn direkt ansah, wich er ihrem Blick hastig aus. Vielleicht war es die ungewohnte Intimität dieser häuslichen Szene, die ihn aus dem Gleichgewicht brachte. Oder lag es an der greifbaren Spannung zwischen Rolando und Grace, die die Luft förmlich zum Knistern brachte?

„So", verkündete Rolando und ließ die Pizza mit einem satten Plumps auf den Tisch fallen. „Guten Appetit!"

Sie setzten sich und griffen nach der heißen Pizza. Der erste Bissen wurde von einem Chor aus *„Mmms"* und zustimmendem Nicken begleitet. Der geschmolzene Mozzarella zog sich in verführerischen Fäden, die würzige Tomatensoße und der pikante Belag waren einfach köstlich. Sie aßen eine Weile schweigend, nur das Klirren des Bestecks auf den Tellern war zu hören.

Als das Essen sich dem Ende näherte, warf Grace einen

verstohlenen Blick auf Rolando. Er hatte seinen Arm lässig über die Rückenlehne von Julius' Stuhl gelegt. Es schien weniger um Bequemlichkeit als vielmehr darum zu gehen, Territorium zu beanspruchen. Mit einem herausfordernden Funkeln in den Augen griff er nach dem letzten Stück Pizza und führte es demonstrativ langsam zum Mund. Keine Höflichkeit, keine Frage - nur eine provokante Machtdemonstration. Die unausgesprochene Herausforderung hing schwer in der Luft. Während er kaute, fixierte er Grace mit einem Anflug von Aggression, bevor sein Blick zu Julius wanderte.

Julius, in glückseliger Unbeschwertheit, strahlte ihn an und kratzte zufrieden den letzten Käse von seinem Teller. „Das war köstlich, Rolando", lobte er. „Danke für alles." Genüsslich lehnte er sich zurück, ein zufriedenes Lächeln auf den Lippen, während der alte Holzstuhl unter seinem Gewicht leise ächzte.

„Ich tue nur, was jeder Freund tun würde", erwiderte Rolando und tätschelte ihm die Schulter. Doch als sein Blick zurück zu Grace huschte, wich die Wärme in seinen Augen einer eiskalten Schärfe. „Aber Grace ist nicht Teil der Rechnung."

Ein bitterer Geschmack breitete sich in ihrem Mund aus. „Bei allem Respekt, Rolando", entgegnete Grace, „ich bin der Grund, warum Julius und ich noch leben. Ich habe das neue Auto übernommen und uns in Sicherheit gebracht."

„Ach ja? ", spottete Rolando und fixierte sie herausfordernd. „Dann kannst du uns vielleicht mal klären, warum diese Leute hinter euch her waren? Wäre Julius allein nach Tahoe gekommen, wäre diese ganze Aktion doch gar nicht passier. Jetzt sitzen Julius und ich wegen dir im Kreuzfeuer."

Julius sah Grace nachdenklich an. „Du hast gesagt, es hätte etwas mit einer neuen Operation an der SUEC zu tun?", fragte er. „Was war das denn für eine OP? Wenn sie dir einen Chip implantiert haben, muss es etwas ganz Besonderes sein?"

Grace umklammerte ihr Weinglas fester, die Wangen vom Wein gerötet. „Das kann ich nicht sagen", antwortete sie knapp.

Rolando schnaubte. „Was soll das heißen, du kannst es nicht sagen? Wir riskieren unsere Haut für dich. Was ist so verdammt wichtig an dieser OP?"

Wut stieg in Grace auf. Er hatte keine Ahnung von der Last ihres Geheimnisses. Es war nur eine Frage der Zeit, bis die Neuigkeiten über ihre Operation durchsickerten. Medienrummel, ethische Debatten, lüsterne Blicke. Sie würde von allen Seiten seziert werden, ein menschliches Versuchskaninchen im gnadenlosen Rampenlicht.

„Sagen wir einfach, die Operation hat mich grundlegend verändert", presste sie hervor.

Rolando zuckte unbeeindruckt mit den Schultern. „Veränderungen sind unvermeidlich. Sie sind ein Teil des Lebens."

„Genau", erwiderte sie. „Aber manche Leute haben offenbar ein Problem damit."

„Welche Leute?", fragte Julius stirnrunzelnd.

„Ich weiß es nicht", gab Grace zu. „Jemand Mächtiges, der Mörder auf mich ansetzt. Vielleicht missfällt ihm, wofür ich stehe." Sie sah Rolando herausfordernd an.

Rolando zuckte mit den Schultern. „Wen kümmert das? Manche mögen dich erst, wenn es in Mode kommt."

„Aber ein Heilmittel für metastasierten Krebs? Wer könnte denn etwas dagegen haben?", fragte Julius ungläubig.

Eine schwere Stille breitete sich aus. Grace sehnte sich danach, Ihr Geheimnis zu teilen, besonders mit Julius. Doch was, wenn er mit Angst oder Abscheu reagierte? Das Risiko war zu groß.

„Es tut mir wirklich leid", flüsterte sie. „Es gibt Dinge, die ich einfach nicht preisgeben kann."

„Du könntest, aber du willst nicht", schloss Rolando.

„Das stimmt", bestätigte Grace mit fester Stimme.

Annyas Worte hallte in ihrem Kopf wider: *Du bist niemandem eine Erklärung schuldig.* Ihre neue Realität war ein fragiles Konstrukt, ein Kartenhaus, das mit einem falschen Wort einstürzen konnte. Die Operation hatte sie nicht nur körperlich verändert, sondern forderte auch eine ständige Maskerade. Niemand durfte wissen, wer sie wirklich war. Würde sie sich jemals wieder vollständig fühlen?

Sie erhob sich. „Ich bin müde", verkündete sie. „Ich gehe jetzt ins Bett."

Rolando musterte sie einen langen Moment. „Also gut, Grace", sagte er schließlich. „Heute bist du mein Gast. Aber morgen früh" – seine Augen verhärteten sich – „werden Du und deine Probleme von meiner Türschwelle verschwinden. Ich will in diese Sache nicht hineingezogen werden."

Graces' Blick wanderte zu Julius, doch er wich ihr wieder aus. Er senkte den Kopf, als wollte er sich unsichtbar machen. Mit einem knappen Nicken akzeptierte sie Rolandos Ultimatum. Wortlos drehte sie sich um und verließ den Raum.

Sie ging durch den kalten Flur in das Hinterzimmer, das Rolando ihr bei ihrer Ankunft zugewiesen hatte. Sie stieß die schwere Holztür mit einem Knarren auf und wurde von einer Welle kühler Luft begrüßt. Das Schlafzimmer hatte einen rustikalen Charme, durchzogen von einem schwachen Duft nach Kiefernnadeln. In der Mitte des Raumes stand ein großes Bett, üppig bedeckt mit einer dicken Bettdecke und einem farbenfrohen Patchwork aus Kissen in verblassten Blautönen. Auf der anderen Seite des Zimmers stand eine verwitterte Kommode unter einem Fenster mit schlichten rustikalen Vorhängen auf beiden Seiten. Hinter dem Fenster schimmerte das Mondlicht durch die Bäume.

Mit schweren Schritten durchquerte Grace das Zimmer und ließ sich auf die Matratze sinken. Ihr Körper fühlte sich an wie Blei. Die alte Matratze gab nach und schmiegte sich an ihre erschöpften Glieder wie eine tröstende Umarmung. Mit zitternden Fingern löste sie ihre Ohrringe und platzierte sie behutsam auf dem massiven Nachttisch. Ihre Fingerspitzen glitten über die kühle, glatte Oberfläche des kleinen Tisches, ein flüchtiger Moment der Beständigkeit inmitten ihres aufgewühlten Lebens.

Plötzlich brach der Stress des Tages über sie herein wie eine Flutwelle. Der unbekannte Attentäter im Haus der Zhangs, die nervenaufreibende Verfolgungsjagd auf der Autobahn, das entwendete

Auto, das bange Warten in der Dunkelheit, die Entdeckung des Chips unter ihrer Haut und Rolandos schwelende Feindseligkeit. Das war das Leben, roh und ungeschminkt. Wer würde sich bei klarem Verstand freiwillig für eine zweite Runde entscheiden?

Als ob sich ihr Geist gegen ihre düsteren Gedanken auflehnen wollte fluteten plötzlich andere Erinnerungen durch ihren Kopf. Die kühle Abendbrise, die ihr Haar zerzauste, als sie Schulter an Schulter mit Julius stand. Schatzi geborgen in ihren Armen. Ihr befreiendes Lachen, als sie dem Verfolger entwischten, das berauschende Gefühl des Triumphs über die gelungene Flucht. Julius, der sie fest umschlungen hielt, als sie sich auf der Tanzfläche drehten, seine Augen tief und geheimnisvoll. Selbst wenn ihr morgen der Tod ins Gesicht starren würde, war dieses Gefühl, am Leben zu sein, alles wert gewesen.

Über der Stuhllehne neben dem Bett hing ein zerknittertes T-Shirt. Grace erhob sich, griff danach und führte es vorsichtig an ihre Nase. Der Duft von frischer Wäsche stieg ihr entgegen. Vielleicht besaß Rolando trotz seiner rauen Schale doch einen weichen Kern.

Sie zog sich um und schlich barfuß über den kühlen Flur in das kleine Badezimmer, einem engen Raum, der von einer einzelnen flackernden Glühbirne spärlich erhellt wurde. Die Wände waren mit groben Holzpaneelen verkleidet. Zu ihrer Linken hing ein kleiner, rahmenloser Spiegel über einem abgenutzten Porzellanwaschbecken, auf dem zwei Becher standen – einer mit zwei Zahnbürsten und ein weiterer daneben mit einer einzelnen Zahnbürste. Das musste ihre sein. Sie griff danach, putzte sich die Zähne und ließ ihren Blick durch den Raum schweifen. Rechts befand sich eine altmodische Toilette mit Zugkette, in der hinteren Ecke eine schmale Duschkabine mit einem fadenscheinigen Vorhang, der schon bessere Tage gesehen hatte.

Sie war an derartig spartanische Einrichtungen gewöhnt, aber was war mit Julius? Der Kontrast zu der luxuriösen Zhang-Residenz mit ihren Marmorböden und funkelnden Kronleuchtern hätte kaum größer sein können. Was trieb den Sohn eines Millionärs in diese heruntergekommene Hütte? Und was verband einen selbsternannten

Robin Hood mit dem Inbegriff der Elite? Welche gemeinsame Basis konnten die beiden Männer haben? Mit seinem Aussehen und seiner Herkunft hatte Julius Zugang zu den höchsten Kreisen. Was faszinierte ihn so sehr an Rolando? War es der Reiz der Rebellion? Die Sehnsucht nach Authentizität? Sie konnte es nicht verstehen.

Grace kehrte in ihr Zimmer zurück und schlüpfte unter die raue Bettdecke. Alles um sie herum war kalt – die abgenutzte Matratze, die kratzige Decke und sogar das übergroße Kissen. Dieses Zimmer war offensichtlich seit Monaten nicht bewohnt worden. Grace bewegte ihre Zehen, um ihre Füße aufzuwärmen, und starrte zu den groben Holzbalken an der Decke. Jede kleine Unregelmäßigkeit zeichnete sich im Mondlicht ab. Sie versuchte ihre Augen zu schließen, doch der Schlaf blieb aus. Sie wälzte sich unruhig hin und her. Aber ihr wurde klar, dass sie erst einschlafen würde, wenn ihr Körper das Bett erwärmt hatte.

Gedämpftes Stimmengemurmel drang aus dem Wohnraum herüber. Sie stellte sich vor, wie die beiden Männer zusammen saßen, Wein tranken und über die Ereignisse des Tages sprachen. Rolando und Julius lachten in der Ferne. Sie schienen sich prächtig zu amüsieren. Doch was war mit ihr? Wohin würde sie morgen gehen? Die Stille in ihrem Zimmer kam ihr erdrückend vor.

Grace erinnerte sich an Julius' Wegwerfhandy auf dem Tisch im Flur. Fast ein ganzer Tag war vergangen, seit sie das letzte Mal mit jemand anderem als Julius Kontakt gehabt hatte. Julius hatte jetzt Rolando, aber was war mit ihr? Ein Gefühl der Sehnsucht überkam sie. Sie stand lautlos auf und schlich auf Zehenspitzen in den Flur. Die Dielen knarrten unter ihren nackten Füßen. Sie griff hastig nach dem Telefon und huschte zurück in ihr Zimmer.

Sie verkroch sich unter der Decke, das Telefon wie einen kalten Schatz in ihrer Hand. Sie hielt den Atem an und versuchte, Geräusche aus dem Wohnzimmer zu hören. Das gedämpfte Tuscheln und Lachen ging weiter. Sie hatten es nicht bemerkt. Sie kuschelte sich tiefer unter die dicke Decke, dankbar für die zunehmende Wärme, und untersuchte das Telefon. Es war ein einfacher Apparat, aber es hatte einen Internet-Browser.

Sie öffnete ihre Gmail. Drei neue Nachrichten von Tina. Die erste begann mit einem schroffen „*Hast Du mit Nathaneal Zhang gesprochen?*" Graces zog genervt die Luft ein. Die zweite Nachricht überflog sie nur flüchtig. Die dritte endete mit einem eisigen „*Das schuldest du mir.*" Das war Ansichtssache. Mit einer schnellen Fingerbewegung löschte sie alle drei Nachrichten.

Die nächste Nachricht war von Annya. *Hallo Grace, du bist mit Julius nach Tahoe gefahren? Ich mache mir Sorgen. Ist alles in Ordnung?*

Graces Herz raste. Sie versuchte nachzudenken. War es sicher, zu antworten? Annya war ihre Vertraute, die einzige Person, die bedingungslos zu ihr hielt. Rolando hatte unmissverständlich klar gemacht, dass er sie loswerden wollte. Ab morgen war sie auf sich allein gestellt. Sie brauchte Ihre Freundin.

Mit zitternden Fingern tippte Grace eine knappe Antwort. „*Keine Sorge, mir geht's gut. Komme nächste Woche wie geplant zur Nachuntersuchung.*"

Hoffentlich konnte sie dieses Versprechen einhalten. Es war wirklich ein Glücksfall, dass sie ihre Medikamente für die kommende Woche in der Jackentasche und nicht im Koffer verstaut hatte. Aber nächste Woche würde sie Nachschub brauchen, eine weitere Herausforderung in ihrer prekären Situation.

Endlich sah sie die Nachricht von Karim. „*Ich habe die Zeit mit dir sehr genossen.*"

Ihr Herz setzte einen Schlag aus. Sie las die Nachricht noch einmal, und eine Welle der Wärme durchströmte sie. Sie mochte ihn. Karim war anders als alle Männer, die sie bisher kennengelernt hatte. Wassily war anfangs atemberaubend charmant gewesen, aber nach ihrer Hochzeit war er zu ständiger Kritik übergegangen. *Das Outfit sieht fade aus. Wäre ein bisschen mehr Make-up zu viel verlangt? Kannst du das Auto nicht richtig einparken? Wieder so eine hirnrissige Idee. Wozu der ganze Aufwand?* Sie konnte sich nicht erinnern, wann Wassily zuletzt etwas Nettes zu ihr gesagt hatte.

Julius hingegen war ihr Seelengefährte, ein Puzzleteil in ihrem

Leben, von dem sie nicht gewusst hatte, dass es fehlte. Sie verstanden sich auf einer tiefen, fast telepathischen Ebene, also würden sie sich schon ewig kennen. Julius beendete ihre Sätze, als könnte er ihre Gedanken lesen. In seiner Nähe fühlte sie sich akzeptiert und verstanden. Aber Julius betrachtete ihren Körper nicht wie Karim. Julius flirtete im Wohnzimmer mit Rolando. Er hatte sie seine neue Stiefschwester genannt. So sah er sie. Das Lachen der beiden Männer fühlte sich an wie ein Messer, das sich in ihrem Bauch drehte.

Karim war anders. Sein Blick war von einer Intensität, die sie zugleich fesselte und verunsicherte. Sein Blick schien sie ganz zu verschlingen, durchzogen von einer tiefen, instinktiven Sehnsucht. Eine Verbindung, nach der sie sich zutiefst sehnte. Aber wie konnte sie überhaupt eine Beziehung in Betracht ziehen, bei der das Geheimnis ihrer Operation wie ein Damoklesschwert über ihnen schwebte? Karim durfte nie die Wahrheit über Bianca's Körpertransplantation erfahren. Er würde Grace dafür hassen, dass sie den Körper seiner Frau gestohlen hatte. Gestohlen. So würde er es sehen. So würden es viele Leute sehen. Sie konnte dieses Urteil nicht riskieren. Und doch erkannte sie in seinem Blick eine tiefe, ursprüngliche Sehnsucht – ein Hauch von sinnlicher Anziehung, die auch sie schmerzlich vermisste.

Mit einem Lächeln tippte sie zurück: *Danke für deine Nachricht. Ich bin froh, dich als Freund zu haben.* Und sie fügte ein Smiley hinzu.

Die Tür zum Schlafzimmer nebenan fiel mit einem lauten Knall ins Schloss. Musik begann zu spielen. Keine gedämpften Stimmen mehr. Das war unangenehm.

Sie legte das Telefon auf den Tisch neben dem Bett und schaltete die Nachttischlampe aus. *Versuch zu schlafen*, redete sie sich gut zu, während sie ihre kalten Füße aneinander rieb. Sie fühlte sich völlig erschöpft. Aber wie sollte sie einschlafen, wenn ihre Füße so kalt waren? Das Dröhnen der Musik nebenan verwandelte sich auf seltsame Weise in ein Schlaflied. Allmählich glitten ihre Gedanken in eine tiefe Leere, in ein Meer der Einsamkeit. Als die letzten Funken ihres Bewusstseins erloschen, entglitt eine einzelne Träne ihrem Auge und zog eine kalte Spur über ihre Wange. Dann übernahm der Schlaf.

- 34 -

WASSILY

Samstag, 12. November 2033, 8:00 Uhr

Das schrille Klingeln zerriss die Ruhe in Wassilys Wohnung. Er schlurfte zur Tür und spähte durch den Spion. Ein junger Mann strahlte ihn an und hielt eine Dienstmarke hoch: Reporter, *San Francisco Chronicle.*

Wassily musterte die Gestalt einen Moment lang. Der junge Mann blickte gespannt zur geschlossenen Tür. Sollte er den Eindringling einfach ignorieren? Heute war Wochenende, und er wollte nicht so früh gestört werden. Aber der Reporter würde vielleicht für ein Interview bezahlen. Der Gedanke an schnelles Geld war verlockend. Solche Gelegenheiten kamen nicht alle Tage. Mit einem Seufzer öffnete er die Tür.

Der Mann richtete sich auf. „Guten Morgen, Herr Wassily", sagte er. „Ich bin Daniel Wright vom *San Francisco Chronicle.*"

Wassily stand mit verschränkten Armen in der Tür. „Hallo. Was kann ich am Samstagmorgen für Sie tun?"

„Wir recherchieren den Tod von Frau Petra Petrova, unserer Kollegin, die auf der Party des OrchidBio Konzerns gestorben ist. Sie waren der letzte, der mit ihr gesprochen hat, nicht wahr? Erinnern Sie sich an Einzelheiten ihres Erstickungsfalls?"

„Vielleicht. Mein Gedächtnis ist nicht mehr das, was es einmal war. Eine kleine Gedächtnishilfe könnte sehr hilfreich sein."

Der Reporter zögerte. Sein Blick wanderte von Wassily zum Flur hinter ihm. „Können wir drinnen reden?"

Wassily bewegte sich keinen Zentimeter.

Der Reporter griff in die Tasche seiner Lederjacke und zog

einen Fünfzig-Dollar-Schein hervor, den er Wassily entgegenhielt. „Das ist für Ihre Zeit."

Ein breites Lächeln umspielte Wassilys Lippen, als er die Banknote entgegennahm. „Klar, kommen Sie herein", sagte er mit einer einladenden Geste. Er drehte sich um und führte den Mann in die Küche. Dort gab es keinen Sitzplatz. Auf der Couch im Wohnzimmer würde der Mann sich nur festsetzen wie eine Zecke.

Der Reporter folgte ihm und ließ seinen Blick durch den engen Raum schweifen. Kühlschrank, Herd, Spüle und eine Arbeitsfläche unter einer Küchenzeile. Wassily lehnte sich mit geübter Gleichgültigkeit gegen den Herd. „Also, was wollen sie wissen?", fragte er.

Der Reporter trat nervös auf der Stelle. „Wir versuchen, die Umstände von Petras Tod zu klären. Ist Ihnen etwas Ungewöhnliches aufgefallen, als Sie auf der Party mit ihr sprachen?"

Wassily zuckte mit den Schultern. „Sie ist erstickt. Das passiert leider manchmal."

Der Mann sah ihn mit hochgezogenen Augenbrauen an. „Sie war jung und gesund und hatte keinerlei Vorerkrankungen."

„Wer weiß", entgegnete Wassily ruhig. „Plötzliche Todesfälle aufgrund unerkannter Herzprobleme kommen vor."

„Das war hier aber nicht der Fall."

„Sie scheinen ja schon alles zu wissen," antwortete Wassily mit einem Achselzucken. Die Überheblichkeit des Reporters ging ihm auf die Nerven.

„Wie gesagt, Petra war vollkommen gesund. Sie ernährte sich ausgewogen, trieb regelmäßig Sport und ließ sich jährlich beim Betriebsarzt untersuchen – sie hatte keine Herzkrankheit."

Der Mann hatte alle Antworten parat, als hätte er seine Geschichte bereits ausgearbeitet. „Wenn Sie schon alles wissen, können Sie mich jetzt vielleicht entschuldigen. Ich habe noch einiges zu erledigen."

„Ich bin nicht hier, um zu klären, ob Petra erstickt ist. Ich möchte herausfinden, wie es dazu kam", entgegnete der Reporter mit fester Stimme. „Sie waren direkt neben ihr. Warum ist sie plötzlich zusammengebrochen?"

Wassily zuckte erneut mit den Schultern. „Was soll ich Ihnen sagen? Sie verschluckte sich am Champagner. Ich war genauso überrascht wie Sie."

„Wir verdienen klare Antworten, Herr Wassily."

„Natürlich. Aber mir ist leider nichts Ungewöhnliches aufgefallen. Ich bin kein Detektiv."

Der Reporter beugte sich vor, sein Blick wurde scharf. „Vielleicht hat es etwas mit der wundersamen Genesung Ihrer Ex-Frau zu tun? Sie wurde von einer unheilbaren Krebserkrankung geheilt, nicht wahr?"

Jetzt war Wassily überrascht. „Was hat meine Ex-Frau mit einer erstickenden Reporterin zu tun?"

„Sagen Sie es mir. Könnte es einen Zusammenhang zwischen Petras Tod und der Geheimhaltung des neuen Wundermittels geben, mit dem Ihre Ex-Frau behandelt wurde?"

„Von einem Wundermittel weiß ich nichts."

„Ihre Ex-Frau hat im Labor einer prominenten Krebsforscherin an der SUEC gearbeitet, richtig? Sie hatte Krebs im Endstadium und wurde plötzlich geheilt?"

„Ja, das stimmt", bestätigte Wassily. Der plötzliche Themenwechsel verunsicherte ihn. Worauf wollte der Mann hinaus? Versuchte er etwa, Grace zu verdächtigen? Das war absurd.

„Vielleicht hat sie ein neues Medikament eingenommen, das sie selbst entwickelt hat?"

„ Nicht, dass ich wüsste", sagte Wassily. Doch ein Hauch von Zweifel beschlich ihn. „Und warum sollte das so wichtig sein?"

„Nun, die Forscher, die Krebs im Endstadium heilen, werden so viele Nobelpreise gewinnen, dass das Nobelkommittee Schwierigkeiten haben wird, sie schnell genug zu vergeben. Falls Petra das Geheimnis herausbekommen hat, bevor es patentiert wurde, dann war sie eine Gefahr, die beseitigt werden musste."

Wassily musterte den Mann mit neuem Interesse. „Das ist eine interessante Theorie. Wollen Sie Ihrer Kollegin helfen, oder wollen sie selbst an das Geheimnis kommen?"

„Beides. Unsere Leser haben ein Recht darauf zu erfahren, was Petra passiert ist. Und ein Artikel über eine revolutionäre neue Krebsbehandlung würde sicher auf der Frontseite landen."

Würden Sie für Informationen über ein solches Medikament bezahlen?"

„Natürlich. Wir tappen im Dunkeln. War es ein Medikament aus ihrem eigenen Labor? Kann es Brustkrebs heilen? Und andere Krebsarten? Solche Informationen könnten ein Vermögen wert sein."

„Nun, Grace – meine Ex-Frau – hat in ihrem Labor an der SUEC Tag und Nacht an einem neuen Krebsmedikament gearbeitet. Aber sie sagte mir, es habe nicht wie erwartet gewirkt."

„Könnte das ein Ablenkungsmanöver gewesen sein? Wenn es nicht gewirkt hat, warum hat sie dann weiter daran gearbeitet?"

Wassily musterte den Mann. „Sie war im Labor angestellt und arbeitete an den Projekten, die ihr zugewiesen wurden. Grace ist ehrlich. Sie spielt keine Spielchen."

Der Reporter lächelte. „Wussten Sie, dass die Vorgesetzte ihrer Ex-Frau kurz davor steht, einen Multimillionenvertrag mit OrchidBio zu unterzeichnen? Könnte Ihre Ex-Frau davon profitieren?"

Wassily starrte den Reporter an. Er war auf einer ähnlichen Spur gewesen und hatte Lu'lu zum Mittagessen im Krankenhaus aufgesucht. Ihr zurückhaltendes Schweigen hatte Bände gesprochen. Sie kannte ein wichtiges Geheimnis über Graces Operation, so viel war klar. Aber sie hatte nicht verraten, was es war. War Grace in ein lukratives Geschäft verwickelt, von dem er nichts wusste?

„Von einem Geschäftsabschluss weiß ich nichts", sagte er. „Aber Sie können sicher sein, dass ich es herausfinden werde."

Der Reporter streckte ihm eine Visitenkarte entgegen. „Rufen Sie mich an, wenn sie mehr wissen. Ich bin sicher, mein Redakteur wird sie fürstlich belohnen."

Wassily nahm die Karte und drehte sie zwischen seinen Fingern. „Klar, aber bereiten Sie sich darauf vor, mir ein Angebot zu machen, das ich nicht ablehnen kann. Das nächste Mal werden Sie nicht der einzige Reporter sein, dem ich meine Dienste anbiete."

„Herr Wassily" – die Stimme des Reporters nahm einen ernsteren Ton an – „Freiberufler zu sein, ist ein wankelmütiges Geschäft. Man kann damit kein Vermögen machen. Aber eine Exklusivmeldung auf der Titelseite würde uns beiden sicher eine nette Rendite einbringen."

„Ich bin sicher, wir können uns einigen."

Er hatte genug über die harte Arbeit eines Reporters gehört. Mit einer dezenten Geste dirigierte Wassily den Mann zur Tür.

Der Mann murmelte ein „Auf Wiedersehen" und schlüpfte durch die Tür.

Wassily beobachtete, wie er um die Ecke des Flurs verschwand, bevor er die Tür mit einem leisen Klicken hinter ihm schloss. Er betrachtete die Visitenkarte des Reporters in seiner Hand. Grace und ein Multimillionen-Dollar-Deal? Vielleicht hatte der Mann ja recht. Wenn an der Geschichte was dran war, sollte sie erzählt zu werden. Er würde die Fäden selbst in die Hand nehmen. Diese Geschichte würde nach seinem Drehbuch verlaufen.

Wassily steckte die Karte in die Tasche, und die Zahnräder in seinem Kopf begannen sich zu drehen. Dieser Morgen hatte gerade eine interessante Wendung genommen. Mit neuem Schwung ging er zurück ins Wohnzimmer und pfiff aus voller Kehle ‚*We are the Champions*‘.

- 35 -

GRACE

Samstag, 12. November 2033, 8:00 Uhr

Grace streckte sich und und atmete die klare Bergluft in vollen Zügen ein, als sie die Decke zurückschlug. Der Duft von frisch gebrühtem Kaffee erfüllte die Hütte. Sie spähte aus dem Fenster und hielt den Atem an. Über Nacht hatte eine dünne Schneeschicht die hohen Kiefern in ein makelloses weißes Wunderland verwandelt. Das Sonnenlicht glitzerte in den Zweigen, jede einzelne ein zartes Kunstwerk vor dem strahlend blauen Himmel.

Aus der Küche drangen die Geräusche von Rolando und Julius herüber – verspielte Sticheleien, unterbrochen von unbeschwertem Gelächter. Sie sehnte sich nach dieser Art von lockerer Kameradschaft, die durch gemeinsame Erlebnisse entstand. Doch für sie war die Welt komplizierter. Sie konnte ihre Geschichte mit niemandem teilen.

Mit einem Seufzer schlüpfte sie in das rustikale Badezimmer. Die Fliesen fühlten sich kalt unter ihren nackten Füßen an. Sie drehte den Wasserhahn auf und stellte den Duschkopf auf die höchste Stufe. Der heiße Wasserstrahl prickelte angenehm auf ihrer tauben Haut. Sie ließ sich von dem aufsteigenden Dampf umhüllen, die feuchte Wärme ein flüchtiger Balsam für Körper und Seele.

Sie hatte die Unterhaltung mit Rolando nicht vergessen. Nach dem Frühstück würde sie sich auf den Weg machen. Wohin, wusste sie noch nicht. *Ein Schritt nach dem anderen.*

Ihre Hände glitten über ihren neuen Körper. Er gefiel ihr besser als der alte. Die weiche Haut und die ebenmäßigen Rundungen waren makellos und wunderschön. Würde ihn jemals jemand berühren? Wie sollte sie die Narbe an ihrem Hals erklären? Ihr

Geheimnis zu bewahren war eine ständige Herausforderung. Sie konnte es sich nicht leisten, einen Ausrutscher zu machen und ihr wahres Ich zu zeigen. Das Geheimnis ihrer Körpertransplantation war eine tickende Zeitbombe, die jederzeit explodieren konnte.

Würde das ewig so weitergehen? Würde sie jemals jemanden finden, dem sie so vollkommen vertrauen konnte, dass sie ihm ihr Geheimnis anvertrauen konnte? Würde sie jemals wieder Liebe finden? Der Gedanke ließ sie nicht los, während sie die Augen schloss und ihr Gesicht dem herabstürzenden Wasser entgegenstreckte.

Sie drehte das Wasser ab, wickelte sich in ein Handtuch und ging zurück in ihr Zimmer. Sie verspürte einen Stich des Bedauerns, als sie an ihren verlorenen Koffer mit den neuen Designerklamotten dachte. Sie hatte keine andere Wahl, als sich wieder so anzuziehen wie gestern. Sie betrachtete sich im Spiegel neben der Tür. Der Pullover sah immer noch aus wie neu. Er *war* neu; die Designerin hatte ihn erst Anfang dieser Woche für sie gekauft.

Ihr Blick fiel auf Julius' Handy, das einsam auf dem Nachttisch lag. Sie hatte vorgehabt, es gestern Abend zurück auf den Tisch im Flur zu legen. Aber dann war sie eingeschlafen. Vielleicht konnte sie das jetzt auf dem Weg in die Küche nachholen. Aber ein kurzer E-Mail-Check konnte nicht schaden. Sie tippte auf den Browser.

Eine neue Nachricht von Karim leuchtete auf. *Gleicher Ort, gleiche Zeit?*

Sie zögerte kurz, bevor sie antwortete: *Tut mir leid, ich habe die Stadt verlassen. Könnte ich dich später anrufen?* Sie war sich nicht sicher, was sie ihm sagen würde. Aber sie spürte ein drängendes Bedürfnis, mit ihm zu reden.

Zu ihrer Überraschung erhielt sie sofort eine Antwort. *Das wäre nett.*

Ein warmes Gefühl breitete sich in ihr aus, als sie einen Daumen-hoch-Emoji sendete. Sie fühlte sich erleichtert. Alles, was sie wirklich brauchte, war ein guter Freund.

Eine weitere E-Mail war von Wassily. *Das FBI hat mich wegen eines angeblichen Giftanschlags auf der Party festgenommen. Ruf bitte an und erkläre ihnen, dass ich damit nichts zu tun habe.*

Typisch. Ihr Ex kontaktierte sie, wenn er etwas brauchte. Und was für eine süße Ironie. Nach all den Jahren, in denen er andere kritisiert hatte, wurde nun endlich er selbst zur Verantwortung gezogen. Wassily war zwar ein Betrüger, aber er war kein Verbrecher. Das FBI würde das Missverständnis schon aufklären. Ihr Ex konnte das aussitzen. Mit einem entschlossenen Kopfschütteln beschloss sie, seine Nachricht zu ignorieren. Dieses Mal würde sie nicht zu seiner Rettung eilen.

Plötzlich erregte eine Bewegung am oberen Bildschirmrand ihre Aufmerksamkeit. Eine neue Textnachricht. Sie zögerte. Das war Julius' Handy. War es in Ordnung, nachzusehen? Doch ihre prekäre Situation rechtfertigte vielleicht diese Grenzüberschreitung. Wenn er während ihrer Flucht mit jemandem kommunizierte, musste sie wissen, worum es ging.

Sie klickte auf das kleine grüne Symbol mit der weißen Sprechblase. Es war eine Nachricht von Nathanael Zhang. *Eine Operation hat Grace geheilt?* schrieb er. *Das ist revolutionär. Beschaffe mehr Informationen. Wir müssen das unbedingt patentieren.*

Ein Schauer lief ihr über den Rücken. Was zum Teufel ging hier vor? Julius' Vater wollte ihre Operation patentieren lassen? Ihr Herz raste, während sie versuchte, die Bedeutung dieser Worte zu erfassen.

Mit zitternden Fingern scrollte sie weiter und entdeckte eine weitere SMS, die Julius in der vergangenen Nacht geschickt hatte: *Grace wurde durch eine neue Operation geheilt, nicht durch ein Medikament.*

Mit ungläubigem Entsetzen starrte sie auf den Bildschirm. Julius hatte die Konversation begonnen. Er hatte seinem Vater eine Nachricht geschickt, kurz nachdem sie ihm von der Operation erzählt hatte. Julius, der Mann, dem sie ihr Vertrauen geschenkt hatte, hatte ihr Geheimnis verraten und wollte es mit seinem Vater ausschlachten.

Sie lachte bitter. Wassily, der Frauenheld, oder Julius, der falsche Freund – was machte das schon für einen Unterschied? Sie waren in Grunde alle gleich: Ausbeuter. Die Erkenntnis traf sie wie ein

Schlag. Jeder, dem sie vertraut hatte, hatte sie letztendlich hintergangen.

Sie stampfte in die Küche. Rolando blickte von brutzelnden Eiern auf, den Pfannenwender in der Luft. Julius, mitten im Satz unterbrochen, drehte überrascht den Kopf zu ihr. Ein Stück Speck hing auf halbem Weg zu Schatzi zwischen seinen Fingern, der erwartungsvoll zu seinen Füßen saß und ihn verwirrt anwinselte.

Grace stand in der Tür und schwang das Handy in ihrer Hand wie eine Waffe. Julius' Augen weiteten sich. Ihre Blicke trafen sich in einer Welle von Verrat und Enttäuschung.

„Du wolltest meine Therapie über die Firma deines Vaters verkaufen?", fuhr sie Julius an. „Ist das der wahre Grund, warum du dich mit mir angefreundet hast?"

Julius sah sie erschrocken an. „Grace, du verstehst das falsch", stammelte er. „Ja, mein Vater ist an deiner Behandlung interessiert — das hat er dir selbst gesagt. Aber du bist mir wichtiger. Das weißt du doch. Ich bin dein Freund."

Grace presste ihren Kiefer so fest zusammen, dass ihre Zähne schmerzten. „Du sorgst dich um mich?", zischte sie. „Ist das der Grund, warum du meine Behandlung ausspionierst und deinem Vater in die Tasche spielst?"

„So ist es nicht, Grace", entgegnete Julius mit angespannter Stimme. „Mein Vater sieht das Potenzial deiner Behandlung. Er möchte nur helfen —"

„Sich selbst bedienen, meinst du?" schnitt Grace ihm mit schneidender Stimme das Wort ab.

Rolando baute sich vor ihr auf: „Hey, beruhig dich mal! Was hast du mit Julius' Telefon gemacht, Grace?"

Bevor Grace reagieren konnte, riss er ihr das Telefon aus der Hand. Seine Augen weiteten sich, als sein Blick über den Bildschirm glitt. Ein unheimlicher Glanz trat in seine Augen.

„Also, du hast deine E-Mails gelesen?" Rolando warf frustriert die Arme in die Luft. „Und Julius, du hast deinem Vater eine SMS geschickt? Ist das eure Vorstellung von Untertauchen?"

Eine bedrückende Stille legte sich über den Raum. Julius und Grace starrten ihn wie ertappte Kinder an.

„Die SMS... ging auf der Autobahn raus", murmelte Julius kleinlaut.

„Damit kennt das FBI deine IP Adresse. Und dann hast du das verdammte Telefon hierher mitgebracht!" Rolandos Stimme überschlug sich vor Wut. „Spielen wir hier *Kiekeboe*?" Er wandte sich Grace zu, sein Blick loderte. „Und du hast dich bei Gmail eingeloggt?"

Grace zuckte schuldbewusst zusammen. „Ich dachte, es wäre ein Wegwerfhandy", sagte sie, während sich das schlechte Gewissen in ihr ausbreitete.

Rolando warf die Hände in die Luft. „Dumm, dümmer, am Dümmsten! Sobald du dich bei Google einloggst, öffnet das deinen gesamten digitalen Fußabdruck, nicht nur deine E-Mails. Jeder, der wissen will wo du bist, kann deinen Standort anhand der IP-Adresse des Telefons finden."

„Nicht jeder ist ein Hacker wie du", murmelte Julius.

„Grace wird von Attentätern gejagt, Julius!", rief Rolando. „Und vom FBI. Glaubst du wirklich, dass die euch nicht aufspüren können? Das ist hier kein Kinderspiel. Deine Unachtsamkeit kann uns allen das Leben kosten!"

„Aber du hast Julius das Handy gegeben?", fragte Grace.

„Ja, genau. Solange die Nutzung unbekannt bleibt, ist es eine direkte Verbindung zu mir – und nur zu mir", erklärte Rolando. „Wer auch immer hinter dir her ist, wird deine Online-Präsenz nach Aktivitäten absuchen. Sobald du dich in deine üblichen Konten einloggst, können deine Verfolger den Standort des Telefons über die IP-Adresse verfolgen und diese anhand von Julius' kleinem Text mit der SIM-Karte verbinden. Euch zu finden ist dann eine einfache Sache. Es ist ein Wunder, dass wir heute Nacht noch nicht überrascht wurden."

Rolando sah auf den Bildschirm und warf erneut die Arme in die Luft. „Und Miss Genius hier hat eine E-Mail an die CIA geschickt".

„Das habe ich nicht!", rief Grace aufgebracht.

„Du hast Annya Segond eine E-Mail geschickt. Weißt du etwa nicht, dass sie eine CIA-Agentin ist? Und dass sie mit dem FBI-Direktor Angus Weber liiert ist? Wir hätten genauso gut eine Fahne an meine Hütte hängen können: Wir sind hier!"

„Annya arbeitet für die der CIA?" Grace starrte ihn ungläubig an. Das konnte nicht wahr sein. Nicht Annya. Die Frau, der sie ihre tiefsten Geheimnisse anvertraut hatte. Annya, die ihr geholfen hatte, wieder auf die Beine zu kommen, und mit ihr jeden Meilenstein gefeiert hatte. Sie hatte Annya für eine Freundin gehalten, für ihren Fels in der Brandung. War auch sie eine sorgfältig konstruierte Lüge gewesen? War jedes Treffen, jedes vertrauliche Gespräch nur ein Teil eines Auftrags gewesen, sie zu überwachen?

Ein schrilles Piepen hallte durch die Hütte.

„Deine Verfolger sind da!", brüllte Rolando. Er sprang zu einem kleinen Computerbildschirm am Eingang und tippte darauf. Der Monitor erwachte zum Leben und zeigte zwei Range Rovers, die über eine von Kiefern gesäumte Straße rasten.

„Wo ist das?", fragte Grace.

„Das ist die Straße zu meiner Hütte", rief Rolando. „Sie werden jeden Moment hier sein. Wir müssen sofort verschwinden. Hier entlang!" Er stürzte zur Hintertür, riss sie mit aller Kraft auf und schlug sie krachend hinter sich zu.

Julius rannte hinter Rolando her. Mit klopfendem Herzen griff Grace nach Schatzi und eilte ihnen nach. Die Tür führte in eine schwach beleuchtete Garage, in der Rolandos Van und ein Smart-Elektrowagen standen.

„Nimm den Smart", bellte Rolando Grace an und warf ihr einen Schlüssel zu, der vor ihren Füßen landete. Er zeigte auf das Elektroauto. „Ich habe eine Batterie eingebaut, die etwa 800 Kilometer reicht. Wir nehmen den Van."

Julius blieb wie angewurzelt stehen. Sein Blick huschte zwischen Grace und Rolando hin und her.

„Steig ein!", schrie Rolando ihn an.

„Was ist mit Grace?", fragte Julius.

„Wir werden uns trennen. Steig ins Auto, Julius", drängte Rolando. „Das FBI ist hinter mir her. Wenn die mich erwischen, sind das mindestens zwanzig Jahre Gefängnis. Ich muss hier verschwinden."

„Und du willst mich mitnehmen, aber Grace nicht?"

„Nein", entgegnete Rolando. „Ich steige am Supermarkt in Truckee aus und verschwinde durch den Hinterausgang. Du nimmst den Wagen, fährst nach Hause und wirst ihn los – verkauf ihn oder lass ihn irgendwo stehen. Das Geld kannst du mir später zurückgeben."

Julius wirkte unschlüssig. Sein Blick wanderte zu Grace, die gerade den Smart entsicherte. „Kommst du alleine klar oder soll ich mit dir mitkommen?", fragte er.

„Ich kann besser auf mich alleine aufpassen", fauchte sie mit funkelnden Augen. „Du und dein Vater - ihr wollt mich doch nur ausnutzen. Ohne euch bin ich besser dran."

Julius sah sie verletzt an.

Grace riss die Tür des Smarts auf, schob Schatzi hastig auf den Rücksitz und sprang auf den Fahrersitz. Sie startete den Wagen, der mit einem aufheulenden Geräusch ansprang.

Julius starrte sie immer noch an. Ihr Herz zog sich zusammen, doch sie zwang sich, keine Regung zu zeigen. Er hatte sie verraten, und sie musste hier weg.

Rolando ließ den Motor des Wagens aufheulen. „Wir haben keine Zeit für Drama, steig endlich in das verdammte Auto, Julius!"

Mechanisch ging Julius zur Beifahrertür und kletterte auf den Sitz.

Rolando drückte einen Knopf, und die Garagentore öffneten sich langsam. „Ladies first", bellte er. „Rechts abbiegen! Die Verfolger kommen von links. Wir haben vielleicht zwei, drei Minuten."

Grace legte den Rückwärtsgang ein und manövrierte das Fahrzeug in einem weiten Bogen aus der Parklücke. Das Quietschen der Reifen hallte von den Wänden der Garage wider.

Ein kurzer Blick durch das Fenster zeigte Julius, der sie

verzweifelt ansah. Es war egal. Er war ein Verräter. Gestern hatte sie ihm beinahe ihr Geheimnis anvertraut, und der Gedanke daran schnürte ihr die Kehle zu. Noch ein Vertrauter, der sich als Lügner entpuppte. Ihre Wut war groß, aber der Schmerz war noch größer. Sie fühlte sich so leer, so allein.

Sie legte den Vorwärtsgang ein und und trat das Gaspedal durch. Der Wagen schoss nach vorne und sie raste die kleine Straße hinunter. Ihr Puls beschleunigte sich, als sie einen kurzen Blick in den Rückspiegel warf. Rolando und Julius folgten ihr dicht auf den Fersen. In der Ferne tauchten zwei dunkle SUVs auf, die in die Auffahrt der Hütte einbogen. Wer mochte das sein? Sie hoffte inständig, es nie herauszufinden. An der nächsten Kreuzung riss sie das Lenkrad nach links, während Rolando und Julius nach rechts abbogen.

- 36 -

ANNYA

Samstag, 12. November 2033, 8:00 Uhr

Dr. Triveda lehnte sich im Krankenhausbett zurück und beobachtete aufmerksam, wie Annya das Krankenzimmer betrat. Auf einem beweglichen Tisch über ihrem Schoß stand ein Teller mit einer halb gegessenen Toastscheibe. Daneben dampfte eine Porzellantasse und verbreitete den wohltuenden Duft von Kamille und Zitrone. Mit einem leisen Klicken schloss Annya die Tür hinter sich und näherte sich Dr. Triveda. Sie griff nach einem Stuhl neben dem Nachttisch und setzte sich an ihre Seite.

„Guten Morgen, wie fühlst du dich?", fragte Annya.

„Viel besser", antwortete Dr. Triveda. „Ich kann mich nicht an viel erinnern. Aber ich habe gehört, dass du mir das Leben gerettet hast. Danke!"

„Keine Ursache, das mache ich täglich." Annya lächelte.

„Die Schwestern meinten, es war eine Vergiftung?"

Annya nickte. „Die Toxikologieuntersuchung ergab eine Tollkirschvergiftung. Du hast doch nicht etwa versucht, dir etwas anzutun, oder?"

Dr. Trivedas Augen weiteten sich. „Natürlich nicht! Tollkirschen?"

Annya beugte sich vor. „Hast du irgendwelche Feinde?", fragte sie leise

Dr. Triveda schüttelte den Kopf. „Nicht, dass ich mich erinnern könnte. Das ist alles sehr …" Ihre Stimme verstummte.

„Denkst du, es könnte mit Graces Operation zusammenhängen?"

„Falls es um die OP geht, würde ich eher erwarten, dass mich jemand kidnappt und zur Technik befragt – warum ein Jahr warten um mich zu vergiften? Das macht doch gar keinen Sinn."

„Vielleicht ist der oder diejenige dir erst jetzt auf die Spur gekommen. Hast du gestern zufällig Wassily getroffen, Graces Ex-Mann?"

„Wen? Tut mir leid, ich kenne Graces Ex-Mann nicht", antwortete Triveda.

„Aber du kennst Lu'lu?"

„Natürlich Das weißt du doch."

„Hast du gestern mit ihr gesprochen?", erkundigte sich Annya.

„Nein", antwortete Triveda.

„Und was ist mit Tina?", fuhr Annya fort.

„Die Wissenschaftlerin?" Dr. Triveda hielt inne, ihr Gesicht nahm einen nachdenklichen Ausdruck an. „Sie hat mich kurz in der Cafeteria angesprochen. Sie wollte wissen, wie das ,Wundermittel' verabreicht wurde, das Grace bekommen hat."

„Woher wusste sie, dass du sie behandelt hast?"

„Wir haben versucht, es vertraulich zu halten, aber es ist ein offenes Geheimnis, dass ich Grace operiert habe. Einer erzählt es dem anderen, du weißt, wie das läuft. Es ist ein Wunder, dass noch niemand aus dem Operationsteam alles ausgeplaudert hat. SUEC muss sie gut bezahlt haben, damit sie schweigen. Aber früher oder später wird die Wahrheit ans Licht kommen."

„Ja, das mag sein", entgegnete Annya. „Aber wir müssen es so lange wie möglich hinauszögern. Der Dekan möchte sicherstellen, dass das Verfahren tatsächlich erfolgreich war, bevor eine offizielle Bekanntgabe erfolgt."

„Tina ist nicht die einzige, die neugierig ist", fügte Dr. Triveda hinzu. „Viele meiner Kollegen aus dem Krankenhaus sind auf mich zugekommen und haben versucht, herauszufinden, was vor sich geht. Einige von ihnen besitzen eine ziemlich blühende Fantasie. Tina war da eher zurückhaltend und vermutete, dass es sich um eine konservative Behandlung handelte, wie eine kathetergestützte

Medikamentengabe oder eine Tumorembolisation unter Aufsicht eines Chirurgen."

Annya lächelte.

„Genau", sagte Dr. Triveda. „Tina's Fantasie waren nicht besonders originell. Sie zog nur bestehende Technologien in Betracht und konnte sich einen völlig neuen Ansatz nicht vorstellen. Sie fragte, ob es sich um eine Art Gefäßkatheter handele, der ein Medikament direkt an Tumore abgibt, und meinte, wir sollten auch ihr eigenes Medikament ausprobieren. Ein cleverer Name: DIPUTS, ein Akronym für 'Drug-Induced Protection Against Uncontrolled Tumor Spread'. Tina war überzeugt, dass ihr Mittel mindestens genauso gut oder sogar besser wirken würde als unsere bisherige Behandlungen. Ich überlegte kurz, ob ich es testen sollte, nur um sie zu besänftigen. Sie wirkte verzweifelt, und ich wollte ihr etwas positives sagen, um sie loszuwerden."

„Glaubst du, sie hat dir etwas in dein Mittagessen gemischt?"

„Ich weiß nicht. Tina ist zwar ein wenig sonderbar, aber eigentlich harmlos."

„Hast Du gestern sonst noch jemanden Ungewöhnlichen getroffen?", fragte Annya.

„Hmm, lass mich nachdenken … da war der Manager von Herrn Zhang."

„Nathanael Zhang, CEO von OrchidBio?"

„Genau der. Stell dir vor, Nathaneal Zhang hat extra seinen Manager zu mir geschickt. Unglaublich, oder? Die meisten Leute denken, Grace wurde mit einem neuen Medikament geheilt – das wäre ein Vermögen wert. Aber wenn sie online suchen, finden sie kein Patent für eine neue Krebstherapie, außer Tinas Arbeit."

„Und du hast ihm nichts über die Operation erzählt?"

„Nein, natürlich nicht. Ich hatte bereits ein ausführliches Gespräch mit seinem Chef und hatte ihm bereits erklärt, dass das Verfahren streng vertraulich ist. Er hat noch ein paar Überredungstaktiken ausprobiert, aber am Ende ist er einfach gegangen."

„Es ist beeindruckend, dass du noch niemandem etwas erzählt hast. Was hält dich so fest entschlossen, darüber Stillschweigen zu bewahren?"

„Nun, es ist wohl wirklich das Beste, abzuwarten, wie es Grace langfristig ergeht, bevor wir uns zu weit aus dem Fenster lehnen." Dr. Triveda sah Annya an. „Aber ehrlich gesagt, Annya, ich bin begeistert, dass der Eingriff so gut funktioniert hat und Grace sich so hervorragend erholt hat. Das ist *der* Durchbruch des Jahrhunderts! Meine Eltern hatten nichts, als sie hier in Amerika ankamen. Sie haben so viel in Kauf genommen, damit ich eine bessere Zukunft hatte. Ich werde sie stolz machen."

„Ein wahrer amerikanischer Traum. Aber ein komplexer, nicht wahr?", sagte Annya.

„Absolut. Es gibt so viel zu bedenken: die technischen Details, die Langzeitwirkungen. Deshalb möchte ich diese Technik weiter verfeinern und perfektionieren. Es geht mir nicht ums Geld – SUEC zahlt mir mehr als genug. Ich will Chirurgen ausbilden, damit sie den Eingriff in Zukunft durchführen können. Vielleicht für uns selbst oder unsere Familienmitglieder!"

Annya lief ein Schauer über den Rücken. „Nun, wir sollten nichts überstürzen", sagte sie. „Es könnte Probleme geben, angefangen bei der Versorgung mit intakten Körpern. Und jemand scheint nicht begeistert von der Operation zu sein. Jemand hat versucht, dich umzubringen!"

„Ja, jeder wissenschaftliche Fortschritt bringt seine Risiken mit sich. Die Raumfahrt war einst auch eine verrückte Idee. Aber ich bin gerüstet für alles, was kommt! Und außerdem steht mir das FBI zur Seite. Angus Weber kann sich um Bedrohungen von außen kümmern, während ich mich auf die Perfektion meines Vorfahrens konzentriere."

„Du wirst keine Perfektion erreichen, wenn dir jemand ein vergiftetes Sandwich unterschiebt. Wer könnte das gemacht haben?"

Dr. Triveda fuhr sich mit der Hand durchs Haar. „Ehrlich gesagt, Annya, bei all dem Trubel in der Klinik in den letzten Wochen hatte ich kaum Zeit zum Durchatmen. Gestern war die Cafeteria brechend voll. Ein unachtsamer Moment, und wer weiß, was in meinem Sandwich hätte landen können. Andererseits könnte es auch in meinem Büro passiert sein. Ich hatte das Tablett dort abgestellt, bevor ich zu einem dringenden Fall gerufen wurde. In der Zwischenzeit hätte praktisch jeder Zugang dazu gehabt. Mein Büro war nicht abgeschlossen."

Annya sah sie einen Moment gedankenverloren an. Dann öffnete sie ihr Handy und zeigte ihr das Ouroboros-Symbol. „Ist Dir dir dieses Tattoo bei jemandem aufgefallen?", fragte sie.

Dr. Triveda runzelte die Stirn. „Dieses Symbol? Hmm, lass mich überlegen…" Plötzlich leuchteten ihre Augen auf. „Ja, das habe ich definitiv schon einmal gesehen. Tina hat genau so ein Tattoo."

„Tina? Graces Vorgesetzte?", fragte Annya erstaunt.

„Ja, richtig. Es ist mir während unseres Gesprächs in der Cafeteria aufgefallen. Ich war überrascht, dass sie ein Tattoo hatte. Natürlich ist daran nichts auszusetzen", fügte sie schnell hinzu. „Es war nur ein bisschen unerwartet."

Annya nickte. „Danke. Das hat mir sehr geholfen."

Dr. Triveda sah sie an. „Wirst Du mich jetzt entlassen?"

Annya zögerte und warf einen Blick auf die Monitore. Die Vitalwerte der Chirurgin hatten sich stabilisiert, aber sie würde noch Zeit zur vollständigen Genesung brauchen. „Ich würde Dich lieber noch ein wenig länger unter Beobachtung behalten", antwortete sie.

„Komm schon, es geht mir schon viel besser und ich bin selbst Ärztin. Ich kann meine Genesung selbst überwachen."

„Hast du jemanden, der zu Hause nach dir sehen kann?", fragte Annya. „Vielleicht ein Familienmitglied?"

„Ich wohne allein, aber meine Nachbarin kann mich abholen und nach Hause bringen. Wir sind gut befreundet. Falls ich irgendwelche ungewöhnlichen Symptome bemerke, werde ich sie sofort kontaktieren. Aber das ist doch eher unwahrscheinlich, oder?"

Ein ungutes Gefühl beschlich Annya. Ihr Instinkt warnte sie davor, Dr. Triveda allein nach Hause zu lassen. Doch sie wusste auch, dass ein Streit darüber wahrscheinlich dazu führen würde, dass die

Chirurgin auf eigene Verantwortung das Krankenhaus verließ - und ihre bisher so gute Arbeitsbeziehung würde dadurch erheblichen Schaden nehmen. „Wo wohnst Du denn?", fragte sie.

„Ich lebe in San Francisco, in der Nähe des Dolores Parks."

Annya dachte kurz nach. In der Gegend gab es mehrere Krankenhäuser. Sie nickte. „In Ordnung. Aber nur, wenn Deine Freundin Dich abholt und in den nächsten Tagen mindestens einmal täglich nach Dir sieht."

„Abgemacht." Dr. Triveda grinste zufrieden.

Annya sah sie gedankenverloren an. Sie hätte sie lieber hier behalten, unter ständiger Beobachtung. Aber sie kannte Dr. Triveda zu gut – ihre Sturheit war ebenso bekannt wie ihr chirurgisches Talent. Mit einem knappen Nicken drehte sie sich um und verließ das Patientenzimmer.

- 37 -

GRACE

Samstag, 12. November 2033, 10:00 Uhr

Grace warf erneut einen Blick in den Rückspiegel – eine Angewohnheit, die sie in den letzten zwei Stunden unzählige Male wiederholt hatte. Auf der Autobahn hinter ihr war kein Anzeichen zu sehen, dass ihr jemand folgte. Trotzdem nagte die Angst hartnäckig an ihr und drängte sie weiterzufahren. Auf dem Rücksitz wand sich Schatzi unruhig hin und her. Ihre überstürzte Abreise hatte seine morgendliche Gassi-Runde verhindert. Schließlich wurde die Unruhe des Hundes so offensichtlich, dass Grace sie nicht länger ignorieren konnte. Sie brauchten beide eine Pause.

Sie fuhr auf einen Rastplatz und parkte im Schatten einer mächtigen Eiche. Um keine digitalen Spuren zu hinterlassen, vermied sie es, das Auto aufzuladen oder ihre Kreditkarte zu benutzen. Nachdem Schatzi seine Notdurft verrichtet hatte, brachte sie ihn zurück ins Auto und machte sich auf den Weg zur Toilette hinter der nahegelegenen Tankstelle.

Im Waschraum stand eine Frau am Becken und wusch ihre Hände. Für einen Moment glaubte Grace, einen misstrauischen Blick aufgefangen zu haben. Aber sie ermahnte sich, nicht in Paranoia zu verfallen. Auf dem Weg hinaus gönnte sie sich einen Kaffee, trotz ihrer geringen Bargeldreserven. Die wenigen Dollar waren gut investiert, denn Wachsamkeit war in ihrer Lage unerlässlich.

Sie stieg wieder ins Auto und setzte ihre Fahrt auf der Schnellstraße fort. Schatzi lag friedlich schlummernd auf dem Rücksitz. Der Stopp hatte ihm gut getan. Während sie weiterfuhren, rasten ihre Gedanken. Wo konnten sie und Schatzi einen Unterschlupf finden?

Seit der Operation war sie immer wieder gewarnt worden, Kontakt zu alten Freunden zu meiden; ihre körperliche Veränderung war zu auffällig. Doch dies waren außergewöhnliche Umstände. Sie brauchte dringend eine sichere Zuflucht, und die vermeintlichen Freunde aus ihrem neuen Leben hatten sich als unzuverlässig entpuppt. Wassily, Julius und Annya – sie alle schienen verborgene Absichten zu verfolgen. Grace fühlte sich wie eine Spielfigur in einem undurchsichtigen Schachspiel.

Plötzlich tauchte das Bild ihrer alten Freundin Mona vor ihrem geistigen Auge auf. In ihrer Studienzeit waren sie unzertrennlich gewesen. Sie hatten gemeinsam Biologie studiert. Während Grace sich danach den Neurowissenschaften zuwandte, hatte Mona ihre Leidenschaft für die Meeresbiologie entdeckt. Ihre einst so enge Verbindung begann zu bröckeln, als Mona ihren Traumjob an der Universität in Santa Barbara antrat. Die geografische Distanz und Graces' Heirat mit Wassily hatten das Band ihrer Freundschaft allmählich ausgedünnt, aber nie ganz zerreißen lassen.

Die Hoffnung keimte in Grace auf: Wenn sie Mona erreichen und um Hilfe bitten könnte, würde ihre alte Freundin ihr sicherlich beistehen. Doch ohne Telefon schien dies unmöglich. Als Grace ein Tankstellenschild am Straßenrand erblickte, bog sie entschlossen ab und fuhr auf den Parkplatz. Ihr Blick schweifte über den fast leeren Platz. Ein nostalgischer VW Käfer mit einem älteren Ehepaar hielt neben ihr. Die Frau stieg aus und holte einen Picknickkorb mit belegten Broten und Limonade aus dem Kofferraum.

Grace ging auf die Frau zu und erzählte ihr eine improvisierte Geschichte über ein angeblich gestohlenes Handy. Der Mann gesellte sich zu ihnen und musterte Grace mit unverhohlener Skepsis. Doch nach einem Moment des Zögerns streckte er ihr schließlich sein Mobiltelefon entgegen.

Mit zitternden Fingern wählte Grace Monas vertraute Nummer. Als die Verbindung zustande kam, durchströmte sie eine Welle der Erleichterung. Monas Stimme umhüllte sie wie eine tröstende Umarmung. Grace kämpfte gegen aufsteigende Tränen an, während sie ihrer langjährigen Freundin von der Trennung von Wassily berichtete. Dabei verdrehte sie die Tatsachen ein bisschen. Es war keine Lüge. Sie erzählte die Wahrheit über ihren untreuen Ehemann – sie verschwieg nur, dass die Geschichte schon über ein Jahr zurücklag. Mona, immer noch ihre treue Freundin, bot Grace spontan an, nach Santa Barbara zu kommen.

Grace atmete auf. Dies war nur eine vorübergehende Lösung. Sie konnte sich bei Mona verstecken, bis das FBI den Attentäter gefasst hatte. Das würde hoffentlich nicht mehr lange dauern. Danach musste sie für ihre medizinischen Untersuchungen nach San Francisco zurückkehren. Sie brauchte auch dort einen Freund, jemanden, dem sie vertrauen konnte.

Karim verkörperte ein Stück Normalität in ihrem Leben. Im Gegensatz zu den anderen schätzte Karim sie einfach als die Person die sie war - nicht wegen ihres Wissens oder etwaiger Vorteile, die sie bieten konnte. Mit pochendem Herzen wählte sie seine Nummer. Das Freizeichen ertönte mehrmals. Als sie schon auflegen wollte, meldete er sich.

„Hallo Grace, sollen wir uns auf einen Kaffee treffen?"

Graces Kehle schnürte sich zu. Musste sie alle anlügen? „Es tut mir leid, Karim. Ich bin immer noch nicht zurück in San Francisco. Aber ich dachte, ich melde mich mal. Ich hatte ja versprochen, dich heute anzurufen."

„Es ist Wochenende", sagte Karim. „Wo bist du denn? Vielleicht kann ich zu dir kommen?"

Graces Gedanken überschlugen sich. Früher, während ihrer Studienzeit, hatte Mona jeden Besuch willkommen geheißen. Doch seitdem waren Jahre vergangen und Grace wusste nicht, ob Mona mittlerweile in einer Beziehung lebte. Vielleicht hatte sie einen Mann und Kinder. Sie musste das zunächst klären.

„Ich bin auf dem Weg nach Santa Barbara", erwiderte sie vorsichtig.

„Perfekt! Ich besuche gerade eine Tante in Monterey. Wenn

du Zeit hast, könnte ich vorbeikommen."

Grace lächelte unwillkürlich. Seine Bereitschaft, eine vierstündige Fahrt auf sich zu nehmen, nur um sie zu sehen, berührte sie. Doch sie musste das erst mit Mona klären. „Ich treffe eine alte Freundin," erklärte sie. „Ich würde dich gerne sehen, möchte aber erst mit ihr sprechen. Lass uns morgen telefonieren, wenn ich angekommen bin."

„Natürlich, klingt prima! Ich freue mich auf ein Wiedersehen!"

Seine entspannte Reaktion löste die Anspannung in ihrem Magen. Dankbar gab sie das Telefon an das hilfsbereite Paar zurück und machte sich auf den Weg zu ihrem Wagen.

- 38 -

WASSILY

Samstag, 12. November 2033, 10:30 Uhr

Über ihnen summte das Neonlicht und tauchte den Verhörraum in unbarmherziges Licht. Wassily starrte auf die kahle Wand, deren klinisch weiße Farbe seine Unschuld zu verspotten schien. Er saß Agent Weber gegenüber an einem schlichten Tisch. Zwischen ihnen lag ein aufgeschlagener Aktenordner – sein mysteriöser Inhalt eine Quelle wachsender Unruhe für Wassilys bereits strapazierte Nerven.

Sein Tag mit dem Reporter hatte so vielversprechend begonnen. Doch er nahm eine düstere Wendung, als der FBI-Agent an seiner Tür auftauchte und ihn zum FBI Büro in San Francisco brachte. Die Fragen des Agenten prasselten auf ihn ein: Warum war er zu der Zhang Party gekommen, woher kannte er die Frau auf der Party, was hatte der in der Klinik zu suchen, was hatte er mit der Chirurgin zu tun. Nichts davon ergab einen Sinn. War das FBI so verzweifelt, dass es unschuldige Bürger belästigte? Warum er? Ein Schweißtropfen rann ihm über die Stirn.

„Hören Sie, Herr Weber", sagte er, seine Stimme vor Frustration bebend. „Ich habe nichts damit zu tun. Diese Vorfälle aren nichts als unglückliche Zufälle. Die Frau im California Palace? Ein tragischer Herzinfarkt. Die Chirurg an der SUEC? Dasselbe Schicksal. Ja, ich war an beiden Orten zugegen. Aber das trifft auch auf Hunderte andere zu!"

Der Agent am anderen Ende des Tisches blieb unbeeindruckt. „Herr Wassily, es handelt sich hier um Giftanschläge. Zeugen haben Sie in direktem Kontakt mit beiden Opfern gesehen." Er lehnte sich vor, sein Blick durchdringend. „Wie können wir ausschließen, dass *Sie* sie vergiftet haben?"

Wassily schnaubte ungläubig. „Womit denn? Ich schaffe es ja kaum, in meiner eigenen Küche eine Fliege zu erschlagen, geschweige denn ein unsichtbares Gift zu brauen und es zweimal in der Öffentlichkeit einzusetzen!" Empörung wallte in ihm auf. Die Situation erschien ihm absurd – vom zufälligen Beobachter zum Hauptverdächtigen.

Der Agent fixierte ihn mit grimmiger Entschlossenheit. Eine erdrückende Stille breitete sich zwischen ihnen aus.

Wassily durchschaute die Taktik. Der Agent versuchte, ihn mürbe zu machen, in der Hoffnung, er würde unter dem Druck einbrechen. Er atmete bewusst langsam aus, um sein pochendes Herz zu beruhigen.

Der Agent zog ein Stück Papier aus dem Umschlag und hielt es hoch. Es zeigte eine Schlange, die ihren eigenen Schwanz verschlang.

„Haben Sie das schon einmal gesehen?"

Wassily erkannte das Symbol sofort. Doch er zögerte. Ehrlichkeit konnte leicht als Beteiligung missverstanden werden. Andererseits – das war das FBI hier. Sie würden einem Unschuldigen doch nicht sein Wissen zum Vorwurf machen... oder etwa doch?

„Haben Sie das schon einmal gesehen?", fragte der Agent erneut und musterte ihn mit Adleraugen. Er hatte Blut gerochen.

„Das könnte sein", stammelte er, um Zeit zu gewinnen. „Lassen Sie mich mal nachdenken." In seinem Kopf überschlugen sich die Gedanken. Sollte er es zugeben oder nicht?

Die Stimme des Agenten sank zu einem bedrohlichen Flüstern. „Dies ist kein Spiel, Herr Wassily. Wir ermitteln in einem Mordfall. Jede Behinderung unserer Arbeit wird schwerwiegende Konsequenzen haben."

Wassily schluckte. „Vielleicht habe ich es bei Bianca gesehen." Er suchte im stoischen Gesicht des Agenten nach einer Reaktion.

„*Bianca*?"

War da ein Hauch echter Überraschung?

„Sie war nur eine Freundin", fügte Wassily hastig hinzu und spürte, wie ihm die Röte ins Gesicht stieg.

Der Agent sah ihn an. „Herr Wassily, ich habe kein Interesse an Ihrem Privatleben. Ihre intimen Beziehungen sind nicht Gegenstand unserer Untersuchung."

Wassily atmete erleichtert auf.

„Wo genau haben Sie es bei ihr gesehen?", hakte der Agent nach.

Wassily rieb sich nachdenklich das Kinn. „Am rechten Knöchel, wenn ich mich recht erinnere. Es war auffällig – ich fragte sie nach seiner Bedeutung."

„Und was hat Bianca dazu gesagt?"

„Ich weiß es nicht mehr genau. Etwas über einen Zyklus von Leben und Tod, glaube ich. Es war das Symbol eines Bibelclubs oder so was ähnliches. Nicht wirklich meine Szene, verstehen Sie?" Ein nervöses Lachen entwich ihm.

Agent Weber notierte etwas auf seinem Handy. „Wissen Sie, wo sich dieser Bibelkreis traf?", fragte er.

Wassily gab vor, angestrengt nachzudenken. „Ich habe sie einmal zu einem alten Lagerhaus im Mission District gebracht. Ich wohne nicht weit entfernt, daher war es kein Umweg."

Hoffentlich hatte er nichts falsch gemacht.

„Haben Sie die Adresse?", fragte der Agent.

„Leider nein."

Der Agent rief eine Karte auf seinem Handy auf und schob sie über den Tisch. „Könnten Sie die ungefähre Gegend zeigen?"

Wassily beugte sich vor. Es war eine Karte von San Francisco. Er zoomte hinein und tippte auf die Gegend. „Hier."

„Sind Sie sicher?" Der Agent fixierte ihn.

„Absolut. Ich kenne meine Nachbarschaft."

Der Agent machte sich eine weitere Notiz.

„Sie erwähnten Konsequenzen für die Behinderung der Ermittlungen", wagte Wassily vorsichtig einzuwerfen. „Aber ich habe hier gerade wertvolle Hinweise geliefert. Das verdient sicher eine gewisse Anerkennung. Vielleicht in Form einer Heimfahrt?"

Agent Weber lehnte sich in seinem Stuhl zurück und legte die Fingerspitzen aneinander. „Ich habe noch eine Frage", sagte er, während er Wassily aufmerksam musterte

Was für eine Achterbahnfahrt. Er zwang sich, Webers Blick standzuhalten. „Ja?", fragte er und wappnete sich.

„Grace ist verschwunden. Haben Sie eine Idee, wo sie sein könnte? Irgendwelche Freunde in der Gegend?"

Wassily entfuhr ein ungläubiges Lachen. „Das FBI hat Grace verloren? Das muss man ihr lassen, sie ist gerissen."

Der Agent blieb ungerührt. „Sie könnte in Gefahr schweben", erklärte er nüchtern. „Es ist sehr wichtig, dass wir sie umgehend finden."

Wassily sah den Mann an. „Wenn ich Ihnen helfe, kann ich dann gehen?"

Der Agent lehnte sich zurück. „Sagen wir es mal so: Wir behalten Sie hier so lange, bis wir alle nötigen Informationen von Ihnen erhalten haben."

Wassily räusperte sich. „Nun, sie traf sich gelegentlich mit Laborkollegen, aber enge Bindungen gab es da nicht. Ihre Arbeit war ihr Ein und Alles. Jetzt hat sie natürlich ihren neuen Millionärsfreund. Wenn ich Sie wäre, würde ich mit diesem Typen anfangen."

„Gibt es sonst noch jemand? Vielleicht einen alten Freund oder eine enge Freundin?"

Wassily runzelte die Stirn, als würde er angestrengt nachdenken. „Ehrlich gesagt, Frauengespräche überfordern mich oft. Sie können ziellos dahindümpeln, wissen Sie? Wie eine Panoramastraße. Der Trick besteht darin, interessiert zu wirken. Nicken und lächeln. Namen merke ich mir dabei selten."

„Strengen Sie sich an, Herr Wassily", drängte der Agent. „Graces Leben könnte davon abhängen. Mich interessiert niemand, den sie nur einmal erwähnt hat. Ich bin an Menschen interessiert, die sie in ihren Erzählungen immer wieder erwähnt hat. Das könnten

Familienmitglieder wie Tanten, Onkel, Cousins oder Cousinen sein, oder auch langjährige Freunde und Bekannte."

Wassily dachte einen Moment nach und erinnerte sich dann. „Sie vermisste eine alte Studienfreundin, Maria oder so. Sie lebt in Santa Barbara. Grace wollte sie besuchen. Ich schlug vor, gemeinsam hinzufahren. Santa Barbara ist wunderschön. Aber leider ist es nie dazu gekommen. Grace war einfach zu sehr mit ihrer Arbeit im Labor beschäftigt."

„Erinnern Sie sich an den vollständigen Namen der Frau?"

„Nein, tut mir leid. Ich weiß nur noch, dass sie zusammen an der SUEC studierten."

Der Agent erhob sich, sichtlich zufrieden. „Danke für Ihre Kooperation, Herr Wassily. Sie können jetzt gehen."

- 39 -

JULIUS

Samstag, 12. November 2033, 11:00 Uhr

Einer der schwarzen Lieferwagen war ihnen gefolgt, was sie zwang, ihre Pläne zu ändern und nicht am Supermarkt anzuhalten. Rolando raste durch die Nebenstraßen von North Tahoe, bis sie ihre Verfolger abgeschüttelt hatten. Nun befanden sie sich auf der Interstate 80 und näherten sich Sacramento.

Draußen wandelte sich die Landschaft: Die majestätischen Kiefern des Lake Tahoe wichen einem Teppich aus immergrünen Pflanzen, durchsetzt von leuchtendem Herbstlaub. Als sie in das weitläufige kalifornische Central Valley hinabfuhren, ebnete sich das Terrain, und die Luft wurde spürbar wärmer.

Sonnengebleichte Felder mit vertrockneten Feldfrüchten erstreckten sich bis zum Horizont. In der Ferne zeichneten sich die Silhouetten der Coast Ranges ab – die Gebirgszüge entlang der Westküste. Hinter ihnen wartete der weite Pazifische Ozean, ein Symbol für Freiheit und neue Möglichkeiten.

Julius hatte ein schlechtes Gewissen. Er warf Rolando einen besorgten Blick zu. Die Hände seines Partners umklammerten das Lenkrad, seine weißen Knöchel ein starker Kontrast zum dunklen Leder. Er hatte Rolando versichert, dass es nur ein kleiner Gefallen sei, Grace beim Untertauchen zu helfen. Doch in Wahrheit hatte er seinen Partner in große Gefahr gebracht. Mit jedem zurückgelegten Kilometer schrie die erdrückende Stille im Auto eine unausgesprochene Wahrheit: Das FBI lauerte möglicherweise schon an der nächsten Ausfahrt, bereit, Rolando in einen Käfig aus Stahl und Beton zu sperren.

„Das ist alles meine Schuld", murmelte Julius. „Es tut mir wirklich leid. Ich wollte Grace nur helfen."

Rolando schlug mit der Faust auf das Lenkrad. „Ja, du hast Grace geholfen, Julius", knurrte er, „und dabei hast du uns beide in große Gefahr gestürzt."

„Ich weiß, und es tut mir wirklich leid. Ich habe nur ..." Scham erstickte seine nächsten Worte.

„Ich verstehe es einfach nicht, Julius", sagte Rolando mit vor Wut angespannter Stimme. „Was macht sie so besonders, dass du alles für sie aufs Spiel setzt?"

Julius zuckte die Schultern. „Ich weiß es nicht."

Er fühlte sich wie ein Versager. Sein Anruf hatte die Verfolger direkt zu ihnen geführt. Rolando hatte allen Grund, verärgert zu sein. Sein Vater würde ebenfalls enttäuscht sein. Er malte sich die Szene seiner Rückkehr aus: Ein gestohlenes Auto, eine halsbrecherische Verfolgungsjagd und eine wie vom Erdboden verschluckte Grace — das war weit entfernt von den Fortschritten, die sein Vater erwartet hatte. Von der Entschlüsselung ihres Wundermittels ganz zu schweigen. Ein seufzte schwer. Er konnte unmöglich mit leeren Händen nach Hause zurückkehren.

Rolando lenkte den Wagen von der Schnellstraße und hielt an einer Tankstelle. In der Nähe stand nur ein weiteres Auto mit einer vierköpfige Familie. Der Mann tankte, während die Kinder lachend um die Zapfsäulen herumrannten. Die Frau auf dem Beifahrersitz rief den Kindern halbherzig Ermahnungen zu.

„Hier trennen sich unsere Wege", erklärte Rolando ruhig.

„Hier?", Julius' Stimme überschlug sich. „Was soll das denn heißen?"

„Du fährst jetzt alleine weiter."

„Was? Und was machst Du?"

Rolando zeigte auf die Skyline in der Ferne. „Ich muss so schnell wie möglich untertauchen. Sacramento ist nicht weit. Ich nehme dort einen Zug und tauche eine Weile unter. Bis sich die Lage beruhigt hat und das FBI uns nicht mehr im Nacken sitzt."

Tränen stiegen in Julius' Augen auf. „Wann werde ich dich wiedersehen?"

„Das kann ich noch nicht sagen", antwortete Rolando. „Es wird eine Weile dauern. Ich melde mich, wenn es wieder sicher ist."

Er beugte sich vor und drückte Julius einen sanften Kuss auf die Lippen. Auf der anderen Seite der Zapfsäule starrte ein Kind mit großen, neugierigen Augen zu ihnen herüber. Hitze schoss Julius in die Wangen. „Pass auf dich auf", brachte er hervor, seine Stimme kaum mehr als ein Flüstern.

Rolando sah ihn wortlos an und ein Hauch von Besorgnis huschte über sein Gesicht. „Pass gut auf Dich auf", sagte er. Dann ging er zur Hinterseite des Wagens und zog einen prall gefüllten Rucksack aus dem Kofferraum, den er über seine Schulter schwang. Mit einem letzten, langen Blick auf Julius wandte er sich ab und verschwand in den goldbraunen Feldern hinter der Tankstelle.

Julius sah ihm nach. Die Ungewissheit ihrer Zukunft lastete schwer auf ihm. Er griff in seine Tasche und berührte den weichen Samt der Ringschachtel. Er hatte vorgehabt, Rolando in der Hütte einen Heiratsantrag zu machen, aber die Sache mit Grace hatte ihn zu wütend gemacht. Julius hatte es geschafft, ihn aufzumuntern, was zu einer Nacht purer Leidenschaft geführt hatte. Doch dann war Grace in ihr Frühstück gestürmt und sie hatten fliehen müssen. Keine idealen Voraussetzungen für einen Heiratsantrag.

Julius sah zu, wie Rolando in der Ferne immer kleiner wurde. Würde es jemals den richtigen Moment geben, ihm einen Antrag zu machen? Was wollte er eigentlich mehr: Mit Rolando zusammen sein oder jemanden heiraten, der seinen Traum teilte, ein gemeinsames Zuhause zu schaffen? Er wusste es nicht.

Das Auto hinter ihm hupte. Julius stieg aus und begann zu tanken. Das rhythmische Zischen der Zapfsäule ließ seine Gedanken wieder abschweifen.

Alle, die ihm je etwas bedeutet hatten, waren fort. Seine Mutter. Grace. Rolando. War er dazu verdammt, hilflos zuzusehen, wie alle Menschen, die er liebte, einfach aus seinem Leben verschwanden?

Nein. Er würde das nicht zulassen. Das Schicksal würde ihm nicht noch jemanden entreißen. Er würde nie wieder zum hilflosen Opfer werden.

Mit festen Schritten betrat er den Tankstellenshop. Grelles Neonlicht badete die Regale mit Chips und Süßigkeiten in einem unwirklichen, sterilen Schein. Zielstrebig griff er nach ein paar Müsliriegeln, einer Flasche Wasser und – nach kurzem Zögern – einem Prepaid-Handy.

Zurück im Auto riss er hastig die Verpackung des Telefons auf. Seine Finger zitterten leicht, als er Annyas Nummer eintippte. Sie antwortete sofort. „Julius! Gott sei Dank." Ihre Stimme war vor Sorge angespannt. „Wir sind fast verrückt geworden, weil wir euch nicht erreichen konnten. Geht es euch gut?"

Ein Lächeln huschte über sein Gesicht. Annya war jemand, den das Schicksal nicht so leicht abschütteln konnte, das war sicher. Rolandos Worte hallten in seinem Kopf wider: *CIA-Agentin, die eine romantische Beziehung mit dem FBI-Direktor hatte* … Wenn jemand wusste, wo Grace war, dann sie.

„Mir geht es gut", sagte er.

„Wo bist du?"

„An einer Tankstelle."

„Sind Rolando und Grace auch bei dir?"

„Ich habe Rolando nicht gesehen", log er. „Und Grace ist heute Morgen unerwartet abgereist. Ich habe nach ihr gesucht, kann sie aber nicht finden. Weißt du vielleicht, wohin sie gefahren ist?"

„Es tut mir leid, das kann ich nicht sagen. Aber Angus hat mir berichtet, dass ihr von einem Fahrzeug mit gestohlenem Kennzeichen verfolgt werdet. Das FBI wird es abfangen, aber es könnten noch andere unterwegs sein. Es ist nicht sicher da draußen. Du solltest sofort nach Hause kommen."

„Was ist mit Grace?"

„Das FBI kümmert sich um sie. Zu deiner eigenen Sicherheit solltest du dich da raushalten."

„Aber du hast doch gerade gesagt, dass du keine Ahnung hast, wo sie ist. Wie wollt ihr sie denn beschützen, wenn ihr nicht wisst, wo sie ist?"

„Angus hat ein FBI-Team nach Santa Barbara geschickt, um sie im Auge zu behalten. Ich muss in der Notaufnahme arbeiten und kann die Stadt nicht verlassen."

„Santa Barbara?", sagte Julius. „Weißt du die Adresse?"

„Julius, ich habe dir gesagt, dass du dich da raushalten sollst. Fahr nach Hause.."

„Grace ist clever, Annya. Sie hat das FBI schon zweimal abgeschüttelt. Wenn sie nicht gefunden werden will, wird sie nicht gefunden. Aber ich bin ihr Vertrauter. Ich könnte sie treffen und dir Bescheid geben, falls sie in Schwierigkeiten ist. Dann kann Angus' Team helfen."

Einen Moment lang herrschte Stille.

„Ich schicke dir die Adresse per SMS."

„Danke!"

„Sei vorsichtig, Julius." Annyas Stimme wurde ernst. „Wenn du sie zuerst findest, ruf mich sofort an. Denk daran, was im Haus deines Vaters passiert ist. Geh keine Konfrontation ein, sondern gib uns einfach Bescheid. Wir kümmern uns um den Rest."

„Klar, ich rufe an."

Mit zitternden Fingern tippte er die Adresse in sein Navigationssystem und startete den Wagen. Würde Grace ihn nach ihrem Streit heute Morgen überhaupt sehen wollen? Das würde er bald herausfinden. Ein Problem nach dem anderen. Der Motor heulte auf, und Julius brauste davon, die offene Autobahn vor sich.

- 40 -

WASSILY

Samstag, 12. November 2033, 14:00 Uhr

Wassily wartete in der Schlange vor der Bäckerei im Mission District, die sich den Bürgersteig entlang schlängelte. Jeder Windhauch trug neue Aromen mit sich: frisch gerösteter Kaffee, karamellisierter Zucker, der nussige Duft von Sauerteig. Sein Magen knurrte laut. Nach seiner Entlassung vom FBI war er mit der Straßenbahn zu seiner Wohnung gefahren. Aber sein verlassenes Apartment war ihm zu eng geworden. Hier, vor der Bäckerei, pulsierte das Leben mit beruhigender Geschäftigkeit.

Hinter der glänzenden Vitrine lagen knusprige Baguettes neben üppigen Walnussbroten und Tabletts mit glänzendem Gebäck. Eine elegante Schiefertafel pries saisonale Spezialitäten an.

Als er sich der Theke näherte, fiel ihm die Barista auf, eine hübsche Frau in einer makellosen weißen Schürze. Ihre langen schokoladenbraunen Haaren fielen ihr in anmutigen Wellen über die Schultern.

Wie von selbst formten sich seine Gesichtszüge zu einem charmanten Lächeln, bereit, die Aufmerksamkeit der bezaubernden Dame zu gewinnen. Mit einem Hauch von Selbstsicherheit trat er näher, entschlossen, diesen Moment zu nutzen.

„Kann ich Sie dazu verführen, mir das leckerste Tomaten-Käse-Sandwich des Tages und einen großen Latte zu machen?" Er beugte sich näher. „Ich kann ihr Namensschild nicht lesen. Wie heißen Sie denn?"

Die Frau schenkte ihm ein kühles Lächeln.

„Käse-Sandwich und Latte?" vergewisserte sie sich.

„Ja gerne."

Mit einer fließenden Bewegung wendete sie sich zur Espressomaschine und ließ die Milch aufschäumen. Eine Minute später stellte sie ihm eine dampfende Papptasse und eine Papiertüte vor die Nase.

„Danke!" Er schenkte ihr sein gewinnendstes Lächeln.

„Guten Appetit!", antwortete sie mit einem höflichen Lächeln, bevor sie sich dem nächsten Kunden zuwandte.

Normalerweise brachte sein Charme ihm wenigstens ein schelmisches Kompliment oder einen verspielten Blick ein. Doch diesmal prallte er unerwartet ab. Er fühlte sich irritiert. Aber der Duft von warmen Tomaten und geschmolzenem Käse aus der Tüte verdrängte die Niederlage schnell.

Er ließ sich an einem Fensterplatz nieder, umhüllt von der vertrauten Geräuschkulisse des Cafés: Das zarte Klirren von Tassen, das gedämpfte Murmeln der Gäste und das rhythmische Zischen der Espressomaschine.

Mit einem Anflug von Humor dachte er, dass die Tomaten mit Käse heute vielleicht schon als kulinarischer Triumph gelten könnten - zumindest im Vergleich zu Agent Webers spartanischem Wasserglas. Er nahm einen Bissen. Die säuerliche Frische der Tomaten verschmolz perfekt mit der cremigen Süße des Käses, ein willkommenes Intermezzo nach seinem turbulenten Tag.

Auf der anderen Seite der Theke bereitete die hübsche Barista fachmännisch einen weiteren Latte zu. Wassily beobachtete sie einen Moment lang, während ihm eine spielerische Idee kam. Vielleicht würde er morgen eine andere Taktik ausprobieren.

Mit einem leisen Seufzer kehrte er zu seiner eigentlichen Aufgabe zurück. Er holte sein Handy hervor und googelte Graces Namen. Der Reporter hatte ihm heute Morgen eine großzügige Entschädigung für Informationen über das mysteriöse Wundermittel versprochen, das sie geheilt hatte.

Frustriert dachte er an sein Treffen mit Lu'lu zurück. Es war eine Sackgasse gewesen. Er hatte in ihrem Blick erkannt, dass sie mehr wusste, als sie preisgab, aber ihre Lippen waren versiegelt geblieben. Das Geheimnis schien sich hartnäckig seiner Enthüllung zu widersetzen.

Eine Schlagzeile in Google News sprang ihm förmlich entgegen: *'Vom Sterbebett zur Tanzkönigin: Junge Wissenschaftlerin trotzt unheilbarem Krebs mit revolutionärem Heilmittel'*. Darunter prangte ein Foto von Grace, strahlend neben ihrem homosexuellen Freund. Ein Stich der Bitterkeit durchfuhr Wassily.

Mindestens zwanzig Artikel wiederholten die Geschichte, jeder ein digitaler Fußabdruck seiner wachsenden Frustration. *Huffington Post*, *San Francisco Chronicle*, Reuters, CBS – die Liste erstreckte sich über den gesamten Bildschirm. Die Geschichte war erst wenige Stunden alt und verbreitete sich wie ein Lauffeuer.

Wassily scrollte nach unten, und sein Blick blieb am Autorennamen haften: Es war derselbe Reporter, der ihn am Morgen interviewt und ihm seine Visitenkarte in die Hand gedrückt hatte. Wassilys Name wurde nirgends erwähnt. Der Journalist hatte seine Informationen geschickt zu eigenem Ruhm umgemünzt.

Wassily zwang sich zur Ruhe. Wut war jetzt fehl am Platz. Er musste die Kontrolle zurückgewinnen und diesen gerissenen Reporter überlisten.

Was genau hatte Grace geheilt? Mit dieser Information konnte er sich eine lukrative Karriere aufbauen, vor allem, wenn es sich um eine Exklusivgeschichte handelte. Er malte sich aus, wie die Story seine Karriere katapultieren könnte: Virale Posts, Zeitungsschlagzeilen, Interviews, Buchverträge – vielleicht sogar ein Pulitzer-Preis.

Sein Blick kehrte zum Foto zurück. Grace, voller Lebensfreude. Ihre Heilung war wie ein Lottogewinn, das wusste er einfach. Es musste einen Weg geben, dieses Wunder zu seinem Vorteil zu nutzen.

Wassily lehnte sich zurück, den Kaffeeduft einatmend. Er ließ seinen Blick durch das Café schweifen, plötzlich bewusst, dass er sich in einer jahrhundertealten Tradition befand. Kaffeehäuser waren seit Jahrhunderten die Brutstätten der Innovation gewesen. Von den

Philosophen der Aufklärung, die revolutionäre Ideen ausbrüteten, bis zu den Schriftstellern und Künstlern, die neue Bewegungen ins Leben riefen, hatten Kaffeehäuser unzählige Durchbrüche hervorgebracht.

Vor seinem geistigen Auge entfaltete sich eine Leinwand der Geschichte: Voltaire, der mit spitzer Feder Kritiken in einem verrauchten Pariser Café verfasste; Ben Franklin, über einer dampfenden Tasse in Boston brütend, während er revolutionären Ideen über die Zukunft Amerikas Gestalt gab; und Wassily Kandinsky, umgeben von den wilden Geistern des Blauen Reiters in einem Münchner Kaffeehaus. Sein Namensvetter hatte die Essenz des Lebens in Farben übersetzt, die den bloßen Intellekt umgingen und tief in der Seele widerhallten.

Das war es! Die trockene Suche nach Fakten über Graces Heilung war eine Sackgasse. Menschen dürsteten nicht nach sterilen Informationen - sie hungerten nach Erzählungen, die lebendige Bilder in ihren Köpfen malten und die Seele berührten.

Ein langsames Lächeln breitete sich auf seinem Gesicht aus. Niemand verlangte nach der nackten Wahrheit. Es gab einen eleganteren Weg. Er würde kein Protokoll erstellen – er würde ein Gemälde erschaffen. Eine Geschichte so lebendig und gefühlvoll, dass sie die Fantasie des Publikums ebenso entflammen würde wie Kandinskys Farben die Herzen der Menschen bewegen.

- 41 -

GRACE

Samstag, 12. November 2033, 17:00 Uhr

Grace drückte auf die glänzende Messingklingel der kleinen, aber charmanten Villa auf einem Hügel in Santa Barbara. Das Haus vor ihr war ein Meisterwerk der spanischen Renaissance, dessen elegante Rundungen und kunstvolle Stuckarbeiten im Sonnenlicht glänzten. Filigrane Eisengitter zierten die Fenster, ihre dunklen Linien ein dramatischer Kontrast zu den strahlend weißen Wänden. Darüber thronte ein Dach aus leuchtend roten Ziegeln, das dem Anwesen eine mediterrane Wärme verlieh.

Mit einem Anflug von Nervosität betätigte Grace erneut die Klingel. Schatzi setzte sich neben sie und sah mit seinen großen braunen Augen zur Tür hinauf, während sein Schwanz in einem fröhlichen Rhythmus auf den Boden klopfte.

Die rustikale Holztür öffnete sich mit einem leichten Knarren, und dahinter erschien eine Frau, deren Züge Grace sofort vertraut waren. Monas Haar war kürzer und dunkler als in ihrer gemeinsamen Studentenzeit, und die jugendlichen Rundungen ihres Gesichts hatten sich in elegante Linien verwandelt. Feine Fältchen umspielten ihre Augen.

„Hallo, Grace!", rief sie mit einer angenehm vertrauten Stimme. Ohne zu zögern, zog sie Grace in eine herzliche Umarmung.

Ein zitterndes Lachen entwich Graces Lippen. „Mona", rief sie aufgeregt, „ich hatte keine Ahnung, wie sehr du mir gefehlt hast!" Warum hatte sie so lange gebraucht, um hierher zu kommen?

Schatzi, nicht gewillt, ignoriert zu werden, stieß ein lautes Bellen aus und hüpfte aufgeregt um die beiden Frauen herum. Mona ging in die Hocke und fuhr mit beiden Händen durch sein flauschiges Fell. „Oh, du bist ja ein Prachtexemplar!", schwärmte sie.

Sie richtete sich auf und wies mit einer einladenden Geste zur offenen Tür. „Kommt rein, ihr beiden. Wir haben uns so viel zu erzählen!"

Grace spürte, wie eine Last von ihren Schultern fiel. Hier, bei ihrer alten Freundin, schien die Welt für einen Moment wieder in Ordnung zu sein.

Mona führte sie durch einen schlichten Eingangsbereich in ein geräumiges Wohnzimmer. Grace und Schatzi folgten ihr. Die offene Verandatür bot einen atemberaubenden Blick auf Santa Barbara und das in der Ferne glitzernde Meer.

Mit einer einladenden Geste wies Mona auf ein großes, beigefarbenes Ledersofa, geschmückt mit einer bunten Steppdecke.

„Mach es dir bequem."

Sie ließ sich nieder und klopfte einladend neben sich. Schatzi sprang mit einem Satz auf die Steppdecke. Mona kraulte ihn hinter den Ohren und der Hund schmiegte sich an sie.

„Meine Güte, der ist wirklich niedlich!", rief Mona.

Grace ließ sich in den Plüschkissen nieder und lachte. „Ja, er ist ein anspruchsvolles Riesenbaby. Danke, dass du uns aufnimmst. Wir waren acht Stunden unterwegs."

„Aber natürlich! Ich habe mich so gefreut, von dir zu hören, Grace. Wir haben uns seit einer Ewigkeit nicht mehr gesehen. Darf ich dir was zu trinken anbieten?"

„Ein Eistee wäre fantastisch, wenn du welchen hast."

„Ah, Du liebst immer noch deinen Tee. Kein Problem." Mona erhob sich und verschwand in der Küche.

Grace lehnte sich zurück. Sie spürte die Müdigkeit der Reise in ihren Knochen. Es war einfach wunderbar, ihre alte Freundin wiederzusehen. Sie seufzte. In ihrem alten Leben hatte sie so verbissen nach wissenschaftlichem Ruhm gestrebt. Wozu eigentlich? Dabei hatte sie aus den Augen verloren, was wirklich wichtig war.

„Lebst du hier allein?", rief sie Richtung Küche.

„Ja, ich habe noch nicht den Richtigen getroffen." Geschirr klirrte im Hintergrund. „Und du hast dich scheiden lassen. Hast du jemand Neues kennengelernt?"

„Es ist ein bisschen kompliziert", sagte Grace.

„Das kann ich mir vorstellen!"

Mona kehrte mit einem Tablett zurück. Darauf standen zwei beschlagene Gläser Eistee, eine Schale mit grasgrünen Chips und einige Leckerlis für Schatzi.

„Bitte sehr", sagte sie mit einem warmen Lächeln und ließ sich wieder neben Grace auf dem Sofa nieder. Der vertraute Hauch ihres Lavendelparfüms erinnerte Grace an längst vergessene Zeiten. Schatzi schnappte mit einem zufriedenen Schmatzen ein Leckerli aus Monas Hand und sah sie auffordernd an. Er wollte mehr.

Grace griff nach dem beschlagenen Glas. Die Kühle des Kondenswassers war eine willkommene Erfrischung nach der langen Fahrt und der erste Schluck war wie ein Lebenselixier. Ihr Blick wanderte neugierig zur Schale mit den bunten Chips.

Mona schmunzelte. „Probier mal einen", drängte sie und schob die Schüssel näher heran. „Meine neueste Entdeckung im Reich der gesunden Ernährung."

Grace merkte erst jetzt, wie hungrig sie war. Sie nahm gleich drei leuchtend grüne Chips. Der unerwartet intensive Geschmack nach Apfel, Kiwi und Avocado überraschte sie. Jeder Chip hatte einen anderen Geschmack von grünem Obst oder Gemüse. „Wow", seufzte sie. „Die sind köstlich!" Sie griff nach mehr.

Mona lachte. „Bedien dich. Da, wo die herkommen, gibt es noch viel mehr." Dann wurde ihr Lächeln weicher. „Aber im Ernst, Grace, was ist los? Du hast am Telefon sehr besorgt gewirkt."
Grace musterte ihre Freundin. Wieviel konnte sie preisgeben? Die Wahrheit über ihre Operation würde ihr Mona niemals abnehmen.

„Es ist wirklich kompliziert", gestand sie schließlich.

„Ich habe den Artikel über dich gesehen." Mona strahlte.

„Welchen Artikel?"

„Auf Google News."

Grace sah sie verwirrt an. „Wovon redest du?"

„Das hast ihn selbst noch nicht gelesen? Du und dein Millionärsfreund – ihr seid überall in den Nachrichten!"

Mona griff nach ihrem Handy, öffnete den Browser und zeigte ihr einen Nachrichtenartikel mit dem heutigen Datum. Die Schlagzeile lautete: *'Vom Sterbebett zur Tanzkönigin: Junge Wissenschaftlerin trotzt unheilbarem Krebs mit revolutionärem Heilmittel'*. Unter der fettgedruckten Schlagzeile prangte ein Foto von Grace und Julius, eng umschlungen auf der Tanzfläche der Gala. Die knisternde Spannung zwischen ihnen war fast greifbar.

Monas Augen funkelten neugierig. „Habt ihr es beide genommen?"

Grace starrte sie wortlos an, unfähig zu antworten.

„Du siehst umwerfend aus!", schwärmte Mona. „Was auch immer es war, ich würde es auch gerne ausprobieren. Ist das eine klinische Studie? Kann ich mich dafür anmelden?"

„Nein, das ist nicht möglich", erwiderte Grace knapp.

„Warum so geheimnisvoll?", bohrte Mona nach. „Kannst du es nicht mit deiner alten Freundin erzählen?"

Grace spürte, wie sich ihr Magen zusammenzog. Selbst Mona hatte ihre eigene Agenda, genau wie alle anderen.

„Komm schon, Grace. Du kannst es mir doch sagen, oder? Was war das Wundermittel? Wachstumshormone, nehme ich an? Du bist ja fast nicht wiederzuerkennen! Man könnte meinen, du wärst über Nacht gewachsen. Unglaublich." Sie lachte und gab ihrer Freundin einen spielerischen Klaps auf den Oberschenkel.

Grace errötete und sagte ihren üblichen Satz. „Es tut mir leid, ich kann nicht darüber reden."

Monas sah sie prüfend an. „Du kannst es mir auch später erzählen", sagte sie. „Weißt du noch, als ich diese Statistenrolle neben Ryan Gosling hatte? Plötzlich wollte jeder, dass ich ein Treffen mit ihm arrangiere. Ich weiß, wie du dich fühlst."

Graces Blick wurde hart. „Glaub mir, Mona, du hast keine Ahnung, wie ich mich gerade fühle."

„Nun", lenkte Mona ein, „ich nehme an, du willst dich einfach verstecken, bis sich der Rummel gelegt hat?"

„Wäre das möglich?", fragte Grace.

„Natürlich!" Mona richtete sich auf. Ihre gewohnte Zuversicht kehrte zurück. „Ich besorge uns was für ein gemütliches Abendessen. In der Zwischenzeit kannst du erst mal duschen. Das Bad ist oben. Du hast kein Gepäck dabei?"

Grace schüttelte den Kopf.

„Im Wandschrank neben dem Bad findest du ein paar frische Pullover. Bedien dich einfach."

„Danke!" Grace griff unbeholfen nach Monas Hand. „Ich weiß deine Gastfreundschaft wirklich zu schätzen, Mona."

„Gern geschehen." Mona strahlte wieder.

- 42 -

ANNYA

Samstag, 12. November 2033, 17:00 Uhr

Annya und Angus schritten den gewundenen Pfad zum SUEC-Forschungsgebäude hinab. Das achteckige Kalksteingebäude mit seinen imposanten, halbrunden Glasfenstern lag im Zentrum des Universitätscampus in Redwood City.

Nachdem Angus festgestellt hatte, dass Tina nicht zu Hause war, hatte er Annya gebeten, ihn zum Forschungszentrum zu begleiten. Er hatte die Universität schon unzählige Male besucht, aber er besaß keinen Zugangscode für das Gebäude. Als sie am Eingang des Forschungsgebäudes angekommen waren, zog Annya ihren SUEC Ausweis durch den Kartenleser. Die massiven Glastüren glitten mit einem leisen Zischen auf und gewährten ihnen Einlass.

Das Atrium erstreckte sich über drei Stockwerke und wurde von einer atemberaubenden Kuppel aus Buntglas gekrönt. Sonnenlicht fiel durch die farbenprächtigen Scheiben und zauberte ein faszinierendes Lichterspiel auf den spiegelblanken Marmorboden.

Annya führte Angus zu einem eleganten Chromaufzug, der beim Aufsteigen summend zum Leben erwachte. Im dritten Stock öffneten sich die Türen und ein stechender Geruch von Chlorbleiche begrüßte sie. Sie bogen nach rechts ab und schritten einen langen Flur entlang, vorbei an unzähligen Milchglasfenstern, die flüchtige Blicke auf Labortische, Abzugshauben und Bunsenbrenner erlaubten. Eine gedämpfte Stille hatte sich über die Einrichtung gelegt, nur unterbrochen vom leisen Summen unsichtbarer Maschinen und gelegentlichen Bewegungen hinter dem undurchsichtigen Glas. Schließlich erreichten sie eine Tür mit einer einfachen Aufschrift

‚Fakultätsbüro'.

„Ist das Tinas Büro?", fragte Angus.

Annya nickte. „Hier werden alle Fakultätsbüros geteilt. Deshalb steht kein bestimmter Name an der Tür." Sie klopfte.

„Die Tür ist auf", rief Tinas tiefe Stimme von drinnen.

Annya und Angus traten ein. „Hallo, Tina!", grüßte Annya.

Tina blickte überrascht von einem Mikroskop auf ihrem Schreibtisch auf. „Annya? Was führt Dich denn an einem Samstag ins Labor?" Ihr Blick fiel auf Angus. „Und Herr Weber? Sie sind der FBI-Agent von der Zhang-Party, richtig?"

Angus nickte bestätigend. „Ja, das stimmt."

„Was kann ich für sie tun?", fragte sie. „Stimmt etwas nicht? Es muss etwas Ernstes sein, wenn das FBI involviert ist?"

Angus beugte sich zu ihr vor. „Dr. Triveda wurde gestern angegriffen. Ein Giftanschlag."

Tinas Augen weiteten sich. „Das ist ja furchtbar. Aber warum kommen Sie mit dieser Information zu mir?"

„Sie waren zum Zeitpunkt des Anschlages in der Cafeteria. Wir überprüfen alle, die Kontakt mit Dr. Triveda hatten."

„Sie wollen überprüfen, ob ich sie vergiften wollte?" Tina zog die Augenbrauen hoch. „Womit denn? Und warum?" Sie schien empört. Aber in ihren Augen flackerte auch etwas anderes auf. Vielleicht Angst? Annya konnte es nicht genau einordnen.

„Wir haben dich auch auf der Zhang-Party gesehen. Du warst ziemlich aufgebracht?", sagte Annya.

Tinas Blick wanderte von Angus zu Annya. „Was hat das mit Ihrer Ermittlung zu tun?", fragte sie.

Angus ergriff das Wort. „Wir haben uns gefragt, ob der Vorfall mit Dr. Triveda etwas mit Graces neuer Behandlung zu tun haben könnte."

„Ich habe die Nachrichten gelesen", sagte Tina. „Grace und ihr Wundermittel."

„Sie haben auch an einer neuen Krebsbehandlung gearbeitet, nicht wahr?", fragte Angus.

Tina zögerte einen Moment. „Ja", gab sie zu, „aber ich habe nicht versucht, ihren Chirurgen zu töten, falls Sie das meinen. Ich habe Dr. Triveda nur gefragt, ob sie erwägen würde, mein Medikament mit derselben Methode zu verabreichen, die sie bei Grace angewandt hat."

„Und was hat sie gesagt?", fragte Annya.

„Sie meinte, sie würde darüber nachdenken, was so viel heißt wie: kein Interesse", sagte Tina. „Sie schien hirngewaschen, genau wie Nathanael Zhang."

„Es war für dich wohl ein großer Schock, dass Nathanael Zhang von einem vielversprechenden Geschäftsabschluss zurückgetreten ist?" fragte Annya.

Tina ließ sich in ihrem Stuhl zurückfallen. „Ich habe Jahre meines Lebens damit verbracht, ein Heilmittel gegen Krebs zu finden. Unser neues Medikament, DIPUTS, zeigt vielversprechende Ergebnisse. Es ist zwar keine Revolution, aber es zeigt eine ähnliche Wirksamkeit wie andere Chemotherapeutika. Das bedeutete Hoffnung auf eine neue Behandlung und Aussicht auf eine anständige Bezahlung."

„Das ist interessant", sagte Annya. Sie wollte Tina ermutigen, mehr zu erzählen. *Das ist das Problem* , dachte sie. *Es geht nur um Profit. Menschen zu helfen ist zweitrangig* .

„Ich sah meine Chance", fuhr Tina fort. „Es ging nur noch darum, es richtig zu vermarkten. Ich meldete ein Patent an, arbeitete hart an den Ergebnissen und kontaktierte OrchidBio. Nathanael Zhang war interessiert. Die Daten sahen vielversprechend aus."

„Aber dann kam der Deal ins Stocken?", fragte Angus.

„Genau", bestätigte Tina. „Nathanael wollte weitere Daten sehen: Dosisfindungsstudien, Toxizitätsstudien, Stabilität des Wirkstoffs bei Langzeitlagerung. Das waren Daten, die durch Forschungsgelder der Universität nicht finanziert werden konnten. Also nahm ich einen Kredit bei der Bank auf. Und noch einen. Und noch einen."

„Das war wohl ein erhebliches finanzielles Risiko?", fragte Angus.

Tina nickte. „Ich war überzeugt, dass ich durch den Vertrag mit OrchidBio alles zurückbekommen würde. Und darüber hinaus eine anständige Rente für meinen Ruhestand. SUEC zahlt keine Renten, und ich bin ausgebrannt. Ich möchte mich in einem schönen Strandhaus zur Ruhe zu setzen."

„Und dann kam Grace", schloss Annya.

„Richtig. Grace hatte jahrelang mit meinem Medikament gearbeitet, aber sie hat es offen kritisiert. Und als bei ihr Krebs diagnostiziert wurde, weigerte sie sich, an einer Studie mit unserem Medikament teilzunehmen. Sie entschied sich für eine andere Behandlung. Das war sehr enttäuschend."

„Aus geschäftlicher Sicht war Graces Kritik ein Todesurteil für Ihr Medikament?", fragte Annya.

Tina nickte. „In dem Moment, als Grace bei den Zhangs einzog, war mir klar, dass es vorbei war. Herr Zhang würde sich nie für mein Medikament entscheiden, solange Grace dort wohnte. Mein Deal mit OrchidBio war geplatzt. Nathanael ist jetzt hinter dem her, was Grace geheilt hat."

„Hat er das gesagt?" fragte Annya.

Tina's Augen blitzten. „Ich weiß es einfach."

Angus beugte sich vor. „Und das bringt Sie finanziell in eine prekäre Lage? Schulden und keine Rente?"

„Ich bin am Boden zerstört", gestand sie. „Und von Grace enttäuscht. Nach all dem, was ich für sie getan habe. Ich habe ihr alles beigebracht, was sie über Krebstherapien weiß. Und dann meldet sie sich krank und kommt nach Monaten mit einem Wundermittel zurück, das mich ruiniert."

„Und dann hast du dich gerächt?", fragte Angus.

Tina richtete sich auf. „Auf gar keinen Fall", sagte sie energisch. „Ich würde sie gerne erschießen, aber das gehört nicht zu meinem Repertoire." Sie blickte von Angus zu Annya. „Moment mal. Sie sind wegen der Chirurgin hierher gekommen, nicht wegen Grace. Es sei denn …" Ihre Stimme wurde leiser. „Die Frau, die auf der Party zusammengebrochen ist … war sie Opfer eines Anschlages? Ist *Grace* in Gefahr?"

Annya war beeindruckt. Tinas Schlussfolgerungen waren messerscharf. „Wir versuchen, eine Serie von Ereignissen zu verstehen, die möglicherweise miteinander in Zusammenhang stehen", sagte sie.

Angus zeigte Tina ein Bild auf seinem Smartphone. Es war die Ouroboros-Schlange, die ihren Schwanz verzehrte. „Wissen Sie, was dieses Symbol bedeutet?", fragte er.

Tinas Augen verengten sich. „ Können Sie mir nicht ein bisschen Privatsphäre lassen?", entgegnete sie scharf. „Warum wühlen Sie in meinem Privatleben herum?"

Angus und Annya tauschten einen Blick aus. „Es tut mir leid, wir wollten nicht aufdringlich sein", beschwichtigte Annya. „Eine verdächtige Person hat ein ähnliches Tattoo, und uns ist aufgefallen, dass Du auch eines hast." Ihr Blick wanderte zu Tinas Arm.

Tina umklammerte reflexartig ihren Ärmel. „Ach wirklich?", fauchte sie. „Meinen Glückwunsch zu dieser Entdeckung. Bedeutet das jetzt, dass jeder mit so einem Tattoo ein Verbrecher ist?"

Angus schaltete sich ein. „Nicht unbedingt. Aber ein Zufall kann eine merkwürdige Sache sein, meinen Sie nicht auch?"

„Na schön, ich hatte eine Affäre", platzte es aus Tina heraus. „Zufrieden?"

Angus blieb ungerührt. „Was bedeutet das Symbol?", fragte er.

„Ich möchte nicht darüber sprechen", erwiderte Tina bestimmt.

Annya suchte Tinas Blick. „Tina, ich verstehe, dass das schwer für dich ist. Was auch immer dieses Symbol darstellt, es hat für dich eine persönliche Bedeutung. Aber nach dem, was wir herausgefunden haben, könnte es auch mit Angriffen auf Menschenleben in Verbindung stehen."

Tina schwieg und starrte zu Boden.

„Um es klar zu sagen: Dies ist eine Mordermittlung", fügte Angus hinzu. „Ich bin befugt, Sie zur Befragung zum FBI Hauptquartier in San Francisco mitzunehmen, wenn Sie das vorziehen."

Annya sah ihn fragend an. Er nickte ihr leicht zu. *„Jetzt nicht locker lassen."*

Eine schwere Stille lag in der Luft.

„Es sind die Hüter des Gleichgewichts", sagte Tina schließlich.

„Die Hüter des Gleichgewichts", wiederholte Annya. „Ist das eine Gruppe von Menschen?"

Tina nickte.

„Was diese Gruppe mit einer sich selbst fressenden Schlange zu tun?" Annya deutete auf das Bild.

„Der Ouroboros ist ein alchemistisches Symbol für das Gleichgewicht von Körper und Seele", erklärte Tina.

„Du kommst mir nicht wie jemand vor, der einer Sekte auf den Leim geht ", sagte Annya erstaunt.

Ein Lächeln huschte über Tinas Gesicht. „Der Ouroboros hat viele Bezüge zur Wissenschaft. Zum Beispiel träumte der Chemiker Friedrich Kekulé von dem Ouroboros-Symbol und verwendete es, um die Struktur des Benzolmoleküls darzustellen."

„Also sind die Leute mit diesem Symbol eine Gruppe von Wissenschaftlern?", fragte Angus.

Tina schüttelte den Kopf. „Nein, überhaupt nicht. Sie kommen aus allen Gesellschaftsschichten."

„Eine Gruppe von Menschen mit einem gemeinsamen Glauben?"

Tina nickte. „Für sie symbolisiert der Ouroboros eine ganzheitliche Sichtweise – Körper, Geist und Seele sind alle miteinander verflochten und entscheidend für ein Gefühl der Vollständigkeit und Harmonie mit der Welt. Viele Mitglieder haben in der Vergangenheit Schwierigkeiten überwunden und suchen in dieser Gemeinschaft nach innerem Frieden. Es geht darum, ihren Selbstwert und die Bedeutsamkeit ihrer Existenz wiederzuentdecken."

„Warum haben wir online keine Beweise für diese Gruppe gefunden?", fragte Annya.

Tina lächelte wissend. „Die Mitglieder betrachten die digitale Welt als Ablenkung von ihrer inneren Reise. Sie glauben, dass persönliche Begegnungen tiefere, authentischere Verbindungen fördern. Offline zu bleiben hilft ihnen, die Reinheit ihrer Lehren zu bewahren."

Angus runzelte die Stirn. „Also, regelmäßige persönliche Treffen? Von wie vielen Mitgliedern sprechen wir?"

Tina überlegte kurz. „Es ist eine überschaubare Gruppe, vielleicht fünfzig Personen. Sie legen Wert auf eine eng verbundene Gemeinschaft. Das hat mich auch angesprochen. Wir trafen uns wöchentlich."

„Diese Gruppe konzentriert sich also auf die Verbindung zwischen Körper und Seele", fasste Annya zusammen. „Was passiert bei diesen Treffen?"

„Es beginnt immer mit einer Ansprache des Leiters, gefolgt von einem Vortrag eines Mitglieds, während wir gemeinsam ein schönes Abendessen genießen."

„Welche Themen werden in den Vorträgen behandelt?"

„Eine breite Palette von Themen zum ganzheitlichen Wohlbefinden. Es kann um die Bedeutung von Bewegung und gesunder Ernährung gehen oder darum, wie schlechte Angewohnheiten wie übermäßiger Alkohol- oder Drogenkonsum unser natürliches Gleichgewicht stören. Sie diskutieren auch über Kräutermedizin, Aromatherapie und Möglichkeiten zur Entgiftung des Körpers."

Annya betrachtete Tina nachdenklich. *Wie konnte eine Wissenschaftlerin, deren ganzes Leben auf Logik basierte, sich für ätherische Öle und Kräuterheilmittel interessieren?* „Fandest Du diese Vorträge hilfreich?", fragte sie.

Tina lächelte. „Vielleicht nicht im streng wissenschaftlichen Sinne", räumte sie ein. „Aber ehrlich gesagt, Annya, wonach ich mich am meisten sehnte, war die Gemeinschaft. Nach so langer Zeit allein ... nun, wen stört es schon, einen seltsam riechenden Tee zu trinken, wenn man das Gefühl hat, dazuzugehören?"

„Gibt es über die Sitzungen hinaus andere Aktivitäten oder Aufgaben für die Mitglieder?", fragte Angus. „Spenden?

Freiwilligenarbeit? Pflichten?"

Tina nickte. „Während der Abendessen hat jedes Mitglied ein Einzelgespräch mit dem Leiter, bei dem ihm eine Aufgabe zugewiesen wird. Manchmal sind Vorschläge willkommen, manchmal gibt der Leiter die Aufgabe vor. Es beginnt harmlos, wird aber mit der Zeit immer merkwürdiger. Das ist es, was mich letztendlich vergrault hat. Ich mag es nicht, bevormundet zu werden."

„Was haben sie von dir verlangt?"

„Anfangs war es machbar", erklärte Tina. „Er schlug vor, täglich eine Stunde in der Natur zu verbringen. Bei meinem Zeitplan war das eine Herausforderung, aber überraschend bereichernd. Aber dann wurden die Aufgaben seltsam."

„Inwiefern?"

„Eine davon war, mir dieses Tattoo stechen zu lassen, was mir recht unangenehm war. Als Nächstes sollte ich einen Fremden zur Zhang-Gala mitnehmen."

„Du hast einen Fremden zur Zhang-Gala mitgenommen?" Angus sah sie überrascht an. „Wer war das?"

„Wie Sie sich denken können, ist ein Fremder jemand, den man nicht kennt", erwiderte Tina scharf. „Es war ein gut aussehender junger Mann aus der Gruppe, dunkles Haar, elegante Kleidung – mehr weiß ich nicht mehr. Es war nicht leicht, Eintrittskarten zu bekommen, und er wollte unbedingt dabei sein. Ich hatte meine als Geschäftskontakt erhalten, mit Begleitung. Also habe ich ihn hineingebracht... und sobald wir durch den Eingang gekommen waren, verschwand er in der Menge."

Angus und Annya tauschten einen Blick aus. „Das können wir auf den Überwachungskameras überprüfen", sagte er.

„Habe ich etwas falsch gemacht?", fragte Tina besorgt.

„Das wissen wir noch nicht", sagte Annya. „Aber deine Ehrlichkeit hilft uns, der Sache auf den Grund zu gehen."

„Also haben Sie die Hüter des Gleichgewichts nach diesem Vorfall verlassen?", fragte Angus.

Tina nickte knapp. „Mich zu bitten, einen völlig Fremden zur

Gala mitzunehmen fand ich schon ziemlich dreist. Ich hatte das Gefühl, ausgenutzt zu werden. Aber als er dann direkt verschwunden ist, ist mir der Kragen geplatzt. Das war für mich zu weit gegangen. Ich bin nicht mehr zu weiteren Gruppentreffen gegangen."

„Wahrscheinlich eine kluge Entscheidung", sagte Angus. „Wann treffen sich diese Leute?"

„Jeden Samstag um 19 Uhr", antwortete sie.

Angus sah auf die Uhr und sah Annya an. „Gut, sehen wir uns diese Gruppe mal an."

„Sie haben mich nicht gefragt, wo sie sich treffen."

Angus lächelte. „Das wissen wir schon. In einem Lagerhaus im Mission District von San Francisco, richtig?"

Tina war verblüfft. „Beeindruckend", gab sie zu. „Aber Sie werden nicht so einfach hineinkommen. Alle Mitglieder werden am Eingang kontrolliert."

„Könntest du uns mitnehmen?", fragte Annya.

Tina nickte. „Ich kann einen Gast mitbringen, und Annya, Du siehst unauffällig genug aus, um als potenzielles neues Mitglied durchzugehen. Aber Sie, Herr Weber" – sie musterte Angus – „Sie sehen aus wie ein Ordnungsbeauftragter. Ihnen nimmt niemand ab, dass Sie freiwillig Kräutertee trinken. Wenn Sie mitkommen, wird es keine verdeckte Ermittlung mehr sein."

Angus blickte von Tina zu Annya.

Annya lächelte ihn zuversichtlich an. „Ich schaffe das schon", versicherte sie.

Er sah sie besorgt an. „Deine Aufgabe ist es, Informationen zu liefern, und nicht zur Zielscheibe zu werden", entgegnete er.

„Natürlich. Ich werde die nötigen Informationen beschaffen", sagte sie. „Dann können wir entscheiden, wie wir weiter vorgehen."

Angus' Blick ruhte auf Annya. Mit einem Seufzer gab er schließlich nach. „Na gut. Ihr beide geht allein. Aber vergiss nicht, Annya" – seine Stimme wurde ernst – „wenn dir irgendetwas seltsam vorkommt, wenn dein Bauchgefühl dir sagt, dass du verschwinden sollst, dann zögere keinen Moment. Ruf mich an, egal was passiert."

- 43 -

GRACE

Samstag, 12. November 2033, 18:00 Uhr

Grace lehnte sich auf der verwitterten Verandabank zurück, Schatzi an ihrer Seite, und ließ ihren Blick über die Stadt unter ihr und den Pazifik schweifen. Die salzige Meeresluft kitzelte ihre Nase und eine zarte Brise fuhr durch ihr Haar. Am Horizont tauchte die untergehende Sonne den Himmel in ein lebhaftes Farbenspiel aus warmem Gelb, Orange und tiefem Rot, das sich sanft auf der endlosen Weite des Ozeans spiegelte.

Vor ihrer Operation waren Sonnenuntergänge für Grace flüchtige Schönheiten im Alltag gewesen. Doch nun erfüllte sie jeder feurige Pinselstrich am Himmel mit Wehmut und Dankbarkeit. Die orangen und roten Farben, die den Horizont in Flammen zu setzen schienen, erinnerten sie an die Zerbrechlichkeit des Augenblicks, ein wertvolles Geschenk, dessen wahre Bedeutung sie erst durch die Erlebnisse der letzten Monate zu schätzen gelernt hatte.

Der Schlüssel drehte sich im Türschloss und eine Minute später trat Mona mit zwei prall gefüllten Einkaufstüten auf die Terrasse. Mit einem leichten Rascheln stellte sie ihre Last ab.

„Genießt du die Vorstellung?", fragte sie mit einem Lächeln.

„Das ist atemberaubend", antwortete Grace, den Blick noch immer auf den Horizont gerichtet.

„Hast du Appetit bekommen? Ich kann uns schnell etwas Leckeres zaubern", schlug Mona vor.

Grace wandte sich ihr zu. „Das wäre wunderbar. Kann ich dir helfen?"

Mona legte ihre Hand behutsam auf Graces Schulter. „Ich werfe nur ein paar Nudeln ins Wasser. Gönn' du dir mal eine Auszeit. Du siehst aus, als hättest du sie bitter nötig. Das Essen ist im Handumdrehen fertig. Bist du immer noch ein Fan von Spaghetti mit Tomatensoße?"

Grace nickte. „Wie in alten Zeiten", flüsterte sie. „Danke!"

Mona betätigte einen Schalter an der Wand. Eine Lichterkette tauchte die Terrasse in ein weiches Licht, als hätten sich unzählige Glühwürmchen um sie herum versammelt. Dann nahm sie ihre Einkaufstüten und verschwand ins Hausinnere.

Grace drehte sich wieder dem Sonnenuntergang zu. Die Farben verblassten langsam. Ihre Hand glitt unwillkürlich zu ihrem Hals und ihren Wangen. Nichts Auffälliges. Bei ihrer Flucht aus der Hütte hatte sie ihre Jacke mit den Immunsuppressiva zurückgelassen. Wie lange würde sie ohne sie auskommen? Wahrscheinlich nicht lange. Was, wenn ihr geliehener Körper ihren Kopf abstoßen würde? Nun, das würde wohl nicht über Nacht geschehen. Hoffentlich. Morgen würde sie sich darum kümmern. Für den Moment wollte sie einfach nur diesen Augenblick genießen. Sie lehnte sich zurück und schloss die Augen.

Sie musste eine Weile eingenickt sein. Der verführerische Duft von gebratenem Knoblauch und köchelnden Tomaten weckte ihre Sinne. Ihr Magen meldete sich mit einem erwartungsvollen Grummeln. Als sich Schritte näherten, sprang Schatzi aufgeregt zur Terrassentür. Mit einem herzlichen Lachen trat Mona ins Freie, ein Tablett mit einer dampfenden Schüssel Pasta und Tomatensoße in den Händen.

„Tut mir leid, mein Kleiner", schmunzelte sie in Schatzis Richtung. „Dieses kulinarische Vergnügen ist heute Abend den Zweibeinern vorbehalten."

Sie stellte die Schüsseln auf den rustikalen Holztisch. Neben der duftenden Pastaschüssel lag, fast beiläufig, ein Knochen auf dem Tablett. Sie hielt Schatzi die Leckerei entgegen. Mit sichtbarer

Begeisterung schnappte das riesige Hundebaby nach seinem Festmahl und zog sich zufrieden zurück, um genüsslich daran zu knabbern.

Mona ergriff das Tablett und verschwand erneut im Haus. Wenige Augenblicke später kam sie mit einer Schüssel grünen Salats, einer Flasche Rotwein, Gläsern, Besteck und Tellern zurück.

„Essen wir draußen?", fragte sie und deckte den Tisch.

Grace warf Mona einen zögernden Blick zu. „Wird es nicht langsam etwas kühl?"

„Keine Sorge, ich bin für alles gewappnet." Mit einem leisen Klicken schaltete Mona eine Metalllampe neben dem Tisch ein, und eine wohlige Wärme breitete sich auf der Terrasse aus.

„Das ist wirklich perfekt", seufzte Grace zufrieden.

Mona hatte sich gerade zu ihr an den Tisch gesetzt, als das schrille Läuten der Türklingel die friedliche Atmosphäre zerriss. Mona und Grace tauschten erschrockene Blicke aus.

„Erwartest du jemanden?", flüsterte Grace.

Mona schüttelte den Kopf. „Eigentlich sollte ich jetzt bei meinem Fitnesskurs sein. Ich habe niemanden eingeladen."

Graces Herz begann zu rasen. „Dann... muss es wohl für mich sein", presste sie hervor. „Gibt es hier irgendwo eine Überwachungskamera?"

„Nein, sowas haben wir hier nicht. Diese Gegend ist sicher."

„Man kann nie vorsichtig genug sein, Mona. Das könnte gefährlich werden."

Mona lachte herzlich. „Oh Grace, die Großstadt hat dich wirklich misstrauisch gemacht. Hier in Santa Barbara ticken die Uhren noch anders."

Grace ließ sich nicht beirren. „Um ehrlich zu sein, besteht die Möglichkeit, dass mir jemand hierher gefolgt ist."

„Wie meinst Sie das? Ein Reporter?"

„Ich bin mir nicht sicher. Aber es könnte gefährlich sein."

„Wirklich? Wir könnten vorsichtig ums Haus schleichen und nachsehen, wer da ist", schlug Mona vor.

Grace schüttelte entschieden den Kopf. „Nein, ich will dich da nicht reinziehen. Ich kümmere mich darum, ich bin in Selbstverteidigung ausgebildet."

Überraschung huschte über Monas Gesicht. „Selbstverteidigung? Ist es in San Francisco mittlerweile so gefährlich?"

„Ich bin gleich zurück", entgegnete Grace leise. „Falls du irgendetwas Verdächtiges hörst, egal was – nimm Schatzi und bring dich in Sicherheit."

„Grace, du machst mir Angst!", protestierte Mona.

„Keine Sorge, ich krieg das schon hin."

Grace stand leise auf und schlich auf Zehenspitzen um das Haus. Ihre Füße versanken im weichen Erdreich der Blumenbeete. Erneut ertönte die Türklingel. Sie griff nach einem kräftigen Ast, der auf einen Rhododendronstrauch zu ihrer Rechten gefallen war. Behutsam pirschte sie sich an die Quelle des unerwünschten Geräusches heran und spähte um die Ecke.

Dort, im sanften Schein des Küchenfensters, stand eine vertraute Gestalt. Breite Schultern über einer schlanken Statur, die Hände lässig in den Taschen vergraben. Sein Blick ruhte auf der geschlossenen Tür, und in seiner Haltung lag eine stumme Bitte, die ihr Herz zusammenschnürte.

„Julius", rief sie aus. „Was in aller Welt machst du denn hier?"

Sein Kopf schnellte in ihre Richtung, und sein Gesicht erstrahlte, als sich ihre Blicke trafen. Ein Hauch von Erleichterung huschte über seine Züge. „Gibt es ein Problem mit der Tür?", fragte er mit neckischem Unterton in der Stimme.

Während der langen Fahrt nach Santa Barbara hatte Grace oft an Julius gedacht. Sein Vater hatte unmissverständlich klar gemacht, dass er an ihrer Behandlung interessiert war. Natürlich war Julius zwischen die Fronten geraten. Doch er hatte sich entschieden, ihr zu folgen, statt mit Rolando zu fliehen. Diese Geste sprach Bände über seine Gefühle für sie.

Ohne einen weiteren Moment zu zögern, lief sie auf ihn zu, und umarmte ihn. Er erwiderte die Umarmung. Sein vertrauter Duft –

eine Mischung aus Meeresbrise und herbem Cologne – umhüllte sie und ließ die Erinnerung an ihren Streit in der Hütte verblassen.

„Oh, Julius", seufzte sie und hielt ihn einen Herzschlag länger fest als nötig. „Ich dachte... für einen schrecklichen Augenblick dachte ich, es könnte jemand Gefährliches sein. Wie hast du mich gefunden?"

„Ich habe Annya angerufen", gestand er mit einem verlegenen Lächeln. „Sie scheint immer alles zu wissen."

Grace blickte ihn überrascht an. „Aber ich habe dieses Mal niemanden angerufen oder eine SMS geschickt. Wie hat sie das denn geschafft?"

Er zuckte die Achseln. „Vielleicht hat sie oder Angus Weber deinen Wagen verfolgt?", mutmaßte er und nickte in Richtung des Smart auf der anderen Straßenseite.

„Aber ich habe ihn absichtlich vor einem anderen Haus geparkt", entgegnete Grace stirnrunzelnd.

„Nun, wie auch immer, sie kannte deine Adresse, und ich bin erleichtert, dich hier wohlauf zu finden. Sie bat mich, ihr Bescheid zu geben, dass du in Sicherheit bist."

„Das können wir später machen. Im Moment will ich einfach nur meine Ruhe haben. Und keine Sorge, ich kann auf mich aufpassen. Ich habe es schon zweimal bewiesen und ich werde mich wieder verteidigen, wenn es nötig ist."

Ihre Blicke trafen sich und sie sah die Sorge in seinen Augen. „Ich bin nicht sicher", sagte er. „Vielleicht wäre es klüger, sie sofort zu informieren."

Grace schnaubte leise. „Annya sollte uns einfach mal einen Moment der Ruhe gönnen. Ich fühle mich schrecklich, weil wir uns im Streit getrennt haben. Du hast dein Leben riskiert, als du mich nach Tahoe mitgenommen hast – und deine Beziehung zu Rolando. Das hättest du nicht tun müssen. Aber du hast es getan. Für mich. Dafür bin ich dir unendlich dankbar."

Julius' dunkelbraune Augen suchten die ihren. „Grace", begann er, seine Stimme rau vor unterdrückter Reue, „was die SMS betrifft - es tut mir so unendlich leid. Mein Vater kann erbarmungslos sein, wenn er etwas will. Er war versessen darauf, dein Geheimnis zu lüften, und drängte mich, es herauszufinden. Wenn er eine geschäftliche Chance wittert, kennt er keine Grenzen. Er hat mich benutzt... Aber das wird nie wieder vorkommen, das schwöre ich Dir." Er hielt kurz inne, seine Stimme wurde leiser. „Du bedeutest mir so viel mehr als das, Grace. So viel mehr. Du bist meine engste Vertraute, meine beste Freundin..." Seine Augen flehten sie an. „Ich kann dich nicht verlieren."

Tränen schwollen in ihren Augen auf. „Ich weiß", flüsterte sie. Der Drang, ihn zu küssen, den Schmerz zu lindern und Trost in seiner Berührung zu finden, war überwältigend, doch die Vernunft siegte. Julius hatte einen Freund. Sie griff nach seiner Hand. „Komm", sagte sie mit einem zaghaften Lächeln. „Ich möchte dir jemanden vorstellen.."

Als sie um die Hausecke bogen, enthüllte das warme Licht der Veranda eine kuriose Szene: Mona stand kampfbereit auf der Terrasse, eine Gabel wie eine mittelalterliche Lanze hoch erhoben. Grace musste ein Lachen unterdrücken und warf einen verstohlenen Blick zu Julius, dessen Mundwinkel ebenfalls zuckten. Offensichtlich gehörten Kampferfahrungen nicht zu Monas Repertoire.

Plötzlich schoss ein Fellknäuel mit freudigem Gebell auf Julius zu. Schatzi umkreiste seine Beine in einem Wirbel ungezügelter Begeisterung, sein Kläffen von ekstatischem Schnauben unterbrochen, sein Schwanz rotierend wie ein Propeller. Julius ging in die Hocke und streckte dem aufgeregten Vierbeiner zur Begrüßung seine Hand entgegen.

„Na, du kleiner Wirbelwind", gurrte er liebevoll. „Da freut sich aber jemand, mich zu sehen!"

Schatzi stürzte sich auf Julius' Hand und überschüttete sie mit enthusiastischen Schlabberküssen. Julius lachte herzhaft und zog den Hund in eine feste Umarmung. Die Wiedersehensfreude war offensichtlich gegenseitig. Nach einem Moment löste sich Julius widerstrebend aus der stürmischen Begrüßung und folgte einer strahlenden Grace zum Tisch.

Mona starrte ihn mit offenem Mund an. „Wow", war alles, was sie hervorbrachte.

„Mona, das ist Julius", sagte Grace mit einem warmen Lächeln, bevor sie sich an Julius wandte. „Und das ist meine Freundin Mona. Wir kennen uns schon seit der Highschool."

„Freut mich, dich kennenzulernen, Mona", erwiderte Julius mit einem charmanten Lächeln

Mona fuhr sich nervös durch ihren kurzen, stacheligen Pixie-Schnitt und strich unbewusst ihre farbenfrohe Sonnenblumenbluse glatt.

Julius' Blick schweifte über den gedeckten Tisch. „Es tut mir aufrichtig leid, euch beim Abendessen zu stören", sagte er mit seiner warmen Baritonstimme.

„Oh, keine Sorge!", entgegnete Mona, sichtlich aus ihrer Überraschung erwachend. „Bitte, setz dich doch. Möchtest du etwas essen?"

Ein dankbares Lächeln huschte über Julius' Gesicht. „Um ehrlich zu sein, bin ich am Verhungern. Ich war den ganzen Tag unterwegs und bin gerade hier angekommen."

Bevor er noch ein Wort sagen konnte, war Mona bereits im Haus verschwunden. In Windeseile tauchte sie wieder auf und stellte einen frischen Teller, ein Glas, eine Gabel und einen Löffel hin. „Bitte, setz dich. Wir sind froh, dass du uns Gesellschaft leistest."

- 44 -

GRACE

Samstag, 12. November 2033, 18:30 Uhr

Ein angenehmes Summen erfüllte die Luft, als die Heizstrahler auf der Veranda die kühle Abendluft in eine behagliche Wärme verwandelten. Ringsum stimmten Grillen ihr abendliches Konzert an, ein rhythmischer Chor, der die friedvolle Atmosphäre unterstrich. Mona, sichtlich in ihrem Element, verteilte mit geübter Hand dampfende Portionen Spaghetti, während Grace mit einem leisen 'Plopp' den Korken aus der Rotweinflasche zog.

Sie stießen mit einem leisen Klirren auf einen Toast an, dann genossen sie das einfache, aber köstliche Essen. Ihre Unterhaltung reifte wie ein guter Wein, angereichert durch herzliches Lachen und kluge Gedanken. Schatzi lag zu ihren Füßen, seine großen Augen fest auf den Tisch gerichtet, bereit, einen herabfallenden Leckerbissen zu erhaschen. Sein Schwanz schlug in freudiger Erwartung gegen die Holzplanken des Decks.

Graces Blick wanderte zu ihren Freunden. Ihre Gesichter waren in das warme Licht der Lampen getaucht und spiegelten die Freude wider, die dieser gemeinsame Abend in ihnen weckte. Sie bemerkte überrascht, dass sie ihr Handy den ganzen Abend über nicht einmal vermisst hatte.

Julius' Präsenz war magnetisch, seine natürliche Ausstrahlung und sein Charme einfach fesselnd. Doch es war nicht so sehr sein attraktives Äußeres, das Grace so sehr schätzte. Seine Authentizität machte ihn zu etwas ganz Besonderem. In ihm fand sie einen Seelenverwandten, jemanden, der ihre tiefsten Werte widerspiegelte.

Mona war ganz offensichtlich auch von ihm fasziniert. Sie

hatte schon immer eine Schwäche für Männer gehabt, die den Hauch von Hollywood in sich trugen – ein unbewusster Versuch, die eigene Realität mit einem Hauch von Glamour zu überziehen. Doch Grace wusste, dass Mona so viel mehr war als das. Intelligent, humorvoll und der strahlende Mittelpunkt jeder Party. Mit ihr war jede Minute ein Vergnügen.

„Wer hätte Lust auf ein Eis?", fragte Mona mit einem schelmischen Funkeln in den Augen.

Grace stöhnte theatralisch. „Oh Mona, du verwöhnst uns zu sehr. Wie können wir das je wiedergutmachen?"

„Ganz einfach", erwiderte Mona mit einem spielerischen Zwinkern, „indem ihr öfter bei mir vorbeikommt. Ich habe dich seit einer Ewigkeit nicht gesehen, Grace. Du hast mir wirklich gefehlt!"

„Ich habe dich auch vermisst", antwortete Grace. „Ich verspreche, dass wir dieses Mal in Kontakt bleiben."

Mona zog scherzhaft die Augenbrauen zusammen. „Und warum, wenn ich fragen darf, hast du mir deinen charmanten Freund so lange vorenthalten? Um diese emotionale Wunde zu heilen, verlange ich bald ein weiteres Abendessen."

Grace lachte herzlich. „Du bist eine knallharte Verhandlungspartnerin, Mona. Was meinst du dazu, Julius?"

Er grinste. „Es wäre mir ein Vergnügen, meine Damen."

Mona stand auf und sammelte das leere Geschirr ein. „Ich bringe das nur kurz in die Spülmaschine und hole das Eis."

Grace wollte ebenfalls aufstehen, doch Mona legte ihr wieder die Hand auf die Schulter. „Bleib du mal schön sitzen und unterhalte dich mit Julius. Keine Sorge, ich bin gleich zurück." Mit diesen Worten verschwand sie im Haus.

Julius sah ihr nach, bis sie um die Ecke verschwand. Dann wandte er sich mit einem tiefen Atemzug an Grace. „Es gibt da etwas, das ich dich fragen wollte, Grace."

Grace neigte den Kopf. Sie fühlte sich ein wenig beschwipst. „Was denn?", fragte sie.

Julius zögerte einen Moment, dann brach es aus ihm heraus:

„Würdest du... würdest du in Erwägung ziehen, mit mir nach Hause zu kommen? Wir könnten Angus Weber kontaktieren. Vermutlich hat er deine Verfolger inzwischen festgenommen."

Grace stockte der Atem. „Du meinst, zurück nach Atherton? Wieder in eurem Haus einziehen? Was würde dein Vater denn dazu sagen?"

„Grace, glaub mir, mein Vater schätzt dich sehr", erwiderte Julius eindringlich. „Im Grunde, denke ich, wollte er uns nur dazu bringen, ihm dein Geheimnis anzuvertrauen. Er würde sich aufrichtig freuen, dich wiederzusehen. Ich verspreche dir, er wird dich nicht mehr mit seinen geschäftlichen Angelegenheiten bedrängen, wenn du das nicht möchtest. Ich werde das mit ihm klären."

Graces Blick traf Julius', und für einen Moment verlor sie sich in den Tiefen seiner dunklen Augen. „Nach Hause kommen", wiederholte sie nachdenklich, ihre Stimme kaum mehr als ein Flüstern. „Was genau würde das bedeuten, Julius?"

Er griff in seine Tasche. Langsam, fast bedächtig, zog er eine kleine schwarze Samtschachtel hervor und platzierte sie behutsam vor Grace auf dem Tisch.

Ihr stockte der Atem.

„Mach es auf", sagte er, ein zaghaftes Lächeln auf den Lippen.

Mit zitternden Fingern griff Grace nach der Schachtel. Sie hob den Deckel an, als würde sie ein kostbares Geheimnis lüften. Im Inneren funkelte ein riesiger Diamant, dessen Brillanz das schwache Licht einfing und in tausend Facetten brach.

„Julius", hauchte sie ungläubig. „Das kann nicht dein Ernst sein. Wir... wir kennen uns erst seit einer Woche!" Eine Welle der Überforderung überkam sie. Behutsam schloss sie die Schachtel wieder.

Julius sah sie enttäuscht an, doch er gab noch nicht auf. „Ich weiß, es mag überstürzt erscheinen, Grace", gab er leise zu, „aber da ist diese Verbindung zwischen uns. Ich weiß, dass du sie auch spürst. Worauf sollen wir noch warten, wenn wir beide wissen, dass wir füreinander bestimmt sind?"

Grace starrte abwechselnd auf die Schachtel und Julius, während ein Wirbelsturm der Verwirrung in ihr tobte. „Und... was ist mit Rolando?", brachte sie schließlich hervor.

Julius seufzte tief, seine Augen spiegelten einen inneren Konflikt wider. „Es ist kompliziert", gestand er. „Ich liebe ihn auch. Anfangs war ich mir nicht sicher, für wen ich mich entscheiden sollte. Aber Rolando ist ein gesuchter Hacker. Seine Arbeit ist sein ein und alles. Er wird immer ein Freigeist sein."

Graces Herz zog sich zusammen, ein Anflug von Mitgefühl kämpfte mit ihrer eigenen Verwirrung. „Könntet ihr nicht einfach weggehen und irgendwo neu anfangen? Du hättest doch die Mittel dazu?"

Ein bitteres Lächeln umspielte Julius' Lippen. „Sicher, das wäre eine Option für ein Wochenende. Aber mein Vater wird nicht jünger, Grace. Er braucht mich. Und früher oder später wird das Familienunternehmen in meine Verantwortung übergehen. Außerdem gibt es keinen Ort auf der Welt, an dem Rolando und ich wirklich frei sein könnten. Viele Länder haben mit den USA Abkommen zur Festnahme und Auslieferung von Straftätern geschlossen. Sie informieren die CIA, sobald sie eine gesuchte Person identifizieren, und führen gemeinsam eine Operation zu deren Festnahme durch."

„Ihr könntet nach Russland oder China ziehen?"

„Als Männerpaar? Und was würden die mit einem gesuchten Cyberhacker machen? Das will ich besser nicht herausfinden."

Eine schwere Stille senkte sich über sie, geladen mit unausgesprochenen Gefühlen. Grace suchte seinen Blick und fand darin einen Spiegel ihres eigenen inneren Aufruhrs.

„Was empfindest du denn für mich?", fragte sie schließlich, ihre Stimme kaum mehr als ein Flüstern. Ihr Herz raste, während sie die Frage stellte, die sie gleichzeitig ersehnte und fürchtete.

Julius holte tief Luft, seine Augen suchten in der Ferne nach den richtigen Worten. „Ich habe nicht auf alles eine Antwort, Grace", begann er zögernd. „Was ich für dich empfinde, ist intensiv auf eine Art, die ich nie für möglich gehalten hätte. Aber es ist anders als das, was ich für Rolando empfinde. Vielleicht eine andere Art von Liebe."

Ein Anflug von Eifersucht durchfuhr Grace, gefolgt von einer Welle der Verwirrung. „Anders?", wiederholte sie leise, die Bedeutung des Wortes in der Luft zwischen ihnen schwebend.

„Ja", erwiderte er, sein Blick fest auf sie gerichtet. „Mit Rolando ist es wie ein Feuersturm, eine Kraft, der ich mich nicht entziehen kann. Aber bei dir, Grace..." Er hielt inne, suchte nach den richtigen Worten. „Bei dir fühle ich mich zuhause. Geborgen. Angekommen."

Grace starrte ihn an, seine schonungslose Ehrlichkeit traf sie wie ein Schlag. Das war nicht die Märchenromanze, von der sie insgeheim geträumt hatte. Aber die Intensität in seinen Augen entfachte etwas Unbestreitbares in ihr. Ein Gefühl, gleichzeitig fremd und vertraut, eine Sehnsucht, die sie nicht in Worte fassen konnte.

„Ich bin nicht sicher, Julius", sagte sie leise und schob die schwarze Schachtel behutsam zu ihm zurück.

In diesem Moment betrat Mona die Veranda, drei prall gefüllte Eisbecher auf einem wackeligen Tablett balancierend. Ihr Blick huschte zwischen Grace und Julius hin und her, erfasste blitzschnell die Schachtel und die spürbare Spannung in der Luft. „Moment mal", platzte es aus ihr heraus, „habe ich hier gerade etwas Entscheidendes verpasst?"

Mit einer schwungvollen Bewegung stellte sie das Eis ab. Ihre Augen klebten förmlich an der samtenen Box. Ehe jemand reagieren konnte, griff sie danach und drehte sie neugierig in ihren Händen.

„Was ist das denn?" Ihr Blick richtete sich auf Julius, dessen gerötete Wangen ihn verrieten. „Hast du Grace etwa gerade einen Antrag gemacht?"

„So ähnlich", murmelte er verlegen.

Mona wandte sich an Grace, ihre Augen vor Überraschung geweitet. „Und du? Was hast du zu sagen?"

„Ich muss darüber nachdenken", wiederholte Grace.

Mona runzelte die Stirn. „Nachdenken? Was schwirrt dir denn da im Kopf herum, Grace? Du bist meine beste Freundin, aber...

Schätzchen, dein Männergeschmack war nicht immer der glücklichste. Erinnerst du dich an den Letzten? Der hat mit jeder geflirtet, die nicht schnell genug wegrennen konnte. Um ehrlich zu sein, war das einer der Gründe, warum wir uns aus den Augen verloren haben. Ich konnte den Kerl nicht ausstehen. Aber Julius? Julius ist perfekt. Gutaussehend, charmant und offensichtlich in dich verknallt. Also, was gibt es da groß zu überlegen?"

Graces Blick traf Julius' für einen flüchtigen Moment, ein stummer Austausch, der sie mit einem schlechten Gewissen erfüllte. Monas Worte hallten in ihrem Kopf wider. War da etwas Wahres dran? Konnte sie heiraten, um eine intellektuelle Bindung zu besiegeln, während sie Gleichgültigkeit im körperlichen Bereich akzeptierte? Sie bewohnte den Körper einer Fremden. Ihr neuer Körper fühlte sich taub an und sie verspürte keinen besonderen Drang, herauszufinden, ob sie überhaupt ein körperliches Verlangen hatte.

Ja, sie liebte Julius. Aber würde das genügen? Und was war mit Karim? Sein unverhohlenes körperliches Verlangen war unübersehbar. Doch galt dieses Begehren wirklich ihr – oder sah er in ihr jedes Mal Bianca? Ihr erster Kaffee hatte mit einem schalen Beigeschmack geendet, ihre Gedanken schienen auf unterschiedlichen Frequenzen zu schwingen.

Wonach also sehnte sie sich mehr? Die tiefe Geborgenheit geistiger Verbundenheit oder den elektrisierenden Funken körperlicher Leidenschaft? Gab es eine perfekte Beziehung, die alles vereinte? War das Leben nicht vielmehr eine Reihe von Kompromissen, ein ständiges Abwägen zwischen Wünschen und Realität?

Die Wellen ihrer Gedanken schlugen über ihr zusammen. Sie fühlte sich wie ein Schiff ohne Kompass, das auf einem weiten Ozean der Ungewissheit trieb. Sie war sich nicht sicher. Sie war sich einfach nicht sicher.

Mit einem resignierten Seufzer gab Mona schließlich nach. „Also gut, das war ein langer Tag. Du nimmst die Schachtel jetzt mit, denkst gründlich darüber nach, und mit etwas Glück sehen Julius und ich morgen früh den Ring an deinem Finger." Mona griff nach Graces Pullover, den sie ihr geliehen hatte. Sie öffnete einen Reißverschluss an der Seite und steckte die Schachtel in eine verborgene Tasche. Grace blinzelte überrascht, sie hatte die Tasche vorher nicht bemerkt.

Julius hatte die ganze Zeit über mechanisch den Kopf des Hundes gestreichelt, der in seinem Schoß ruhte. Grace näherte sich ihm vorsichtig und legte sanft eine Hand auf seinen Arm. „Julius", flüsterte sie mit bebender Stimme, „du weißt, wie viel du mir bedeutest."

„Ja, sicher", murmelte er, seinen Blick noch immer auf den Hund gerichtet.

„Bitte gib mir etwas Zeit", bat sie. „Nur bis morgen."

„Natürlich", erwiderte er knapp, ein Muskel in seinem Kiefer spannte sich sichtbar an.

Grace erhob sich langsam von der Bank.

„Schatzi muss Gassi gehen", verkündete sie mit bemüht ruhiger Stimme. Der Hund sprang sofort auf und sah sie aufgeregt wedelnd an. Grace griff nach der Leine, die am Stuhl hing, und Schatzi brach sofort in ein wildes, aufgeregtes Bellen aus - ein perfektes Spiegelbild von Graces innerem Aufruhr. Mit zitternden Fingern befestigte sie die Leine an seinem Halsband.

„Soll ich dich begleiten?", fragte Julius.

Grace wandte sich ihm zu, ihr Blick voller unausgesprochener Emotionen. „Ich glaube, es wäre besser, wenn ich... etwas Zeit für mich hätte", erwiderte sie schließlich, die Worte wie Asche auf ihrer Zunge. „Ich muss nachdenken."

„Natürlich", sagte er, seine Enttäuschung kaum verbergend. „Bitte pass auf dich auf.."

Mona mischte sich ein: „Keine Sorge, hier ist es sicher. Diese Gegend ist praktisch ein Altenheim. Ich bin unzählige Male nachts allein hier spazieren gegangen, ohne Probleme." Sie wandte sich an Julius: „Komm, Julius, wir lassen sie in Ruhe. Wir können in der Zwischenzeit das Geschirr wegräumen, und falls Grace sich durch ein Wunder bis morgen früh noch nicht entschieden hat" – sie zwinkerte ihm schelmisch zu – „springe ich gerne ein."

Ein schiefes Lächeln huschte über Julius' Lippen. „Das ist ein verlockendes Angebot, Mona."

Mona deutete auf einen schmalen Pfad, der sich in der Dämmerung verlor. „Der führt zu einem wunderschönen Weg durch die Hügel", erklärte sie. „Perfekt, um den Kopf freizubekommen."

Grace lächelte matt. „Danke!"

Sie wandte sich dem Pfad zu, der sich in die Dunkelheit schlängelte – ein Spiegel ihrer aufgewühlten Gedanken. Entschlossen setzte sie sich in Bewegung. Mit jedem Schritt knisterte das trockene Herbstgras unter ihren Füßen, während Schatzi leicht an der Leine zog, als wollte er sie behutsam in eine neue Zukunft leiten.

- 45 -

ANNYA

Samstag, 12. November 2033, 19:00 Uhr

Annya, Tina und Angus bahnten sich ihren Weg durch die belebten Straßen des Mission District in San Francisco, vorbei an skurrilen Läden, Graffiti-geschmückten Lagerhallen und ehrwürdigen viktorianischen Gebäuden. Angus hatte seinen Wagen einige Blocks vom Ziel entfernt geparkt, eine Angewohnheit, die er sich durch jahrelange Erfahrung mit Undercover-Operationen angeeignet hatte. In der Stadt war es einfacher, zu Fuß zu verschwinden, während man im Auto auf einer verstopften Straße schnell zur Zielscheibe werden konnte.

Um sie herum pulsierte das abendliche Treiben des Viertels in seiner ganzen Vielfalt. Hipster mit kunstvoll zerzaustem Haar und stilvoll ausgewählter Vintage-Garderobe drängten sich Schulter an Schulter mit Künstlern, deren Jeans von bunten Farbklecksen übersät waren. Technik-Enthusiasten, den Blick fest auf ihre Smartphones geheftet, manövrierten sich geschickt zwischen Familien hindurch, die plaudernd ihre Kinderwagen vor sich herschoben. Die Luft war erfüllt von einem vielsprachigen Stimmengewirr.

Auf der gegenüberliegenden Straßenseite prangte an der Fassade eines Eckgebäudes ein gewaltiges Wandgemälde: Eine Revolutionärin, die Faust gen Himmel gereckt, schien über das bunte Treiben zu wachen – ein stummes, aber kraftvolles Symbol für den rebellischen Geist, der dem Mission District seit jeher innewohnte.

Als sie um die Ecke bogen, erschien das alte Lagerhaus vor ihnen. Das einst prunkvolle Gebäude trug die Wunden der Zeit: Verblasste Farbe blätterte von den Backsteinwänden ab und rostige

Metallträger ragten in schrägen Winkeln aus der Mauer. Wilde Weinreben hatten das Gebäude in Beschlag genommen und umhüllten es wie ein lebendiger, grüner Kokon. Die hohen Bogenfenster waren mit Brettern vernagelt und erinnerten an eine Zeit, als das Licht ungehindert einströmen konnte.

Angus blieb abrupt stehen. „Wenn ihr unerkannt bleiben wollt, müssen wir uns hier trennen", verkündete er. „Bitte seid vorsichtig." Er zog Annya zu sich und umarmte sie.

Annya sah ihn mit einem zuversichtlichen Lächeln an. „Keine Sorge, ich hab das im Griff."

„Natürlich." Er drückte sie sanft. „Aber vergiss nicht, starke Frauen dürfen Unterstützung annehmen. Teamwork, okay?" Er ließ sie los und wendete sich an Tina. „Gibt es am Eingang Metalldetektoren? "

Tina schüttelte den Kopf. „Das ist ein Gemeinschaftstreffen, kein Flughafen. Was denken Sie denn?"

„Sehr gut." Er zog ein kleines Metallplättchen aus der Tasche. „Hier, Annya. Steck das ein. Das ist ein Peilsender, zu deiner Sicherheit. Und wenn du bis neun nicht zurück bist" - seine Stimme nahm einen entschlossenen Ton an – „komme ich persönlich rein und hole dich."

Annya nahm das Gerät entgegen und steckte es in ihre Jackentasche. „Danke, mein Ritter", neckte sie. „Ich werde schon klarkommen." Mit einem letzten, aufmunternden Lächeln wandte sie sich ab und folgte Tina zu dem Lagerhaus. Ein leichter Schauer überkam sie, als sie in den düsteren Schatten des Gebäudes traten. Sie blickte sich noch einmal um und suchte nach Angus' beruhigender Silhouette, doch er war bereits verschwunden.

„Hier entlang", sagte Tina und führte sie zur offenen Laderampe. Annya musterte die Szene um sie herum eingehend als sie ihr folgte. Menschen verschiedenen Alters strömten an ihnen vorbei, ihre Gesichter von freudiger Erwartung gezeichnet. Einige nickten Tina freundlich zu.

„Hey, Tina!", dröhnte eine Stimme neben ihnen.

Tina lächelte und winkte einem jungen Mann in einem blauen Mantel zu, der an ihnen vorbei eilte. Sie neigte leicht ihren Kopf in Annyas Richtung und erklärte: „Das sind wirklich nette Leute hier. Sie kommen wegen der Gemeinschaft."

„Das sehe ich", erwiderte Annya. Die Begeisterung um sie herum war ansteckend. Sie spürte, wie ihr eigenes Herz ein wenig schneller schlug, als sie in diese neue Welt eintauchten.

Am Eingang begrüßte ein junger Mann in Jeans und dunkelgrünem Pullover jeden Ankömmling mit einem Handschlag. Als er Tina erblickte, hellte sich sein Gesicht auf. „Tina, schön, dich wieder hier zu sehen!"

„Hallo Karim, die Freude ist ganz meinerseits", entgegnete Tina und deutete auf ihre Begleiterin. „Das ist Annya, meine Freundin und Notärztin am SUEC Krankenhaus."

Karim lächelte höflich, doch ein stählernes Glitzern flackerte in seinen Augen, als er Annya von Kopf bis Fuß musterte.

„Ausgezeichnet", sagte er. „Willkommen, Annya."

Annyas Instinkt riet ihr zur Vorsicht. Doch sie zwang sich, ihm die Hand zu reichen. „Freut mich, dich kennenzulernen, Karim", sagte sie ruhig.

Sein Händedruck war fest, sein Griff verweilte einen Moment länger als nötig. Er wies auf einen Holztisch am Eingang, auf dem eine beachtliche Sammlung Handys lag. Annya schätzte ihre Zahl auf etwa fünfzig.

„Bitte hinterlegt eure Telefone hier", bat Karim. „Wir schätzen ungestörte Begegnungen."

Annya zögerte einen Moment.

Als hätte er ihre Zweifel gespürt, sagte Karim: „Es geht darum, Ablenkungen zu vermeiden. Ihr könnt gerne ein Namensschild an eurem Telefon anbringen; die liegen hinten rechts auf dem Tisch. Eure Handys warten hier auf euch. Am Ende des Abends könnt ihr sie selbstverständlich wieder mitnehmen."

„Natürlich", erwiderte Annya und legte ihr Handy behutsam zu den anderen auf den Tisch, Tina folgte ihrem Beispiel.

Karims Gesicht erhellte sich. „Willkommen! Bitte, tretet ein." Er deutete ins Innere der Lagerhalle, während er sich bereits dem nächsten Gast in der Schlange zuwandte.

Annya und Tina tauschten einen vielsagenden Blick, bevor sie gemeinsam eintraten.

Tina klopfte ihr beruhigend auf die Schulter. „Keine Sorge. Das ist eine Standardprozedur."

Kaum hatte Annya den Eingang passiert, umfing sie eine Welle sanften Lichts und betörender Düfte. Der zarte Geruch frischer Blumen vermischte sich mit dem verführerischen Aroma gerösteter Paprika, gegrillten Fleisches und würzigen Rosmarins.

Die Fabrikhalle entpuppte sich als ein kathedralenartiger Raum, gesäumt von freiliegenden Stahlträgern und sich kreuzenden Holzbalken über Ihnen. Im Zentrum erstreckten sich zwei lange Holztische nahezu von Wand zu Wand, geschmückt mit Reihen flackernder Kerzen. Ihr warmer Schein beleuchtete prachtvolle Blumenarrangements und ließ kunstvolle Muster auf sorgfältig platzierten Tellern tanzen. Zu beiden Seiten der Tische reihten sich Stühle, einige bereits besetzt von Gästen, die in angeregte Gespräche vertieft waren. Andere Besucher standen lachend und plaudernd zwischen den Tischen. Die Leichtigkeit ihrer Begegnungen zeugte von einer tiefen Verbundenheit.

Annyas Blick, geschärft durch jahrelange Erfahrung im Erkennen potenzieller Gefahren, glitt geschwind durch den Raum und erfasste die Anzahl der Anwesenden - etwa achtzig Personen, eine bunte Mischung verschiedener Altersgruppen und Herkünfte. Ihr analytischer Verstand registrierte blitzschnell Details - Körperhaltungen, Gruppenbildungen, mögliche Fluchtwege. Trotz ihrer Wachsamkeit konnte sie sich der warmen Energie nicht entziehen, die von dieser Gemeinschaft ausging. Ein Gefühl von Zusammengehörigkeit und Verbundenheit erfüllte den Raum.

Plötzlich tauchten zwei junge Frauen neben ihnen auf, deren Lächeln mit den Blumen auf den Tischen um die Wette strahlten. „Hallo, Tina!", rief eine von ihnen fröhlich und umarmte Tina herzlich. „Schön, dich zu sehen! Hast du heute einen Gast mitgebracht?"

„Ja, das ist Annya, eine gute Freundin", stellte Tina sie vor.

Die Frau streckte Annya freundlich die Hand entgegen. „Willkommen!", begrüßte sie sie mit einem strahlenden Lächeln. „Wir beginnen gleich. Bitte, such dir einen Platz aus."

„Die Tischdekoration ist atemberaubend!", staunte Annya und ließ ihre Fingerspitzen bewundernd über den Rand eines kunstvoll bemalten Tellers gleiten. "Jedes Detail ist perfekt aufeinander abgestimmt."

„Das war unser Projekt für diese Woche", erklärte die andere Frau strahlend. „Es war zwar aufwendig, aber jetzt zu sehen, wie es allen gefällt, macht die Mühe mehr als wett."

Annya hob überrascht die Augenbrauen. „Ihr habt das alles selbst gemacht?"

Die Frau schüttelte den Kopf, ein schelmisches Glitzern lag in ihren Augen. „Virginie und ich haben alles geplant", erklärte sie und nickte ihrer Begleiterin anerkennend zu. „Aber wir hatten Hilfe von den anderen. Vom Putzen über das Blumenpflücken bis zum Tischdecken – hier ist alles Gemeinschaftsarbeit. Das ist es, was diesen Ort so besonders macht."

Annya nickte anerkennend. Die Szene vor ihr war ein starker Kontrast zur sterilen Effizienz der Notaufnahme, wo Körper mit chirurgischer Präzision zusammengeflickt wurden. Hier, in diesem Gewirr aus Stimmen und Lachen, schienen die Herzen der Menschen im gleichen Takt zu schlagen. Der Ort strahlte eine magische Aura aus. Doch Annya zwang sich zur Wachsamkeit. Sie durfte sich nicht von der Wärme einlullen lassen. Ihr Auftrag war klar: die Verbindung zwischen dieser Gruppe und den Angriffen auf Grace aufzudecken.

„Entschuldigung, ist dieser Platz noch frei?" Eine junge Frau mit einem beeindruckenden Afro, der der Schwerkraft zu trotzen schien, tauchte neben ihr auf und deutete auf den leeren Stuhl zu Annyas Rechten.

„Ja, bitte setzten Sie sich doch", antwortete Annya mit einem einladenden Lächeln.

„Hallo, ich bin Suzanna." Die Frau streckte eine Hand mit leuchtend grün lackierten Nägeln aus.

„Freut mich, Sie kennenzulernen. Ich bin Annya", stellte sie sich vor und erwiderte den Händedruck. Dabei fiel ihr Blick auf ein kunstvoll gestochenes Ouroboros-Tattoo an Suzannas Handgelenk.

Suzannas Augen strahlten freundliche Neugier aus. „Ich habe dich hier noch nie gesehen. Bist du neu in der Gruppe?"

Waren hier alle per Du? Annya nickte. „Ja, ich bin heute zum ersten Mal hier. Bist du auch neu?"

„Willkommen!", strahlte Suzanna. „Nein, ich bin schon seit etwa einem Jahr dabei.."

Annya beugte sich vor. „Oh, das ist ja großartig, dann kannst du mir mehr über die Treffen hier erzählen? Wie gefallen sie dir? Sind sie hilfreich?"

Suzanna nickte eifrig. „Sehr! Ich arbeite als Krankenschwester im San Francisco General Hospital. Letztes Jahr um diese Zeit war ich am Rande eines Burnouts. Die Treffen hier haben mir geholfen, wieder zu mir selbst zu finden. Ich fühle mich jetzt so viel besser als vor einem Jahr!"

„Das klingt wirklich beeindruckend", erwiderte Annya mit einem Anflug von aufrichtigem Interesse in ihrer Stimme. Sie beobachtete, wie Suzannas Gesicht vor Lebensfreude strahlte, und konnte nicht umhin, sich zu fragen, ob Bianca aus ähnlichen Gründen in dieser Gemeinschaft Zuflucht gesucht hatte. Doch offensichtlich war Biancas Weg zur Heilung nicht so erfolgreich gewesen.

„Stimmt es, dass jedes Mitglied eine wöchentliche Aufgabe bekommt?", fragte Annya, bemüht, ihre Neugier beiläufig klingen zu lassen. „Empfindest du das nicht manchmal als Belastung?"

Suzanna schüttelte energisch den Kopf. „Überhaupt nicht. Im Gegenteil. Wir können oft selbst entscheiden, was wir beitragen möchten. Ich zum Beispiel habe einen großen Garten und spende einen Großteil meiner Ernte für unsere gemeinsamen Abendessen hier."

Annyas Blick schweifte durch den Raum. „Für so viele Personen?"

Suzanna lachte herzlich. „Ich bin längst nicht die Einzige, die etwas beisteuert. Aber ich habe meine Kräuter- und Tomatenbeete extra für unsere Treffen erweitert. Es macht mir so viel Freude, zu unseren Abendessen beizutragen."

„Gab es schon einmal eine ungewöhnliche Bitte?", hakte Annya nach, ihre Stimme bewusst neutral haltend.

Suzanna zögerte kurz, ein Schatten von Unsicherheit huschte über ihr Gesicht. „Nun..." Sie musterte Annya prüfend.

„Ich versuche nur zu verstehen, worauf ich mich einlasse", sagte Annya mit einem entwaffnenden Lächeln. „Ich habe von anderen gehört, dass sie gelegentlich etwas seltsame Aufgaben bekommen haben."

„Wirklich?" Susanna sah sie an. „Was denn?"

„Ich möchte keine Gerüchte in die Welt setzen", entgegnete Annya beschwichtigend. „Und ich würde auch niemals deine persönlichen Erfahrungen weitererzählen. Ich versuche lediglich zu verstehen, was mich als neues Mitglied erwarten könnte."

„Suzanna entspannte sich. „Nun, ich glaube nicht, dass du dir Sorgen machen musst. Karim hat mich ein paarmal gebeten, Belladonna-Beeren aus meinem Garten mitzubringen. Das war ein bisschen seltsam. Aber er ist Arzt und er weiß natürlich, wie man damit umgeht. Belladonna wird seit Langem als Heilmittel eingesetzt – bei Kopfschmerzen, Atembeschwerden und entzündlichen Darmerkrankungen. Und soweit ich weiß, ist noch niemand dabei zu Schaden gekommen." Sie lachte leise.

Annya nickte langsam, ihr Gesicht eine Maske freundlichen Interesses, während ihr Verstand die Information verarbeitete. Karim sammelte Belladonna-Beeren von seinen Gruppenmitgliedern? Belladonna, auch bekannt als Tollkirsche, war hochgiftig. Der Krankenpfleger im Rehabilitationszentrum, die Frau auf der Zhang-Party und Dr. Triveda waren alle mit Belladonna vergiftet worden.

Annya musterte Suzanna. Kooperierte sie hier unter dem

Deckmantel guter Absichten oder war sie sich der größeren Absichten ihres Anführers nicht bewusst? Suzannas offenes, fast naives Auftreten machte es schwer, das zu sagen. Vielleicht trugen einige der Anwesenden hier unwissentlich zu einem größeren, dunkleren Plan bei, während sie glaubten, Teil einer heilsamen Gemeinschaft zu sein. Aber die Leute, die Grace angegriffen hatten, mussten offensichtlich gewusst haben, was sie taten.

Annyas Aufmerksamkeit wurde von einem älteren Mann in einem maßgeschneiderten Anzug geweckt, der zielstrebig auf Tina zukam. Mit einer leichten Verbeugung begrüßte er sie: „Tina, meine Liebe", säuselte er mit samtweicher Stimme. „Welch angenehme Überraschung, Dich hier wiederzusehen."

„Hallo, Carlos", erwiderte Tina mit unverkennbarer Kühle in der Stimme.

Annya musterte den Mann eingehend. Carlos. Der Name kam ihr bekannt vor. Wer mochte er sein? Die Blicke zwischen Tina und ihm hielten auffällig lange an.

„Ich dachte, du wolltest nicht mehr hierherkommen?", fragte er. „Hast du es dir anders überlegt?"

Tina antwortete mit einem knappen Nicken. „Was die Gemeinschaft angeht, vielleicht. Aber nicht in Bezug auf dich, Carlos. Du hast mich belogen. Du hast dich als Firmenmanager ausgegeben, obwohl du in Wirklichkeit nur Hausverwalter bist."

„Verzeih mir, Tina. Ich wollte dich einfach beeindrucken ."

Tinas Augen verengten sich. „Einmal ein Lügner, immer ein Lügner", fauchte sie.

Carlos hob beschwichtigend die Hände. „Dein Ärger ist verständlich", besänftigte er sie. „Bitte gib mir noch eine Chance. Vielleicht könnte ich Dir und deiner Freundin heute Abend Gesellschaft leisten? Und es wiedergutmachen? "

Tina beugte sich mit grimmigem Gesicht nach vorne, bereit zu antworten. Doch Annya hielt sie am Arm zurück.

„Wir würden uns sehr über ihre Gesellschaft freuen", sagte sie mit freundlicher, aber bestimmter Stimme. „Ich bin Annya

Segond."

Sein Blick richtete sich auf Annya. „ Oh, sind Sie Dr. Annya Segond, die Notärztin im SUEC-Krankenhaus?"

„ Ja, das bin ich."

„Julius hat mir viel von Ihnen erzählt."

„Julius?"

„Dr. Julius Zhang. Ich bin der Hausverwalter der Familie Zhang."

„Ah, freut mich, Sie kennenzulernen!" Sie erinnerte sich, den Namen von Julius gehört zu haben. Hatte dieser Mann etwa dem Clan hier Graces Aufenthaltsort verraten? Oder noch schlimmer, dem Attentäter Zugang zur Zhang-Residenz verschafft? Wie tief ging die Infiltration?

„Bitte, nehmen Sie doch Platz", sagte Annya mit einem herzlichen Lächeln.

Tina wollte gerade zu einem Protest ansetzen, als der ältere Mann sich mit einer für sein Alter erstaunlichen Gewandtheit neben ihr niederließ, noch bevor sie ein Wort hervorbringen konnte.

- 46 -

ANNYA

Samstag, 12. November 2033, 19:15 Uhr

Ein weiterer, ätherischer Glockenton durchflutete das altehrwürdige Lagerhaus. Er schwoll an und gewann an Tiefe, gleich dem majestätischen Geläut einer Kathedrale. Als die letzten Schwingungen in den Winkeln des Raumes verklangen, hasteten die letzten Gäste zu ihren Plätzen.

Vom Ende des langen Tisches aus ließ Annya ihren Blick über die Versammlung schweifen: Rund achtzig Köpfe waren erwartungsvoll auf das vordere Ende des Raumes gerichtet, wo ein hölzernes Rednerpult im Schein zweier großer Kerzen schimmerte. Karim schritt mit stiller Zuversicht darauf zu, seine Schritte hallten in der plötzlich eintretenden Stille wider. Die Anwesenden schienen kollektiv den Atem anzuhalten, während sich eine greifbare Spannung ausbreitete.

„Willkommen, Hüter des Gleichgewichts." Karims Stimme war klar und volltönend. „Wir haben uns an diesem Abend versammelt, um die Harmonie von Körper und Seele zu würdigen – jene subtile Kraft, die die Essenz unserer Existenz ausmacht."

Er ließ eine Pause entstehen, in der seine Worte nachklangen. Im flackernden Kerzenlicht schienen seine Augen eine zeitlose Weisheit zu enthalten.

„Unsere Körper sind heilige Tempel, die verehrt und geachtet werden müssen. Sie sind kunstvoll geformte Gefäße, die unsere Seelen beherbergen und es uns ermöglichen, die Wunder der physischen Welt zu erleben. Doch die Praktiken unseres modernen Lebens – das rastlose Streben nach Fortschritt und die ständige Reizüberflutung – können diese empfindliche Harmonie leicht ins Wanken bringen."

Verbarg sich hinter Karims eloquenten Worten eine geheime Botschaft? Annyas Instinkte meldeten sich, als sie jedes Wort auf seine Doppeldeutigkeit hin analysierte.

Karim musterte die Gesichter um ihn herum mit einer Mischung aus Besorgnis und Entschlossenheit. Für einen flüchtigen Moment ruhten seine Augen auf Annya, bevor sie weiterwanderten. Mit einer fließenden Bewegung beugte er sich vor, die Hände fest um die Kanten des Rednerpults gelegt. Seine Stimme gewann an Intensität, jedes Wort nun mit einer fast greifbaren Dringlichkeit aufgeladen.

„Die moderne Welt, in ihrer materialistischen Sichtweise, reduziert den Menschen auf seine körperliche Hülle. Dadurch entsteht ein Ungleichgewicht zwischen Körper und Seele, das sich auf viele Arten manifestieren kann: Körperliche Beschwerden, Schlaflosigkeit, Burnout oder Depression. Wenn wir die zarte Verbindung zwischen Körper und Geist zerstören, riskieren wir, unsere Menschlichkeit zu verlieren und uns von unserem göttlichen Ursprung zu entfremden. Wir, Die Hüter des Gleichgewichts, bewahren diese uralte Weisheit. Es ist unsere heilige Aufgabe, die verlorene Melodie des Lebens wieder erklingen zu lassen, indem wir Körper und Geist wieder in Einklang bringen."

In Karims Augen flackerte etwas Neues auf – ein dunklerer Schatten, der gezügelten Zorn und unerbittliche Entschlossenheit ausdrückte. Kritisierte er die moderne Medizin, oder vielleicht sogar Körpertransplantationen? Oder verbarg sich hinter seinem Eifer etwas zutiefst Persönliches, eine verborgene Wunde, die noch immer schmerzte? Annya spürte, wie sich ein ungutes Gefühl in ihr ausbreitete, gleich einer kalten Hand, die sich um ihr Herz legte.

Mit einer fließenden Bewegung hob Karim sein Glas, das Kristall im Kerzenschein funkelnd wie ein kostbarer Edelstein. Seine Stimme, kraftvoll und klar, durchschnitt die gespannte Stille. „Auf die Hüter des Gleichgewichts!"

Die Gläser erhoben sich und ihr Klirren verschmolz zu einer vielstimmigen Symphonie. „Auf die Hüter des Gleichgewichts!", hallte es durch die Menge, die Stimmen zu einem mächtigen Chor vereint.

Mit einem Nicken würdigte Karim das begeisterte Publikum. Dann trat er mit langsamen, bedächtigen Schritten vom Rednerpult zurück. Die Schwere seiner Präsenz lag noch im Raum, als er wieder an seinem Platz Platz nahm.

Ein Hauch einer leichten Melodie schwebte durch die Luft, wie ein Schmetterling, der davonfliegt. Annya sah sich suchend um. In einer Ecke des Raumes saß ein junges Mädchen in einem blau-weiß gepunkteten Kleid, vielleicht achtzehn oder neunzehn Jahre alt. Sie hielt eine Querflöte in ihren Händen, die eine süße Melodie durch den Saal schickte. Mozart.

Vier junge Gestalten traten aus den Schatten am Rande des Raumes hervor. Jede von ihnen balancierte zwei Platten mit einer bunten Auswahl glänzender Meeresfrüchte, gebratener Fleischstücke und frischem Gemüse.

Ein kollektives Raunen ging durch den Raum, das rasch in lebhaftes Gemurmel, klirrendes Besteck und Lachen überging. Die Kellner brachten weitere Teller und schlängelten sich durch die Menge, um die Gläser nachzufüllen. Die Luft vibrierte förmlich vor Energie, während die Gäste sich angeregt unterhielten.

Annya beugte sich näher zu Suzanna. „Suzanna, mir ist dein Tattoo aufgefallen. Das ist doch ein Ouroboros, oder?"

Suzanna nickte begeistert. „Du hast ein scharfes Auge, Annya! Ja, es ist das Symbol unserer Gemeinschaft hier und es bedeutet mir sehr viel."

„Was genau bedeutet es denn?"

„Der Ouroboros repräsentiert die ewigen Zyklen von Leben und Tod, Geburt und Wiedergeburt."

„Gut und Böse?"

Suzanna lachte. „Da bin ich mir nicht sicher. Für mich ist es zutiefst positiv. Die Schlange, die ihren eigenen Schwanz verschlingt, erinnert mich daran, dass jedes Ende ein neuer Anfang ist. Es ist ein Symbol der ewigen Erneuerung, der unendlichen Möglichkeiten."

„Ist die Schlange nicht eine Art... Selbst-Kannibale?"

Suzanna schüttelte den Kopf. „Das ist ein weit verbreiteter Irrtum. Der Ouroboros ist kein Symbol für Selbstzerstörung, sondern für ewige Erneuerung. Die Schlange verschlingt sich nicht aus Hunger, sondern um sich zu regenerieren."

„Selbsterneuerung? Hat dieser Gedanke dich aus dem Burnout geführt?"

Suzanna nickte erneut. „Burnout fühlte sich an wie ein gnadenloser Kreislauf aus Stress und Erschöpfung - als wären Körper und Seele völlig außer Takt geraten. Der Ouroboros erinnerte mich daran, dass ich die Kraft zur Selbsterneuerung in mir trage, dass ich diesen Zyklus durchbrechen und mich neu erschaffen konnte."

„Du siehst wirklich toll aus."

„Danke!", strahlte Suzanna. „Ich fühle mich tatsächlich wie neugeboren. Dank dieser wunderbaren Gemeinschaft hier."

Annya runzelte die Stirn. Die Hüter des Gleichgewichts waren fest in ihren Überzeugungen verankert. Eine Körpertransplantation würde hier wahrscheinlich als Sakrileg angesehen.

„Was passiert, wenn jemand das Gleichgewicht zwischen Körper und Seele missachtet?", fragte sie.

Suzanna schwenkte den Wein in ihrem Glas. „Du stellst komische Fragen, Annya. Unser Ziel ist es, die Unerfahrenen aufzuklären. Ich würde diese Unerfahrenheit nicht Missachtung nennen, sondern eher als Naivität betrachten. Das moderne Leben drängt uns über unsere gesunden Grenzen hinaus. Wir möchten den Menschen helfen, dies zu erkennen und die heilige Verbindung von Körper und Seele wiederzufinden."

Annya nickte bedächtig. „Das ist eine interessante Perspektive. Aber was geschieht, wenn jemand mit dem Ouroboros-Konzept nicht einverstanden ist und eines Ihrer Mitglieder anfeindet? Das passiert bei Gruppen wie dieser manchmal, nicht wahr?"

„Nun, wenn jemand unsere Mitglieder direkt bedrohen würde …", Suzanna verstummte, ihr Blick verhärtete sich leicht. „Das ist natürlich hypothetisch …"

Annya nickte ihr aufmunternd zu.

Suzanna wandte sich ihrer Tomate zu und das Messer in ihrer Hand glitt mit präziser Effizienz durch das rote Fruchtfleisch. „Wir sind eine Gemeinschaft der Einheit, Annya," fuhr sie fort, ihre Stimme so ruhig und kontrolliert. „Wir würden keinen Konflikt provozieren. Aber sollte jemand eines unserer Mitglieder ernsthaft bedrohen..." Sie hielt inne, das Messer einen Moment reglos über dem Teller schwebend. „Dann würden wir selbstverständlich alle notwendigen Schritte unternehmen, um unsere Gemeinschaft zu schützen."

Annya nickte abermals. War Suzanna einer subtilen Form der Indoktrination zum Opfer gefallen? Diese Gemeinschaft, mit ihren tief verwurzelten Überzeugungen konnte gefährlich sein. Ihre Augen schweiften über die versammelten Gäste. Erkannten sie die möglichen Konsequenzen ihrer Ideologie?

Eine Bewegung am anderen Ende des Tisches unterbrach ihre Überlegungen. Karim erhob sich von seinem Stuhl und winkte in ihre Richtung. Seine Augen funkelten mit einer stillen Intensität, die Annya nicht zu deuten vermochte.

Carlos wandte sich an Tina. „Erinnerst du dich noch, als du meintest, ich solle mehr Verantwortung übernehmen?" Er machte eine kunstvolle Pause. „Nun, ich hatte ein Gespräch mit Karim, und..." - er hielt inne und ein breites Lächeln breitete sich langsam über sein Gesicht aus – „...er hat mich zum stellvertretenden Leiter ernannt!"

Tinas Augen weiteten sich, ein Funkeln von Stolz und Bewunderung blitzte darin auf. „Wirklich?" hauchte sie.

„Meine Damen, wenn Sie mich für einen Moment entschuldigen würden," sagte Carlos förmlich. Er erhob sich langsam und ging mit gemessenen Schritten zum Kopfende des Tisches. Karim empfing ihn mit einem warmen Lächeln und einem festen Händedruck. Er ließ seinen Blick über die versammelte Menge schweifen, als wolle er sicherstellen, dass jeder Zeuge dieses bedeutsamen Moments wurde.

„Liebe Freunde", sagte Karim laut, „eine dringende Angelegenheit erfordert meine sofortige Aufmerksamkeit. Carlos wird in meiner Abwesenheit die Leitung übernehmen. Ich bitte euch, ihm den gleichen Respekt zu schenken, den ihr mir entgegenbringt."

Ein lauter Applaus ging durch den Raum.

Tina, mitgerissen von der allgemeinen Begeisterung, klatschte enthusiastisch. Sie lehnte sich zu Annya hinüber, ihre Augen funkelten vor Stolz und Aufregung. „Das ist wirklich beeindruckend, findest du nicht? Carlos hat sich das wirklich verdient."

Annya wandte ihren Blick zur Stirnseite des Tisches, wo Karim Carlos noch einmal auf die Schulter klopfte. Mit einem letzten Nicken zur versammelten Menge drehte sich Karim um und verschwand mit eiligen Schritten im hinteren Teil des Gebäudes.

Mit einem Ruck stand Annya auf. Sie musste unbedingt wissen, wohin Karim so eilig aufgebrochen war. Wenn er plötzlich einen Stellvertreter für seine wöchentliche Gemeindeversammlung ernannte, konnte das nur bedeuten, dass etwas von großer Wichtigkeit im Gange war. „Kann mir jemand sagen, wo hier die Toiletten sind?", fragte sie und blickte zuerst zu Tina, dann zu Suzanna.

Suzanna deutete vage in Richtung des hinteren Teils des Raumes, wo Karim gerade verschwunden war. „Da drüben, glaube ich", sagte sie.

Tina sah sie irritiert an. Sie hatte sofort erkannt, dass etwas nicht stimmte. „Möchtest du, dass ich mitkomme?", fragte sie.

„Auf die Toilette? Nein danke." Annya täuschte ein Kichern vor und griff lässig nach ihrer Jacke. „Trotzdem danke!"

Sollte sie ihr Telefon am Eingang abholen? Nein, dafür blieb ihr keine Zeit. Mit schnellen Schritten ging sie zur Rückseite des Gebäudes und suchte den Flur nach Karim ab. Es war dunkel und still.

Ein junger Mann hastete an ihr vorbei, sein Gesicht im Schatten eines mit Tellern beladenen Tabletts verborgen. Das Klappern des Geschirrs durchbrach die Stille und ebbte langsam ab, als er durch eine Schwingtür auf der linken Seite verschwand. Rechts von ihr stand eine Hintertür halb offen. Annya ging auf sie zu und schlüpfte hastig hindurch.

Eine kühle Brise umspielte sie, als sie auf eine belebte Seitenstraße trat, die gesäumt war von geparkten Autos. Links ragten zwei Wohnhäuser im Beaux-Arts-Stil mit abblätternder, weißer Fassade empor. Rechts war eine Bar mit einem riesigen Gemälde von Frida Kahlo an der Hauswand, die mit durchdringendem Blick auf Annya herunterschaute. Unter dem lebhaften Kunstwerk ging ein Mann in Jeans und einem dunkelgrünen Pullover mit schnellen Schritten die Straße hinunter. Es war Karim. Sein Tempo zeugte von Dringlichkeit, während er sich geschickt durch das städtische Gewimmel bewegte. Annya zog ihre Jacke enger um sich und folgte ihm.

- 47 -

JULIUS

Samstag, 12. November 2033, 19:30 Uhr

Julius wischte sorgfältig die Spaghettischüssel mit einem Geschirrtuch ab, während seine Gedanken zu Grace abschweiften. Er hätte nie geglaubt, dass er so tiefgehende Gefühle für eine Frau entwickeln konnte. Als sie von der Hütte weggefahren war und ihr Auto in der Ferne verschwand, hatte es sich angefühlt, als würde sein Herz in Stücke zerspringen. Ja, er liebte Rolando, aber seine Liebe zu ihm war anders – körperlich und leidenschaftlich. Bei Grace war es etwas Tieferes, eine Sehnsucht, die bis ins Innerste seines Wesens hallte.

Grace hatte ein Gefühl in ihm wiederbelebt, das er seit dem Tod seiner Mutter nicht mehr gespürt hatte, ein Verlust, der ein klaffendes Loch in seiner Seele hinterlassen hatte. Doch nun war dieses Gefühl zurückgekehrt, eine zerbrechliche Wärme, die er um jeden Preis bewahren wollte. Es war zu kostbar, als dass er es wieder verlieren konnte.

Das war es, wonach er sich wirklich sehnte: der Trost einer warmen Umarmung am Ende des Tages, ein stilles Verständnis, das die Sorgen des Alltags hinwegspülte. Er wollte Abende voller Lachen erleben, ein Leben mit Grace an seiner Seite, eine Zukunft, in der auch sein Vater einen Platz hatte. Er sehnte sich nach einer Vertrauten, die dafür sorgte, dass das Nachhausekommen sich wie ein echte Heimkehr anfühlte.

Sex war ein primitiver Instinkt, dem er mit Rolando noch immer nachgeben konnte – ein flüchtiges Vergnügen, das schnell verging. Doch ein Zuhause ... das konnten nur die wahrhaftig schätzen, die es verloren hatten. Rolando hatte kein Verlangen nach Routine oder Sesshaftigkeit. Grace hingegen sehnte sich ebenso sehr nach einem Zuhause wie er.

Der Gedanke, sie wieder zu verlieren, ließ eine neue Welle der Panik in ihm aufsteigen. Sie hatte den Ring nicht zurückgegeben – vielleicht war das ein Zeichen dafür, dass es ihr genauso ging wie ihm. Er war bereit zu warten, denn er wusste, dass er endlich das gefunden hatte, wonach er so lange gesucht hatte. Diese Frau war seine Seelenverwandte, da war er sich ganz sicher.

Das schrille Klingeln der Türklingel riss Julius aus seinen Gedanken. Mona hatte vor einer ganzen Weile angekündigt, den überquellenden Müll in die Mülltonne in der Garage zu bringen. Hatte sie sich ausgesperrt?

Julius ging zur Tür und öffnete sie. Vor ihm stand ein Fremder, dessen tiefliegende Augen ihn durchbohrend fixierten. Der Mann hatte markante Wangenknochen, eine adlerartige Nase und eine zackige Narbe, die sich quer über seinen Kiefer zog. Instinktiv griff Julius nach der Türklinke, um die Tür wieder zuzuschlagen. Doch die Hand des Mannes schnellte vor und schlug mit solcher Wucht gegen das Holz, dass die Splitter durch die Luft flogen. Die Tür flog weit auf. Mit einer schnellen Bewegung stieß der Mann Julius rückwärts in den Raum und trat ein.

Julius taumelte zurück, während die Welt um ihn herum ins Wanken geriet. War dies ein weiterer Attentäter? Wie hatte er sie gefunden? Sein Herz raste.

In den Augen des Eindringlings funkelte ein raubtierhafter Glanz. Sein Blick glitt über Julius, jedes Detail mit unheimlicher Präzision erfassend.

„Wo ist Grace?", fragte er, seine Stimme schneidend wie ein Messer.

Julius' Kehle schnürte sich zu. „Ich... ich bin hier allein", stammelte er.

Eine Faust schnellte nach vorn und traf sein Gesicht mit einem grausamen Knacken. Ein stechender Schmerz explodierte in seinem Kopf, begleitet vom metallischen Geschmack von Blut. Er taumelte noch weiter zurück.

„Ich werde nicht noch einmal so höflich fragen", knurrte der Mann.

Julius spürte, wie Panik in ihm aufstieg. Doch plötzlich sah er Rolandos Gesicht vor seinem inneren Auge. Rolando würde sich von diesem Fremden nicht so leicht einschüchtern lassen. Julius' Finger streiften das vertraute kühle Metall des Springmessers in seiner Tasche, das Rolando ihm für Notfälle gegeben hatte. Mit einer schnellen, verzweifelten Bewegung zog er die Klinge heraus und stieß sie in den Oberschenkel des Mannes.

Ein Schmerzensschrei zerriss die Luft. Der Mann taumelte zurück und umklammerte die Messerklinge. Ein purpurroter Fleck bildete sich auf seinem muskulösen Bein. Mit einem lauten Fluch riss er das Messer heraus und schleuderte es weg. Das Klirren hallte durch die angespannte Stille.

Julius' Gedanken rasten. Er musste fliehen und Grace warnen. Doch bevor er einen Schritt machen konnte, schnellten zwei Hände vor und legten sich wie Stahlbänder um seinen Hals. Seine Augen huschten wild umher und suchten verzweifelt nach einer Waffe, mit der er sich verteidigen konnte. Doch der Raum begann sich zu drehen, seine Sicht verschwamm. Der Griff um seinen Hals wurde fester und schnitt ihm die Luft ab. Er rang nach Atem. In seinen Ohren dröhnte das wilde Pochen seines Herzens.

Mit zitternden Fingern kämpfte er gegen den erstickenden Griff an, seine Nägel gruben sich tief in das Fleisch des Angreifers, in einem verzweifelten Versuch, sich aus der tödlichen Umarmung zu befreien. Eine glitschige Wärme breitete sich auf seinen Handflächen aus – das Blut des Mannes. Doch die Hände des Mannes blieben unbarmherzig, ein grausamer Schraubstock, der sich mit jedem schwächer werdenden Atemzug enger zog.

Sterne tanzten vor seinen Augen, während die Welt an den Rändern zu verblassen begann. Farben verschwammen zu einem grauen Nebel, sein Blickfeld löste sich in wirbelnde Schatten auf. Die Dunkelheit kroch unaufhaltsam näher und verschlang ihn.

- 48 -

ANNYA

Samstag, 12. November 2033, 20:00 Uhr

Annya folgte Karim die Valencia Straße nach Norden, stets darauf bedacht, außerhalb seines Blickfelds zu bleiben, aber nah genug, um ihn nicht zu verlieren. Sie kamen an bunten viktorianischen Häusern, modernen Apartmenthäusern, belebten Läden und dem imposanten City College von San Francisco vorbei.

Über dem Eingang fiel ihr Blick auf ein beeindruckendes kreisförmiges Mosaik. Leuchtende Symbole in satten Orange-, Gelb-, Blau- und Grüntönen bildeten ein faszinierendes Muster. Mit einem Mal erinnerte sie sich: Dies war der aztekische Kalender, mit Tonatiuh, dem Sonnengott, im Zentrum, umringt von konzentrischen Kreisen aus Symbolen, die das Irdische und das Göttliche repräsentierten. Es schien eine seltsame Parallele zu den Hütern des Gleichgewichts zu sein - eine Verschmelzung des Weltlichen mit dem Transzendenten. Doch Karims abrupter Wechsel auf die gegenüberliegende Straßenseite riss sie aus ihren Gedanken zurück in die Gegenwart.

Sie gingen weiter die Valencia Straße entlang, vorbei an quirligen Lebensmittelläden und einem Restaurant, aus dem der verführerische Duft frisch gebackener Pizza kam. An der nächsten Ecke wandelte sich das Stadtbild: Ein hell erleuchteter Fahrradladen wich einer Autowerkstatt. Für einen Moment übertönte das rhythmische Klirren von Metall auf Metall den Verkehrslärm.

Karim marschierte unbeirrt weiter, den Blick fest auf den Weg gerichtet. Mit einer abrupten Bewegung bog er in die zwanzigste Straße ein, wo sich ein Panorama viktorianischer Häuser entfaltete - ein lebendiges Mosaik aus satten Rosatönen, ruhigen Blaunuancen und leuchtendem Zitronengelb. Die Gebäude standen dicht an dicht, ihre verzierten Fassaden und filigranen Türmchen warfen lange Schatten. Auf dem Bürgersteig waren hier weniger Menschen, was es Annya schwerer machte, unbemerkt zu bleiben. Sie passte ihre Schritte an, nutzte die zunehmende Dunkelheit und glitt von einem Schattenfleck zum nächsten.

Karim bog um die Ecke zur Dolores Straße, wo sich der Dolores Park vor ihnen ausbreitete - eine grüne Oase inmitten der urbanen Landschaft. Majestätische Palmen wiegten sich in der Abendbrise, ihre Silhouetten scharf umrissen vor dem sich verdunkelnden Himmel. Aus dem Inneren des Parks drangen Gelächter und Musik.

Jenseits des Parks erhob sich die Skyline von San Francisco, ein beeindruckendes Panorama, das sich bis zum Horizont erstreckte. Annyas Blick verweilte einen Moment auf der Aussicht. Die Transamerica Pyramid, der Bank of America Tower und der Salesforce Tower leuchteten auf, gefolgt von einer Kaskade von Lichtern aus unzähligen anderen Wolkenkratzern.

Die letzten Strahlen des schwindenden Tageslichts malten orange und rosa Farbtupfer an den Himmel, eine natürliche Leinwand über der pulsierenden Stadtlandschaft. Die Szene war von solch überwältigender Schönheit, dass sie für einen Moment die Grenze zwischen Realität und Traum zu verwischen schien - ein flüchtiger, magischer Augenblick, eingefangen zwischen Tag und Nacht.

Als Annya ihren Blick wieder auf den Bürgersteig richtete, traf sie die Erkenntnis wie ein Schlag: Karim war verschwunden. Ihr Herz setzte einen Schlag aus, während ihre Augen hektisch die Umgebung absuchten, verzweifelt nach seiner Gestalt fahndend. Gerade eben war er noch da gewesen - und jetzt war er wie vom Erdboden verschluckt.

Annya zwang sich, logisch zu denken. Wenn Karim in den Park gegangen wäre, hätte sie ihn gesehen. Es gab keine Bushaltestelle in der Nähe und es war nicht genug Zeit vergangen, um in einen Waymo oder Uber zu springen. Er musste in eines der nahegelegenen Häuser geschlüpft sein.

In ihrem Kopf läuteten die Alarmglocken. Wer hatte ihr gegenüber kürzlich den Dolores Park erwähnt? Die Antwort wollte ihr nicht einfallen. Der Name tanzte am Rande ihres Bewusstseins, doch die genaue Erinnerung blieb hartnäckig außer Reichweite.

Ruhig bleiben, ermahnte sie sich. Ihre Augen schweiften bewusst über die Stadtlandschaft und nahmen jedes Detail in sich auf - die viktorianischen Fassaden, die wiegenden Palmen im Park, die vereinzelten Passanten. Sie hoffte, dass irgendetwas als Trigger dienen würde, um diese flüchtige Erinnerung wiederzubeleben.

Dann traf es sie wie ein Blitzschlag. Dr. Triveda! Graces Chirurgin hatte erwähnt, dass sie am Dolores Park in San Francisco lebte. Karim war auf dem Weg zu ihr – oder vielleicht schon angekommen.

Sie musste schnell handeln. Annya griff instinktiv nach ihrem Telefon, doch ihre Tasche war leer. Mit einem Anflug von Panik wurde ihr bewusst, dass sie es im Lagerhaus zurückgelassen hatte. Wie sollte sie nur Dr. Trivedas Adresse ausfindig machen? Sie musste in der Nähe wohnen, so viel war klar.

Sie ging von Haus zu Haus und suchte an den Türklingeln nach dem Namen der Chirurgin. Die Apartmenthäuser trugen Namensschilder, aber die prachtvollen Villen blieben frustrierend anonym. Ein renommierter Chirurg wie Dr. Triveda residierte mit großer Wahrscheinlichkeit in einem der imposanten Einfamilienhäuser, die den Park säumten.

Die Zeit schien sich zu dehnen, jeder verstreichende Augenblick war eine Qual. Annyas Gedanken rasten. War Karim über die Körpertransplantation informiert? Seine Worte hallten in ihrem Kopf wider: ‚*Wir, die Hüter des Gleichgewichts, werden die Harmonie von Körper und Seele bewahren.*‘

Ein Schauer lief ihr über den Rücken. Was würde der Anführer der Hüter des Gleichgewichts einer Chirurgin antun, die sich seinem Weltbild widersetzt hatte? Dr. Triveda war gerade erst knapp einem Giftanschlag entkommen. Wollte Karim nun sicherstellen, dass die Aufgabe vollendet wurde?

Falls die Chirurgin in dieser Gegend wohnte, würden die Nachbarn sie sicherlich kennen. Entschlossen näherte sich Annya den imposantesten viktorianischen Gebäuden entlang des Parks und begann, an den Türen zu klingeln. Bei ihrem ersten Versuch öffnete eine gebrechliche ältere Dame, die bei der Erwähnung von Dr. Triveda nur bedauernd den Kopf schüttelte. An der nächsten Tür erschien ein grimmig blickender Mann, begleitet von einem wilden Hund, dessen Gebell es Annya fast unmöglich machte, ihre Frage zu stellen. Beim dritten Haus blieb ihre Klingelei unbeantwortet; offensichtlich war niemand zu Hause. Aber der vierte Anlauf führte zum Erfolg: Ein junges Mädchen öffnete die Tür und deutete wortlos auf eine imposante viktorianische Villa zu ihrer Rechten.

Annya eilte auf die imposante dreistöckige Villa zu, deren schiere Größe ihr für einen Moment den Atem raubte. Die markante Silhouette und das steile Dach, gekrönt von einer gezackten Schindelmähne, hoben sich scharf gegen den dämmrigen Himmel ab. Aus dem Inneren des Hauses drang kein Lichtschein. Majestätische Säulen stützten eine weitläufige Veranda und warfen lange Schatten in der zunehmenden Dunkelheit. Eine fast greifbare Stille umhüllte den Ort. Mit hämmerndem Herzen ging Annya auf das schmiedeeiserne Tor zu und suchte fieberhaft nach einem Mechanismus zum Öffnen.

Eine vertraute Stimme meldete sich hinter ihr. „Hallo, Annya. Planst du einen Einbruch in eine VIP-Villa? Kann ich Dir dabei behilflich sein?"

Dort stand Angus, lässig an den Zaun gelehnt, eine Hand in der Tasche, sein Haar vom Abendnebel leicht zerzaust. Überwältigt von Erleichterung stürzte sie sich in seine Arme.

„Angus, du kommst wie gerufen! Wie um alles in der Welt hast du mich hier gefunden?", brachte sie atemlos hervor.

„Erinnerst du dich?", erwiderte er mit einem Schmunzeln. „Ich habe dir einen GPS-Chip in die Tasche gesteckt."

„Aber du wolltest erst um neun Uhr nachkommen. Es muss jetzt kurz nach acht Uhr sein."

„Tina hat mich angerufen. Sie war besorgt, weil du und Karim beide verschwunden seid."

Annya atmete erleichtert aus. Tina hatte sich tatsächlich für ihre Seite entschieden.

Sie deutete auf die Villa vor ihnen. „Ich vermute, Karim ist bei Dr. Triveda. Sie könnte in Gefahr sein."

„Dann sollten wir keine Zeit verlieren."

Annya blickte Angus bewundernd an. Eine Beziehung mit einem Workaholic hatte seine Herausforderungen: lange Nächte, verpasste Abendessen und das gelegentliche Gefühl, seiner Arbeit den Vortritt lassen zu müssen. Aber ihn in seinem Element zu sehen, machte alle Opfer lohnenswert.

„Wie kommen wir hinein?", fragte sie aufgeregt.

Angus betätigte einen Knopf am Tor und schob das knarrende Eingangstor auf. „Vielleicht durch die Tür?"

Annya konnte sich ein Schmunzeln nicht verkneifen. Doch plötzlich durchzuckte sie ein anderer Gedanke. „Kann ich kurz dein Handy haben?"

Er sah sie verwundert an. „Jetzt?"

Sie nickte. „Karim erwähnte in seiner Rede, dass seine Anhänger die kosmische Ordnung wiederherstellen müssen. Wenn er hinter Dr. Triveda her ist, könnte ein anderes Mitglied des Clans hinter Grace her sein. Wir müssen sie warnen."

Angus reichte ihr das Telefon. „Ein FBI-Team ist auf dem Weg zu ihr. Soweit mit bekannt ist, hat sie kein Telefon an sich. Wen möchtest du denn sonst noch informieren?"

„Julius. Er ist unterwegs zu ihr. Ich möchte nicht, dass er in eine Falle tappt."

„Mein Team hat versucht, ihn zu orten, aber er hat sein Handy nicht dabei. Hast du eine Idee, wie wir ihn erreichen könnten?"

Annya nickte. „Er rief mich vorhin von einem Wegwerfhandy an. Dein Team könnte den Anruf zurückverfolgen und ihn so orten. Ich habe mir die Nummer vom Display sicherheitshalber eingeprägt."

Ihre Finger flogen über den Bildschirm. *Vorsicht. Killer unterwegs zu Grace.*

Sie drückte Angus das Telefon in die Hand. „Danke."

„Hast du nicht Lust, dem FBI beizutreten?", neckte er. „Du wärst eine hervorragende Außendienstagentin."

„Danke, ich verzichte."

Sie tauschten ein verschmitztes Lächeln. Für einen Moment verspürte sie den Impuls, ihn zu küssen, doch ihre Mission drängte. Wortlos wandte sie sich Dr. Trivedas Haus zu, Angus dicht auf ihren Fersen.

Vor ihnen erstreckte sich eine imposante Holztreppe, jede Stufe auf Hochglanz poliert. Annya umfasste das eiserne Geländer, das sich sich kühl und unnachgiebig anfühlte. Mit jedem Schritt nach oben schien die kastanienbraune Redwood-Tür zu wachsen, ihr Messinggriff schimmerte im schwindenden Tageslicht.

Angus ging auf die Tür zu und drehte den Griff behutsam, doch die Tür war verriegelt.

„Sollen wir sie aufbrechen?", fragte Annya.

„Zu riskant. Wir wissen nicht, was uns dahinter erwartet. Lass uns nach einem Hintereingang Ausschau halten."

Sie umrundeten das Haus entlang der Veranda. Unter einer Feuerleiter befand sich eine Holztür. Angus griff in seine Tasche und zog ein im Mondlicht schimmerndes Werkzeug hervor. Mit geübtem Handgriff öffnete er die quietschende Tür und glitt lautlos hinein. Annya folgte ihm dicht auf den Fersen. Das leise Klicken der sich schließenden Tür hüllte sie in undurchdringliche Finsternis.

Es dauerte einen Moment, bis sich ihre Augen an die Dunkelheit gewöhnt hatten. Nach und nach lösten sich Konturen aus der Schwärze – der matte Schimmer von Edelstahl, die markanten Linien einer Kücheninsel. Sie befanden sich in einer Küche. Annya bewegte sich vorsichtig auf Zehenspitzen vorwärts, stieß jedoch mit dem Knie gegen die Kante der Kücheninsel und unterdrückte einen leisen Fluch. Ein kaum wahrnehmbares Surren erklang irgendwo links von ihr – vermutlich der Kühlschrank.

Angus wandte sich zu ihr um und legte den Zeigefinger an die Lippen. Annya hielt inne und lauschte. Da war es: ein gedämpftes Murmeln, zwei Stimmen, die aus den Tiefen des Hauses zu ihnen zu dringen schienen. Ein Mann und eine Frau, ihr Gespräch nur bruchstückhaft und leise, von der Distanz verschluckt. Wider besseren Wissens gingen sie langsam auf das Geräusch zu, während die Dielen leise unter ihrem Gewicht ächzten.

Der schmale Korridor umfing sie wie ein dunkler Schlund. Die polierten Holzvertäfelungen zu beiden Seiten schienen sich bedrohlich zusammenzudrängen. Jedes Knarren unter ihren Füßen jagte Annya einen Schauer über den Rücken. Zu ihrer Linken zeichnete sich eine massive Holztür ab. Angus, kaum mehr als ein Schattenriss in der Dunkelheit, tastete behutsam nach dem Türgriff. Annya beugte sich vor und spähte über seine Schulter. Im Inneren fiel das Mondlicht auf ein Sofa, zwei Sessel, einen Ottomanen und ein Klavier im Hintergrund. Ein leeres Wohnzimmer.

Angus drehte sich langsam um. „Leer", flüsterte er.

Rechts von ihnen fiel Annya ein schwacher Lichtschein auf. Eine nur angelehnte Tür ließ einen schmalen Lichtstrahl auf den glänzenden Boden fallen. Vorsichtig streckte sie die Hand aus und berührte das kühle Metall des Türgriffs. Ein stilles Stoßgebet auf den Lippen, zog sie die Tür behutsam weiter auf. Das leise Knarren der Scharniere hallte in der gespannten Stille nach.

Ein Schwall abgestandener Luft, schwer von Staub und Moder, schlug ihnen entgegen. Das entfernte Stimmengemurmel wurde nun deutlicher, Fragmente einer Unterhaltung drangen zu ihnen durch. Eine männliche Stimme, tief und autoritär, dominierte den Wortwechsel. Die Antworten einer Frau, von Dringlichkeit durchdrungen, kontrastierten dazu. Annya erkannte die Stimmen.

„Dr. Triveda und Karim", flüsterte sie Angus zu.

Angus nickte ihr knapp zu. Ein metallisches Klicken hallte durch die abgestandene Luft. Annyas Blick fiel auf seine Hand – er hielt eine entsicherte Waffe. Behutsam schob er sich an ihr vorbei und stieg die staubigen Stufen in den Keller hinab. Annya folgte ihm lautlos.

Die Treppe endete abrupt auf einem engen Treppenabsatz. Zu ihrer Rechten gähnte eine einzelne Tür. Annya wagte einen vorsichtigen Blick um die Ecke. Vor ihnen erstreckte sich ein schummrig beleuchteter Raum mit rohen Ziegelwänden und unebenem Steinboden. Dicke, staubige Spinnweben hingen von freiliegenden Deckenbalken herab und schimmerten im schwachen Licht. In der Mitte des Raumes saß Dr. Triveda, an einen Stuhl gefesselt. Tränen strömten ihr über die Wangen. Karim ragte über ihr und drückte etwas Metallisches gegen die Kehle der Chirurgin – vermutlich ein Messer. Neben dem Stuhl lag eine große Stofftasche, die seltsam zuckte. Annya kniff die Augen zusammen. Bildete sie sich das nur ein, oder bewegte sich etwas darin?

„Sie haben also eine todkranke Frau überredet, einer Transplantation ihres Kopfes auf den Körper einer anderen Person zuzustimmen." Seine Stimme vibrierte vor unterdrückter Wut. „Eine Operation, die nicht einmal bei einem Tier langfristig erfolgreich war. Und kaum hatte sie eingewilligt, brauchten Sie dringend einen Spenderkörper, bevor sie es sich anders überlegte."

„Graces Einwilligung war eine einzigartige Gelegenheit", stammelte Dr. Triveda.

„Eine Gelegenheit wofür? Gott zu spielen?", höhnte Karim. „Und dann haben Sie Ihre Mitarbeiter gedrängt, Organspender zu werden – eine Entscheidung, die Bianca sicher nicht getroffen hätte, hätte sie gewusst, dass es ihren Tod bedeutet."

„Lu'lu und ich haben lediglich Informationsformulare verteilt. Es war die Entscheidung Ihrer Frau, sich als Organspenderin registrieren zu lassen."

Karim lachte bitter. „Natürlich. Sie haben Biancas Güte schamlos ausgenutzt. Sie war immer bereit, anderen zu helfen. Und Sie haben ihr Mitgefühl in ein Todesurteil verwandelt."

Dr. Triveda schüttelte verzweifelt den Kopf. „Wir haben niemanden unter Druck gesetzt! Wir haben nur die Kompatibilität geprüft, für den Fall …"

„Für den Fall, dass eine 28-jährige Krankenschwester plötzlich sterben könnte? Wie wahrscheinlich war das denn? Es sei denn, jemand half dem Schicksal auf die Sprünge."

„Ich habe nichts mit dem Tod Ihrer Frau zu tun", rief Dr. Triveda verzweifelt.

Karim schnaubte verächtlich. „Die Lügen können sie sich sparen. Einer meiner Leute hat Sie gesehen. Er arbeitet für Amazon und lieferte zufällig ein Paket aus, als Sie am Tag von Biancas angeblichem Selbstmord mein Haus betraten. Kurz darauf hörte er einen Schuss."

„Das war ich nicht!"

„Ich habe die Aufnahmen vom Amazon-Transporter. Sie sind in mein Haus eingedrungen und haben sie ermordet!"

„Dafür haben Sie keine Beweise. Ich habe sie besucht, weil sie sich krankgemeldet hatte. Ich wusste von ihren schweren Depressionen und wollte nach ihr sehen. Sie beging Selbstmord."

„Nun, darüber soll der Ouroboros sein Urteil fällen", sagte Karim mit einem grimmigen Lächeln. Blitzschnell stürzte er zu der Tasche neben Dr. Trivedas Stuhl und riss den Reißverschluss auf.

Ein scharfes Zischen durchschnitt die Luft und eine gewaltige Schlange schoss aus der Tasche. Ihr muskulöser, schuppiger Körper entrollte sich in einer bedrohlichen Spirale. Karim sprang zurück.

„Eine Klapperschlange!" keuchte Annya entsetzt.

Die Schlange näherte sich Dr. Triveda mit bedächtigen Bewegungen. Ihr geschmeidiger Körper formte sich zu einer bedrohlichen S-Kurve, während das Ende ihres Schwanzes eine ominös rasselnde Warnung von sich gab. Der dreieckige Kopf der Kreatur pendelte hypnotisch hin und her, die gespaltene Zunge züngelnd auf der Suche nach Informationen. Sie schien auf den perfekten Moment für ihren Angriff zu lauern.

Annyas Augen flackerten unruhig zwischen der lauernden Schlange und der erstarrten Chirurgin hin und her. „Dr. Triveda ist durch den Giftangriff bereits geschwächt", flüsterte sie Angus zu. „Ein Biss könnte für sie tödlich sein."

Die Chirurgin saß wie versteinert auf ihrem Stuhl, blankes Entsetzen in ihren weit aufgerissenen Augen. Sie starrte die sich nähernde Schlange an, die sich bedrohlich aufrichtete.

- 49 -

GRACE

Samstag, 12. November 2033, 20:00 Uhr

Grace folgte den Lichtern den Pfad entlang. Der federnde Boden unter ihren Füssen erinnerte sie an ihre Kindheit, als sie barfuß durch die Wiesen gelaufen war. Schatzi, ein pelziger Schatten an ihrer Seite, trabte mit seinem üblichen enthusiastisch schwingenden Gang neben ihr her. Fröhlich mit dem Schwanz wedelnd, untersuchte er jedes Rascheln im Gras, jeden einladenden Baumstamm und jedes verdächtige Eichhörnchenloch.

Der Wind strich durch die goldenen Felder entlang des Weges, begleitet vom rhythmischen Zirpen der Grillen. Unter ihnen hatte sich die Stadt in ein Meer aus Lichtern verwandelt – wie Millionen kleiner Funken, die der Dunkelheit trotzten.

Eine Brise strich über ihr Gesicht wie eine unsichtbare Hand und brachte den Duft von frisch gemähtem Gras und den salzigen Geschmack des fernen Ozeans mit sich. Eine Gänsehaut überzog ihre Arme, während ihr Atem weiße Nebelschwaden in die Luft zeichnete. Sie beschleunigte ihre Schritte, um sich aufzuwärmen.

Hier, unter der unendlichen Weite des Himmels, durchströmte sie ein lange vergessenes Gefühl der Freiheit - ein starker Kontrast zu dem sterilen Summen der Maschinen, das seit Monaten ihr Schlaflied gewesen war. Über ihr entfaltete sich der Nachthimmel in einem atemberaubenden Schauspiel aus Millionen funkelnder Sterne. Die Milchstraße zog sich wie ein himmlischer Fluss über das Firmament und wies ihr den Weg.

Von überwältigender Ehrfurcht ergriffen, breitete sie die Arme aus, warf den Kopf in den Nacken und atmete tief ein, als würde sie die Magie des Augenblicks in sich aufnehmen. Neben ihr hielt Schatzi inne, spitzte die Ohren und legte den Kopf schief. Mit einem sanften Bellen lenkte er ihre Aufmerksamkeit auf sich, seine großen Augen funkelnd vor freudiger Erwartung.

Grace beugte sich zu ihm hinunter und tätschelte ihn zärtlich. Sie hatte sich immer die Gesellschaft eines Hundes gewünscht, eines pelzigen Gefährten, mit dem sie die Abenteuer des Lebens teilen konnte. Warum hatte sie so lange gewartet? Schatzi erkannte die Zuneigung in ihrem Blick und antwortete mit einem liebevollen, feuchten Stupser gegen ihr Gesicht. Mit einem verspielten Bellen wirbelte er herum und sprang voran. Grace folgte ihm. Gemeinsam gingen sie den Weg weiter.

Ihre Finger strichen über die Samtschachtel in ihrer Tasche. Die Schachtel mit dem Diamantring. Es war wie ein Traum und ein Albtraum zugleich. Sie sehnte sich danach, dass Julius sie an sich zog und gegen eine Wand drängte, seine Finger mit ihren verflochten. Sie verzehrte sich danach, seine Berührungen zu spüren, mit ihm zu verschmelzen und in seiner Umarmung alles andere zu vergessen. Aber wenn sie den Ring annahm, würde das wohl eher nicht passieren. Er hatte einen Geliebten und sie lebte in einem geliehenen Körper. 'Kompliziert' schien eine grobe Untertreibung für ihre Situation.

Es bestand kein Zweifel, dass Julius ihr Seelenverwandter war, ein Mann, der sie bis ins Innerste verstand und sie aufrichtig schätzte. Seine Ausstrahlung war betörend, sein Reichtum nahezu obszön. Wenn sie ihn heiratete, konnte sie mit ihm tanzen, wann immer sie wollte, ihn umarmen, wann immer sie wollte, und ihn küssen, wann immer sie wollte. Er würde sie auf seine auf seine eigene Art lieben, sie unterstützen und ihren Alltag mit Freude erfüllen. War das nicht genug? Gab es einen Mann, der alle Erwartungen erfüllen konnte?

Die Kühle des Windes nahm zu, und Grace wurde bewusst, dass sie die Zeit aus den Augen verloren hatte. Ohne Handy konnte sie nur schätzen, wie lange sie schon unterwegs waren. Sie wandte sich um. Wenn sie denselben Weg zurückging, den sie gekommen waren, konnten sie sich nicht verlaufen. Schatzi neigte den Kopf, seine braunen Augen spiegelten einen Hauch von Enttäuschung wider.

„Tut mir leid, mein Kleiner", murmelte sie und kauerte sich hin, um ihn hinter den Ohren zu kraulen. „Morgen wartet ein neues Abenteuer auf uns, versprochen."

Der Hund blickte kurz zu ihr auf, also würde er ihre Worte verstehen. Dann, als hätte er neue Energie getankt, sprang er mit wedelndem Schwanz voran. Grace folgte ihm, als sie gemeinsam den Weg zurück zum einladenden Lichtschein von Monas Haus einschlugen.

Als sie näher kamen, blieb Schatzi abrupt stehen. Seine Ohren richteten sich alarmiert auf, das Fell auf seinem Rücken sträubte sich und er stieß ein tiefes, warnendes Knurren in Richtung des Hauses aus. Grace wollte weitergehen, um herauszufinden, was ihn beunruhigte. Doch Schatzi blockierte entschlossen den Weg. Er stellte sich quer auf den Pfad und schob sich schützend zwischen sie und die unsichtbare Bedrohung. Jede Faser seines Körpers schien vor Wachsamkeit und entschlossener Verteidigungsbereitschaft zu vibrieren.

Grace hielt überrascht inne und ließ ihren Blick über das Haus vor ihnen gleiten. Die Lichterketten auf der Terrasse schwankten sanft im Wind und warfen ihr warmes Licht auf den verlassenen Tisch, an dem sie noch vor Kurzem gemeinsam gegessen hatten. Die Terrasse lag nun still und verlassen da. Julius und Mona hatten sich vermutlich ins Haus zurückgezogen. Aus den Fenstern von Wohnzimmer und Küche strahlte Licht hinaus, doch die Scheiben blieben undurchsichtig und verrieten nichts von dem, was drinnen geschah. Drinnen war keine Bewegung zu erkennen. Saßen sie vielleicht auf dem Sofa, vertieft in ein Gespräch? Aber warum lag über allem diese unheimliche, bedrückende Stille?

Schatzi knurrte noch einmal. Sie kniete sich zu ihm nieder und strich ihm über das weiche Fell. „Es ist schon in Ordnung, wir werden vorsichtig sein," flüsterte sie beruhigend. Als hätte er ihre Worte verstanden, trat er zur Seite und ließ sie passieren.

Als sie näherkamen, beschlich Grace ein ungutes Gefühl. Irgendetwas stimmte ganz und gar nicht. Gemeinsam schlichen sie vorsichtig auf das Haus zu. Doch je näher sie kamen, desto stärker wurde Schatzis Unruhe. Er stieß ein weiteres Knurren aus.

„Psst!", flüsterte sie und legte vorsichtig eine Hand um Schatzis Schnauze, um ihn zum Schweigen zu bringen. Er sah sie mit einem fragenden Blick an, als wolle er ihre Absicht verstehen. Grace schlich in Richtung Haus, der Hund dicht an ihrer Seite. Ihr Herz schlug wie ein Trommelwirbel, während sie sich geduckt und im Schutz der Schatten vorwärtsbewegte. Schatzi folgte ihr lautlos, ein lebender Schatten, der jede ihrer Bewegungen nachahmte.

Entschlossen machte sie sich daran, das Haus zu umrunden. Vielleicht würde ein Blick durchs Fenster Aufschluss darüber geben, was vor sich ging. Warmes Licht aus dem Wohnzimmerfenster zeichnete ein helles Rechteck auf den Boden vor ihnen. Sanft legte sie ihre Hand erneut um Schatzis Schnauze. Er sah sie mit seinen großen Augen an, stumm und aufmerksam. Sie hoffte inständig, dass er die Wichtigkeit absoluter Stille begriffen hatte.

Sie duckte sich und schlich vorsichtig unter dem Fenstersims weiter. Dann richtete sie sich behutsam auf und wagte einen Blick ins Innere. Das Wohnzimmer lag verlassen da - weder auf dem Sofa noch am Esstisch war jemand zu sehen. Wo waren Mona und Julius?

Grace besann sich auf den Grundriss des Hauses: Die Küche befand sich im vorderen Teil, rechts neben dem Eingang. Mit angehaltenem Atem schlich sie weiter, dicht an die Hauswand gepresst, und bahnte sich ihren Weg durch den schmalen Spalt zwischen Haus und Garage. Schatzi folgte ihr wie ein Schatten, die Ohren gespitzt, seine Augen im Dämmerlicht funkelnd.

Die feuchte Nachtluft kroch ihr unter die Haut und ließ sie frösteln. Plötzlich stockte Grace der Atem: Die Seitentür der Garage stand sperrangelweit offen - ein unerwarteter Anblick. Ein eisiger Klumpen bildete sich in ihrem Magen, doch die Neugier gewann die Oberhand. Mit klopfendem Herzen wagte sie einen Blick in das dunkle Innere der Garage.

Der Anblick vor ihr traf Grace wie ein Schlag: Da war Mona. Ihr Körper lag ausgestreckt auf dem Boden neben den Mülltonnen, ihr stacheliges Haar war von einer dunkelroten Blutlache durchtränkt. Eine große, klaffende Wunde entstellte ihren Schädel. Grace presste ihre Hand auf ihren Mund, um einen Schrei zu unterdrücken.

Mit zitternden Beinen stürzte sie zu ihrer Freundin und umklammerte Monas lebloses Körper in verzweifelter Umarmung. Doch Mona blieb schlaff und sank wie eine zerbrochene Puppe zurück. Panik wallte in Grace auf, als ihre bebenden Finger Monas Hals nach einem Pulsschlag abtasteten. Nichts. Nur eisige, unbarmherzige Stille. Monas einst lebhafte Augen starrten leer zur Decke. Sie war tot.

Schatzis klagendes Winseln durchbrach die Stille. Behutsam schmiegte er sich an Grace, seine feuchte Schnauze sanft gegen ihren tauben Ellbogen gedrückt. Tränen strömten ihr über ihre Wangen, ein Schwall der Trauer um ihre verlorene Freundin. Sie vergrub ihr Gesicht in Schatzis weichem Fell, ihre Schultern bebend von unterdrückten Schluchzern. Die Last ihrer Entscheidungen, die sie zu diesem Punkt geführt hatten, und der bittere Geschmack des Todes, der sie unerbittlich zu verfolgen schien, brachen über sie herein.

Doch ein brennender Gedanke arbeitete sich durch ihren trauernden Verstand – Julius! Wo war er? Mit einem Ruck sprang sie auf, getrieben von neuer Energie und grimmiger Entschlossenheit. Sie hatte dem Angreifer im Krankenhaus die Stirn geboten, war dem Täter auf der Party entkommen und hatte den Eindringling in der Zhang-Residenz besiegt. Bei allem, was ihr heilig war, sie würde auch diesen Widersacher bezwingen – wenn es nicht schon zu spät war. Sie stürmte auf das Haus zu, Schatzi dicht auf ihren Fersen.

- 50 -

ANNYA

Samstag, 12. November 2033, 20:30 Uhr

Annya schmiegte sich an den rauen, feuchten Stein des Kellergewölbes in Dr. Trivedas Villa. Ihr Herzschlag dröhnte in ihren Ohren. Neben ihr lehnte sich Angus vor, die Wärme seines Körpers ein wohltuender Kontrast zur klammen Kälte des unterirdischen Gemäuers. Ihr stockte der Atem, als sie die Szene in dem kleinen Kellerraum vor ihr erfasste.

Dr. Triveda saß wie erstarrt auf ihrem Stuhl und sah die Schlange mit weit aufgerissenen Augen an. Die Schlange stieß ein weiteres scharfes, furchterregendes Rasseln aus. Es war der Klang eines Raubtiers, das zum Sprung ansetzte. Karim zog sich langsam zurück, seine Augen wie hypnotisiert auf das schuppige Wesen geheftet. Das Rasseln der Schlange schwoll an zu einem wilden Crescendo, das von den Steinwänden widerhallte.

Angus' rauhe Hand schloss sich um Annyas. Mit einer fast unmerklichen Bewegung schob er etwas in ihre Handfläche – kalt und schwer. Seine Waffe. Ihre Finger schlossen sich automatisch um den kalten Stahl. Ihr Blick traf seinen und versuchte, seine Absichten zu entschlüsseln. Seine Augen, warm und vertraut, hielten einen Moment lang ihren Blick, bevor er ihr beruhigend zunickte.

Angus' Körper streifte sie wie ein warmer Windhauch, als er an ihr vorbeiglitt. Mit entschlossenen Schritten betrat er den Raum. Das dumpfe Aufschlagen seiner Stiefel zerriss die gespannte Stille wie ein Donner. Annya zuckte unwillkürlich zusammen, ihr Herz raste wie wild. Das war zu gefährlich.

Doch bevor sie ihn zurückhalten konnte, hatte Angus bereits die Mitte des Raumes erreicht. Mit einer Gelassenheit, die an Wahnsinn grenzte, ignorierte er die Schlange vollständig. Ihr wütendes Rasseln verwandelte sich in ein überraschtes, fast ungläubiges Zischen. Mit einer schnellen Bewegung packte er Dr. Triveda auf ihrem Stuhl, hob sie mühelos hoch und trug sie aus dem Raum. Die Chirurgin, starr vor Angst, schien in seinem Griff schwerelos. Er setzte sie mit einem leisen Aufprall am Fuß der Treppe ab.

Die Dreistigkeit der ganzen Aktion ließ Schlange und Karim für einen Moment sprachlos zurück. Karim starrte Angus mit offenem Mund an. Doch der Schock wich schnell brodelnder Wut. Mit einem animalischen Schrei sprang er auf Angus zu.

Ein Ur-Instinkt, tief in ihrem Inneren vergraben, erwachte in Annya. Noch bevor ihr Verstand die Situation erfassen konnte, sprang sie aus ihrem Versteck in den Türrahmen, die Waffe mit beiden Händen umklammert und direkt auf Karims heranstürmende Gestalt gerichtet. Karims Augen weiteten sich in schockierter Erkenntnis, als er schlitternd zum Stehen kam. Sein wutverzerrtes Gesicht erstarrte nur Zentimeter vor der Waffenmündung. Annyas Finger schloss sich fester um den Abzug. Ihre Blicke trafen sich in einem stummen Patt.

„Du hast noch nie auf jemanden geschossen, oder?" Karims Stimme war samtweich, fast spöttisch.

„Doch, das habe ich", antwortete sie mit fester Stimme.

Karims Augen verengten sich zu Schlitzen, taxierten sie mit raubtierhafter Intensität. „Du lügst", zischte er.

Karim sprang nach vorne und prallte mit so viel Wucht gegen sie, dass sie zurückgeschleudert wurde. Instinktiv drückte ihr Finger den Abzug durch. Die Waffe explodierte in ihrer Hand, ein Donner, der die Luft zerriss. Der Schuss hallte durch den Keller und prallte von den rauen Steinwänden ab. Der Rückstoß raubte Annya fast das Gleichgewicht, ihre Arme vibrierten vom Aufprall.

Durch den Zusammenprall mit Karim war ihre Zielgenauigkeit beeinträchtigt. Die Kugel zischte am Ziel vorbei, schlug funkensprühend auf dem Boden auf und prallte in unvorhersehbare Richtungen ab. Die Schlange stieß ein furchterregendes Zischen aus, einen Urschrei der Empörung.

Karim schlang seine Arme fest um sie und versuchte, sie in einem eisernen Griff zu immobilisieren. Annya rang nach Luft. Eine Welle der Panik stieg in ihr auf und und überspülte die kalte Angst. Ihr Finger am Abzug zitterte unkontrolliert. Die Waffe war zwischen ihnen eingeklemmt. Würde sie sich selbst verletzen? Doch getrieben von purem Überlebensinstinkt, drückte sie erneut ab.

Die Waffe explodierte zum zweiten Mal, ein ohrenbetäubender Donnerschlag, der die Luft zerriss. Unmittelbar darauf folgte ein ersticktes, fast ungläubiges Keuchen. Ein beißender, metallischer Geruch erfüllte den Raum – und der unverkennbare Geruch frischen Blutes. Zu ihren Füßen bildete sich ein purpurroter Fleck auf dem rauen Steinboden, der sich wie eine makabre Blume ausbreitete.

Karim taumelte rückwärts in den Kellerraum zurück, sein Gesicht eine Maske aus Schmerz und ungläubigem Entsetzen. Seine Hand flog instinktiv zu seinem Bein, wo ein Loch in der Hose klaffte. Die Ränder des Stoffes waren schwarz versengt.

Die Schlange nutzte den Moment der Schwäche aus. Blitzschnell, mit der Präzision eines millionenalten Jägers, schoss sie vorwärts. Ihre Reißzähne fanden mühelos ihr Ziel durch das zerfetzte Loch in Karims Hose und gruben sich tief in sein Fleisch. Karim schrie überrascht auf.

Plötzlich tauchte Angus neben Annya auf, riss ihr die Waffe mit einem entschlossenen Griff aus den Händen und trat vor. Mit der ruhigen Präzision eines erfahrenen Schützen zielte er, seine Hände um die Waffe fest geschlossen.

Eine Serie von Donnerschlägen zerriss die Luft. Die Schlange, getroffen von einer tödlichen Kugelsalve, bäumte sich in einem letzten, verzweifelten Tanz auf. Ihr schuppiger Körper wand sich auf dem kalten Stein, als Blut aus den zerfetzten Wunden quoll. Ein letztes, kehliges Zischen entfuhr dem Reptil. Dann erschlaffte sein schuppiger Körper. Der metallische Geruch von Blut hing schwer in der Luft.

Annya eilte zu Karim. Er umklammerte sein Bein und stieß keuchende Atemzüge aus.

„Angus, hol den Stuhl", rief sie über ihre Schulter. „Und einen Krankenwagen – sofort!" Jede Sekunde zählte. Sie musste Karim ruhigstellen, um die Ausbreitung des Schlangengifts zu verlangsamen.

Angus band Dr. Triveda mit schnellen Bewegungen los.

„Danke", flüsterte sie.

Angus antwortete nicht. Er zog Handschellen aus der Tasche, griff nach dem Handgelenk der Ärztin und fesselte sie mit einem kräftigen Ruck an das Treppengeländer.

„Ich bin das Opfer!", protestierte die Chirurgin empört.

Angus ignorierte den Einwand und schob den Stuhl zu Annya.

„Setz dich", sagte Annya zu Karim. „Wir müssen dein Bein über der Höhe des Herzens halten, damit das Gift es nicht so einfach erreicht."

Karim zuckte zusammen, als sie ihn vorsichtig auf dem Stuhl platzierte. Er stöhnte leise. Seine Augen wirkten bereits getrübt - vom Schmerz oder der einsetzenden Giftwirkung.

„Du musst so ruhig wie möglich bleiben", mahnte Annya.

„Ich weiß", krächzte er. „Ich bin selbst Arzt, schon vergessen?"

„Arzt hin oder her, im Moment bist du ein Patient, und das Gift breitet sich aus."

Angus beendete leise sein Telefonat. „Ein Krankenwagen wird in ein paar Minuten hier sein", sagte er.

Annya nickte. „Gut. Wir haben nicht viel Zeit."

Sie kniete neben Karim nieder und riss den Stoff seiner Hose auf. Der Anblick, der sich ihr bot, war erschreckend. Ein großes Loch klaffte in seinem Fleisch, die Ränder schwarz verkohlt von der Schusswunde. Blut quoll daraus hervor und bildete eine schaurige Lache auf dem Boden unter ihm. Oberhalb der Schusswunde prangte der Schlangenbiss wie ein groteskes Tattoo - zwei Einstichstellen, umgeben von einem geröteten, geschwollenen Hof. Die Entzündung breitete sich sichtbar aus.

Annya sah Karim an. Schweißperlen glitzerten auf seiner bleichen Stirn. Sie konnte förmlich spüren, wie sein Herz raste - genau wie ihres. Jeder Herzschlag pumpte das tödliche Gift weiter durch seinen Körper. Es war ein verzweifelter Wettlauf gegen die Zeit.

Karim wandte mühsam den Kopf zu Angus. „Du bist Graces Leibwächter", sagte er. „Was machst du hier?"

„FBI", sagte Angus ruhig.

„Diese Frau", flüsterte er und neigte schwach den Kopf in Richtung Dr. Triveda, „sie hat meine Frau ermordet."

„Ich weiß", antwortete Angus mit eiserner Ruhe. „Sie wird sich vor Gericht verantworten müssen."

Karim lachte bitter auf. „SUEC ist zu mächtig für einen fairen Prozess, selbst für Sie. Sie werden einen Weg finden, ihre Spitzenchirurgin reinzuwaschen."

Angus schüttelte den Kopf. „Nicht unter meiner Aufsicht", sagte er. „Wir haben ein Telefongespräch aufgezeichnet, in dem sie Ihre Frau am Tag vor ihrem Tod als Spenderin für die geplante Transplantation auswählte. Und wir haben die Kameraaufzeichnungen auf Ihrem Computer gesichert, die zeigen, wie Dr. Triveda Ihr und Biancas Haus unmittelbar vor dem tödlichen Schuss betrat."

Karim schluchzte leise. Sein Körper erzitterte von einer neuen Schmerzwelle. „SUEC wird sich irgendeine Geschichte ausdenken, um das zu erklären." Tränen strömten über sein Gesicht. „Bianca ...", seufzte er. „Ich vermisse sie so sehr. Sie war die reinste Seele, die ich je gekannt habe. So voller Güte und Liebe." Seine Stimme brach. „Das... das hat sie nicht verdient. Niemals."

„Du wolltest sie rächen?", fragte Annya leise.

Karim nickte schwach. „Was blieb mir übrig? Ich flehte die Polizei an zu ermitteln, Nachforschungen anzustellen, aber sie haben es abgetan. ‚Ein klarer Fall von Depression und Selbstmord', sagten sie. Es war so verdammt bequem." Ein bitteres Lachen entrang sich seiner Kehle. „Dabei ging es Bianca besser. Die Hüter Gleichgewichts habe ich nur für sie gegründet. Und die Gemeinschaft wirkte Wunder. Bianca blühte darin auf, sie fand endlich zurück ins Licht. Und dann..." Seine Worte erstickten in einem herzzerreißenden Schluchzen.

Annya sah Dr. Triveda an. Die Hölle war eine zu milde Strafe für diese Frau. Von blindem Ehrgeiz getrieben, hatte sie Bianca kaltblütig geopfert, um sie als Spenderin für ihre wahnwitzige Transplantation zu benutzen. Dann hatte sie eine sterbende Wissenschaftlerin zu einem Eingriff überredet, der sie gelähmt aufwachen ließ.

Die Chirurgin verlagerte ihr Gewicht von einem Fuß auf den anderen, doch Annya konnte in ihren Augen keine Spur von Reue erkennen. Sie zeigte auf Karim. „Der Mann liegt im Sterben", sagte sie mit eisiger Stimme. „Hast Du ihm etwas zu sagen?"

Dr. Triveda blinzelte verwirrt. Ihr Blick huschte zwischen Annya und Karims zusammengesunkenem Körper hin und her. „Ihre Frau hat ihr Leben für den bedeutendsten Durchbruch in der Geschichte der modernen Medizin geopfert", sagte sie leise.

„Sie hat ihr Leben nicht *geopfert*!", rief Karim. „Sie haben es ihr genommen! Sie sind eine Mörderin!"

Angus hob beschwichtigend die Hand. „Wie gesagt, Dr. Triveda wird sich vor Gericht verantworten. Wir haben unwiderlegbare Beweise: Ihre Fingerabdrücke wurden auf der Tatwaffe gefunden – trotz ihres Versuchs, sie zu beseitigen. Das forensische Team bestätigte zudem, dass an Biancas Händen keine Schmauchspuren waren. Der Schusswinkel deutet eindeutig auf eine zweite Schützin hin. In Kombination mit der Zeugenaussage, die Dr. Triveda an den Tatort platziert, ist das ein wasserdichter Fall."

Dr. Triveda senkte den Blick, ihre Stimme kaum mehr als ein Flüstern: „Für das Überleben einer Frau musste eine andere sterben", murmelte sie. „Manchmal müssen wir Opfer bringen, um die Menschheit voranzubringen."

„Bianca war *meine* Frau!", schrie Karim sie an. „Eine wunderschöne junge Frau, die ihr ganzes Leben noch vor sich hatte! Und Sie haben es ihr geraubt!"

Annya sah den Mann an, der noch vor einer Stunde so charismatisch gewirkt hatte. Jetzt brach er vor ihren Augen zusammen. Seine überwältigende Trauer und das Gefühl der schreienden

Ungerechtigkeit hingen schwer in der Luft – eine stumme Anklage gegen eine Welt des wissenschaftlichen Fortschritts, die seine geliebte Frau im Stich gelassen hatte.

„Aber warum wurde Grace verfolgt?", fragte sie leise.

Karims Gesicht verzerrte sich, als ihn eine neue Welle des Schmerzes durchfuhr. Mit zitternder Hand wischte er sich den Schweiß von der Stirn. Er atmete stoßweise, jeder Atemzug ein Kampf gegen den immer fester werdenden Griff des Schlangengifts.

„Ein Mitglied unserer Gemeinde", brachte er mühsam hervor, „ein Mann namens Datu, war früher in einer Straßengang in San Francisco. Er war ein enger Freund von Bianca und mir. Als ich ihm sagte, dass Biancas ‚Selbstmord' ein sorgfältig inszenierter Mord war, um Graces Organbedarf zu stillen, bot Datu an, für Gerechtigkeit zu sorgen."

„War das der Mann, der im Krankenhaus sein eigenes Gift getrunken hat?", fragte Annya.

Karim nickte und schloss für einen Moment die Augen. Als er sie wieder öffnete, lag in seinen Augen ein stählerner Funke der Entschlossenheit. Mit brüchiger, aber fester Stimme erklärte er: „Nach Datus Tod traten die Hüter des Gleichgewichts in Aktion. Sie schworen, seine Mission zu vollenden." Er holte zitternd Atem. „Unsere Gemeinschaft ist weit über meine kühnsten Vorstellungen hinausgewachsen. Die Menschen hungern nach einem tieferen Sinn. In unserem Bund finden sie nicht nur treue Gefährten, sondern auch eine Sache, für die es sich zu kämpfen lohnt."

Ein flaues Gefühl breitete sich in Annyas Magengegend aus. „Wie viele deiner Anhänger versuchen jetzt, Datus gescheitertes Attentat auf Grace zu vollenden?", fragte sie.

Karims Augen glänzten fiebrig, eine Mischung aus Triumph und Schmerz. „Die genaue Zahl ist mir nicht bekannt", keuchte er. „Aber eines steht fest: Die Hüter des Gleichgewichts stehen füreinander ein. Bedingungslos."

„Jeder, der Grace angreift, wird strafrechtlich verfolgt", sagte Angus mit grimmiger Miene.

Karim lächelte. „Ich freue mich auf den Prozess", sagte er. „Stellen Sie sich die Überraschung vor, wenn Graces Fingerabdrücke genommen werden. Ist es Mord, wenn das Opfer bereits tot ist?"

„Und *Sie* waren hinter Dr. Triveda her, nicht hinter Grace?", fragte Annya.

Karim verzog das Gesicht, sein Atem ging stoßweise. „Diese Frau" krächzte er und zeigte anklagend auf die Chirurgin, „sie ist für alles verantwortlich. Hemmungslose Ambition, die für den eigenen Erfolg andere skrupellos opferte. Zuerst dachte ich, Grace wäre ihre Komplizin. Aber später wurde mir klar, dass Grace keine Ahnung hatte, dass Bianca getötet wurde, damit sie leben konnte."

„Aber Sie haben Ihre Anhänger nicht zurückgerufen?", fragte Angus scharf.

Karim hielt inne, seine Augen verdunkelten sich, als würde er in einen Abgrund blicken. „Da war diese... Ähnlichkeit", flüsterte er, „ein Spiegelbild von Bianca in Grace. Anfangs konnte ich es nicht einordnen. Es war zutiefst verwirrend." Seine Stimme brach. „Ich trauerte um meine Frau und verspürte gleichzeitig dieses unerklärliche Bedürfnis, dieser Fremden nahe zu sein."

Er holte zitternd Atem. „Aber dann, als ich das Tattoo auf Graces Knöchel sah, das ich selbst Bianca hatte stechen lassen... traf mich die Wahrheit mit voller Wucht. Das war keine Multiorgantransplantation. Das *war* Biancas Körper vor mir. Ihr wunderschöner Körper, geschändet, mit dem Kopf einer anderen Frau. Es war ein Schock jenseits aller Vorstellungskraft."

Ein heftiger Schauer durchfuhr Karims Körper. Für einen kurzen Moment schien er den brennenden Schmerz in seinem Bein zu vergessen.

„Bianca hat Frieden verdient ", brachte er mühsam hervor, seine Stimme rau vor Emotion. „Sie soll zur letzten Ruhe gebettet werden. Niemand hat das Recht, mit ihrem toten Körper herumzulaufen. Das ist ein Sakrileg, eine Beleidigung ihrer Seele."

Angus fixierte ihn mit scharfem Blick. „Aber Sie haben Grace nie angegriffen. Sie hatten mehrere Gelegenheiten dazu."

Karim schüttelte schwach den Kopf. „Ich könnte Bianca niemals etwas antun, selbst wenn ihr Körper vom Kopf einer Fremden als Geisel gehalten wird." Er holte zitternd Atem. „Aber sie verdient Frieden. Die Hüter des Gleichgewichts sind nicht so zimperlich wie ich. Durch eine grausame Ironie des Schicksals wird die Gemeinschaft, die für Bianca geschaffen wurde, nun für ihre Gerechtigkeit sorgen. Ein Lächeln huschte über seine Lippen. „Was ich nicht tun konnte, werden sie vollenden. Wahrscheinlich ist es schon erledigt."

„Was ist erledigt?" fragte Annya.

Er sah sie mit einer seltsamen Gelassenheit an. „Ich habe dies nur erzählt, um den Hütern des Gleichgewichts Zeit zu verschaffen. Und ich selbst..." Seine Stimme wurde weicher. „Ich bin bereit, Bianca im Jenseits wiederzusehen. Ich möchte nicht ohne sie leben. Dies ist die Ordnung des Universums."

Karims Griff um den Stuhl löste sich, als hätte eine unsichtbare Kraft ihn losgelassen. Sein Körper glitt wie in Zeitlupe zu Boden, kraftlos und schlaff. Mit einem dumpfen Aufprall landete er auf dem kalten Steinboden.

Eine beunruhigende Ruhe breitete sich in seinen Augen aus. „Das ist besser", hauchte er, seine Stimme kaum mehr als ein Flüstern. „So erreicht das Gift mein Herz schneller."

Das Leben schien aus seinem Gesicht zu weichen und ließ blasse Erschöpfung zurück. Seine Augen wurden trüb und füllten sich mit einer Traurigkeit, die Annya bis ins Mark erschütterte.

Annya rappelte sich auf. Der Krankenwagen. Wo war der verdammte Krankenwagen?

Sie rannte die Treppe hinauf, stürmte durch den dunklen Flur und riss die Haustür auf. Draußen empfing sie der abendliche Nebel, feucht und kalt. Eine Gruppe Teenager schlenderte den Bürgersteig entlang, plaudernd und lachend. Doch die Straße blieb still, Sirenen waren immer noch nicht zu hören.

- 51 -

GRACE

Samstag, 12. November 2033, 20:30 Uhr

Die massive Eichentür zu Monas Haus stand sperrangelweit offen. Ein gezackter Splitter hing wie ein abgebrochener Zahn am Rahmen und schwang leise hin und her. Im Inneren herrschte eine unheimliche Stille. Mit pochendem Herzen stürzte Grace hinein. Ihre Augen suchten das Foyer ab und ihr Blick blieb an der Schwelle zum Wohnzimmer hängen. Dort lag eine Gestalt reglos am Boden. Graces Atem stockte, als sie ihn erkannte.

Julius.

Mit einem erstickten Schrei stürzte sie vorwärts und fiel neben ihm auf die Knie. Dunkle, violette Blutergüsse verunstalteten die zarte Haut seines Halses. Mit zitternden Fingern strich sie ihm eine Haarsträhne aus der Stirn. Die Kälte seiner Haut ließ ihr das Blut in den Adern gefrieren.

Mit zitternden Fingern tastete sie nach seinem Puls. Da war er – ein schwacher Schlag. Doch dann … nichts mehr. Stille. Eine Welle der Verzweiflung schnürte ihr die Kehle zu. Nein. Das durfte nicht sein. Nicht so. Nicht Julius.

Mit neu aufkeimender Entschlossenheit drückte sie ihre Finger fester an seinen Hals. War das Einbildung? Nein - da war er wieder. Ein schwacher, kaum spürbarer Rhythmus unter ihrer Fingerkuppe. Da *war* ein Puls. Julius lebte. Er war bewusstlos, aber sein Herz schlug. Sie beugte sich näher und versuchte angestrengt, seinen Atem zu hören. Ein leichtes Heben und Senken seiner Brust bestätigte es – er atmete.

Am Rand ihres Blickfelds nahm sie eine Bewegung wahr,

gefolgt von einem scharfen metallischen Zischen. Alarmiert drehte sie sich um. Neben Julius' Schuh tauchte ein dreieckiger Kopf auf, breit wie ihre Faust. Ihre Augen weiteten sich ungläubig. Wie war eine Klapperschlange hierhergekommen?

Das Reptil schlängelte sich unaufhaltsam auf sie zu, sein rautenförmiger Körper glitt lautlos über den Boden. Die Rassel an ihrem Schwanz begann zu vibrieren und ein unheilvolles Summen erfüllte die Luft.

Eisige Panik durchflutete Grace. Die Schlange war bereits zu nah, um ihr zu entkommen. Das unheilvolle Rasseln schwoll an, ein Geräusch, das Mark und Bein durchdrang. Die dunklen Augen des Reptils fixierten sie mit gnadenloser Präzision, glitzernd vor kalter, berechnender Bosheit. Grace wagte kaum zu atmen. Ihre Muskeln spannten sich, bereit zur Flucht. Doch ihr Verstand wusste, dass jede Bewegung tödlich sein konnte. Die Schlange hob langsam ihren Kopf, bereit zum Angriff.

Ein tiefes, kehliges Knurren durchbrach die Stille. Grace erstarrte. Millimeter für Millimeter drehte sie ihren Kopf, um die Schlange nicht zu provozieren.

Dort stand Schatzi, reglos wie eine aus Stein gemeißelte Statue, eine Pfote leicht in die Luft gehoben. Sein Nackenfell war gesträubt und die Muskeln unter seinem Fell zuckten vor angespannter Energie. Seine Augen bohrten sich in die Schlange, wachsam und kampfbereit. Ein weiteres tiefes Knurren brodelte in seiner Kehle.

„Schatzi", flüsterte sie. Ihr Herz hämmerte. „Bleib. Zurück."

Das Reptil bäumte sich auf und richtete seine großen Augen auf Grace. Doch bevor die tödlichen Fänge zuschlagen konnten, schoss ein wehender Blitz aus beigem Fell auf sie zu. Mit einem Satz schnappte Schatzis Kiefer direkt hinter dem Kopf der Klapperschlange zu, wenige Zentimeter von ihren tödlichen Fängen entfernt.

Ein chaotisches, tobendes Spektakel entfaltete sich: Die Schlange peitschte ihren massiven Körper mit erschreckender Kraft hin und her, ihre kräftigen Muskeln kämpften gegen Schatzis eisernen

Griff. Staub wirbelte auf. Schatzi hielt sie verbissen fest, getrieben von purem Urinstinkt. Ein tiefes, grollendes Knurren vibrierte in seiner Brust. Mit einer Reihe schneller Schüttelbewegungen schlug er die Schlange von einer Seite auf die andere.

Schließlich hallte ein widerwärtiges Knacken durch den Raum. Der Körper der Klapperschlange erschlaffte und gespenstische Stille senkte sich über den Raum. Keuchend ließ Schatzi sie los. Die leblose Schlange fiel zu Boden, ihr Kopf in einem grotesken Winkel verdreht.

Mit einem erstickten Schluchzen stürzte Grace zu Schatzi. Ihre zitternden Arme schlangen sich um seinen kräftigen Hals, während Tränen der Erleichterung über ihre Wangen rannen.

Schatzi hob seinen mächtigen Kopf und begegnete Graces Blick. Sein Fell war getränkt von dunkelroten Sprenkeln und in seinen großen braunen Augen funkelte ungezähmter Stolz. Er war ihr Beschützer, ein Held, der ihr Leben gerettet hatte.

Grace warf einen schnellen Blick auf Julius. Er lag immer noch reglos da, bewusstlos. Sie musste einen Krankenwagen rufen, aber sie hatte kein Telefon. Hastig durchsuchte sie die Taschen seines Blazers, bis ihre Finger auf etwas Glattes und Kühles stießen – ein neues Wegwerftelefon. Mit zitternden Händen zog sie es hervor, doch ihr hektisches Drücken brachte den Bildschirm nicht zum Leuchten. Ihr entfuhr ein verzweifelter Fluch. Das Telefon war passwortgeschützt.

Mit rasendem Herzen zug sie Julius' Augenlider hoch und hielt ihm das Display direkt vor die Iris. Nach einem kurzen Moment flackerte der Bildschirm auf. Geschafft. Erleichtert wählte sie 9-1-1.

Plötzlich fiel ihr ein großer, verzerrter Schatten ins Auge, der sich grotesk über die weiße Wand neben ihr ausbreitete. Ihr stockte der Atem. Noch ein Angreifer. Der Schatten schien zu wachsen und bewegte sich auf sie zu. Ihre Glieder waren vor Angst wie gelähmt. Die Silhouette eines Mannes überragte sie jetzt, sein Arm war ausgestreckt und er zielte mit einem langen Gegenstand auf sie. Eine Waffe? Ein leises Klicken durchbrach die Stille.

Grace schloss die Augen und hielt den Atem an. *Der Tod ist hier, um mich zu holen*, dachte sie. *Was auch immer ich tue, ich kann ihm nicht entkommen.*

Ein ohrenbetäubender Knall zerriss die Stille. Ein Pistolenschuss. Grace zuckte zusammen. Doch der brennende Schmerz, den sie erwartet hatte, kam nicht. Zögernd öffnete sie die Augen und sah an sich herab. Nichts. Kein Blut, kein Schmerz. Sie blickte zu Julius. Auch an ihm war keine Spur einer frischen Wunde zu sehen.

Ein dumpfer Schlag erschütterte die Stille hinter ihr.

Grace drehte sich um, ihr Herz hämmerte bis zum Hals. Hinter ihr auf dem Boden lag eine massige Gestalt in dunklen Jeans und einer schwarzen Lederjacke. Wer war das? Noch ein Mörder? Hatte er die Schlange mitgebracht und beschlossen, sie zu erschießen, nachdem das Reptil gescheitert war? Schatzi bellte die Gestalt wütend an, sein Fell gesträubt. Der Mann bewegte sich nicht.

Eine weitere Bewegung an der offenen Verandatür erregte Graces Aufmerksamkeit. Sie blickte auf. In der Öffnung stand eine vertraute Gestalt mit einem Schnurrbart, eine rauchende Pistole in der Hand. Er nickte ihr zu.

„Pass gut auf ihn auf", brummte er mit rauher Stimme.

„Das werde ich", erwiderte sie leise. „Wie hast du uns gefunden?"

„Ich sah, dass er den Highway Richtung Süden nahm und nicht nach San Francisco fuhr. Und dann hat er auch noch ein neues Handy gekauft. Ich hackte es und überwachte seine Kommunikation. Als er eine Warnung per SMS erhielt, dass ein Auftragsmörder auf dem Weg zu ihm sein könnte, kam ich so schnell wie möglich."

„Ich danke dir!"

Ihre Blicke trafen sich. Sein Blick war nicht freundlicher geworden.

Sie zögerte kurz, dann platzte es aus ihr heraus: „Er hat mir einen Heiratsantrag gemacht." Es war wohl der unpassendste Moment für diese Neuigkeit. Aber sie musste es loswerden.

Rolando hob kaum merklich die Augenbrauen, dann senkte er den Kopf in einer Geste, die man als Nicken hätte deuten können.

Dann, so abrupt wie er erschienen war, drehte er sich um und verschwand in der Dunkelheit hinter der Terrasse. Nur der schwache Geruch von Schießpulver blieb zurück.

Grace starrte in die undurchdringliche Finsternis, die Rolando verschluckt hatte. Sie war so eifersüchtig auf ihn gewesen. Doch ausgerechnet Rolando hatte Julius und sie gerettet. Ohne sein Eingreifen hätte sie keine Zukunft mit Julius. Sie erinnerte sich an ein Zitat: 'Man versteht das Leben nur rückwärts.' Wie wahr diese Worte doch waren. Erst jetzt, im Rückblick, fügte sich alles zu einem sinnvollen Ganzen zusammen.

Ein leises Heulen in der Ferne durchbrach die bedrückende Stille und wurde zunehmend lauter. Es waren die Sirenen eines Krankenwagens. Endlich war Hilfe unterwegs. Von der Vorderseite des Hauses drangen laute Stimmen zu ihr, gefolgt vom Stampfen näherkommender Schritte. Zwei Sanitäter in strahlend weißen Uniformen stürmten herein, gefolgt von zwei Männern in FBI-Jacken. Grace beobachtete das Geschehen mit einer Mischung aus Angst und Erleichterung. Einer der Sanitäter kniete sich neben die am Boden liegende Gestalt. Es dauerte einen angespannten Moment. Dann verkündete er: „Der Mann ist tot."

Grace zuckte zusammen. Rolando hatte ihn erschossen, bevor er sie erschießen konnte. Aber hatte er Julius tatsächlich gerettet? Ihr Blick fiel auf Julius, der reglos auf dem Boden vor ihr lag. Der Sanitäter kniete mit gerunzelter Stirn neben ihm nieder und begann, ihn genau zu untersuchen.

„Der hier lebt", rief er. „Möglicherweise eine Gehirnerschütterung, aber die Reflexe sind intakt." Er tätschelte Julius die Wangen. Keine Reaktion. Mit einer geübten Bewegung riss der Sanitäter seine Arzttasche auf, zog eine Phiole heraus und öffnete sie mit einem scharfen Knacken. Er hielt sie unter Julius' Nase. Ein stechender, beißender Ammoniakgeruch durchflutete die Luft.

Plötzlich schlug Julius die Augen auf. Grace sank neben ihm auf die Knie und ergriff seine Hand. Sein Blick irrte umher, dann blieb er an ihr haften. Für einen Moment lag Verwirrung in seinen Augen, dann leuchtete Erkenntnis darin auf. Er versuchte zu sprechen, doch stattdessen schüttelte ihn ein heftiger Hustenanfall.

Grace schluchzte auf, als sie Julius in ihre Arme schloss und ihr Gesicht an seiner Brust verbarg. Die Wärme seines Körpers durchströmte sie, und der stetige Rhythmus seines Herzschlags war wie Musik in ihren Ohren - die schönste Melodie, die sie je vernommen hatte. Für einen kostbaren Augenblick verschwamm die Welt um sie herum. In diesem Moment schwor sie sich: Sie würde ihn nie wieder loslassen.

„Wir müssen ihn ins Krankenhaus bringen", erklärte der Sanitäter und begann, eine Trage vorzubereiten. „Er braucht eine gründliche Untersuchung."

Grace klammerte sich noch fester an Julius. „Ich komme mit", sagte sie. „Ich bin seine Verlobte."

Der Sanitäter nickte ihr kurz zu.

Graces Blick wanderte zu dem FBI-Agenten, der am Rand des Geschehens stand – ein stiller Beobachter des Chaos. Bei ihren Worten neigte er leicht den Kopf, und ein flüchtiger Ausdruck huschte über sein Gesicht – war es Neugier? Oder Mitgefühl?

Mit bedächtigen Schritten trat er näher, seine Stimme ruhig und beherrscht. „Ich bin Agent Miller vom FBI. Mein Kollege wird Sie ins Krankenhaus begleiten, um Ihre Sicherheit zu gewährleisten. Ich selbst werde den Tatort hier genauer untersuchen."

Tränen stiegen in Graces Augen auf. „Da ist noch eine Tote", stieß sie hervor. „In der Garage."

- 52 -

WASSILY

Samstag, 12. November 2033, 21:30 Uhr

Wassily sank tiefer in die abgewetzte Couch, während er den Zeitungsartikel auf seinem Smartphone studierte. Der Reporter hatte ihm den Entwurf zur Durchsicht geschickt, bevor er am späten Abend veröffentlicht werden sollte. Das flackernde Licht des Bildschirms tanzte über sein Gesicht, als er durch den Text scrollte. Ein verschmitztes Grinsen zog sich über seine Lippen, als er das Ende erreichte. Er stieß ein triumphierendes „Geschafft!" aus, das von den bröckelnden Wänden um ihn herum widerhallte.

Mit einer lässigen Bewegung warf er das Telefon auf die zerschlissenen Kissen neben sich und griff nach der Bierflasche. Ein kräftiger Schluck rann seine Kehle hinab und der bittere Hopfen prickelte angenehm auf seiner Zunge. Er seufzte zufrieden. Sein neues Leben hatte soeben begonnen.

Dieser Artikel war ein echtes Glanzstück – ein fesselnder Bericht über eine junge Wissenschaftlerin, die von einer unheilbaren Krebserkrankung geheilt worden war und ihr Leben komplett umgekrempelt hatte. Inzwischen war sich Wassily ziemlich sicher, dass Grace ein oder zwei Leichen im Keller hatte. Aber das war nicht die Story, die Zeitungen verkaufte. Die Leute sehnten sich nach Geschichten mit einem glücklichen Ausgang, Trost für die Seele.

Wassily nahm noch einen Schluck von seinem Bier. Ein selbstgefälliges Lächeln umspielte seine Lippen - er hatte endlich seine wahre Berufung entdeckt. Mit seinem unwiderstehlichen Charisma und seiner sprachlichen Finesse konnte er ein Virtuose des geschriebenen Wortes werden. Seine Worte malten Bilder, die in den

Köpfen der Menschen hafteten. Die Wahrheit wurde überbewertet. Niemand wollte mehr über die öde, deprimierende Realität um sie herum lesen. Die Leute sehnten sich nach Farbe, nach einem Hauch von Magie in ihrem Alltag. Und da kam er ins Spiel, der Künstler, der Worte wie einen Pinsel schwang und die Welt ein wenig bunter und hoffnungsvoller machte. Letztendlich ging es doch nur darum, den Menschen eine Auszeit vom Alltag zu bieten, ihnen eine Chance zu geben, sich in einer bezaubernden Geschichte zu verlieren, die sich vollkommen wahr anfühlte.

Wassily lächelte zufrieden. Für einen Moment war die Enge seiner Wohnung vergessen und durch die Wärme einer selbsternannten Mission ersetzt: Seine Texte waren Pinselstriche, mit denen er die Leinwände der Vorstellungskraft seiner Leser bemalte.

Mit einem Anflug von Triumph nahm Wassily die Visitenkarte zur Hand. Er griff nach seinem Telefon und wählte die Nummer des Reporters. Es klingelte zweimal, bevor eine beschwingte Stimme antwortete.

„Hallo", begrüßte ihn Wassily. „Hier ist Wassily, Graces Ex-Mann. Ich habe den Artikel gerade gelesen. Die Geschichte ist perfekt!"

Die Stimme des Reporters quoll vor Zufriedenheit geradezu über. „Fantastisch! Es freut mich, dass wir die Nuancen so präzise eingefangen haben. Und stellen Sie sich vor: Die DIPUTS Erfinderin hat jeden einzelnen Punkt bestätigt. Das riecht nach einer Story für die Titelseite!" Er hielt kurz inne, bevor er mit kaum verhohlener Begeisterung fortfuhr: „Nochmals tausend Dank, Wassily. Mein Chefredakteur ist total begeistert!"

Wassilys Lächeln wurde breiter. „Ich bin auch begeistert!"

„Ich hätte noch eine letzte Bitte", sagte der Reporter. „Haben Sie ein aktuelles Foto Ihrer Ex-Frau? Die Bilder, die wir haben, sind schon etwas veraltet."

„Klar, ich habe jede Mange. Ich schicke ihnen eins. Übrigens, was ist mit der Bezahlung?"

„Schon erledigt. Ich habe die Zahlung gerade überwiesen. Sie werden zufrieden sein."

Wassilys Finger flogen über sein Handy und öffneten seine Bank-App. Als die Summe erschien, stieß er einen ungläubigen Pfiff aus. So viel Geld hatte er lange nicht mehr auf seinem Konto gesehen. Damit war nicht nur die Miete gedeckt – eine größere, hellere Wohnung rückte endlich in greifbare Nähe. Ein Zuhause, das seinen neu gewonnenen Erfolg widerspiegeln würde.

„Damit bin ich wirklich zufrieden", sagte er begeistert. „Auf viele weitere Kooperationen in der Zukunft!"

„Ganz meinerseits", erwiderte der Reporter. „Diese Geschichte ist erst der Anfang. Mit Ihrem Zugang zu SUEC und der Familie Zhang könnten wir daraus eine Goldgrube machen. Halten Sie mich über Neuigkeiten auf dem Laufenden, Wassily. Wir könnten eine ganze Serie daraus spinnen – der Weg des ‚geheilten Aschenputtels' in die Welt des Reichtums. Unsere Leser werden es lieben.."

Wassily grinste zufrieden. „Verlassen Sie sich darauf, sie hören bald wieder von mir."

Er legte auf. Sein Blick blieb auf Graces Foto auf seinem Handy hängen. Er hatte das Leben aus dem falschen Blickwinkel betrachtet. Die ganze Zeit war er flüchtigen Erscheinungen nachgejagt. Aber der wahre Wert lag woanders. Seine Redegewandtheit und sein Humor zum Beispiel würden wie guter Wein reifen und mit jedem Jahr besser werden. Und seine Kreativität konnte aufblühen und ihn mit einem Hauch von Genialität umhüllen, der ihm ein regelmäßiges Einkommen bescherte. Und seine Fähigkeit, Gelegenheiten zu erkennen? Die würde er weiter schärfen, bis sie präzise wie eine Rasierklinge war.

- 53 -

ANNYA

Sonntag, 13. November 2033, 8:30 Uhr

Carlos, in seinem gewohnt makellosen Smoking, öffnete die kunstvoll geschnitzte Tür der Zhang-Residenz mit einer einladenden Geste. Annya und Angus betraten die große Eingangshalle. Ihre Schritte erzeugten ein leichtes Echo auf dem glänzenden Marmorboden. Ein verlockender Duft von frisch gebackenem Gebäck lag in der Luft, dezent untermalt von einem Hauch von Jasmin.

Carlos schloss die Tür hinter ihnen, glitt an ihnen vorbei und führte sie entlang einer prächtigen, V-förmigen Marmortreppe, deren polierte Oberfläche das Licht in einem faszinierenden Spiel aus Reflexionen und Schatten einfing. Vorbei an imposanten Marmorsäulen betraten sie schließlich das formelle Esszimmer, das eine Aura von zeitlosem Luxus verströmte.

Ein dezentes, warmes Licht ließ die edlen Mahagonimöbel und die kunstvoll gefertigten Wandteppiche erstrahlen. Hochwertige Gemälde und sorgfältig platzierte Skulpturen zeugten von einem exquisiten Kunstverständnis. Eine leise Melodie erfüllte den Raum – Chopin, gespielt mit makelloser Präzision. Annya folgte der Musik mit den Augen und entdeckte in der rechten Ecke einen glänzenden Konzertflügel. Ihr Blick blieb an den sich bewegenden Tasten hängen. Es war ein selbstspielendes Klavier

Nathanael Zhang saß am Kopfende eines imposanten Tisches, eine dampfende Porzellantasse vor sich. Als sie eintraten, erhob er sich, warf Carlos einen knappen, zustimmenden Blick zu und wandte sich dann Annya und Angus zu. Mit einem festen Händedruck begrüßte er sie beide, seine Miene professionell und konzentriert.

„Darf ich Ihnen einen Tee oder Kaffee anbieten?", fragte Carlos.

Annya und Angus tauschten einen Blick aus. „Nein, danke", antwortete Annya.

Mit einer stummen Verbeugung zog sich der Hausverwalter zurück.

„Bitte, setzen Sie sich doch." Nathanael deutete mit einer einladenden Geste auf die opulenten Stühle um den Mahagonitisch, die mit Samt bezogen und kunstvoll bestickt waren.

Angus und Annya setzten sich. Die Polsterung gab bei ihrem Gewicht nach und passte sich ihrer Körperform an. Annya hatte des Gefühl, als säße sie auf einer Wolke.

Nathaneal wandte sich an Angus. „Also die Leute, die Julius und Grace angegriffen haben, waren Teil einer spirituellen Sekte?"

„So ähnlich", bestätigte Angus.

„Und die Angreifer sind entweder tot oder festgenommen?"

Angus nickte. „Der Anführer der Gruppe ist in der letzten Nacht gestorben und der Mann, der Julius und Grace angegriffen hat, wurde am Tatort erschossen."

Annya warf Angus einen verstohlenen Blick zu. Sein sachliches Auftreten wirkte beruhigend und einschüchternd zugleich. Selbst in einem Raum voller Reichtum und Macht strahlte Angus eine natürliche Autorität aus. Er erwähnte Rolandos Namen nicht. Julius' Freund war Teil einer anderen Mission und spielte für die aktuelle Situation keine Rolle.

„Und Carlos war auch ein Mitglied dieser Gruppe?", fragte Nathanael.

Angus nickte erneut. „Carlos hat voll und ganz mit dem FBI kooperiert. Er hat uns bei der Identifizierung und Vernehmung der übrigen Sektenmitglieder in der letzten Nacht sehr geholfen."

Annya konnte ein trockenes Lächeln nicht unterdrücken. Ihrer Meinung nach war Carlos' Kooperation weniger von echter Reue als vielmehr von einem verzweifelten Streben nach Wiedergutmachung motiviert gewesen. Er wollte seinen Job nicht verlieren und hatte

Angus gebeten, ein gutes Wort für in einzulegen.

„Er war nicht an dem Überfall auf Grace hier in meinem Haus beteiligt?", fragte Nathanael. „Ich kenne ihn seit Jahren und kann mir nicht vorstellen, dass er uns etwas antun würde. Aber nach allem, was ich gehört habe …"

Angus nickte beruhigend. „Ihre Bedenken sind verständlich, Herr Zhang. Wir haben gründliche Ermittlungen durchgeführt und es gibt keinen Anhalt dafür, dass Carlos wissentlich involviert war. Er hat ein Mitglied des Clans zu Graces Chirurgen im Krankenhaus geführt. Aber Carlos wusste nicht, dass diese Person einen Giftanschlag auf die Chirurgin plante. Leider wurden mehrere Mitglieder des Kults unwissentlich manipuliert und zur Beihilfe zu Verbrechen verleitet."

Nathanael nickte. „Das ist furchtbar."

„In der Tat", stimmte Angus zu. „Glücklicherweise wurde der Kult zerschlagen. Wir haben zwei weitere Verdächtige festgenommen und sind ziemlich sicher, dass wir alle potenziellen Bedrohungen neutralisiert haben. Die meisten Mitglieder waren tief erschüttert, als sie erfuhren, dass einige *Hüter* des Gleichgewichts sich als dessen Zerstörer entpuppten."

„Und Carlos gehörte zu dieser Gruppe, die entsetzt waren?"

„Ganz gewiss. Er war am meisten erschüttert von allen."

„Das beruhigt mich", sagte Nathanael und sein Blick wanderte zur Tür. „Julius ist mein einziger Sohn. Ich erwarte, dass Sie alles tun, um ihn zu beschützen. Es darf keinen weiteren Angriff auf meine Familie geben."

„Natürlich", sagte Angus. „Wir haben alle Verdächtigen festgenommen und damit Sie ganz beruhigt sind, werden wir noch ein oder zwei Wochen lang ein Sicherheitsteam vor Ihrem Haus stationieren."

Annya lächelte. Das war eine gute Erklärung. Die Überwachung war kein Zugeständnis an einen Millionär, sondern eine Maßnahme zum Schutz von Grace, einer Person von unermesslichem nationalen Wert.

„Wir wurden benachrichtigt, dass Julius und Grace bereits

hierher zurückgekehrt sind?", fragte sie.

Nathanael nickte. „Julius hat gestern Abend das Krankenhaus in Santa Barbara verlassen. Sein CT-Scan hat keine Hirnverletzung ergeben. Er und Grace sind mit dem Privatjet nach Hause geflogen. Frische Luft und eine vertraute Umgebung sind die beste Medizin, meinen Sie nicht auch? Es gibt keinen besseren Ort zum Gesundwerden als das eigene Zuhause."

„Und Sie waren damit einverstanden, dass Grace hier bleibt? Wollten Sie nicht, dass sie geht?"

Nathanael deutete auf Angus. „Nun, das war, bevor Herr Weber hier erfolgreich die Angreifer außer Gefecht gesetzt hat. Jetzt, da die Bedrohung neutralisiert ist, kann Grace gerne bei uns bleiben. Sie gehört praktisch zur Familie", fügte er achselzuckend hinzu. „Außerdem kümmert sie sich gerade rührend um Julius. Das fördert das Familienbild, finden sie nicht? Es wurde wirklich Zeit, dass Julius zur Vernunft kommt."

Angus und Annya tauschten einen vielsagenden Blick aus.

„Haben Sie die heutigen Nachrichten schon gesehen?" wechselte Nathanael das Thema.

„Wir haben eine Kurzfassung erhalten, hatten aber noch keine Gelegenheit, den eigentlichen Artikel zu lesen", sagte Annya.

Mit einer schwungvollen Geste aktivierte Nathanael ein holografisches Display und rief ein Online-Suchergebnis auf. Der Bildschirm füllte sich mit einer Reihe von Schlagzeilen, die alle um dasselbe Thema kreisten. Die Schlagzeile verkündete: „Ein Triumph der Wissenschaft: DIPUTS-Medikament heilt metastasierten Brustkrebs." Darunter war ein Foto von Grace zu sehen, die ein Champagnerglas zu einem triumphierenden Toast erhob.

Nathanael lehnte sich in seinem Stuhl zurück, und ein Anflug von Belustigung flackerte in seinen Augen. „Die Nachricht scheint für Aufsehen zu sorgen." Er deutete auf das Hologramm. „Dem Artikel zufolge hat Tinas Medikament Grace geheilt. Tina hat das offenbar bestätigt."

„Und was hat Grace dazu gesagt?", fragte Annya.

Ein schiefes Lächeln huschte über Nathanaels Gesicht. „Das, Annya, ist das Merkwürdige an der Geschichte. Grace möchte sich nicht äußern. Anscheinend war das Sicherheitsteam am Haupteingang den ganzen Morgen damit beschäftigt, Reporter abzuwimmeln. Sie will mit keinem von ihnen sprechen." Er deutete an die Decke. „Sie ist oben damit beschäftigt, die Hand meines Sohnes zu halten."

„Also werden Sie den ausstehenden Vertrag mit Tina für ihr DIPUTS-Medikament jetzt abschließen?", fragte Angus.

Nathanael schüttelte den Kopf. „Nein, das werde ich nicht."

„Warum nicht?"

Nathanael holte tief Luft und fixierte sie mit seinem durchdringenden Blick. „Erstens habe ich den Eindruck, dass hinter Graces Genesung mehr steckt, als auf den ersten Blick ersichtlich ist. Zweitens: Sollte Grace sich entscheiden, Teil meiner Familie zu werden, kann die SUEC Universität ihre Ansprüche an sie vergessen. Und drittens: Ein Medikament zu vermarkten, dessen Name rückwärts gelesen 'STUPID', also 'dumm' bedeutet, entspricht nicht meiner Vorstellung von einem guten Geschäft."

- 54 -

JULIUS

Sonntag, 13. November 2033, 9:00 Uhr

Julius und Grace saßen eng beieinander auf der cremefarbenen Chaiselongue, vertieft in die Nachrichten auf dem Tablet. Grace lächelte sanft, als Julius ihre Hand berührte. Ihr Diamantring funkelte im Sonnenlicht, das durch die großen Fenster fiel. Zu ihren Füßen spielte Schatzi vergnügt mit einem Stofftier, fröhlich wedelnd.

Julius sah Grace an. „Ich bin froh, dass du den Ring doch noch angenommen hast", sagte er mit einem schelmischen Lächeln.

Sie beugte sich vor und flüsterte in sein Ohr. „Das wollte ich schon immer", gestand sie und drückte ihm einen zärtlichen Kuss auf die Wange.

„Aber gestern", fragte er behutsam, „warst du noch unsicher. Was hat dich umgestimmt?"

Sie sah ihn mit ihren dunklen, ausdrucksstarken Augen an, die ihn jedes Mal aufs Neue fesselten. „Als ich dich am Boden liegen sah, verlor ich fast den Verstand. Mir wurde klar, dass jeder Moment, den wir miteinander verbringen, unser letzter sein könnte. Ich könnte kurz das Haus verlassen und bei meiner Rückkehr wärst du nicht mehr da." Ihre Stimme wurde leiser, während sie seine Hand ergriff. „Ich kann nicht ohne dich leben, Julius."

Er strahlte sie an. Er war in sie verliebt. Es war nicht das wilde Flattern von Schmetterlingen oder die verwirrten Gefühle der jugendlichen Liebe. Mit ihr fühlte er Klarheit, ein tiefes Gefühl, so akzeptiert zu werden, wie er wirklich war. Und obwohl es anfangs überwältigend war, wusste er, dass sie seine Seelenverwandte war.

„Ich erinnere mich noch gut an unser erstes Gespräch im

Krankenhaus", sagte er. „Ich fühlte mich sofort verstanden. Mit dir fühlt sich alles einfach richtig an."

„Und was ist mit Rolando?", fragte sie , ihre Augen fest auf ihn gerichtet.

Er überlegte einen Moment. „Ich liebe ihn auch", gestand er. „Aber auf eine andere Art. Aber Rolando und ich können niemals zusammenleben. Er sehnt sich nicht nach dieser Art von Beziehung." Er legte seinen Arm um sie und streichelte zärtlich ihren Rücken. „Ich habe genug von Abenteuern. Ich wünsche mir ein Zuhause, ein gemeinsames Leben und eine gemeinsame Zukunft."

Sie schlang beide Arme um ihn und vergrub ihren Kopf an seiner Brust. „Ich weiß, was du meinst", murmelte sie. „Aber findest du nicht, dass wir auch ein kleines Abenteuer verdienen?"

Welches Abenteuer? Er hielt den Atem an und wartete darauf, dass sie es näher erläuterte.

Schließlich löste sie sich von ihm und suchte seinen Blick. „Was, wenn ich mir jemanden wie Rolando suche, mit dem ich von Zeit zu Zeit ein paar aufregende Stunden verbringe?"

Er sah sie empört an. „Also, das wäre nicht akzeptabel."

Sie lächelte verschmitzt.

Unvorstellbar. Ein scharfer Stich der Eifersucht schnürte ihm den Magen zusammen. Sein Blick verweilte auf ihr, folgte dem Glanz in ihren Augen, den Rundungen ihrer Lippen. Er hatte nicht geahnt, wie intensiv seine Gefühle für sie waren.

Schatzi hatte die Veränderung in der Atmosphäre gespürt. Mit einem besorgten Winseln trottete er zu Grace und stupste ihre Hand mit seiner nassen Nase an. Grace hob ihn auf ihren Schoß, kraulte ihn hinter den Ohren und beugte sich vor, um ihn zu küssen. Seine Augen flatterten in purer Hundezufriedenheit.

Julius betrachtete, wie die kalifornische Sonne auf Graces Gesicht glitzerte. Die Narbe an ihrem Hals begann zu verblassen.

„Grace, ist es möglich, einen Kopf auf den Körper einer anderen Person zu verpflanzen?", fragte er die Frage, die ihn schon länger beschäftigte.

Ihr Lächeln verschwand für einen Moment, ein Anflug von etwas Unverständlichem huschte über ihre Augen, bevor sie sich ein Lachen abrang. „Was denkst du denn?"

„Nun, ich zähle eins und eins zusammen. Die Narbe an deinem Hals, ein Jahr Rehabilitation im SUEC-Krankenhaus, dein Ex-Mann, der wörtlich sagt, du hättest einen neuen Körper, eine Sekte, die versucht, dich umzubringen und das FBI, das dich deckt. Es scheint nur eine logische Schlussfolgerung zu geben."

Stille breitete sich zwischen ihnen aus. Schließlich trafen ihre dunklen Augen die seinen. „Was wäre, wenn es stimmen würde?"

Er nahm ihre Hand mit dem Diamantring und fuhr sanft mit seinem Finger darüber. „Eine so bahnbrechende Operation durchzuführen, ist überwältigend", sagte er. „Aber die Vorstellung, sein Bewusstsein, sein wahres Ich, in einen neuen Körper zu übertragen … das ist etwas ganz Außergewöhnliches." Er hielt inne, und seine Stimme wurde leiser. „Wenn jemand so etwas meistern könnte, dann du, Grace. Du bist die stärkste Frau, die ich kenne."

Graces blickte durch das Fenster auf den wolkenlosen kalifornischen Himmel.

Er betrachtete ihr Profil. Nach allem, was geschehen war, würde sie ihm ihre innersten Gedanken offenbaren? Als sich ihre Blicke wieder trafen, lag eine Verletzlichkeit in ihren Augen, die ihn tief berührte.

„Bitte erzähle es nicht deinem Vater", flüsterte sie.

Ihm stockte der Atem. Es war also wahr.

Unter seinem forschenden Blick stieg ihr die Röte ins Gesicht. Die Geheimnisse, die sie bewahrte, schmälerten seine Gefühle für sie nicht. Im Gegenteil, sie machten sie noch faszinierender für ihn.

Er verschränkte behutsam seine Finger mit ihren. „Grace, was auch immer du durchgemacht hast, welche Geheimnisse du auch hütest, ich stehe zu dir. Bedingungslos."

Grace beugte sich vor und küsste ihn mit einer Leidenschaft, die ihn überwältigte. Es war ein tiefes Erwachen, dessen Intensität ihn überraschte. Er erwiderte den Kuss ungezügelt, seine Reaktion echt und ungefiltert. Ihre Hand fuhr durch sein Haar, während er sie näher zu sich zog. Jede Berührung ihrer Körper war eine Offenbarung. Keine andere Frau hatte je solche Gefühle in ihm ausgelöst – verzehrend, sehnsuchtsvoll und absolut lebendig.

- 55 -

GRACE

Montag, 13. November 2033, 9:00 Uhr

Grace ging durch die große Eingangshalle des SUEC-Krankenhauses. Die geschwungene Glasfront flutete den Raum mit Tageslicht. In der Luft lag der vertraute Duft von Rosenwasser, vermischt mit dem Geräusch eiliger Schritte, gedämpfter Gespräche und gelegentlichem unterdrücktem Schluchzen. Ein großer Empfangstresen beherrschte die Mitte der Halle, hinter dem Mitarbeiter und Mitarbeiterinnen in makellosen Uniformen Anrufe entgegennahmen und Patienten weiterleiteten. Grace hielt nicht an. Sie kannte das Krankenhaus in- und auswendig und folgte zielsicher den leuchtend roten Hinweisschildern zur Notaufnahme.

Als sie um die Ecke bog, eilte eine Gruppe Krankenschwestern in frisch gestärkten weißen Uniformen an ihr vorbei, tief in ein Gespräch vertieft. Ein Mann in SUEC-Dienstkleidung schob behutsam einen Rollstuhl vor sich her. Die darin sitzende Frau wirkte blass und in sich gekehrt. Eine andere Frau auf Krücken erklomm mit gerunzelter Stirn langsam, aber entschlossen die Treppe. Grace hatte all dies selbst erlebt - die Sorgen, den Schmerz, das Leid. Ein vertrautes Gefühl der Beklemmung machte sich in ihrer Brust breit.

Sie dachte an Mona, ihre beste Freundin. Ihre gemeinsame Studienzeit war voller Lachen und naiver Lebensfreude gewesen. Sie erinnerte sich an Monas ansteckende Begeisterung, wenn sie von ihrer Meeresschildkrötenforschung erzählte. Und wie sie Grace zu jeder Party mitgeschleppt hatte – unbeschwert und voller Energie. Dann der Traumjob an der UC Santa Barbara, Monas selbstgewählter Weg in die Unabhängigkeit und ihr zufriedenes Glück in ihrem eigenen kleinen

Haus - all das wurde durch eine grausame Wendung des Schicksals jäh beendet.

Und Bianca. Grace hatte die Nachricht gelesen, dass Dr. Triveda verhaftet worden war, weil sie Bianca getötet hatte, um eine Organtransplantation zu ermöglichen. Glücklicherweise wurde weder Graces Name noch die Tatsache erwähnt, dass Biancas ganzer Körper transplantiert worden war. SUEC war mächtig. Sie würden die Geschichte so drehen, dass der Schaden gering blieb.

Aber wie konnte sie damit klarkommen, dass sie im Körper einer Frau herumlief, die ermordet worden war? Wie konnte sie das Wunder ihrer eigenen zweiten Chance mit Bianca's schrecklichem Opfer in Einklang bringen? Grace sah Biancas Gesicht nachts in ihren Träumen, Karims Namen flüsternd. Bianca hatte gelebt, geatmet und geliebt, genau wie sie selbst. Grace hatte Bianca nie wirklich gekannt, und sie würde sie auch niemals kennenlernen. Bianca war tot, ein Opfer für ihr eigenes Überleben.

Grace spürte die Last der Verantwortung. Mona und Bianca waren beide ihretwegen ermordet worden. Was konnte sie tun, um ihr Andenken zu ehren? Sie hatte das dringende Bedürfnis etwas für sie zu tun. Sie war es ihnen schuldig. Aber was konnte sie tun? Gerechtigkeit suchen? Gegen Dr. Triveda aussagen? Das würde weder Bianca noch Mona zurückbringen und sie gleichzeitig in Gefahr bringen. Sie konnte nicht aussagen, ohne zuzugeben, dass sie eine Transplantation erhalten hatte. Sie war eine Überlebende, ja, aber das Geheimnis ihrer Körpertransplantation musste gewahrt bleiben. Soviel war ihr inzwischen klar.

Ein plötzlicher Blitz blendete sie. Sie blinzelte, schloss die Augen und öffnete sie wieder, für einen Moment verwirrt. Eine vertraute Gestalt stand vor ihr. Als hätte sie den nächsten Albtraum heraufbeschworen. Es war Wassily, in der Hand eine schlanke, rechteckige Kamera mit großem Objektiv. Woher hatte er die? Sie schien sein Budget bei weitem zu übersteigen. Und weshalb fotografierte er sie?

„Hallo, Grace", begrüßte er sie lautstark. „Wie geht es dir

heute? Du siehst blendend aus." Sein Blick glitt anerkennend über ihr Outfit. „Diese Kombination aus lässiger Jeans, hochgeschlossenem Kaschmirpullover und kurzem Trenchcoat ist echt stylish. Könnte einen neuen Trend setzen."

Grace biss die Zähne zusammen. Sie musste in die Notaufnahme. „Was willst du, Wassily?", murmelte sie.

„Nun, ich habe mich gefragt, ob du gestern meinen Artikel gesehen hast?", fragte er breit grinsend.

„Das habe ich."

„Und, was meinst du dazu?"

„Ich habe nur ein Wort dafür: dumm", platzte es aus ihr heraus als ihre aufgestaute Frustration sich entlud.

„Wenn es deiner Meinung nach ein Missverständnis gibt, möchten du uns dann deine Seite der Geschichte erzählen?"

„Ich *bin* die Geschichte, Wassily", keuchte sie. „Wie hast du mich überhaupt gefunden?"

„Nun, ich habe immer noch meine Verbindungen hier." Er grinste noch breiter. „Und wir sind praktisch immer noch verheiratet. Du hast nie die Scheidungsurkunde eingereicht."

Grace nickte. „Angus Weber hat mich daran erinnert. Ich habe die Unterlagen letzte Woche eingereicht. Die Scheidung wurde besiegelt. Es gibt keine Verbindung mehr zwischen uns, Wassily. Und jetzt entschuldige mich bitte. Ich habe einen Termin."

Sie drängte sich an ihm vorbei.

Zu ihrer Überraschung folgte er ihr. „Ich habe großartige Neuigkeiten: Ich bin jetzt Reporter. Hast du als neue Flamme des Zhang-Erben einen Kommentar für unsere Leser?"

Grace blieb abrupt stehen. Sie wirbelte herum und starrte ihn an. „Hier ist meine Botschaft", sagte sie mit grimmiger Entschlossenheit, „Konzentriere dich nicht auf Äußerlichkeiten, sondern darauf, was die Menschen wirklich ausmacht. Wenn du Schwierigkeiten hast, suche nicht nach einem Retter, sei dein eigener Held."

Wassily schnappte nach Luft. „Das hast du wirklich gut gesagt.

Gibt es sonst noch etwas?"

Sie beugte sich näher zu ihm und flüsterte eindringlich: „Eine wahre Beziehung entsteht nicht davon, dass man unter einem Dach lebt oder im selben Bett schläft. Sie entfaltet sich vielmehr dort, wo zwei Menschen einander ihr wahres Selbst zeigen können - mit all ihren Hoffnungen, Ängsten und Verletzlichkeiten. Wo Gedanken und Gefühle offen geteilt und mit Empathie, Verständnis und bedingungsloser Akzeptanz aufgenommen werden."

„Das gefällt mir, das gefällt mir", murmelte er. „Kannst du mir noch mehr erzählen?"

Sie seufzte. Er hatte kein Wort verstanden und würde es wahrscheinlich auch nie tun. „Das ist alles."

Sie hatten den Empfangsbereich der Notaufnahme erreicht. Hinter dem Tresen schaute eine opulente Krankenschwester sie über den Rand ihrer Brille an. „Gehören Sie zusammen?", fragte sie.

„Nein ", antwortete Grace hastig.

Der Blick der Krankenschwester richtete sich auf Wassily, und ihr Gesichtsausdruck verhärtete sich. „Dann bitten ich den Herren, einen Schritt zurückzutreten."

Wassilys Blick wanderte überrascht von Grace zu der autoritären Gestalt hinter dem Tresen.

„Oder ich rufe den Sicherheitsdienst", fügte die Krankenschwester in einem energischen Ton hinzu. Ihr Griff zum Telefon ließ keinen Zweifel an ihrem nächsten Vorgehen.

„Nun, es war schön, dich wiederzusehen, Grace", sagte Wassily höflich. „Bis zum nächsten Mal."

„Leb wohl!", antwortete Grace.

War es falsch, insgeheim zu hoffen, dass er einfach vom Erdboden verschwinden würde, bevor ihre Wege sich wieder kreuzten?

Die Krankenschwester führte Grace den Flur entlang ins Untersuchungszimmer. Es war dasselbe Zimmer, in dem sie Annya vor etwa fünf Tagen getroffen hatte, um ihre Entlassung zu besprechen. Es kam ihr wie eine Ewigkeit vor. Ein vertrauter Anflug von Besorgnis überkam Grace, als sie sich auf die Untersuchungsliege setzte. Eine andere Krankenschwester kam herein, überprüfte ihre Vitalfunktionen und nahm eine Blutprobe. Als sie gegangen war, kehrte Stille in das nüchterne, weiße Zimmer ein.

Grace ließ ihren Blick durch den Raum schweifen. Die weißen Wände hatten sie umgeben, als man ihr mitteilte, dass der Krebs unheilbar sei. Dieselben Wände waren Zeugen, als ihr eine bahnbrechende neue Behandlung vorgeschlagen wurde. Sie erinnerte sich an den Horror, als sie gelähmt aufwacht war, und wie diese weißen Wände sie während ihrer Genesung begleitet hatten. Dann Attacken, Verfolgungsjagden, Triumph. Ein modernes Märchen mit einem modernen Traumprinzen. Julius und sie waren beide nicht perfekt, aber wer war das schon?

Die Tür schwang auf und Annya eilte mit ihrer üblichen Energie herein. „Grace, ich bin so erleichtert, dich wohlauf zu sehen!", rief sie aus. „Du bist doch nicht verletzt, oder?"

Grace ignorierte die ausgestreckte Hand. „Du bist also von der CIA?" Sie stellte die Frage, die ihr seit Rolandos Enthüllung nicht mehr aus dem Kopf ging.

Annyas Lächeln verschwand. Sie drehte sich um und schloss die Tür des Untersuchungszimmer mit einem leisen Klicken. Dann zog sie einen Stuhl näher heran und setzte sich neben Grace. „Ja, Grace", gab sie mit leiser Stimme zu. „Ich arbeite für die CIA. Das muss unter uns bleiben. Meine Tarnung ist von entscheidender Bedeutung. Ich kann dir nur helfen, wenn niemand davon erfährt."

Grace starrte auf einen Punkt auf dem Boden. „Also hast du mich die ganze Zeit überwacht und mir nachspioniert? Ich dachte, du wärst meine Freundin."

„So einfach ist das nicht, Grace", sagte Annya leise. „Ich bin sowohl eine CIA-Agentin als auch deine Freundin. Als ich dich gelähmt und allein vorfand, war ich entsetzt. Ich habe mich freiwillig gemeldet, auf dich aufzupassen, weil ich wusste, dass du Hilfe brauchst."

Grace blickte zu ihr auf, unsicher, was sie davon halten sollte.

Annya strich ihren Pony zur Seite und enthüllte eine zackige Narbe, die sich über ihre Stirn zog. „Du bist nicht allein, Grace. Ich kenne die Schrecken der Gewalt. Vor vielen Jahren wurde ich von einem russischen Attentäter angeschossen. Ich lag monatelang auf der Intensivstation. Ich habe immer noch Flashbacks."

Grace starrte auf die Narbe an Annyas Stirn, ein gezackter Kreis etwa von der Größe einer Walnuss. Die Einschussstelle war am auffälligsten, ein faltiger weißer Krater, wo die Kugel eingedrungen war. Die Zeit hatte die Ränder geglättet. Spinnwebenartige Linien verliefen strahlenförmig nach außen, eine Ansammlung kleinerer Krater markierte den Weg der Kugel unter der Haut. Am beunruhigendsten war die leichte Vertiefung unter der Narbe, wo der Knochen selbst nach innen gesunken zu sein schien. Vielleicht war Annya doch keine Fremde. Wie Mona und Bianca war auch auf sie geschossen worden – und sie hatte überlebt.

„Warst du auch gelähmt?", fragte Grace.

Annya schüttelte den Kopf. „Als ich aufwachte, konnte ich alle meine Gliedmaßen bewegen. Aber zuerst durfte ich mich nicht bewegen, damit meine Wunden heilen konnten. Dann folgten Monate der Rehabilitation. Natürlich nicht so schlimm wie deine Tortur."

Grace sah sie an. „Danke, dass du mir das gesagt hast", sagte sie. „Trotzdem, warum hast du mich ausspioniert?"

„Ich habe dich beschützt", erwiderte Annya. „Ich nehme an, meine kryptische Nachricht hat Rolando zu dir und Julius nach Santa Barbara geführt?"

Einen Moment lang waren nur das leise Summen von Annyas Computer und entfernte Schritte auf dem Flur zu hören.

„Danke für die Nachricht", sagte Grace schließlich."

„Hat Rolando den Mann erschossen?", fragte Annya.

„Ich habe nicht gesehen, wer den Mann in Monas Haus erschossen hat", antwortete Grace. Außer ihr wusste niemand, wer den Eindringling erledigt hatte. Und niemand wusste, dass Grace es wusste. Außer Annya vielleicht.

Ihre Blicke trafen sich.

„Wie geht es dir, Grace?", wechselte Annya das Thema.

Grace seufzte. „Ich vermisse Mona schrecklich. Und ich bin entsetzt, dass Bianca für meine Operation ermordet wurde. Wenn ich das gewusst hätte, hätte ich der Körpertransplantation nie zugestimmt."

„Natürlich nicht."

„Wusstest *Du*, dass Bianca ermordet wurde?"

Annya schüttelte den Kopf. „Ich dachte, Bianca hätte Selbstmord begangen und eine Organspendevereinbarung unterzeichnet. Die Wahrheit kam erst vor Kurzem ans Licht."

„Ich verstehe."

„Ändert das das dein Verhältnis zu deinem neuen Körper?", fragte Annya behutsam.

„Ja, natürlich. Bianca hat sich nicht selbst umgebracht. Sie wurde getötet, damit ich leben kann. Ich laufe in einem gestohlenen Körper herum."

„Bist du wütend darüber?"

„Ich fühle mich schrecklich", gab sie zu, ihre Stimme kaum ein Flüstern. „War es falsch, dass ich leben wollte? Ich hätte mehr Fragen über die Operation und die Spenderin stellen können. Aber das habe ich nicht getan. Ich habe die Chance zu leben mit beiden Händen ergriffen. Wie kann ich nach dem, was passiert ist, glücklich zu sein? Es ist meine Schuld, dass Bianca und Mona ermordet wurden."

„Nein, das ist nicht deine Schuld. Es waren tragische Umstände. Karim und einige seiner Anhänger sind Bianca bereits in den Tod gefolgt. Die übrigen werden sich vor Gericht verantworten müssen."

„Ich wünschte, ich könnte die Zeit zurückdrehen und an Krebs sterben. Dann wären Bianca und Mona noch am Leben."

„Oder jemand anderes würde mit Biancas Körper herumlaufen. Dr. Triveda hätte Biancas Leiche auf dich oder jemand anderen transplantiert. Und ein anderer Empfänger wäre den Attentaten wohl nicht entgangen. Dann wäre die ganze Operation vergeblich gewesen."

Grace nickte. „Ich habe trotz aller Widrigkeiten durchgehalten."

„Du bist hier nicht das Opfer", wiederholte Annya bestimmt. „Du kannst aus dieser Geschichte als Heldin hervorgehen."

Grace dachte einen Moment nach. „Ich möchte Bianca und Mona ehren und ihnen ein Vermächtnis hinterlassen."

Annya drückte behutsam ihre Hand. „Mona würde vor allem wollen, dass du glücklich bist, Grace."

„Ja, das stimmt. Ich habe auch gute Neuigkeiten …" Grace zögerte, dann streckte sie Annya ihre Hand entgegen. Der Diamant an ihrem Finger glitzerte im Licht. „Julius hat mir einen Heiratsantrag gemacht und ich habe ja gesagt."

„Wow, herzlichen Glückwunsch!" Annya nahm ihre Hand und betrachtete den großen, glänzenden Stein. „Der Ring ist wunderschön! Ich bin sicher, Mona hätte dich dazu ermutigt, Julius zu heiraten."

Tränen stiegen in Graces Augen auf. „Das hat sie", würgte sie hervor und wischte sich eine Träne weg. „Sie hat mir immer wieder gesagt, ich solle den Ring annehmen. Ich war mir nicht sicher, wir kannte uns ja erst so kurz. Aber Mona hat gewollt, dass ich es tue. Dass ich ihn heirate." Grace rückte den Rollkragen ihres Pullovers zurecht. Er fühlte sich eng an.

Annya nickte. „Bei der Familie Zhang zu bleiben wird dir gut tun", sagte sie. „Und Julius ist ein herzensguter Kerl. Es gibt nicht viele wie ihn."

„Ich weiß. Und es ist gut, dass er mich nicht von früher kennt. Er kennt nur die Grace, die ich jetzt bin. Das hilft mir, mich selbst zu akzeptieren, auch wenn ich kein weiteres Jahr überlebe. Ich weiß, dass Tiere mit Kopftransplantationen nicht so lange gelebt haben."

Annya wandte sich dem holografischen Monitor zu. „Deine Blutwerte sehen insgesamt gut aus, abgesehen von einer leichten Erhöhung der weißen Blutkörperchen. Das ist wahrscheinlich eine Reaktion auf das Absetzen der Immunsuppressiva. Ich habe dir einen neuen Vorrat mitgebracht und ein Rezept für Nachschub ausgestellt."

Sie reichte Grace eine Packung Medikamente.

Grace nahm sie mechanisch an.

„Hast du mit Tina gesprochen?", fragte Annya.

Grace schüttelte den Kopf. „Nein, habe ich nicht. Tina scheint sich über die Aufmerksamkeit für ihr neues Medikament zu freuen. Wenn sie sich auf das DIPUST Medikament fokussieren, hören die Leute vielleicht auf, nach dem wahren Heilmittel zu suchen."

„Das ist gut für alle Beteiligten."

„Du hattest recht, Annya. Sie sind nicht bereit dafür. Das hat die Reaktion von Karims Gemeinde deutlich gemacht."

Annya nickte. „Neue Medikamente kommen und gehen. Auch der Hype um deine angebliche Heilung wird nachlassen. Dann kannst Du mit Julius ein neues Leben aufbauen. Aber wenn die Nachricht von der Körpertransplantation bekannt wird, wirst du für immer eine Zielscheibe bleiben."

Grace nickte. „Das weiß ich jetzt." Sie hielt inne. „Was ist mit Dr. Triveda passiert?"

„Sie wurde in Gewahrsam genommen und ihr wird der Mord an einer Organspenderin vorgeworfen."

Grace kniff die Augen zusammen. „Führt das die Leute nicht zu mir zurück? Zu den fehlenden Organen?"

„SUEC stellte ihr den Anwalt zur Verfügung. Die Privatsphäre der Organempfänger muss gewahrt werden ist die offizielle Haltung. Es besteht kein Grund, die Empfänger in die Sache hereinzuziehen."

„Glaubst Du, dass die Anwälte der SUEC sie aus der Sache herausholen werden?"

„Das denke ich nicht. Die Beweise sind eindeutig. Die Anwälte der SUEC stehen hinter der Institution, nicht hinter einzelnen Personen. Sich von Dr. Triveda zu distanzieren, ist momentan ihr klügster Schachzug. Wenn die Staatsanwaltschaft die Jury davon überzeugt, dass Dr. Triveda Bianca getötet hat, wird sie eine Gefängnisstrafe erwarten."

„Was ist mit Lu'lu? Ich habe gehört, dass sie befördert wurde?"

Annya nickte. „Ja, das stimmt. Wir werden sie natürlich im

Auge behalten. Aber ganz ehrlich, Grace, ich glaube nicht, dass SUEC in nächster Zeit weitere Körpertransplantationen in Betracht ziehen wird. Das ganze Chaos mit Dr. Triveda hat dem einen ordentlichen Dämpfer verpasst."

Graces Magen zog sich zusammen. Sie würde die Einzige auf der Welt bleiben. „Ich verstehe", sagte sie.

„Also, was hält die Zukunft für dich bereit?", fragte Annya.

Grace holte tief Luft und ließ die Möglichkeiten in ihrem Kopf kreisen. „Julius und ich wollen das Leben so lange wie möglich genießen", erklärte sie. Die Worte schmeckten neu und süß auf ihrer Zunge. „Wir wollen im Hier und Jetzt leben und das meiste aus der Zeit machen, die uns noch bleibt." Ein Lächeln umspielte ihre Lippen. „Mit meiner Rente und Julius' Treuhandfonds muss keiner von uns arbeiten. Das eröffnet uns viele Möglichkeiten. Wir sind frei."

Annya sah sie eindringlich an. „Welche Optionen ziehst du in Betracht?", fragte sie.

„Zuerst machen wir eine Hochzeitsreise. Dann gründen wir vielleicht ein Rehabilitationszentrum für Menschen, die gelähmt sind. Oder eine Stiftung, die Menschen mit Depressionen hilft. Oder eine Organisation, die auf falsche Behandlungsmethoden hinweist, wie Tinas Medikament. Vielleicht sogar alle gleichzeitig!"

„Das sind großartige Ideen. Ich freue mich, dass du der Gesellschaft etwas zurückgeben möchtest."

Grace war aufgeregt. „Und die Zhangs! Die Villa nebenan steht gerade zum Verkauf an, und Julius hat ein Angebot abgegeben. Wenn wir sie bekommen, ziehen wir dort ein. Dann können wir seinen Vater unterstützen und trotzdem unseren eigenen Bereich haben. Und wenn das Geschäft an ihn übergeben wird, kann Julius einfach einen Geschäftsführer einstellen."

Annya lächelte. „Klingt nach wahrer Liebe."

Grace sah sie dankbar an. Sie war wirklich eine gute Freundin. Wie viele Monate oder Jahre blieben ihr noch? Vielleicht war es besser, das nicht zu wissen. Würden sie und Julius aus der Asche ihres alten Lebens ein neues aufbauen können? Nur die Zeit würde es zeigen.

Körpertausch

DANKSAGUNG

Ich bin allen zutiefst dankbar, die an der Entstehung dieses Buches mitgewirkt haben. Meinen Kollegen und Kolleginnen danke ich dafür, dass sie ihre Erfahrungen aus der akademische Welt mit mir geteilt haben. Ich bedanke mich auch bei meinen Kollegen und Kolleginnen von der Pegasus Autorengruppe und dem Medical Humanities Fellowship an der Stanford Universität für ihr Feedback zu den ersten Entwürfen des Romans. Ihre Kritik war für die Gestaltung der Handlung von entscheidender Bedeutung. Außerdem möchte ich Lauren Schoenthaler für ihre Anleitung zu den rechtlichen Feinheiten eines medizinischen Kriminalromans danken.

Ein besonderer Dank gilt Sarah Peterson Pittock, Dozentin im Programm für Schreiben und Rhetorik an der Stanford Universität, die mir bei diesem Projekt als Coach zur Seite stand. Ihre scharfsinnigen Beobachtungen zur Charakterentwicklung, zur Struktur der Geschichte und zum Dialog trugen maßgeblich dazu bei, das volle Potenzial dieser Geschichte zu entfalten.

Ich bedanke mich auch bei meinem Ehemann, Dr. Thomas Link, dessen ständige Ermutigung und aufschlussreiches Feedback zur Gestaltung von Spannung entscheidend zum Erfolg dieses Buches beigetragen haben. Ich danke Elisabeth Daldrup und Berthold Schroeter für ihr Feedback zu den Charakteren in der Geschichte. Außerdem möchte ich Hendrik Daldrup meinen aufrichtigen Dank dafür aussprechen, dass er die Website zum Buch erstellt und Kontakte zu unseren Lesern geknüpft hat.

Ein besonderer Dank gilt meiner Lektorin Courtney Umphress für ihre außergewöhnliche Arbeit an diesem Roman. Ihre sorgfältige Bearbeitung und ihre aufschlussreichen Vorschläge haben die Geschichte deutlich verbessert und gleichzeitig den authentischen Ton bewahrt. Ihre Liebe zum Detail bei der Überprüfung der Fakten und der Identifizierung von Handlungslücken war von unschätzbarem Wert und haben mir dabei geholfen, die Charakterbögen und Handlungsstränge zu stärken.

ÜBER DIE AUTORIN

Dr. Elisabeth Link ist Professorin für Radiologie an der Stanford Universität und Mitglied der Pegasus Physician Writers, einer Vereinigung literarisch aktiver Mediziner. Sie lebt mit ihrem Ehemann, Dr. Thomas Link, in San Francisco, Kalifornien.

Dr. Links schriftstellerische Laufbahn begann bereits in ihrer Kindheit, als sie Geschichten zur Unterhaltung ihrer Großmutter in Albersloh verfasste. Während ihres Studiums an der Universität Münster vertiefte sie ihre Leidenschaft fürs Schreiben und veröffentlichte in lokalen Zeitschriften persönliche Reflexionen über das Leben in Norddeutschland, oft inspiriert von Erlebnissen mit ihrem Hund Bobby. Nach Abschluss ihres Medizinstudiums zog Dr. Link in die USA, wo sie in der Pegasus Physician Writers Group eine inspirierende Gemeinschaft Gleichgesinnter fand. Fasziniert von der Komplexität menschlicher Interaktion und Machtdynamiken an akademischen Spitzenuniversitäten verfasste sie Kriminalgeschichten, die unterhaltsam sind und zum Nachdenken anregen.

Dr. Link engagiert sich leidenschaftlich für die Förderung von Frauen in MINT-Fächern (Naturwissenschaften, Technik, Ingenieurwesen und Mathematik/Medizin). Sie ist bekannt für ihre Meinungsbeiträge, wie „Das Fermi-Paradox in MINT – Wo sind die weiblichen Führungskräfte?" (https://doi.org/10.1007/s11307-017-1124-4).

Dr. Link hat in den letzten drei Jahrzehnten mehr als fünfzig Auszeichnungen und Preise für ihre kreativen Arbeiten erhalten, aber das Feedback ihrer Studierenden schätzt sie am meisten. Eine ihrer Mentees schrieb: *„Ich bin mir bewusst, dass ich die Hindernisse auf meinem Weg nicht steuern kann. Aber ich werde wie Wasser, immer wieder meinen Weg finden. Die Medizin ist für mich eine intellektuelle Reise und ich bin entschlossen, mein Ziel zu erreichen, die beste Ärztin zu werden, die meine Patienten jemals kennenlernen werden."*

HINWEIS FÜR LESER

Vielen Dank, dass Sie ein autorisiertes Exemplar dieses Buches erworben haben. Als unabhängiger Verlag ist Monasteria Press LLC auf die Unterstützung seiner Leser angewiesen, um weiterhin neue Bücher veröffentlichen zu können. Mit dem Kauf unserer Publikationen unterstützen Sie nicht nur unsere Autoren und Autorinnen, sondern ermöglichen es uns auch, weitere unabhängige Werke zu produzieren.

Wenn Ihnen dieses Buch gefallen hat, würden wir uns über eine Rezension auf Amazon, Barnes & Noble, Goodreads oder in den sozialen Medien sehr freuen. Rezensionen sind wichtig, um großartige Geschichten bekannt zu machen, und sie können das Leben eines Autors oder einer Autorin nachhaltig beeinflussen. Zudem bietet Ihre Rezension anderen Lesern wertvolle Einblicke.

Wir hoffen, dass Graces Geschichte zum Nachdenken über wissenschaftliche Forschung, medizinische Ethik und menschliche Identität angeregt hat. Wenn diese Geschichte auch nur das Leben einer einzigen Person positiv beeinflusst hat, haben sich die vielen Stunden des Schreibens und der Produktion gelohnt.

Herzlichen Dank, dass Sie Teil unserer Gemeinschaft sind! Weitere Titel von Monasteria Press finden Sie auf unserer Website: monasteria-press.com. Wir freuen uns darauf, Sie bald wieder als Leser oder Leserin begrüßen zu dürfen!

Das Monasteria Presseteam

BÜCHER VON ELISABETH LINK

Wer ermordete Nia Johnes?
Elisabeth Link
Monasteria Press 2023

Ihr lebloser Körper wurde mit einem Einschussloch im Kopf in ihrem Auto gefunden. Dr. Nia Johnes, eine junge Forscherin an der Silicon Valley University of Evolutionary Computation (SUEC), wurde kaltblütig ermordet. CIA-Agentin Dr. Annya Segond, Radiologin Dr. Lili Pham und FBI-Agent Terrel Wright glauben, dass Nia's Forschung an Infektionskrankheiten der Grund für ihre Ermordung gewesen sein könnte.

Bevor sie die wenigen vorhandenen Hinweise auswerten können, entgeht ein weiterer SUEC-Forscher nur knapp einem Mordanschlag. Stehen die mysteriösen Infektionen auf dem Campus in Zusammenhang mit den Vorfällen? Welche beunruhigenden Forschungsaktivitäten versuchen die SUEC-Leiter zu verbergen?

Liebhaber von Kriminalromanen werden von Elisabeth Links' *Who Killed Nia Johnes?* nicht genug bekommen. Die Autorin verbindet meisterhaft eine Erzählung über bahnbrechende medizinische Forschung, einen skrupellosen Auftragsmörder und entschlossene Ermittler. Inmitten der rasanten Verfolgungsjagden gelingt es Dr. Link, die atemberaubende Landschaft Nordkaliforniens lebendig einzufangen und als atmosphärischen Hintergrund für die Handlung zu nutzen. Dieser preisgekrönte Roman verspricht Spannung, Nervenkitzel und Abenteuer.

Taschenbuch ISBN: 978-1-958277-04-1
Gebundenes Buch ISBN: 978-1-958277-00-3
eBook ISBN: 978-1-958277-03-4
Kontrollnummer der Library of Congress (LCCN) 2022921262

BÜCHER VON ELISABETH LINK

Der gestohlene Gehirnchip
Elisabeth Link
Monasteria Press 2021

Ein packender Kriminalroman mit intellektuellem Anspruch. Im Mittelpunkt steht die fiktive Silicon Valley University of Evolutionary Computation (SUEC), malerisch gelegen in den Hügeln über Redwood City, Kalifornien. Neu entwickelte Gehirnchips, die kognitive Fähigkeiten steigern können, werden von einem Forschungslabor der SUEC gestohlen. Dies löst eine Kettenreaktion aus, die 15 Verletzte, fünf Krankenhauseinweisungen und vier Todesopfer fordert. In einem atemraubenden Wettlauf gegen die Zeit müssen die Ermittler eine Studentin vor einem skrupellosen Killer retten, die gestohlenen Gehirnchips sicherstellen und eine drohende Bombenexplosion auf dem Universitätsgelände verhindern.

Die Jagd nach dem Mörder erfordert mehr als konventionelle Tatortbeweise. Der Schlüssel zur Aufklärung liegt in der detaillierten Analyse verschiedener Knochenbrüche, die die Opfer erlitten haben. Das Buch präsentiert authentische Röntgenaufnahmen dieser Frakturen, was nicht nur die Spannung erhöht, sondern auch einen faszinierenden Einblick in die forensische Medizin bietet.

Der Roman präsentiert eine starke weibliche Protagonistin und vermittelt das Konzept, dass wir alle potentielle Helden sind. Die Zeit wird kommen, in der jeder von uns die Chance erhält, durch mutiges Handeln etwas Bedeutsames zu bewirken.

Taschenbuch ISBN 978-1-7372582-3-0
Gebundene Ausgabe ISBN 978-1-7372582- 5 - 4
E-Book ISBN 978-1-7372582-4-7
Kontrollnummer der Library of Congress (LCCN) 2021950975

BÜCHER VON ELISABETH LINK

Rache auf Rezept
Elisabeth Link
Monasteria Press 2024

Eine Eliteuniversität. Eine Entführung. Eine FBI-Untersuchung.

Im Jahr 2033 entfaltet sich im Herzen des Silicon Valley ein fesselndes medizinisches Rätsel. Dr. Frida Ending, eine junge Krankenversicherungsagentin, verschwindet spurlos. FBI-Spezialagent Angus Weber und CIA-Agentin Dr. Annya Segond stoßen bei ihren Ermittlungen auf ein rätselhaftes Phänomen: In einem örtlichen Krankenhaus wurden plötzlich alle ausstehenden Versicherungsansprüche für krebskranke Kinder bewilligt. Wer steckt dahinter? Ist Frida Opfer oder Täterin? Der einziger Zeuge ist der Papagei Caramba, der entschlossen seinen Schnabel hält. Je tiefer Annya und Angus in die Ermittlungen vordringen, desto mehr entwirrt sich vor ihnen ein komplexes Netz aus Intrigen und Verrat. Ihre hartnäckige Suche nach der Wahrheit führt sie schließlich zu einer schockierenden Enthüllung.

Rache auf Rezept nimmt die Leser mit auf eine fesselnde und zugleich ernüchternde Reise, die die Schattenseiten eines profitgesteuerten Gesundheitssystems schonungslos offenlegt. Das Spiel da draußen ist manipuliert, und jeder weiß es.

Taschenbuch ISBN 978-1-958277-05-8
Gebundene Ausgabe ISBN 978-1-958277-07-2
eBook ISBN 978-1- 958277-06-5
Kontrollnummer der Library of Congress (LCCN) 2023947148